编辑统筹　彭永东　高　然

封面设计　戴　旻　胡　博

督　　印　刘春尧

责任校对　蒋　静　陈横宇

中国科普大奖图书典藏书系

# 心系鸟兽

郭 耕◎著

长江出版传媒 | 湖北科学技术出版社

**图书在版编目（CIP）数据**

心系鸟兽 / 郭耕著. — 武汉 ：湖北科学技术出版社，2013.3（2019.3 重印）
（中国科普大奖图书典藏书系 / 叶永烈 刘嘉麒主编）
ISBN 978-7-5352-5605-8

Ⅰ. ①心… Ⅱ. ①郭… Ⅲ. ①随笔－作品集－中国－当代 Ⅳ. ①I267.1

中国版本图书馆CIP数据核字（2013）第055085号

心系鸟兽
XINXI NIAOSHOU

责任编辑：谭学军 王 璐　　封面设计：戴 旻 胡 博

出版发行：湖北科学技术出版社　　电话：027-87679468
地　　址：武汉市雄楚大街 268 号　　邮编：430070
（湖北出版文化城 B 座 13-14 层）
网　　址：http://www.hbstp.com.cn

印　　刷：武汉立信邦和彩色印刷有限公司　　邮编：430026

700×1000　1/16　　19 印张　2 插页　252 千字
2013 年 3 月第 1 版　　2019 年 3 月第 4 次印刷
定价：32.00 元

# 总 序

ZONGXU

我热烈祝贺“中国科普大奖图书典藏书系”的出版！“空谈误国，实干兴邦。”习近平同志在参观《复兴之路》展览时讲得多么深刻！本书系的出版，正是科普工作实干的具体体现。

科普工作是一项功在当代、利在千秋的重要事业。1953年，毛泽东同志视察中国科学院紫金山天文台时说：“我们要多向群众介绍科学知识。”1988年，邓小平同志提出“科学技术是第一生产力”，而科学技术研究和科学技术普及是科学技术发展的双翼。1995年，江泽民同志提出在全国实施科教兴国的战略，而科普工作是科教兴国战略的一个重要组成部分。2003年，胡锦涛同志提出的科学发展观则既是科普工作的指导方针，又是科普工作的重要宣传内容；不是科学的发展，实质上就谈不上真正的可持续发展。

科普创作肩负着传播知识、激发兴趣、启迪智慧的重要责任。“科学求真，人文求善”，同时求美，优秀的科普作品不仅能带给人们真、善、美的阅读体验，还能引人深思，激发人们的求知欲、好奇心与创造力，从而提高个人乃至全民的科学文化素质。国民素质是第一国力。教育的宗旨，科普的目的，就是为了提高国民素质。只有全民的综合素质提高了，中国才有可能屹立于世界民族之林，才有可能实现习近平同志最近提出的中华民族的伟大复兴这个中国梦！

新中国成立以来，我国的科普事业经历了1949—1965年的创立与发展阶段；1966—1976年的中断与恢复阶段；1977—

1990年的恢复与发展阶段；1990—1999年的繁荣与进步阶段；2000年至今的创新发展阶段。60多年过去了，我国的科技水平已达到“可上九天揽月，可下五洋捉鳖”的地步，而伴随着我国社会主义事业日新月异的发展，我国的科普工作也早已是一派蒸蒸日上、欣欣向荣的景象，结出了累累硕果。同时，展望明天，科普工作如同科技工作，任务更加伟大、艰巨，前景更加辉煌、喜人。

“中国科普大奖图书典藏书系”正是在这60多年间，我国高水平原创科普作品的一次集中展示，书系中一部部不同时期、不同作者、不同题材、不同风格的优秀科普作品生动地反映出新中国成立以来中国科普创作走过的光辉历程。为了保证书系的高品位和高质量，编委会制定了严格的选编标准和原则：一、获得图书大奖的科普作品、科学文艺作品（包括科幻小说、科学小品、科学童话、科学诗歌、科学传记等）；二、曾经产生很大影响、入选中小学教材的科普作家的作品；三、弘扬科学精神、普及科学知识、传播科学方法，时代精神与人文精神俱佳的优秀科普作品；四、每个作家只选编一部代表作。

在长长的书名和作者名单中，我看到了许多耳熟能详的名字，备感亲切。作者中有许多我国科技界、文化界、教育界的老前辈，其中有些已经过世；也有许多一直为科普事业辛勤耕耘的我的同事或同行；更有许多近年来在科普作品创作中取得突出成绩的后起之秀。在此，向他们致以崇高的敬意！

科普事业需要传承，需要发展，更需要开拓、创新！当今世界的科学技术在飞速发展、日新月异，人们的生活习惯和工作节奏也随着科学技术的进步在迅速变化。新的形势要求科普创作跟上时代的脚步，不断更新、创新。这就需要有更多的有志之士加入到科普创作的队伍中来，只有新的科普创作者不断涌现，新的优秀科普作品层出不穷，我国的科普事业才能继往开来，不断焕发出新的生命力，不断为推动科技发展、为提高国民素质做出更好、更多、更新的贡献。

“中国科普大奖图书典藏书系”承载着新中国成立60多年来科普创作的历史——历史是辉煌的，今天是美好的！未来是更加辉煌、更加美好的。我深信，我国社会各界有志之士一定会共同努力，把我国的科普事业推向新的高度，为全面建成小康社会和实现中华民族的伟大复兴做出我们应有的贡献！“会当凌绝顶，一览众山小”！

中国科学院院士
华中科技大学教授 杨叔子 二〇一二 九.廿八

# 目 录

## 第一篇 子曰多识鸟兽名

## 第二篇　生态文明生命观

## 第三篇　仁厚情怀人文事



## 第四篇　巡讲观鸟走江湖

# 第一篇　子曰多识鸟兽名

## 动物灭绝与黑色文明

2010年，麋鹿苑出台了一个衬托灭绝多米诺骨牌的围栏——科普围栏，但这不是普通的围栏，而是包含“钟形”图案，灭绝了的动物造型、相应年代的工业发明以及对这类发明的联想与反思的文字，这是对整个黑色文明的“得与失”的反思，“钟形”图案意味警钟长鸣，动物图案表示灭绝的动物代表，文字则由于雕刻空间的限制，原来的板书被筛掉了一些，所以，我把所撰之文记录于此，以资参考。

1. 1610年，伽利略发明了天文望远镜，使人类探索得更遥远，但此后工业革命，我们远观能力提高的同时，却更加短视地对待生命了。

2. 1765年，珍妮纺纱机的出现，奏响了人类工业革命序曲，而两个世纪后的1962年，蕾切尔·卡逊的《寂静的春天》，则揭开了现代环保运动的篇章。

3. 1785年，瓦特改良了蒸汽机，从而取代了工场手工业。但在这汽轮轰鸣的岁月，有谁会在意渡渡鸟(愚鸠)的诀别呢?

4. 1847年，美国人贝尔发明电话，我们似乎完全被那根线的传导功能所沉迷，而对日渐远去、日益稀罕的北美野牛的蹄声，充耳不闻。

5. 1885年，德国机械工程师卡尔·本茨发明了第一辆内燃机汽车。扩张了人类涉足世界的触角，同时也助长了人类向其他物种的领域肆意殖民的“雄心”。

6. 1906年，比利时科学家贝克兰，在美国合成出最早的酚醛热固塑料。现在这种人工材料对环境的危害却日益显现，环境污染被称为导致物种灭绝的四大因素之一。

7. 1945年7月，第一枚原子弹在美试爆成功。这可谓人类科技史上的奇迹。但我们对夏威夷田鸡、威克岛秧鸡的灭绝，却束手无策。

8. 1946年电子计算机问世，此后信息产业飞速发展，人类不必再殚精竭虑地算计和处理信息了，但是，我们在算计眼前小账时，却忽略了对自然资本损失的计算，简直是失算!

9. 20世纪70年代，人类“聪明”地培育出了新的“品种”——转基因作物。地球物种本是经大自然千百万年考验的，而这些人工作物是优是劣、是福是祸，还有待时间来检验。

10. 1986年2月—1994年4月，苏联发射并建成和平号空间站，行空之梦似乎不远，但若非借助技术，我们能不吸氧、不吃喝、不恒温、不恒压地远离养育我们的家园——地球多久呢?

# 归去来兮话麋鹿

您听说过有哪种动物被视为祥瑞之兆、被喻为皇权象征、被看做神仙坐骑吗？您听说哪种动物一度从其故里灭绝、又似海外游子一样漂泊异域、一个世纪后才作为“归国华侨”或“海归派”回归家园吗？这种动物的科学发现之地、一度灭绝之地、成功回归之地又都与一座城市——北京，息息相关，由此，它在举荐奥运吉祥物的活动中频频崭露头角。这种俗称“四不像”的动物，就是麋鹿。所以，在北京麋鹿苑有一座巨大的倒置麋鹿角雕塑，含义有三：从博物学角度，麋鹿角在各种鹿角中，唯一具备倒置后可以呈三足鼎立之势的；麋鹿所在的南海子皇家猎苑，历经元、明、清三个朝代，三朝接力；麋鹿之所以有今天，与三个国家的人士的努力分不开：中国皇帝、法国神甫、英国公爵，可谓麋鹿保存的三国演义。



## 一、园囿千年，皇家之麋

乾隆二十八年（1763 年）夏季的一个夜晚，几位清军守卫正沿着皇家猎苑的海子墙巡逻，忽然，听到远处一片喧哗，寻声而去，至一庄院，熊熊烈火旁，但见有几个人正在宰屠、剥剔一只麋鹿。这还了得，敢杀皇家猎物，清军卫士当即将犯人拿获。经审，为首的叫王安，他已不是第一次偷猎麋鹿以饱口腹了。事关重大，军士们立即报知奉宸苑总管。奉宸苑是大清皇家猎苑的管理机构，清代的南苑，为皇家行围要地，清康熙二十三年，即1684年，设郎中总尉，正四品，属奉宸苑管理，设置总管、防御官守之，蓄育禽兽于其中，以备皇上巡猎。奉宸苑闻知皇家麋鹿被偷猎，哪敢怠慢，立即上奏皇上。不久乾隆皇帝下旨，将王安等涉嫌偷猎人员各鞭八十，以示严惩。

有人以为，偷吃麋鹿就遭如此鞭挞，是不是所判过重？一点不重！在古代，一些帝王以囿养麋鹿观赏为乐事，并制定了保护条文。如战国时，齐宣王规定“杀其麋鹿者如杀人之罪”，使麋鹿等野生动物很早就受到国家法律的保护。

据乾隆四十二年即1777年的记载，南苑的麋鹿尚有400头。

在历史上，麋鹿主要见于中国，当野外麋鹿绝迹后，这个物种一直囿养于皇家园林，虽也作为帝王的狩猎对象之一，但正因为麋鹿长期囿养于帝王的猎苑内，虽“养在深闺人未识”却因此免遭过度猎杀的压力，种群得以延续，直至清末。

## 麋鹿——皇权的象征

麋鹿是一种中国特有的神奇物种，清代以前就在野外绝迹，但却被安全地保存在皇家猎苑里，是世界上硕果仅存的长期在园囿条件下生存的大型兽类中的少数物种之一。麋鹿之所以被圈养在皇家猎苑，乃是与皇权、帝位、江山社稷及汉文化中对福禄的期盼密切相关，它们是活生生的自然文化遗产。

也许您不信，成语“逐鹿中原”、“鹿死谁手”中的鹿均指麋鹿（亦有认为是梅花鹿者）。《汉书·蒯通传》有“秦失其鹿，天下共逐之”的记载，战国时，群雄并立、各据一方，并且各具园囿、饲养麋鹿。“郑之有原圃，犹秦之有具囿，吾子取其麋鹿以闲敝邑若何？”（《左传》）。齐国不仅有麋鹿，而且齐宣王还定出法律：“杀其麋鹿者如同杀人之罪。”《晋书》中还有“……并驱于中原，未知鹿死谁手”的记述。古人很看重麋鹿，从殷墟的甲骨文到周代出土的玉器、从商代的青铜饰物到汉代的瓦当，都有不少麋鹿的形象。

秦、汉、唐各代统治者均在国都附近广筑园囿、蓄养麋鹿。据《晋书》:“有王导主之西园，园中果木成林，有鸟兽麋鹿……”辽、金、元相继定都北京后，仍然每年举行“叫鹿围”；明成祖入京后，在元代猎场“飞放泊”的基础上，辟建南海子猎场，择地建立今日尚存其名的“鹿圈”；清入主中原后，建起了有围墙的皇家猎苑“南苑”，麋鹿始终是其中不可或缺的一种动物。

这是怎么回事呢？难道皇家饲养麋鹿仅仅是为了打猎取乐、运动健身、杀鹿取肉或获得别的什么经济价值吗？不！这只是表面现象，本质上说，皇家保存麋鹿，乃是世代承袭的崇高皇权的象征。

在古代，鹿作为大自然中的初级消费者——食草动物，素以繁殖量大、生命力旺盛著称。在古人眼里，鹿不仅是可供肉食、服饰和制造工具的原料，更在宗教礼仪中扮演非常角色。雄鹿每年脱去旧角、萌发新角的现象就足以引发人们美好的联想，而且麋鹿脱角的又是在冬尽春来、万物复苏的季节(梅花鹿、马鹿则于夏季脱角)，这在靠天吃饭的年月，光裸的土地上草木萌生，同时麋鹿的头上也在萌生新的茸角，这对早期人类来说是多么可喜的征兆啊。因此，守望麋角脱而复生这种自然现象，便被统治者视为神圣的、超自然的天意，在先民期待下一个植物年快快到来的崇拜活动中，麋鹿便扮演了无可替代的角色。

古代君王在麋鹿旧角脱落、新角滋生之际，都要离开宫廷，到户外守望麋鹿的脱角，进行所谓的“王狩”，取其守时改岁之意。当时，历法尚不成熟，人们必须依赖物候的变化来判定时间、安排生产，所谓“春蒐(sōu)、夏苗、秋狝(xiǎn)、冬狩(《左传》)”。狩猎之“狩”便被赋予至高无上的神秘色彩，观察麋鹿、守时改岁便成为皇家神圣的特权，尽管后来宫廷通过观测星辰变化“受命于天”、而不再依赖物候现象决定农事了，但作为皇权象征的“王狩”、“比鹿喻帝位”始终未变，代代沿袭，甚至不惜为此大动干戈、逐鹿中原“以未知鹿死谁手、谓不知天下谁所得”。这才是历代王朝建园囿、养麋鹿的深层意义。

实际上，战国以后统治者已不再靠守望麋角的脱而复生来推算光阴，可是养麋之风却一代一代地延承下来，直至清代，因为作为皇家特权的象征意义是千古不变的。值得一提的是，明代以前野生麋鹿尚不罕见，但随着人口增加，人类活动范围的扩大，猎杀的压力、尤其是麋鹿赖以生存的湿地极度缩减，例如长江中下游的沼泽(像云梦泽)的消失，麋鹿便在野外逐步绝迹了。难得的是，皇家猎苑中的麋鹿一直香火未断，直至19世纪。因此，麋鹿与中国的农业文明、与华夏帝王都有着世代相袭的特殊关系。

### 麋鹿的神谕——古老吉祥物

在中国文化历史的长河中，麋鹿始终是作为一种吉祥象征而存在的，是生命力旺盛的象征，是贤达仁义的象征，还是绵延数千年的皇权的象征，否则，麋鹿怎么会成为皇家猎苑中的珍藏之物呢？

2004年，笔者在推荐麋鹿为奥运吉祥物的一次电视节目中，展示中国汉代的一个瓦当上麋鹿形象时，坦言：“鹿，包括麋鹿，作为历史上的吉祥物，是不必讨论的。”中国最早的诗歌总集《诗经》中有“呦呦鹿鸣，食草之萍。我有嘉宾，鼓瑟吹笙”。

繁体字中的“庆(慶)”字，“丽(麗)”字都以鹿为偏旁。《说文》中多次提到“鹿”与“录”通用，“禄，福也”。道出古人以麋鹿为吉祥之物的论断，早已是在奥运会申办之前的事情。

《孟子·梁惠王》中有“孟子见梁惠王，立于沼上，顾鸿雁、麋鹿曰：贤者亦乐此乎？孟子曰：贤者而后乐此，不贤者虽有此不乐也”。

鹿在古人眼里，不仅是肉食、服饰、工具的来源，更有宗教礼仪、贤达仁义的象征意义。麋鹿尤其如此，每年冬尽春来脱去旧角、滋生新茸的麋鹿，伴随着万物的复苏，草木的萌生而奔腾、而勃生，这是多么吉祥如意的征兆啊。因此，《诗经·灵台》中有“王在灵囿，麀（音 yōu）鹿攸伏。麀鹿濯（音 zhuó）濯，白鸟翯（音 hè）翯”。意为皇家猎苑的母鹿，呦呦鸣叫，飞鸟的羽毛，洁白无瑕。

## 二、神甫命名，奇特之麋

麋鹿又名戴维神甫鹿或大卫鹿，俗称“四不像”（拉丁学名 *Elaphurus davidianus* Milne-Edwards, 1866），是一种极富传奇色彩和物种研究价值的哺乳纲、偶蹄目、鹿科动物。1865 年，即清同治四年，法国神甫阿芒·戴维在北京南部考察动植物。走到清兵把守的皇家猎苑——“南苑”外，戴维隔墙远望，发现这里生活着一种奇异的鹿，角似鹿非鹿，蹄似牛非牛，脸似马非马，尾似驴非驴，勾起了作为博物学家的戴维的强烈探奇欲望。他买通了大清皇家猎苑的官员，于 1866 年初，在一个月黑风高之夜，他终于靠贿赂守卫猎苑的大清军士，以 20 两纹银的代价，得到了两套完整的麋鹿头骨角的标本。并于当年从海路运到法国巴黎自然历史博物馆。经过巴黎自然博物馆米勒·爱德华馆长的鉴定，获得令人吃惊的结论：戴维带来的动物标本竟然是分类学上的新属、新种，体型如此之大的哺乳动物被戴维发现，从而载入世界动物学史册，戴维由此而获得与麋鹿同名的殊荣。当然，不是戴维神甫改名叫了麋鹿，而是麋鹿的外文名称被称为“戴维神甫鹿（Pere David Deer）”。据说，在法国公使馆的帮助下，戴维还得到三只活的麋鹿，一并送往法国。

为纪念第一个发现者，精确地说应是科学发现者，便将麋鹿的洋名称做了“戴维神甫鹿”。其实，最早目击麋鹿的外国人，不是戴维神甫，而是另一个叫张诚（J.F.Gerbillon）的法国人。早在戴维来到中国之前的 1687 年，作为最早在华传教的法国耶稣会五教士之一的张诚，就到过南苑，窥视过这个皇家猎苑中的动物，只是时值隆冬，观察得不真切。有别于其他鹿种，在冬尽春来之际，麋鹿的角完全脱落了，张诚便草率地把这些“四不像”记录成了“野骡”，但是，就是这个记录，为富于探究精神的戴维，提供了一丝可贵的线索。

178年之后的1865年，戴维作为又一个法国人，便是带着张诚的模棱两可的记载，来到北京南海子的。同是这个大清猎苑，皇家禁地，面积是北京城的四倍，仍然是壁垒森严，根本不允许外人进入，更不能从中拿走什么东西，如果发现谁从猎苑弄出什么，将以死罪论处。当年，戴维虽然从高高苑墙的墙头张望，发现共有麋鹿约120只，看清麋鹿乃是非凡之物，却一直无法获得，出于一个博物学家的执着，或者说是一个觊觎者的贪婪，反正，戴维是惦记上这个他叫不上名字的、以为是驯鹿的某个类别的、“四不像”动物了。

冬日的热身：拳击

## 奇兽“四不像”，奇在何处？

全世界有4000余种哺乳动物，能集多项“世界之最”于一身的恐怕不会太多，而麋鹿以其奇异形态、习性及坎坷的经历引人瞩目，它身上有许许多多的奇、特、最。

麋鹿是中国特有的动物种类，在分类上为单独的一个属(麋鹿属)。该属共有5种，已灭绝4种：双叉麋鹿、晋南麋鹿、蓝田麋鹿、台湾麋鹿，现仅存达氏麋鹿，即戴维鹿。

在40多种鹿科动物中，麋鹿是地球历史上进化最晚，即最年轻的一种鹿，其进化年代约200万年，与人类相近。

在鹿科动物中，麋鹿的尾巴最长，达50~60厘米，其拉丁学名属名 *Elaphurus*，即长尾之意。它的长尾巴善于拂动，能左右画圈以驱赶蚊蝇。

麋鹿是各种鹿中妊娠期最长的种类，孕期285~300天，而梅花鹿仅有230天。

多数生活在山林的鹿，长有纤纤细蹄而善于奔跑。而麋鹿蹄宽似牛，善于在泥沼中行走，它蹄部承重压强在200~280克/厘米$^2$，为典型的湿地鹿类。

麋鹿还是最出色的游泳能手，既不畏洪水淹没，也不受江河阻拦，横渡长江易如反掌。

麋鹿是人工圈养时间最长的鹿种，从周代开始就有统治者圈养麋鹿，直至元、明、清。

麋鹿因长期园囿和栖于湿地，因此是最温顺的一种鹿，任何情况下都不主动攻击人，采取敌进我退、敬而远之的回避策略。

麋鹿的食性在鹿科动物中最为特殊，因栖于湿地，所以既采食草本植物，又采食禾本植物，有青草时则不去吃“精料”，不像其他鹿科动物那样贪嘴。由于麋鹿能利用多数草食动物不能吃到的水草，所以其能量转化水平也高于其他食草动物。

人们多知道梅花鹿、马鹿的鹿茸有补阳功效，却不知麋鹿之茸有滋阴补肾的功能。麋茸中不仅各项氨基酸的比例高，而且富含牛磺酸、R-氨酸、胱氨酸，这是其他鹿茸中所没有的。

麋鹿的角在鹿类中更为特别，一般鹿“喜山而属阳，夏至解角，麋喜沼而属阴，冬至解角。”

麋鹿在中国文化中可谓源远流长：周朝灭纣，姜子牙的坐骑是麋鹿；楚大夫屈原有“麋何食兮庭中，蛟何为兮水裔”之辞；周代的青铜器，汉代的瓦当……麋鹿的形象，栩栩如生，各朝各代有关麋的记载、描述不绝于书，全唐诗中可以找到关于麋鹿的诗句近百；清乾隆皇帝更有“麋鹿解说”之文刻于麋角，甚至中国道教的道观中还能见到麋鹿之像。

麋鹿的兴衰荣枯又与祖国的命运紧密相连。野生的麋鹿在明清时已消失，其原因尚无准确考证。1894 年，永定河水泛滥冲垮了皇家猎苑的围墙，当时圈养的 120 头麋鹿被冲散，有不少头被难民猎杀食肉。到 1900 年，八国联军入侵北京，他们北掠颐和园，南抢皇家猎苑，将仅剩的麋鹿（数目不清）抢劫一空。1900 年 11 月 10 日，戴维神甫在巴黎过世，享年 74 岁。无巧不成书的是，以他名字命名的麋鹿，同是在这一年，于中国本土灭绝，灭绝地就在当年因戴维考察麋鹿而成为麋鹿模式种产地的北京南海子。似乎戴维与戴维鹿，在冥冥中有着某种联系，不然，怎么随着发现者的仙逝，他的伟大的发现物，也在原产地消失了呢。

可以说，令戴维始料不及的是，因为他的引荐，麋鹿作为硕果仅存的一群，因为被引种到了欧洲，后来都被收藏于英国的乌邦寺庄园，才免于全部灭绝的厄运。1896 年永定河洪水泛滥，南海子的麋鹿仅余 20~30 只。1900 年，八国联军攻入北京，洪水战乱，雪上加霜，南苑遭劫，覆巢之下无完卵！瑟瑟秋风中，德国军队追杀义和团，长驱直入，闯进了昔日的禁地：南苑。苟延残喘的麋鹿种群在战火中遭到灭顶之灾，从此，作为麋鹿故乡的中国，彻底没有了麋鹿（作为残存者的最后的一只麋鹿是 1920 年死于西郊万牲园的），而不幸中的万幸，如果不是戴维的引荐，麋鹿不会在英国乌邦寺一息尚存，这姑且算是西方人对劫掠中国生物资源的一种赎罪和补救吧。

戴维在1874年离华之前，在法国外交人员的协助下，陆续将活的麋鹿运至欧洲的一些动物园，既丰富了这些动物园的展览内容，更为麋鹿的劫后余生、种群延续起到不可或缺的作用。他还将80多种植物引种到巴黎植物园，后来又被引至欧美许多国家，极大激发了西方人对中国博物学研究的兴趣，对生物学的发展产生了巨大而深远的影响。他在北京南海子采集的麋鹿，被命名为“戴维鹿（David deer）”；他在四川宝兴采集的珙桐，被命名为“戴维树（David tree）”；同样在宝兴采集的熊猫，被全世界称为Panda，在中法交流史上，堪称独树一帜，在生物学考察史上，可谓殊荣无上。

一个世纪前到了欧洲的麋鹿，被放在动物园中圈养，但由于没有湿地环境，范围又很小，所以非但没有繁殖，反而一只一只地死去。此时英国乌邦寺的主人贝福特公爵将世界上仅存的18头麋鹿收集到自己的庄园里，庄园很大，麋鹿处于半野生状态，与原来的栖息环境相宜，使濒于绝迹的麋鹿又奇迹般地逐渐繁衍起来，一战时期达88头，二战时期达255头。二战时乌邦寺的主人认为把所有的鸡蛋放在一个篮子里更危险，为了保护麋鹿，他们将麋鹿又疏散到世界上很多地方，但唯独没有回归故里中国北京，直至1985年。

## 三、保护范例，回归之麋



### 绵延半个世纪的回归之路

麋鹿，从名称到经历都与“迷途而返”、“失而复得”、“归去来兮”的回归相联，堪称“回归”动物的代表，所以，2005年，我们在麋鹿苑建造了一座麋鹿回归纪念园。英国驻华大使高德年在麋鹿苑的集会上感慨地说：“麋鹿曾因迷了路，去了欧洲，但愿它以后不会再迷路。”

大家知道，一般认为麋鹿回归祖国，第一批是指1985年8月24日到达北京南海子的英国乌邦寺塔维斯托克侯爵提供的20头（15雌、5雄）；第二批是指1986年8月13日到达江苏大丰的来自英国七家动物园的39头。事实上，此前已经陆续有麋鹿回归祖国，只是养在动物园里的零星个体，不成规模，没有形成可繁殖的群体。

冬日的和谐

1956年，英国伦敦动物协会已经着手进行麋鹿的回归工作了。当时他们送给北京动物园两对幼年麋鹿。一对留在北京，一对送到上海，虽然有繁殖记录，但因难产和疾病，最终全部死亡。

1973年12月，英国韦伯斯那德动物园又将两对当年四月生的幼麋鹿送给中国，得到繁衍，并分别输送到广州、上海、保定等动物园，但终因流产率太高而越养越少。究其原因，是因为，麋鹿不适于圈养，而且，它们是湿地动物，对生存环境有一定要求。因而，其回归，不是简单的回国，而是真正从人工圈舍到大自然的回归，回归到其祖先生存过的地方。

### 关于中国麋鹿“重引进”

麋鹿，作为一种典型的湿地鹿科动物、我国特有物种，一度因天灾人祸在中国大地上彻底消失。22年前，中英两国合作实施了麋鹿的“重引进”项目，终于使麋鹿这一“海外游子”，不仅在故土实现了跨世纪的回归，而且，在其祖先生活过的地方成功释放、建立了野生种群，作为一项世界瞩目的自然保护科研项目、系统工程——麋鹿重引进，堪称是我国濒危物种拯救和生物多样性保护的一个成功范例。

那么，何为“物种重引进”呢？“物种重引进”又叫“物种重引入”，是指一个野生物种在其历史分布区内绝灭后，将仍然生存于人工设施或其他地区的同种个体重新引回并释放到其原始栖息地，重建该种群的一种尝试。

物种重引进的目的是“是为一个在全球范围内野生种群已经绝灭，或在某个地区内的野生种群已经消失的种、亚种或品种，建立野外的、可维持的、自由散放的种群。物种重引进应在该物种的原自然栖息地进行，并要求最低限度的长期管理”。目前，“重引进”专家组认为，20世纪80年代末全球138项有记录的重引进项目，15项是成功的，麋鹿是其中之一。所谓“成功”是指该项目对重建自我维持的野外种群有贡献。

成功项目与失败项目的不同之处在于：它们重新引入每个物种的大量个体，是否有较长的时间、并建立了较强的公众保护意识。目前，一些国际著名的“重引入”项目包括：欧洲野牛（波兰、白俄罗斯）、毛里求斯茶隼（毛里求斯）、美洲野牛（美国、加拿大）、加州神鹰（美国）、阿尔卑斯羚羊（欧洲）、雕枭（欧洲）、阿拉伯长角羚（阿曼）、巴厘鹩哥（印尼）、麋鹿（中国）、金狮狨猴（巴西）、黑足鼬（美国）、黄颈黑雁（夏威夷）……

20年来，我们开展的麋鹿“重引进”项目，正是严格按照自然保护国际惯例实施的。自20世纪80年代从英国的贵族庄园将种群引回开始，首先，于1985年由环保局牵头，在北京南海子建立了中国自己的迁地保护种群（次年，在江苏大丰由林业局牵头，从英国皇家动物园引种39头）。经几年的繁衍，半散养实验，从最初的39头，逐步扩大种群，为回归自然准备了合格的种源；1993年起，我们的麋鹿分几批向位于长江之畔的湖北石首国家级自然保护区释放，次年即重建了野外种群，现在数量已愈800头，最终实现“重引进”目标。目前，我国的麋鹿不仅散布在全国40多个场所，总数达2000头，再无灭绝之虞，最难能可贵的是，已形成纯粹自然的、不需要人工维持的、生机勃勃的野生种群，特别是在长江故道的湿地，形成了几个既独立，又有“廊道”相连的亚群，成功实现了麋鹿保护的“重引进”拯救项目。

### 综述麋鹿的历程

麋鹿，俗称四不像，是一种特产于东北亚地区、特别是中国东部湿地的、极富文史背景和传奇经历、极具皇家渊源和贵族气质的鹿科动物。一个半世纪以前，即1865年，经法国传教士阿芒·戴维（1826—1900）从科学角度在北京南郊的皇家猎苑发现、描述而名扬海外。

麋鹿是一种命运多舛的动物，其进化历程几乎与人类同步。其辗转历程或轨迹基本为：中国为主的原始湿地——古代皇家苑囿（终于北京南海子）——欧洲动物园（栖身英国乌邦寺）——中国迁地保护场所（回归北京南海子）——中国自然保护区（黄海之滨、长江之畔、黄河北岸等湿地）。可见，麋鹿是跨越了灭绝边缘，终因人类的觉醒和拯救，才回归到其祖先曾经生活过的地方的。归去来兮，回归之麋！

华夏先人有关麋鹿的记述不绝于书，从《封神演义》姜子牙的坐骑“四不像”，到《本草纲目》李时珍的药用记述，特别是乾隆皇帝揣摩麋角脱落规律的文章“麋角解说”……泱泱千载，历代王朝的统治者还将其视为生命力萌发、万物复生的祥瑞征兆而圈养在皇家猎苑里，甚至为之“逐鹿中原”。

“百年前宁静的一个夜，四面楚歌是姑息的剑”，由于国运衰微，国门洞开，部分麋鹿流落西方，作为当时世界上的最后种群——南海子皇家猎苑的麋鹿，从此在中国本土绝灭。幸因英国贝福特公爵将漂泊者收养而使之绝处逢生。随着祖国的强盛，22年前，也就是1985年，麋鹿种群在中外自然保护人士的竭诚努力下，作为中国最成功、最准确的物种“重引进”拯救项目而重返故里：北京南海子，并为此建立千亩麋鹿苑这一动物保护、科教场所。

22年来，我们的一代代保护工作者“与鹿共舞”，不辱使命，以生命的名义保护生命，不仅使麋鹿实现了从国外到故里的回归，更实现了从人工到自然的回归。如今，麋鹿已经在江苏大丰、湖北石首、河南原阳等40多处动物保护和饲养场所安家落户，遍布祖国大江南北。可以说随着人类生态文明和保护意识的提高，麋鹿在华夏大地，再无人为灭绝之虞。

2008年，北京举办了奥运会。奥运盛会，百年圆梦，这是东西方文化的一次难得的交融，而麋鹿的身世同样贯穿了东西方文化的诸多元素。麋

鹿也积极参与了奥运会的筹办过程，在征集2008北京奥运吉祥物的活动中，我们的麋鹿一度在各种场合频频亮相，大显身手，与大熊猫、孙悟空、藏羚羊、华南虎、丹顶鹤……群雄逐鹿。现在，徜徉于中国大地上的麋鹿已逾2000只，甚至我可以用一种浪漫的口吻向您通报：我们的麋鹿已达2008只。今后，我们的麋鹿，还将踏着“呦呦鹿鸣，食野之苹。我有嘉宾，鼓瑟吹笙”（取自《诗经》）的古老弦歌，带着“岁月与俱深，麋鹿相为友”（取自“乾隆”诗）的悠悠故事，生生不息，伴您左右。回归之麋，归去来兮！

多年来，每当我给人讲解时，总以撰写了“麋鹿沧桑”展览的结束语而自得。毕竟，我借机做了一回麋鹿的代言人，在此，就让我再以麋鹿的口吻一表心绪吧：

麋鹿以其择水而居的阴柔之美，遗世独立的身姿与分类地位，顽强的传宗接代能力，温驯而羞怯的性情，呈现在您的面前。其兴衰历程竟与国家大环境的变化息息相关，故曾有人发出"国家兴，才有麋鹿兴"之感叹。

“萧瑟秋风今又是。”现在，徜徉于神州大地的群鹿，仍在以沧桑多舛的命运和迷途而返的余悸，告诫着行色匆匆的世人：人们称我为“麋鹿”，但愿人类自己，不要“迷路”啊！

## 春晨：喜遇新生小麋鹿

四月的京城，千里莺啼，花红柳绿，春天的脚步正铺天盖地地向我们走来，南郊鹿苑，玉兰刚刚落下肥硕的花瓣，孔雀又争奇斗艳地绽开了华丽的羽屏，万物复苏，一派生机，我觉得，这迷人季节的最迷人的故事，当属麋鹿的生儿育女。

2012年4月19日晨七时，我在环苑巡视，走到麋鹿苑的文化桥，凭栏东望，但见麋鹿们神闲气定，三五成群，几只顶着巨大茸角的公鹿，心如止水地卧在湾湾小河畔的草地上，不远处，是一只母鹿的显得焦躁不安的身影，啊！身后还有个小家伙在随着她晃动，我定睛一看，身上布满斑点，原来是一只新生小鹿，小麋鹿，初生时都带有斑点，再看母鹿的臀部和后腿，血迹斑斑，分明是才完成了分娩，身体虚弱而神情紧张。这么早就生了！我暗自惊叹着，一般麋鹿的产子旺季是在“五一”左右。虽然她分娩的一瞬没能目击，但我在前年还真有幸目睹过一只母鹿产子的全过程，那激动人心的一刻，时常还是像电影一样在我脑海回放：

夕阳余晖中，一只母麋鹿屈腿撅臀，一副要努力生育的样子，我迅速掏出相机，就听“砰”的一声，一头活生生的小鹿从站立着的母鹿的臀部呱呱落地。裹着灰白色胎衣的小鹿刚落地就抬起了头，母性极强的大鹿迅速转身为孩子舔舐并吃掉胎衣，继而，又听“哗啦”一声，一股羊水从母鹿臀部几乎是喷涌而出，接着，呈现了惊人的一幕，一个大红球排了出来，挂在了母鹿阴部，是胎盘！胎盘之内充满了血水，母鹿挣扎着，高翘尾巴，摇摆头颈，晃动身体，似乎要摆脱这个沉甸甸的异物，无奈怎么也摆脱不掉，还是先顾孩子吧！我们这位伟大的母亲就这样不顾身后挂着的东西，忙不迭地为小鹿舔舐，舔舐，小鹿还真不负母亲的爱意，四条纤细的小腿用力支撑，眼看着站起来啦，踉踉跄跄地向前冲了一下，就跌到了。我站在围栏外头，大气不出地目睹了这动人的麋鹿产子全过程。

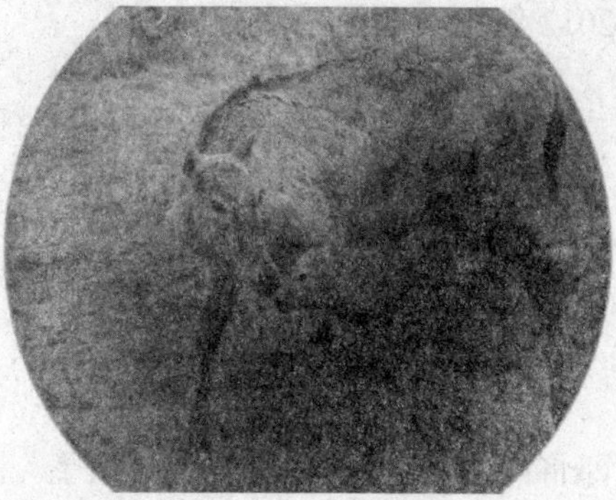

眼前的这头雌性麋鹿似乎更幸运，没有那么拖泥带水，小鹿也非常健硕，紧跟在大鹿身后，走走跑跑，母子相依相偎。这时，小鹿身边走过一只大鹿，小鹿便跟在了那头大鹿的屁股后面，那头大鹿过河了，小鹿竟也下了水！啊！刚出生不久就敢下水，而且还真的游过了小河。小鹿的妈妈不安地追了过去，上岸时，小鹿步态踉跄地迈过乱石堤岸时，母鹿还伸出嘴巴鼓励着小鹿：努力！再努一把力！显然，小家伙是认错人了，它竟然还追随在那只半大个的公鹿身后了，屁颠屁颠的，自我感觉良好，可这只公鹿却不解风情，过了河，见小鹿娃娃还紧跟着他，他竟然回过头，去顶人家，好在不算太生猛，似乎在说“小东西，你老跟着我干啥？”母鹿赶忙抢上前，站在公鹿和小鹿之间，用自己柔弱的身躯身体挡住了鲁莽的公鹿，见此，我悬在心头的一块石头，方才落地！可怜天下父母心啊！事后知道，这竟是北京麋鹿苑

2012年出生的第一只小麋鹿。

## 鹿苑惊现白枕鹤

2007年11月19日一早，我到即将竣工的麋鹿苑文化桥上拍了几张照片，在返回办公楼的路上，经西观鹿台，在苑中林地，瞥见一鹤，颈后洁白，体色灰，疑似白枕鹤，且十分怕人，见我就跑，不像苑里其他的鹤那么悠然，该是野鹤？因未带望远镜，不能确定，也就没敢声张，待取了望远镜，又不见了踪影。

白天，安排工作、开会、到研究院参加培训等，直到午后四点才回到苑里。一回来，就听同事说苑中发现了白枕鹤，而且兽医小钟还拍摄到白枕鹤与麋鹿在一起的珍贵场面，这才理会到，早晨我见到的，的确是白枕鹤。眼见为实，趁着太阳还未落山，我又抄起我的高倍望远镜再次进苑，终于在苑南，清清楚楚地见到了白枕鹤，体色灰而洁净，不似灰鹤那么斑驳，只是头部有些黄泥似的斑点，也许是一只亚成年的白枕鹤。遗憾的是距离过于遥远，黄昏的光线下已无法拍摄，只是抢拍到了一只蓑羽鹤的剪影。

月中白枕鹤

白枕鹤为我国二级保护动物，被国际

自然保护联盟（IUCN）定为渐危种，被濒危野生动植物种国际贸易公约（CITES）定为附录Ⅰ，即严禁贸易的对象。白枕鹤拉丁学名为 *Grus vipio*；英文名称 White-naped Crane，中文又名红面鹤、白顶鹤、锅鹤，为世界稀有鹤种，分布于中、蒙、俄、朝、日，越冬地在华南地区，亦有部分在朝鲜半岛。白枕鹤的体长约120厘米，为大型涉禽，杂食，以植物为主，也吃鱼、蛙、蜥蜴、昆虫以一些软体动物。总数在4900～5300只。作为一种大型旅鸟，北京地区鲜有发现，历史记录只是5月北迁、10月南迁、曾见于北京北部的官厅和密云水库，大兴地区没有记录，麋鹿苑更是首次发现。

刚刚完成的湿地恢复的一期工程，使这里的水域呈现曲流环绕、波光粼粼，初具规模，而这只珍贵的湿地涉禽白枕鹤的出现，就是对湿地生态恢复最直接、最实质的肯定。前不久，我还在一个"城市生态"国际研讨会上撰文，阐述我的观点：一个地方的生态环境的好坏，不是哪个权威人士或领导说了算，而是取决于生物多样性的程度即鸟兽鱼虫说了算。这不，马上应验了，苍天有眼啊。

## 龙年劳动节，麋鹿生产日

"五一"是我们的劳动节，却是麋鹿的生产旺季，"二零一二"生龙子。恰恰我在岗位上值班，有幸目睹了一只麋鹿的降生全过程，真是不虚此班！前年，我曾见过一只鹿的降生，但初见时，母鹿的臀部就已露出幼子的小腿了；今年，麋鹿苑的第一只麋鹿降生，虽说我算首位发现者，可见到时，小鹿就已生下来满地跑、甚至敢下水泅渡河流啦……前两次都没见到麋鹿生育的开头，此次，终于如愿以偿。

下午三点，麋鹿苑饲养班长王彦堂给我打电话，说一只母鹿有要生产的迹象，我赶忙披挂上阵，带着日常装备、观鸟的利器——24倍变焦照相机和60倍望远镜，大步流星赶到东观鹿台，与小王会合。



他当时没带望远镜，仅凭肉眼就感觉到这只母鹿的异常——不合群，不进食，痛不欲生，原地盘桓。我支起望远镜观察，这头麋鹿外观上与其他个体没有两样，但行为上的确很异常，特别是它在卧下时，常常做出昂头向上的动作，小王说这可能是母鹿下鹿前常有的“努…力”行为。我忽然想起，以前在濒危动物中心工作，观察金丝猴生产时，兽医戚老师说过的一个词“努责”，难道，这真是显而易见的一种产前预兆吗？

一个小时过去了，它还在原地翻过来掉过去地折腾，坐立不安。频频后顾，似乎在示意，那里要有情况了；一再地努责，也就是产前的一种较劲行为，同时，母鹿臀部已有少许的血迹——这就是所谓的“见红”吧。不时，有麋鹿从它身边走过，母鹿、公鹿，甚至小鹿。

这时，母鹿臀部宫颈口明显开张，忽地，露出一个“白气球”似的水泡状物体，这与我头一次目击麋鹿分娩时露出的“红气球——胎儿血浆”显然有别；这个鹿的胎儿血浆为何就是透明的呢？在晶莹透明的液体——羊水构成的水囊里，两只小蹄子清晰可见，啊！真的要生了！这个迹象已明确无误地告诉我们：这只母鹿即将分娩。鹿跟人不同的是，幼子先出腿，而不是头。

又耗了半个小时，待产鹿一直还保持着这种状态，愈发地不安，频频地回首，该是子宫在收缩，可就是生不出来，我们举望远镜的手都累了，疑惑地自言自语，是不是难产呀？可这个时刻，基本是靠母鹿自己的努力，任何外在影响都可能对母鹿造成更大的不安、惊恐，甚至伤害。又过了约莫半个小时，那个白色水球——胎盘，一下子瘪了——破水了——羊水从阴道流出，两只小蹄子明确地亮在了产妇鹿的臀部。几只喜鹊围绕在它的左右，似乎在围观，甚至报喜，不过，这只是人的臆想，我估计，鸟们在等着吃点鹿的什么排出物，它们肯定明白眼前发生的一切。

这时，产妇鹿一屁股坐下，把臀部背向着我们了，显然是一种特意的回避，只听小王悄悄说了声“生下来了”，虽然声音不大，对我来却“如雷贯耳”，我立马仔细观察，可是，望远镜里怎么看都是模模糊糊的，似有一堆粉红色的东西摊在地上，甭管了，先拍下来再说，忽然，那堆东西抬头了，啊！真是！一个小生命真的诞生了，小麋鹿的身上还覆盖着半透明的白膜，母鹿随即起身，忙不迭地为小鹿舔舐着。小鹿时而抬头，时而趴在地上，甚至还回头和初为“人”母的鹿妈妈脸贴着脸，场面极其感人。一会儿，产妇鹿走开了几步，接着，它背后排出了一堆东西——估计是胎衣，随即都被它低头吃进嘴里，就又回到小鹿身边，母鹿还在舔舐着，为小鹿舔干身上的毛，并将胎衣、脐带一一吃下。在妈妈不住舔舐的鼓励下，小鹿颤颤巍巍地要站立，又卧下，又舔舐，又要站立，终于，在生下五分钟后，小鹿就跃跃欲试地站了起来，又过几分钟，竟然蹒蹒跚跚地走了几步，就这样，卧下，又站起……身上的斑点历历在目，这是麋鹿幼子酷似梅花鹿的一个特征，但出了满月就消失了，成为完全不带斑点的麋鹿了。经常有人问我一个问题：母鹿产子需要人帮忙吗？我说：适得其反，基本都是自己生产，除非有个别难产的情况，一般地，不用咱去帮倒忙。

师法动物，师法自然，是我一贯的口号，今天观察母鹿的分娩，等于给我补了一课——生理卫生。后经学习资料得知，分娩即胎儿脱离母体作为独立个体的过程，包括三个产程：一是宫口扩张期；二是胎儿娩出期；三是胎盘娩出期即胎

儿娩出到胎盘排出的过程。这只母鹿让我见识了一个伟大母亲自然分娩、小鹿降生的全过程，神奇啊！母亲万岁！生命万岁！

## 建筑与鸟

中国古人崇尚天人合一，不仅在口头上，而且体现在生存方式中，古人设计的房屋，往往其本身就是一个共生环境，我们发现很多老房子的房檐下都是鸟类，特别是雨燕、蝙蝠等动物理想的栖息之所，我儿时上学所在的宣武区白纸坊小学，本身是一座寺庙——崇效寺，教室就在大庙里，上课时能感受到屋顶的勃勃生机，鸟兽滋育，还有蛇和瓦松……可以说我们是在先人的睿智和好生之德的荫护下读书、解惑的，先人还留有"燕子不住愁房"、"此蝠与福同"等民谚。

遗憾的是，最近我们政协在考察世界文化遗产等古建筑时发现，许多老建筑，特别是名胜景区，打着保护古建筑的名义，把这些老建筑的房檐都用钢丝网给罩住了，理由是鸟儿拉屎会破坏建筑物，难道自古的鸟儿就不拉屎？千百年来的鸟儿没有破坏这些建筑，如今的鸟倒变得厉害起来，使建筑物易遭破坏了？当时公园主任回答：我们首要任务是保护古建筑，谁还管鸟！看出我的不悦后，公园管理中心的领导给我一个两全的答复：古建筑的网子还是要封的，考虑鸟的筑巢，我们可以另建有挑檐的建筑让鸟搭窝。妙！不知是真举措，还是应付我。

众所周知，北京奥运的一个经典之作国家体育场叫"鸟巢"，但真正能够供鸟儿营巢的现代建筑简直凤毛麟角，现代的高楼大厦不仅使鸟无以栖身筑巢，那些镜子般的玻璃幕墙更是误导飞鸟的死亡陷阱，对野生动物的生存险象横生。最近，加拿大魁北克博物馆为秋季撞死在大楼玻璃幕墙的鸟类做了一个展览，共2000余只，30余种，摆在我们面前的那尸骨成堆的曾经鲜活的飞舞生灵，与其说是一个生物科学的展览，不如说是一次生态伦理的控诉。但愿有一天某某建筑师能够良心发现，在设计人居建筑时，也捎带着顾及一下鸟，给鸟设计一些生息之所、而非制造血光之灾。

一些鸟类爱好者认为风车会影响飞鸟而反对风电，可是，据一本名为《高地新闻》(High Country News)杂志披露的数据："美国每年导致鸟类意外死亡的原因包括：风车28500起；房屋5.5亿起；电线1.3亿起；猫1亿起；汽车8000万起；杀虫剂6700万起。"这一系列的数字中，只有猫和鸟是动物和动物之间的PK，如何处理？猫是驯化动物、引入种，鸟是野生动物、自然种，应保护的当然是后者了，但如何对付前者？一个成功的结论就是引入了狼，保护了鸟，因为狼制约了猫的数量，这就是生态法则，生态囊括万物，不仅仅是鸟类……

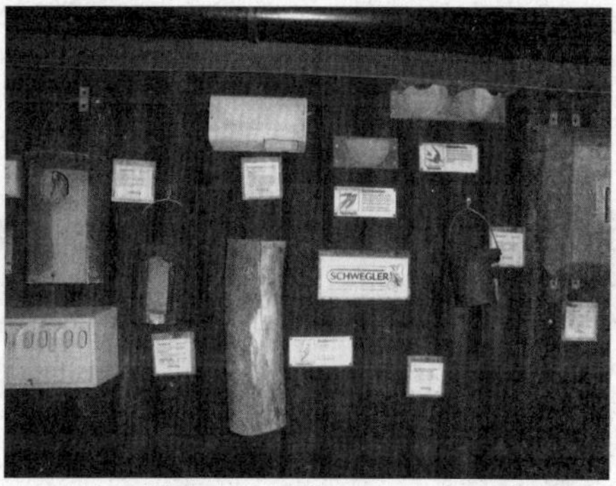


生态一词ECO的本质是"家"、是"居所"的意思，处理好人与动物关系，关键是如何在营建我们的家园、我们的环境的同时，不要妨碍人家的生存，甚至达到和谐共生。2012年6月出版的布兰德著的《地球的法则》一书有这样一段描述，引起我的注意：重建野生环境是所有绿色行动中最有效的，小到窗台上的花盆，大到整个生物群落，无不如此。得克萨斯州奥斯汀市的国会大道桥成为了150万蝙蝠的家园，归功于桥梁工程的无意之举。每到夏夜，在数以千计的游人与市民的注目下，蝙蝠飞入夜幕，吞噬掉12吨的蚊蝇和各种飞蛾等农业害虫，每年为这座城市创造的价值达800万美元，该地的保护组织正在总结这些好经验，以指导人们如何建造更多的"吸引图腾式动物——蝙蝠”的桥梁，它恰暗合了中国的这句古话：“此蝠与福同”。

## 边境动物：福祸难料

很早就听说，边境的动物很幸运，比如，朝韩之间的三八线，由于半个多世纪被划为军事禁区，竟然成为野生动物的天堂，包括各种鹤类都经常光顾这个地方。边境是人为的禁区，对动物则畅通无阻，哪边好就往哪边跑，来去自由，难道应了那句话：良禽择木而栖？但今年暑期，我参加了一北一南两个读书班，竟对边境野生动物的处境产生了莫大的担忧。

阿尔山火山湖

八月中旬在内蒙古的沿中蒙边界从海拉尔到阿尔山一线旅行，北国风光，天高地广，草原辽阔，森林广袤，在欣赏壮丽山河的同时，我总是留意那些动物，这里，既有鄂温克的驯鹿，阿尔山的鼠兔，草原湖泊的天鹅，原野上空的灰鹤，也不乏被摆在宾馆饭店、旅游摊位的鸟兽标本，商贩兜售的鹿头鹿角、狍子肉等，甚至在一个叫呼和诺尔景点的蒙包里，还供应狼肉，《天地狼心》啊！那是我出过的一本书的名字。我不吃任何肉，当然更鄙夷吃狼打狼的行为，作为生态链一环的狼，何罪之有？

遗憾的是，随行导游总还喋喋不休地推介边界地区的野味，勾引我们的领队就范，我当着领导的面，正言厉色地告诉她：“吃野味是被任何文明人所鄙视的行为，不要将人类的嘴变成动物的坟。”闹得那位点野味的领导都不自在地说：咱这不都成罪人了吗，以后不和郭耕一起外出吃饭了。当然，晚宴上我在蒙包痛饮豪歌，还是颇得领导认可的，岂不知，恰因同行之人吃了狼肉，我才如此的举杯消愁，长歌当哭。

八月下旬又来到南国广西，欣赏了中越边界的德天瀑布之后，下榻于边境小城靖西并在宾馆用餐，宴请者为表热情，摆上餐桌的仍是野味：果子狸、穿山甲……这都是什么白吃加白痴的荣辱观？不以为耻，反以为荣！面对一桌的领导和野味，人家叫我动手，我抑制不住内心的腻味和愤慨，回答：我的心在流血！

之后，在北海，不断见到销售国家二级保护动物玳瑁的制品的行为，不仅知法犯法，更令人鄙夷的是，女导游竟信口雌黄地糊弄游客，说玳瑁这种动物的甲，就像人的指甲总在生长，可以不断利用。岂不知，任何一只玳瑁都是因龟壳被血淋淋地扒掉而悲惨丧命，壳之不存，龟将焉附？

人类的热情人类的繁荣人类的技术人类的富裕，怎能以动物的牺牲为代价？难道人类的非生存需要就必须高于非人类的生存需要吗？饕餮生灵，谋财害命！有才无德，富而不仁啊！动物本可暂以栖身的边境地区，竟也成了贸易杀戮芸芸众生的屠宰场？

南国北海的玳瑁雕塑

积怨成灾，福祸相生，动物保护，没有边境！

# 博物、格物、惜物

## ——在“科学家的博物情怀”研讨会上的发言

2004年5月19日下午，北京科技会议中心，学者云集，大家是为了一个古老而崭新的话题——博物，相约而至。

首先，发明家、市科协副主席张开逊作了“科学家的博物情怀”的精彩的开题发言，继而，老作家金涛、探险家位梦华、出版人王一方先后发言。我是携带一架刻有乾隆御文的麋角来的，一到会场，就引起了注目，由于每人讲话限定在10分钟内，我便匆匆举手发言：

我的发言题目名为"博物、格物、惜物"，我认为，博物即晓谕万物之理，格物即理解万物之情，惜物即感念万物之命。从字面上解释博物，狭义为辨识许多事物，旧将动植物、矿物、生理等学科通称博物学；广义则有"博物洽闻，通达古今"(自《汉书》)之义。早期，很多大学者，都是博古通今，学兼文理的，就像诸葛亮，上知天文，下知地理，且才情恣意，堪称博物学家。麋鹿、熊猫的科学发现者阿芒·戴维，既是传教士，又是科学家，颇具博物情怀。现今的不少博士，乃是不博之士，甚有浅薄之士。既博物又博爱，既是专家，又是杂家，才是博物学家应有的品质和情怀，《本草纲目》的作者李时珍当之无愧，他在其中的一段描述金丝猴的文字可谓入情入理："猓然，仁兽也，喜群行，老者前，少者后，食相让，居相爱，生相聚，死相赴……"

博物是以博爱之心对待万物，而非搏斗、搏击之。是师法自然，而非施法给自然；是对动物去摄，而非射；是观鸟，而非关鸟，一字之别，差之千里。遗憾的是，"为什么人们把毁掉人造之物，如建筑，称为破坏，把毁掉神造之物，如森林，称为建设呢？"(圣雄甘地语)。今日世界，正陷入一种越奢华越体面，越节俭越难堪的误区。

所以，我说，面对地球生态危机，当今人类最紧要的事，不是开源，而是节流，不是扩大开发力度，而是降低消费强度！选择一种"节俭其行，高尚其志”的生存方式，以精神资源、心灵世界的开发，代替对自然物产的滥用；以审美愉悦，代替口腹私欲、物质挥霍的感官刺激；以艺术消费、文化消费，代替臃肿的商品消费、财富聚敛和无休止的GDP竞争。通过人类自身心态的调整，减轻对衣食父母——地球的外在压力，既要自强不息，又要厚德载物。我们的先人早就教诲过我们：一粥一饭常思来之不易，一丝一缕恒念物力维艰。

为什么谈到“博物”竟强调这些呢？因为，如今一味强调一己私欲的人类，竟站到了万物的对立面，动辄征服自然、改造自然，可是，“天令其亡，必令其狂！”

温总理的乘除法：我们若以有限的资源除以巨大的人口基数，那人均的占有，便成为可怜的小数点。但目前，我们不正以最多的人口乘以最强的欲望，吞噬着这最有限的资源吗！

复活节岛便是前车之鉴。在东太平洋有一个 117 平方千米的三角形岛屿，屹立着大批被称为艾摩的巨人像，见证着波利尼西亚人曾经的辉煌和文明，尽管与世隔绝，该岛一度繁荣，1550 年人口达到 8000，物质文明达到鼎盛，但 1550 年 4 月 5 日（复活节）荷兰航海家罗格文率战舰抵达时，岛上只有简陋的木划子，植被矮小，生境荒芜。科学家发现，其岛的海豚骨头在垃圾中的含量很高，占三分之一，而海豚只能在深海中出没，说明古代的拉帕努伊人曾建造了大船去捕捉海豚。但曾经的辉煌是建立在森林砍伐、土地滥用、过度渔猎基础上的，欲壑难填终于导致环境承载力的丧失，15 世纪后，岛上的大棕榈树灭绝了，森林的消失导致水土流失，土壤贫瘠，饥馑、瘟疫与战乱交织，文明走向了终结，从而验证了那句话：人类文明，从砍第一棵树开始，到砍最后一棵树结束。

物乃外物，即与自身相对的环境，人是环境中的一员，就像水上之舟，无法“超然物外”，但“水能载舟，亦能覆舟”，因此，必须惜物！宋代大儒朱熹有“人若爱惜物命，也是替天行道的善事”之语；惜物、惜福，始终为东方传统文化所强调，“低物耗，高层次”的生存，诗意地栖息，多一分浪漫，少一些浪费，乃是人类可能选择的最科学、最环保、最优越的生活方式。“原天地之美而达万物之理”、“物我同舟”才是人与物应有的境界。明代学者王守仁说：所谓格物致知者，致吾心之良知于事事物物也。强调了从物到心的沟通，正巧，与会的王直华先生也发出“格物致知、格物致道、格物致美、格物致乐……”的高论。

最后，我举起麋角，托物言志地将乾隆皇帝留在其上的文字“麋角解说”及其一段博物趣事介绍给大家，也作为我发言的结语。乾隆作为一个大清皇帝，不仅文武双全，而且涉略文理，他曾一度探究过鹿角的脱落规律：“壬午为《鹿角记》，既辨明鹿与麋皆解角于夏，不于冬，既有其言而未究其故，常耿耿焉。昨过冬至，陡忆南苑有所谓产者，或解角于冬，亦未可知。遣人视之，则正值其候……持其已解角以归。乃爽然自失曰：天下之理不易穷，而物不易格者，有如是乎……”。这是一位封建皇帝的博物情怀，以文明自诩的现代人，更不应缺乏“博物、格物、惜物”、“厚德载物”之情怀。

## 鄂尔多斯得鸟趣：金翅、啄木、白顶即鸟

我常常这样说，每到一地，即寻鸟迹，留心拍摄，必有收获！

金翅雀

夏初，赴鄂尔多斯的康巴什讲课，课余，早早地起身观鸟。出宾馆，有绿地，先见一只金翅雀，希望拍摄得更清晰一些，待慢慢靠近，举起相机，飞了！正当懊悔因贪心靠近而没能得逞时，两只在地上啁啾的麻雀吸引了我，也顾不上啥鸟了，拍之！一雀还落在花前，构图奇美，令人暗叹：不要嫌鸟孬，就怕位置好。

且行且观，不知不觉来到城边的一座小山下，据我的经验，但凡山水之邻，必会有鸟。于是，神经立马绷紧，果然，金翅，一只，又一只，早已不是刚出门时的那般稀罕劲儿了。渐而发现，这里的金翅多得如同北京的麻雀，羡慕！忽听单调地、嘎的一声，又一声，啊！啄木鸟，我循声望去，一棵大杨树，枝浓叶茂，最适合啄木藏身，于是，我缓缓移步树下，保持身体不动之姿，等待着鸟儿的露头，很快，一只大斑啄木现身了，俄而，又一只，沿着大树伟岸的身躯，寻觅着虫子，上上下下，左左右右，毫不在意我的存在。太好了，它们一定是没把我当人，我身体虽然不动，但眼随鸟动，相机的镜头更是紧紧跟随鸟的身影，终于拍得一组啄木佳片。

大斑啄木

正要满意而归，沿着盘山小路偶偶独行，瞥见下方石阶上闪过一鸟，疑似一种我很陌生的鸟，赶忙拍摄下来，放大来看，真是不认识！我掩抑不住内心的激动，跟踪着这只白顶白腹黑上身的鸟，它渐飞渐落，步步把我带向一片砾石堆附近，这时，一只棕色的与白顶鸟（姑且这样称呼）身量相似的鸟挡在了我的面前，似在争宠，或抢镜头。白顶鸟飞走，它也紧随而去，啊！难道这是一对儿！后者一定是雌鸟，因为，通常是雄鸟的羽色比雌鸟艳丽，当然，雌鸟羽色的暗淡是为了抱窝时不暴露目标。只见它俩你来我往，锦瑟翻飞，大有夫唱妇随之相，拍摄到雄鸟，又拍到雌鸟，出双入对，岂不美哉！正得意间，不远枝头竟然还有两只，羽色与雌鸟近似，从扇羽和啼鸣之态判断，特别是它们不太怕人的神色看，应是雏鸟，哈哈！从雌鸟不断在其附近活动，基本可以得出结论：它们是母子关系！我还以一母在前，二雏在后，拍下前虚后实与前实后虚的两组三鸟同在的镜头。

日头高照，我也观鸟、拍鸟相当地心满意足了，到了不得不离开的时候，鸟儿们还在小山下尽享天伦之乐，我一步一回头地渐渐远去，带着满满的收获——喜获“不识之鸟”的照片，怀着求知的希冀，就像怀揣锦囊却不知内藏何物，等待回来后核对鸟谱或请教高人后，才再揭晓答案，那是一种莫名的期待之喜。

很快，我把所拍生鸟的片子放在微薄上，不久，就有热情的网友回复，这是“白顶即鸟”（白顶鵖）。回到家里对照图谱一查，果然，恰是分布于我国西北的一种鸣禽，鄂尔多斯也在分布范围内！这使我的观鸟拍鸟记录又添一种！更为独特的是，由一雄，引见一雌，再见到雏鸟，这样传奇般的经历和拍摄到这种新鸟全家成员的过程，堪为弥足珍贵的经历，观鸟之乐，乐在出奇和求知，乐在对生命世界真、善、美的享受，伉俪之情，亲子之情，雀有其事！而且演绎得淋漓尽致，对这全套的白顶即鸟的见识，成为我鄂尔多斯之行的额外收获，意外之喜。

白顶即鸟

# 珍妮·古道尔博士笔下的麋鹿

郭耕　译

第一次见到这种稀有而奇异的鹿是在 1998 年，当时，我第一次来中国，就来到了这座位于京郊南海子的麋鹿苑：一座自然美丽的动物家园。记得当时是在南海子麋鹿苑郭耕的带领下参观全苑的，郭耕对这份工作极其投入、富于热情甚至激情，这尤其体现在该苑的环境教育上。

2007 年深秋作者与珍妮·古道尔在乐成国际学校“根与芽”办公室

苑内只有一小部分，整得像动物园，圈养着一些鹿科动物和其他有蹄类，但大范围还是自然野逸的状态。湖水映衬下，展现在面前的是戴维鹿、即中文“麋鹿”的居群之家。堪称壮观的鹿群在水畔徜徉，食野之苹。“麋鹿的冬毛呈现灰褐色，夏毛则为浅棕色，”郭耕如数家珍地介绍着。麋鹿的体型与苏格兰马鹿相仿。一头雄壮的公鹿屹立于前方，虎视眈眈地与我直接面对，显得十分高傲且高贵，相机镜头里可以将围栏与远处的边缘舍去，有种无遮无挡的感觉，你尽可对麋鹿的野性空间一览无遗。我伫立鹿苑，凝视麋鹿，思绪荡漾，完全沉浸在对遥远往事的回忆之中。我依稀地记得曾经在苏格兰贝福特公爵的领地领略过这种鹿的英姿，而且对它们高度濒危的状况、且来自遥远东方、来自中国的身世有所耳闻。那是在 1956 年，当时我在伦敦参与一家电影公司纪录片的制作工作，曾来到这个特别的领地——乌邦寺，如今，40 年过去了，我见到的，应当就是那些麋鹿的后裔啊。

## 灭绝于华

它们的故事实在令人惊异。麋鹿曾广泛分布于中国长江中下游的原野和湿地,随着生态环境的丧失和猎杀的压力,到1900年已处于绝迹的边缘。据说最后一只麋鹿是在1939年于黄海之滨被射杀的,所幸的是,剩余不多的个体由于先前是被圈养在北京南海子皇家猎苑,这个属于中国皇帝的巨大的猎苑才使麋鹿得以延续和繁衍,该苑仅围墙就有53英里,并由满族人担任巡查把守着。1865年,一位法国传教士阿芒·戴维来到这里,将麋鹿介绍给西方。戴维从儿时就酷爱自然,一直向往遥远的东方国度——中国。做了传教士,使他梦想成真,终于踏上他前往中国的为期5个月的航海之旅。他这次来中国的考察,收集了大量西方人闻所未闻的动植物标本,并送到了巴黎自然博物馆进行学术研究。他的收藏包括金丝猴、松鼠和各种雉类等等,更有甚者,他堪称是发现大熊猫的西方第一人。戴维的一次考察是在北京南郊,当时他隔墙窥视,发现有一些奇怪的动物,有点像驯鹿,但又不是。回到城里,他打听着,试图从哪弄到一些这样的鹿,却一无所获,不死心,只好跟着翻译又返回这座南郊的猎苑。最后,他赠给守卫猎苑的军士一些羊毛帽子和手套(另说他支付了20两银子),说服了他们帮他弄到一些鹿角、鹿皮。戴维神甫终于将这些标本运回法国,经过分类学检索,宣布,这是一个鹿类新种,并以他的名字冠名——戴维鹿。当然,巴黎方面还是非常热切的希望得到戴维鹿的活体的,最后,几经努力,中国皇帝终于同意赠送给法国大使三头活的麋鹿。遗憾的是,它们没能熬过漫长的海上航程,半途而亡。之后,又与大清的官员协商,希望再将一对麋鹿相赠,终于得逞,这次海上运输,麋鹿得以安全抵达。听说首批活体麋鹿到达巴黎,成为当时备受瞩目的大事,之后,德国、比利时,还有英国的乌邦寺,也相继弄到了麋鹿。一段时期里,共有约20头麋鹿被输送到欧洲,与此同时,大多数麋鹿还是在中国,但到了1894年,北京南郊洪水肆虐,皇家猎苑部分围墙被冲垮,许多麋鹿或被洪水淹没,或被饥民杀死,在皇家猎苑顶多还幸存20～30头麋鹿，可叹大约5年后，全部毁于义和团之乱，战火染指皇家猎苑，麋鹿被悉数宰食。

## 幸存于欧

从此，麋鹿的未来便寄托在欧洲的少数麋鹿个体的身上了，但是，动物园的麋鹿繁衍艰难。当最后一只麋鹿在遥远的中国老家绝迹的消息传来，赫伯瑞德——第十一世贝福特公爵意识到，如果想拯救它们，就需要将这些散失于各处的麋鹿合群。最后，它说服了各个拥有麋鹿的动物园，将这些所剩不多的麋鹿都卖给他，到了1901年，它已收集到14只麋鹿，养在乌邦寺里——这便是世界上硕果仅存的一个麋鹿种群。包括7只母鹿（其中2只不育），5只公鹿（其中1只为王），2只幼鹿。对这些遗老遗少，经过几年的悉心调养，终于开始繁育。到了1918年，种群恢复到将近90只的程度，这时它们面临另一挫折：第一次世界大战爆发，英国全国食物匮乏，饥荒导致鹿群数量直线下降为50只。战后，数量才逐渐恢复。但到1946年，当麋鹿增加到300只的时候，第二次世界大战爆发，又更加严峻的食物短缺，同时鹿群还遭到敌军轰炸的威胁。这时，贝福特公爵意识到，疏散麋鹿不失为一个明智之举。到1970年，可供繁衍的麋鹿种群已经散布于世界上的很多地方，乌邦寺只有大约500只。

## 麋鹿还家

作出将麋鹿送还中国决定的是十四世贝福特公爵，当时他的爵位还是塔维斯托克侯爵。将麋鹿远渡重洋送还中国，这可不是一件容易的事，但是，终于下定决心于1985年，首先将22头（其中20头留在北京，2头赠上海）麋鹿踏上从乌邦寺到北京的还家之旅。2006年，当我到北京访问时，我告诉郭耕，我需要一些有关麋鹿还家的历史过程的资料，郭耕说，那你最好是找一位叫玛雅·波伊德的女士，一位斯洛伐克人。可惜，当时正值圣诞节的前夕，玛雅在斯洛伐克，我在伯恩茅斯（英国），我们只是通过电话交谈了一下。交谈的最后，我感到玛雅是一位热情且有个性的人。她让我知道，当时，她随丈夫在美国时是从电影里看到我和我的冈贝黑猩猩的。“我是勉为其难地干起了这件事的，就像你当初一样！”她说，她的美国丈夫是塔维斯托克侯爵的同窗好友，玛雅就这样从那时起接受了这项将麋鹿送回故乡的任务的，并且从此着迷于此。“是麋鹿，”她这样告诉我，“把我带到了中国”。她更津津乐道的是，将麋鹿放归野外，真正的自然。她说，选点，必须由政府决定，我们的一举一动都有赖于政府的支持，需要一个开明的决策，当时能选点麋鹿苑就是这样。尽管这里在历史上是皇家猎苑的一部分，但猎苑的历史早已灰飞烟灭。在麋鹿回归之前玛雅她们就先期检验了这里，她发现这里的一部分是苗圃，自然条件尚好。但还有个猪场，需要改造，否则不合适。政府机构同意了猪场的搬迁。他们还堵塞了一条流入苑中的河，为什么？因为这是一条污水河，污染很严重。当时挖了9口机井为动物供水，又着手湖中供水的工程，不久清波粼粼，湖水荡漾。人员也陆续到位，可谓万事俱备只欠东风。但是，节外生枝，有出现一些在她看来是严重的问题，负责基建的人员坚持按照为牛马圈舍的传统设计，制作麋鹿管养区的门——一扇半截高的门。玛雅坚持己见：麋鹿与牛马不同，会从门上跃过，可是这些中国人就是不听，也不可能信任玛雅这样的女流之辈。毕竟这些人也没有见过麋鹿。直到塔维斯托克公爵的大儿子安卓·赫兰德亲临现场，在为麋鹿“号房子”中他惊讶地发现了门的问题，见到一排排整齐但不合理的圈舍之门，立马要求拆掉这些不合时宜的门。这才将所有不合格的圈舍之门拆换掉。终于拨乱反正，一切准备就绪，谢天谢地！

## 回归故里

1985年，22只在遥远的英伦出生的麋鹿——也许其中就有我1956年在乌邦寺遇见的个体的后代——远渡重洋被送至中国。尽管这是一次远途旅行，但比起当年它们的祖先曾经忍受的海运之苦要舒服得多。玛雅清楚地记得在抵达的那天，当麋鹿乘坐法航班机踏上旅程时，简直是时光逆转，令人神智有些迷惘，“因为麋鹿当初被引入欧洲的时候就是经由法国人——法国的传教士之手，如今搭乘的竟也是法国飞机。每个人都异常兴奋，以至于他们似乎都忘却了或许是根本顾不上品味一下这为之奋斗的成就感，历史赋予的责任，那史诗般的一幕全都浓缩在了接机的那一刻。集装箱鳞次栉比，玛雅与随机陪伴麋鹿从英国出发，一路上唯恐所运之“货”掉下、麋鹿逃脱。所幸，尽管大家忧心忡忡，麋鹿还是一路顺风。“事实上，”玛雅说，“一路上麋鹿的举止比人类更沉静。”。终于，所有的运输箱都被吊装到卡车上，这是麋鹿长途旅行的最后一段。玛雅说，她感到非常歉意的是，那些守候在路旁的数以百计的群众，就想看看麋鹿的尊荣，但那天大家见到的仅仅是卡车。此时此刻，看到久违故乡的麋鹿到达目的地——检疫场，站在中国的土地上，喝到家乡的水——这是一个世纪前其祖先曾经漫步的地方，谁能不心潮起伏。的确，从那时起，中国人对这个项目一直引以为荣，且乐此不疲地用麋鹿的故事进行宣传、教育，尤其是对青少年。“我们收到过很多的孩子写的信件”。玛雅对我说,她记得一个女孩才五岁,父母每月只给她两元零花钱,她却省下来寄给了麋鹿,请求这里的叔叔阿姨们给麋鹿买巧克力,以表示,让麋鹿知道回到祖国是多么的受欢迎、受爱戴。对于回归的麋鹿来讲,还发生一件未曾料到的事情。当一些本地人听说这里要建设麋鹿家园时,他们敏感地意识到这儿将成为一处风水宝地了,肃穆而常绿,于是,赶紧为故去的亲人搭坟造墓,遇到哪家有丧事了,他们首选的下葬之地便是麋鹿苑。玛雅告诉我,她曾与一位中方官员在苑内巡视,这位官员行至南侧的坟地附近,便宣称,我们必须清除这些坟地,但玛雅极力劝阻,说在她的家乡——斯洛伐克——认为除掉坟地不是吉兆。这位官员环顾左右后,对她耳语道:我们这也有这个讲究。所以如今,走在那些地方,看上去有些特别,因为仍可看到一个个坟包——每当清明节,四月初,还是允许人们来凭吊的,毕竟,这是中国人对故人表达敬意的一种方式。

## 乌邦访麋

玛雅安排了一些设计麋鹿苑的中国科学家访问英国。最最精彩的节目是参观乌邦寺。在那里,将会晤那些在中国以外的养护麋鹿的人士。我倒是有兴趣加入这个行列,可惜在中国代表团抵达之时,我恰恰去了美国。好在我特意走访乌邦寺的这次,便会见了玛雅,还有风度翩翩的东道主罗宾·卢瑟(贝福特公爵之子)。几乎一个星期了,都是淫雨霏霏。我和妹妹在阴霾中行驶了一整天,午后竟然雨过天晴了,这是一个宜人的春之黄昏,碧草如茵,老橡树疏影婆娑。树深时见鹿,最初见到的就是一只麋鹿,双角已脱落,新茸尚未生。它好像离群索居,或许没找到对手,也可能是在理智地回避群体生活。经过了一群群梅花鹿、狍子、黇鹿以及雄伟的马鹿,可是,麋鹿的种群哪去了呢?我们找啊找,终于发现了它们,在一个湿地附近,太壮观了,20头的鹿群在落日余晖中,它们浑身的鹿毛如同镀上一层金,美丽绝伦。很快,夜幕降临,我们不得不离开麋鹿们。在一处迷人的别墅,见到了罗宾和他夫人。我们坐下来谈论着麋鹿轶事,并由此得知玛雅其人其事，与麋鹿项目的因缘。罗宾慨然提供了大量的图片资料，我们探讨了他们的环境教育项目与珍妮·古道尔“根与芽”项目合作事宜。此后，在2007年秋，我的亚洲之行，玛雅为我再次安排了麋鹿苑的参观活动，令人高兴的是，在那里我见到了夏季于乌邦寺失之交臂的两位中方访英代表团的成员麋鹿苑的张林源主任和王宗祎教授。王教授可谓前期主持麋鹿重引进并给过玛雅巨大帮助的特殊人物。坐到会客厅小谈片刻，玛雅为我们翻译，喝着热茶，之后，我们乘坐一辆电瓶车出发看麋鹿。天气寒冷，有些树上挂着冰柱，好在我穿着较暖的衣服，身上不冷，但此行也令我些许感到寒心和忧伤，毕竟头一次参观麋鹿苑的情景令人难忘，那是一次回归自然的感觉，鹿行荒野，尽管距离城市那么的近，可是眼下，这次来到麋鹿苑触目所及，人工痕迹比比皆是。麋鹿的数量在增长，它们所到之处吃光了所有的草，甚至水里的草，必须以补充饲料维持。麋鹿看上去还算健康，但眼巴巴地围站在人工食槽周围，了无生趣。似乎与我那年见到的麋鹿完全不是一种了，判若异类。因为，最初的麋鹿苑给我的印象是不羁而高贵，如此难忘的印象却荡然无存了，怎不叫人陡升寒意呢？（好在2010年，随着北京“城南行动计划”的实施，一个占地达万亩的、将麋鹿苑围在核心的郊野公园已经开建，预计整体环境将因之得到极大的改善。）聊以自慰的是，我们来到一个相对温暖、面积不大的环境教育中心（《麋鹿沧桑》展览室，2009年已改进为《麋鹿传奇》展览），又享用着鲜美的蔬食午餐。东道主介绍，在长江之畔建有一处面积达25000亩的自然保护区，从1990年起，国家环保局就批准部分麋鹿放归野外，在那里，它们得到一个很好的归宿。甚至一些个体游泳渡过长江，在湖南形成了一个相对独立、自由的种群。当初有人担忧会不会有偷猎者，答案很肯定，不会，因为那里也建立了保护区，那些鹿在当地也受到了保护。玛雅和王教授都建议我去看看那些麋鹿，它们与很久以前生活在那里的祖先一样，完全野生了，我渴望着这天的到来。后来，我从麋鹿苑郭耕那里获得了一枚麋鹿纪念章，上边麋鹿的形象乃是汉代中国人制作的瓦当。在我们的根与芽办公室里，还收藏有一副麋鹿角，四岁的公鹿，我常常带着这柄鹿角道具巡讲，把它作为中国保护生物成功的范例。它的确代表了动物的适应性和恢复力，只要我们给它们以机会。自从1985年麋鹿回归中国，麋鹿种群兴旺发达，据说数量愈千。

## 广西见识果下马

久闻有一种体型极其矮小的马，叫果下马，小到可以自如地在果树下行走，在广西，以德保、靖西为主要分布地。百闻不如一见，2009年夏，我随政协赴广西考察，在中越边境，不仅目睹了壮美的德天大瀑布，而且还见识了被称为德保矮马的果下马，真是不虚此行。

同行之人，除了我，也许没有什么人会注意，一路上见到的马，都是非常矮小的。在我们下榻的靖西宾馆，凭窗望去，路上来往的车马，全无北方的高头大马。在旅游景区，供游人骑乘拍照的马，也不算高大，但身高至少还是高及胸部，这些一米多高的小马，能不能算是“果下马”呢？我还难以确定。为什么呢？因为真正的矮马的成年体型应在一米或一米以下，特别是果下马，不仅个头矮小，连腰椎骨都比一般家马少一块，从而得知，中国的果下马与欧洲的矮马的渊源是截然不同的。欧洲矮马源自英国的设德兰群岛，为人工驯化繁育的马种，而我国的果下马或曰德保矮马之所以这么矮小，完全是古老的遗传基因决定的。

由此，我有两个疑问，一是果下马既然不同于欧洲家马，是否与亚洲的普氏野马更接近呢？比如，野马的染色体数目为33对，家马则为32对，野马比家马多一对，不知果下马是不是也多一对？其二，中国不仅有广西（德保）矮马，还有贵州矮马、四川矮马、陕西（宁强）矮马，它们之间是否有遗传（如，染色体数）或解剖学（如，腰椎骨数）上的差异？

带着好奇与疑问，我一路追寻着矮马的踪迹。终于在参观红色之旅的百色地区，有一个矮马养殖场的备选景点，而且是可去可不去，机不可失啊！我兴致勃勃地与几位委员进入这个小小的养殖场，见到的内容不多，但几匹小巧的马匹足以令我眼前一亮：那一匹匹身高不足一米的矮马，站直的高度仅及我的腰带，名副其实的中国矮马——果下马，我终于见到你了！于是，美滋滋地与矮马合影，这些矮马几乎个个温驯，不动声色，乖乖地配合你，有服务人员建议可以骑乘，我看着它们那娇小的身材，哪忍心骑在人家身上啊，谢绝了工作人员的好意，带着博物学探究的充实感，完成了广西之旅。

德保矮马是一种珍贵的遗传资源，大名流传了几千年的"果下马"就是具有这种矮马基因的现实版，号称"马中大熊猫"，它们远在边陲，没有受到太多的基因杂合，耐冷热，耐粗饲，抗疫病能力强，善于爬山涉水，娇小灵活，吃苦耐劳，可挽、可驭、可骑乘，最大的优势就是矮小，所谓小有小的优势。尺有所短，寸有所长，正好应了西方的那句谚语"以小唯好，以俭为美"。

# 吉祥京燕语呢喃

## 评说奥运吉祥物

2005年11月11日晚8时，电视台转播工体举行的北京2008奥运吉祥物揭晓晚会实况，我因一直为推荐麋鹿为奥运吉祥物奔走，本应以当事人的心情，期盼着这份结果，但因事先对麋鹿落榜的消息已有耳闻，便只好以平静的心情冷眼旁观了。当主持人宣布吉祥物亮相时，我瞪大双眼，端详

着五个蹒跚而出的"福娃"，综观外观形态，实在难以辨认是什么动物，半晌，才看清黑白的大熊猫和长角的藏羚羊。经主持人解释，终于知道，蓝色为鱼娃，绿色为京燕，红色为火娃，对这些吉祥物，我和一些朋友，很有一些看法：

无疑，五个福娃设计得都很可爱，但熊猫曾作为北京亚运会的吉祥物，再做北京奥运吉祥物，有重复之嫌；藏羚羊近年因屡被盗猎而出名，但愿它们今后少一些凶险，多一分安详；鱼娃的代表性太过宽泛，不知所指；火娃不是动物，无从评价；我以为，唯有京燕，选得好！

在这号称能代表海陆空、金木水火土、红黄蓝绿黑、东南西北中、奥运五环旗及谐音"北京欢迎你"的五个福娃吉祥物里，我为什么独钟京燕呢？因为她是绿色的、因为她是飞翔的、因为她具备母性美，还因为，她是自然飞鸟与文化纸鸢的融合（恰好，昨在科协开会，喜获福娃一套。其中，京燕的头饰，正面看，是一个风筝，背面看，福娃的脑勺后还垂下一条燕子的剪尾）、她的文化内涵是丰厚的、她的民间征兆是祥瑞的，她也是一种真的能代表北京的动物。

## 京燕：北京的候鸟

无论在紫禁皇城、前门楼子，还是寻常巷陌、农户屋檐，都不乏燕子的身影。燕子是大家熟悉的鸟类，从鸟类分类上看，燕子包括雨燕目的各种雨燕和属于雀形目燕科的家燕等。

非常奇特的是，划在雨燕目名下的，既有飞行迅速的雨燕，还有善于空中悬停的蜂鸟。

我们就单说雨燕吧，全球达 84 种，中国有 9 种，在北京地区有分布的是这 3 种：

——北京雨燕，学名楼燕(Common swift)；

——白腰雨燕，亦名白尾根麻燕(Pacific swift)；

——白喉针尾雨燕，亦名山燕子(White-throated spinetail swift)。

属于雨燕目的还有金丝燕，分布在南方沿海，遗憾的是，它们用唾液杂以海藻筑成的巢，常被人们撬做"燕窝"(2005年10月的《环境教育》杂志的封面，便是这个主题的内容)。

雀形目燕科的燕子全球达77种，我国有10种，北京地区占一半，它们是这5种：

——家燕，亦名拙燕(House swallow)；

——岩沙燕，亦名土燕(Sand martin)；

——毛脚燕(House martin)；

——金腰燕，亦名巧燕(Golded-rumped swallow)；

——岩燕，亦名石燕(Crag martin)。

不仅仅在北京，全国各地的各种燕子，都是南北迁徙的候鸟，春来秋往，定时守信。千百年来，我国浩如烟海的文学作品及民间传说，与燕子有关的比比皆是，它们出现在诗歌、文赋、禁忌，甚至物候记录中。

## 燕子：祥瑞之兆、太阳鸟化身

燕子，亦名玄鸟，社燕。为什么呢？《礼记·月令》云："仲春之月，玄鸟至……仲秋之月，玄鸟归。"《广雅》云："巢于梁间，春社来，秋社去，故谓之社燕。"就是说，燕子是忠实的候鸟，它们随春而来，预示生机勃勃的开始，"春来秋去，开生之候"对原始人类的影响是深刻的，燕子成了天气转暖的物候标志，是严冬过去、万物复苏的福音。

把燕子视为主宰生命繁衍的俗信，起源于母系社会，曾流行于荆楚地区。古人认为，燕是天女的替身，求签问吉凶时，主生育之兆。连《本草纲目》中都有"人见白燕。主生贵女"。历史上，凡有白燕出现的地方，都要逐级上报，以为祥瑞之兆。

毕竟，在漫长的农业社会里，燕子春来秋归，捕虫啄秽，作为庄稼虫害的天敌，人类除虫的帮手，必然受到农家的喜爱，因此，农户们对燕子筑巢于梁间檐下，始终抱着礼待和欢迎的态度，千百年来，燕子与人和睦相处，尤其在江浙一带，人们把燕子是否愿在家中筑巢视为收成好坏、发财与否、甚至吉凶祸福的无形标准，有道是“燕子不入愁房”、“捅燕窝瞎眼”。



另外，人们对太阳的崇拜，往往把太阳黑子的色态与燕子的白腹黑背相等同，便把燕子视为太阳神的使者。在古人的宇宙观中，燕子是飞翔的黑鸟，称燕为“日中鸟”；秦汉时期，把位于东方的冀鲁之地称燕国，便可见一斑，如今，河北易县还有作为战国时期燕国故地而沿袭其名的燕子村、燕子塔。

## 燕情、爱情、亲情、恋情

毋庸讳言，燕子飞翔的双翅，也开启着文人浮想联翩的思维空间。在古人的诗文和燕子呢喃软语的暗示中，燕子从生命力象征，又逐渐演化为忠贞于爱情的信仰。古书记载，在南方某个燕子栖息的岛屿，有一个叫乌衣国即燕子国的地方，这是个女性神仙地，爱情温柔乡。一日，金陵人王谢航海遇风，抵乌衣国，国王以女妻之，后来王谢思乡，国王便命飞云车送之，至家，见梁上燕子呢喃，乃悟所至燕子国也。至秋，二燕将去，悲鸣低回，王谢乃书系燕尾：“误到华胥梦里来，玉人终日苦怜才。云轩飘去无消息，泣泪春风几百回。”燕带诗去，来春复回，尾有小柬，乃女所寄诗：“昔日相适冥数合，如今睽远是生离。来春纵有相思字，三月天南燕不飞。”这个燕子公主与王谢艳遇的“新婚燕尔”故事，便成为无数文人骚客一唱三叹，吟咏燕侣之情、渲染离愁别绪的不朽题材。

“朱雀桥边野草花，乌衣巷口

夕阳斜。旧时王谢堂前燕，飞入寻常百姓家。”这首脍炙人口的七绝，出自唐代大诗人刘禹锡，有趣的是，此王谢非彼王谢，这个王谢，指的是六朝时的望族大户“王氏和谢氏”，以后“王谢”便成了高门世族的代称，而这首燕诗，则巧妙地转意为时过境迁之叹。

挂一漏万地历数古代典籍，有关燕子的诗文不绝如缕：《诗经》有“燕燕”篇，《敦煌变文集》有“燕子赋”，傅咸的“燕赋”，阮大铖的《燕子笺》，曹丕的“燕歌行”，吴师道的“燕子行”，葛起耕的“赠燕”，白居易的“燕子楼诗序”，尤其是他的“燕诗示刘叟”，堪称是对燕子的博物学细腻描述和对晚辈恪守孝道的教诲，张祜的“隋宫燕”，鲍照的“咏双燕”，李白的“双燕”，杜牧的“树舍燕”，史达祖的“双双燕”，梅尧臣的“燕”诗，辛弃疾的“赋梁燕”，高瀛洲的“赋燕”，郝懿行的“燕子春秋”……“燕诗”出现频率较高的，还是要算唐诗、宋词、元曲了。

古人对燕子的描述，余音袅袅，不绝于书，这一切，无不寄托了对美好情感的向往与对和谐生活的追求，这一首首呢呢喃喃、低回凄婉的诗文，与其说是对人燕之情的昭示，又何尝不是一曲曲维系人与人、人与自然关系的颂歌！

## 昆虫唤醒的记忆

展读花城出版社新版法布尔的10卷本《昆虫记》，心绪仿佛一下回到那几乎是与虫为伍、以虫为乐的孩提时代。

在工业化不太发达、农药化肥不太普及的30年前，我还是个小学生，记得那时生活环境中的昆虫五花八门、种类繁多，什么屎壳郎、磕头虫、花珠珠、花手绢、臭大姐、喇喇姑、知了、刀螂、天牛、马蜂、扑棱蛾子……不胜枚举，仅蜻蜓就分老子儿、膏药、灰儿、黄二、黑锅底、红辣椒、小日本儿等，养点儿蛐蛐儿、油葫芦什么的，更是男孩子的拿手戏。

那时，我是将昆虫当成玩意儿、当成伙伴儿，甚至有一回还因把一只大豆虫塞进女同学的铅笔盒，吓得她上课失声大叫而遭到了老师的斥责和罚站。

尽管如此，我对昆虫的喜爱还是痴心不改，参加工作之初，从事进口贸易，一次，到二连浩特接货，巧遇内蒙古大学生物系的一位刘老师带学生野外实习，我便混迹其中，在星斗满天的草原夜色里，点着黑光灯，收集趋光而来的昆虫，那是唯一一次带有专业色彩地捉虫子。

后来，参观北京自然博物馆的一次昆虫展览，对我帮助很大，使我对昆虫的形态、分类、数量有了粗浅的整体认识，其中一首简述昆虫的小诗，至今还记忆犹新："体分头胸腹，二翅三对足。生长有变态，数目百万种。"

进入动物保护领域，虽然如愿以偿地从事着自己爱干的"伴虎如伴君"的事业，但不知为什么，与昆虫的联系却越来越少。一次，为中央电视台"动物世界"译写脚本，遇到一种叫蚁狮的动物，不甚了解，为了叙述清楚，才找了块沙地，趴在那里着实观察了一番这种脉翅目昆虫以沙漏状陷阱诱捕蚁类的情景。

通读《昆虫记》，循着法布尔大师的足迹，在昆虫世界中徜徉，不仅了解到很多昆虫学方面的知识，找到亲近自然的感觉，更勾起我对快乐童年的回忆。《昆虫记》全套10本，又是译著，但绝无读生物学专业书的那种刻板之气，正如书中作者自述："有人指责我使用的语言不庄严，没有学究气。照他们的说法，只有晦涩难懂，才是思想深刻。是的，我的作品没有充满言之无物的公式、一知半解的瞎扯，而是准确地描述观察到的事实。"

的确，综观全书，法布尔无时不在不厌其烦、不厌其详地娓娓诉说着一个一个昆虫物种的生活历程与悲欢离合，但又尽量不因此而去打扰、不去伤害之，通篇不仅表现出科学家的缜密、敏锐和严谨，还体现了诗人的细腻、真切和激情,《昆虫记》不愧是一部入情入理的“昆虫的史诗”,法布尔也因此被誉为“昆虫的荷马”而有别于一般的自然科学家,区别何在呢,按法布尔自己所说:“他们是把昆虫开膛破肚,而我是在它们欢蹦乱跳的情况下进行研究;他们是把昆虫变成一堆既可怖又可怜的东西,而我则使人们喜欢它们;他们在酷刑室和碎尸场里工作,可我是在蔚蓝的天空下,在鸣蝉的歌声中观察;他们用试剂测试蜂房和原生质,而我却是研究本能的最高表现;他们探究死亡,而我却探究生命。”

作为一名科学家,他不同于现代专家的那般自命不凡、孤芳自赏,而是字里行间充满对生命、对自然的敬畏,在发现泥蜂制服对手时只用蜇针刺向对方胸部的神经中枢,就使其瘫痪而非大动干戈,这比我们的解剖学更先进、更有效,对此,他不禁感叹道:“高傲的科学啊,您甘拜下风吧!”

生态学家爱伦布恩曾说:“唯有具备孩提般谦逊之心的人,才能重新找到亲近万物的钥匙。”法布尔就是这样一位具备孩提之心的、童心未泯的“科学诗人和哲人”,他发现,椿象之卵美如串珠,可我们眼中只有令人厌恶的臭大姐;西方把螳螂比做“祈祷上帝的昆虫”,甚至比做娴静的修女,可他在《昆虫记》中又为我们讲述了一个喜宴变丧宴、新娘变悍妇的雌螳螂交配后吃掉雄螳螂的故事。在他眼中的昆虫世界就是这样情理交融、悲喜交加,以至八十多岁的他,还在饶有兴致地窥探一对手拉手搞对象的蝎子,甚至之后还做了一个蝎子钻进他的被窝的美梦,像不像个老顽童?

可是,在这个多有浪费、少有浪漫,多有虚幻、少有梦幻,多有老成、少有童贞的时代,被现代科技武装到牙齿的新新人类,面对无辜的生灵、受难的自然,却往往视而不见、充耳不闻。到底是自然在隐退,昆虫在丧失,还是我们的本能在衰退,良知在沦丧?我们的先人与自然、与生灵直接晤面、领承天启；我们也有眼睛，却只能借助他们的眼睛看世界。我们为什么不能拥有由我们自己的慧眼见到所创造的、而不是先人留给我们的诗和哲学呢？

## 迁徙的秘密
### ——似曾相识燕归来

动物迁移是指动物在不同地域之间进行移动迁居的习性，是生命世界广泛存在的跨越空间的现象。迁移原因包括躲避恶劣气候，寻觅充足食物，躲避敌害，寻找适宜的繁殖和栖息场所等。迁移方式有的是有规律的，也有无规律的，如旅鼠、蝗虫等的种群扩散；羚羊、斑马、鹿、鱼的漂泊游荡；有规律的迁移则占大多数，盘羊、马鸡、岩羊等沿高山垂直迁移，浮游生物在海面繁殖，然后垂直迁徙到海底；企鹅的水平迁移，野牛、牛羚、驯鹿、蝴蝶的周期性迁移（黑脉金斑蝶的团队从加拿大到加州南部、墨西哥越冬，在

欧洲和非洲之间迁徙的昆虫有天蛾、蛱蝶等),鱼的洄游(水中迁徙的生物有螃蟹、海龟、鲸及鲱鱼、鳕鱼、鳗鱼、鲑鱼、金枪鱼等),特别是大量候鸟的以年为一个周期,按照特定的路线的迁飞或迁徙。迁徙路线是指鸟类从越冬地到营巢地之间所经过的地方,多数鸟类是依照地理地貌特征,沿固定地标迁徙。

但并非所有鸟类都迁徙,按照居留类型,我们把鸟类分成:

留鸟(Resident)、候鸟(Migrant,其中含夏候鸟、冬候鸟、旅鸟)、迷鸟(Stragglerb bird)、漫游鸟(Wander bird)。

世界上的鸟类有3/4都在迁徙,每年在天空飞来飞去的鸟至少达100亿之众。我国的1300种鸟中,一年四季有序迁飞的鸟就达560种。莺莺燕燕,春来秋往,如此的牵动人心,但作为候鸟,为什么要不辞辛苦地迁飞?又何以识得归途呢?

关于候鸟迁徙的原因,据分析,主要有三:

一是历史因素或冰川因素。在第四纪冰川时代,北半球冰川向南推进,气候寒冷,大量昆虫被冻死了,鸟类无法找到食物,被迫远离故土,前往温暖的南方。夏季,留恋故乡的鸟类又飞回北方,实际上,这时,北方的昆虫正蠢蠢欲动,可供取食。长此以往,候鸟的周期性的迁徙习惯便形成了。

二是地理环境因素。鸟类迁徙,还受到各种环境条件的影响,寒冬来临,气温下降,日照缩短,食物减少,对鸟类生活不利,便结伴南飞。但越冬地又不适合营巢、育雏,于是,来年春季便重迁故土,生儿育女,燕子就是这类回乡繁殖的鸟。许多鸟类迁徙不是直线,而是曲折前进,这与大陆虽已漂移而迁徙本能不改相关。

三是生态生理因素。任何动物包括鸟类,都要追寻最适宜的生存环境,趋利避害。气候、食物等导致鸟类做出迁飞的选择,但外部因素必须通过内部生理机制起作用。一些鸟的迁徙便是鸟体内分泌活动决定的,春天,受光照、温度影响,体内分泌腺,如脑垂体、生殖腺活动,分泌出的激素,刺激鸟北迁繁殖的行为,有时,外因条件十分关键,如果环境条件发生变化，有些鸟干脆不再迁徙了。

那么，燕子等候鸟又是如何“不辞故国三千里，还认雕梁十二回”的呢？通常认为，它们白天，可以以太阳导航，夜间，以星月导航。但是，一只雏燕才出世数月，羽翼初丰，不管有无老燕带领，都要南飞，远渡重洋，前往陌生的地方越冬，它们是如何识别方向的呢？

生物学强调，个体的发育是种系发育的缩影。个体生命虽然短暂，种系的集体生命却相当漫长，生死明灭，前仆后继，个体虽去，但细胞内部的发挥遗传信息的编码、存储、传递机制的脱氧核糖核酸却发生着作用。这即是所谓动物行为的先天继承与后天习得的相互作用。

当然，鸟类迁徙的外在因素很多，有的是明摆着的，有的则需要分析。

鸟类何以准确迁徙？

从视觉因素考虑一是地貌（地标）定向。从鸟类迁徙的途径判断，飞鸟能够充分利用地貌特征，如海岸、河流、山脉、湖泊、岛屿、森林等作为“方向标”以其发达的视觉器官选择飞行方向，完成“定向越野”。还有太阳定向和星辰定向。

从非视觉因素考虑，包括磁性感应。经过一些科学家的实验表明，地球的磁性作用在鸟身上也能发生作用，这种磁性感应能力表现于鸟的身上就是，鸟类能循着磁子午线的方向而南北飞行，地球上多数的鸟类迁徙是呈南北方向的。听觉定向，鸟能清晰地听出地面的声音信息，如松涛、蛙鸣，浪潮等，鸟之间也需要通过鸣叫来相互联络，以保持飞行秩序。关于鸟类迁徙的导航机制，还有空气压力差、光周期现象、偏振光理论等。

形形色色的鸟类迁徙：

——陆地迁徙的鸟类时速达 30~70 千米。

——海洋迁徙的鸟平均时速达 67 千米。

——一般鸟类迁徙飞行时间在 6~8 天。每小时 30~40 千米，每天飞 200~280 千米。

——飞行最远的鸟是北极燕鸥，冬天南极，夏天到北极，行程 22530 千米。

——北极燕鸥能存活 20 年，一生在两极之间来回飞翔 20 次。

——漂泊信天翁绕南极飞行。

——亚洲隼定期飞越印度洋，可以 3~4 天不吃不喝，行程 4000 千米。

——塍鹬保持不间断地飞行达 11000 千米，飞越太平洋，从阿拉斯加到新西兰。

——只有几克重的红颈蜂鸟从北美到中美，飞越 3500 千米，其间，可以一口气飞过墨西哥湾。

——翻石鹬可以连续三天不停歇地飞行 1000 千米。

——一只小苇莺，出发时体重 23 克，连续 75 小时飞行 4000 千米，抵达终点时只有 9 克重了。

——杓鹬能在 25 小时飞行 3500 千米，从阿留申群岛飞往波利尼西亚。

——千里迢迢从欧亚大陆到非洲的候鸟，数量可达 30 亿~40 亿只，其中数量最多的要算体重仅 8 克的柳莺了，估计数量达 8 亿只。乡燕约 2.2 亿只，家燕近 1 亿只。

——大型鸟类飞行高度 3000~6300 米，个别达 9000 米。

——鸟类夜间飞行高度一般低于白天，风雾天低于晴天，例如，雨燕飞行高度在 2300~3600 米，但阴雨天的平均高度为 700 米。

——在 11000 米的高空，可能有秃鹫和兀鹫。

——在 8000 米的高空，可能有大天鹅。

——斑头雁每年两次在中印之间飞翔，飞越海拔近 9000 米的喜马拉雅山。

——黑雨燕在追逐被热气团卷起的昆虫群时,可以飞达 8000 米。

——黑尾塍鹬,6000 米。

——白鹳,4800 米。

——凤头麦鸡,3900 米。

——斑鸠,3300 米。

——雪雁,1500 米。

——燕雀,1000 米。

——多数鸣禽是在 1000 米以下飞行。

## 猫,是神还是妖?

在我们身边的动物中,猫是大家很熟悉、却颇有争议的宠物。有说狗是忠臣、猫是奸臣的;有说猫有九条命的;有说猫是老虎的师傅的;更多的、也是更一致的看法:猫是鼠的天敌。从人类文化学角度看,猫在中国传统民俗和心理上的地位不算太高,至少,发源于中原的十二生肖中没有猫,因为猫是外来者,是舶来品。

尽管这样说,家猫在中国的历史也已经有几千年了,公认的中国家猫的家化时间是始于周代,但在河姆渡的新石器遗址中,发现有类似家猫的骨头。就是说,6000 年前,中国人已经开始驯化猫了。

大觉寺黑猫

《诗经》"有猫有虎",因为猫能捉鼠,虎能驱赶野猪,古人清楚,一些动物可以控制另一些为害庄稼的动物。周代,中原人开始养猫,它们产于陕甘宁,属于西来之物。唐代,受武则天迫害的萧妃,死前曾发誓："愿武为鼠我为猫，生生世世扼其喉。"之后，武则天真的不敢养猫，而且还诏令六宫之内一律不得养猫。

在驯化动物中，猫是最具宗教动机的动物了。埃及女神巴斯特本身就是一只猫。英语中，贬低女士用母狗 bitch，而不说母猫。英语"猫"cat 来自古闪米特语，为"亚麻布"之意，今天的"棉花"一词 cotton 也衍生于此。其根源是：古埃及包裹猫木乃伊的材料。猫在埃及是介于神话与宗教之间、太阳与月亮之间的尤物。在埃及的一些地方，侵犯猫的行为是会引起众怒的，在斯巴特市，有个外来商人杀了一只猫，结果被众人用乱石砸死。

但到了欧洲，猫的身价便一落千丈，可以说，是从女神变成女巫了。日耳曼文化中，猫是妖妇，是为巫婆服务的精灵，黑猫更不幸，代表了厄运、恶魔。也许由于猫的叫春行为过于直白，有伤风化，西方人认为，猫代表性的放纵、异端的行为，我们也把小骚猫比喻为狐狸精般的潘金莲式的人物。在歇后语中，还真有一句相似的话：小猫吃柿子——涩（色）咪咪。不容否认，猫的腰身颀长，体态柔软，轻声细语，猫步款款，颇带少妇风韵，故而，猫的性别化身应为雌性，据资料：中国古代，猫还有狸奴、雪姑、衔蝉等称谓，皆具女性化。对此，古人解释是"猫解媚人，故好之者多"。

在马来西亚，有一座叫古晋的城市 kuching，马来语即猫城，其市政厅一楼为猫博物馆，收藏了世界上有关猫的各种展品，猫像、猫画、猫工艺品，有玉猫、瓷猫、骨猫、石猫……极尽颂扬猫对世界文化、人类感情卓越贡献之能事。

一旦一种动物被驯养，并将其纳入人类的文化视野，人们便自然而然地对这种动物所扮演的角色，产生一种爱憎混合的矛盾情节。究其根源，是人类对自己的本性和所扮演的角色缺乏清楚的认识，比如，人到底是不是动物……存在一种模棱两可的矛盾情节。

家猫的起源大体有东西两个线索：

西方，即欧洲的家猫源于非洲野猫，是埃及人在公元前 4200—前 1500 年间驯化的。

东方，即中国家猫源于沙漠野猫，驯化时间约在公元前11世纪的周代。

猫，在分类上属于食肉目、猫科、猫属，在猫科动物中，从大个头的狮虎豹，到小个头的猫，林林总总，叫猫的就有30多种，什么丛林猫、荒漠猫、山地猫、草原猫，是以生境特点命名的；黑足猫、扁头猫、虎斑猫、锈斑猫、长尾猫、细腰猫，是以形态特征命名的。家猫只是猫属中的一个种，人类选育出的家猫品系就更多了，大家熟悉的波斯猫、三色猫、狸花猫、短尾猫……简直让人眼花缭乱。

人们养猫最初的目的是为了捕鼠。《礼记》中有"迎猫，为其食田鼠也"。当人类发明了储藏食物方法，特别是进入农业社会有了谷仓后，老鼠便成了挥之不去的心腹之患。鼠的天敌虽然很多，猫头鹰、蛇、鼬、獴、猫……只有猫既捕鼠，又可爱，于是，早期人类便将野猫的幼子从野外带回驻地，作为玩物饲养起来，长大后，桀骜不驯的放掉或宰杀了，温顺驯服的留下来，这样，逐渐培养出人类今天看来极其奢侈的宠物——家猫。

猫具有繁殖力强的优点，一只母猫一年最多可以产仔30只，不出几年，成千上万；猫的适应力很强，从肉食到杂食，通吃；能上能下，能屈能伸，随意；从高处落下总能化险为夷，命大。我们邻居养猫数只，其中一只叫大白的母猫，一次不慎从12层楼跌落，竟然没有摔死，现在还身手矫捷，来去如风，号称"一道白光"。据资料，猫的时速可达30英里即46千米。老鼠怕猫，实力使然。自古老鼠怕猫的记载不绝于书，其中《华彝考》中讲，明景泰年间，西番贡一猫，本领十分了得，夜罩于笼内，次日有数十只鼠死于笼外。据说，这是猫王，此猫所在，方圆数里之鼠辈皆来受死。是否真实，已不可考证，反正有点儿玄，看来，咱老辈也够能忽悠的。

如今，城市中鼠辈横行的日子已成明日黄花，猫的实际功能似乎消失殆尽，通常，人们认为猫不如狗，至少狗忠诚，能看家，出门在外，主人走哪儿跟哪儿；猫则只认家，来了生人也不轰，来了小偷也不撵，猫一出门，就爱谁谁了，完全一副特立独行、我行我素的派头。

猫性与狗性的差别，实际上表现了它们不同的驯化深度，狗与人相伴至少已经15000年了，猫的驯化史才五六千年。但是，猫大有后来者居上势态。在美国，宠物猫数量达6000万只，毕竟，猫的柔媚、猫的轻盈、猫的华丽、猫的洁癖，使之颇为受宠，成为我们生活中十分理想的伴侣动物，家猫对人的心理安慰、精神寄托、缓解精神压力有着不可估量的作用。若从减轻医疗费用，免费心理治疗的支出估算，猫也算是一剂良方了。近来，猫市、猫粮及猫用具的买卖更是异军突起，谁能说猫没有经济价值呢。

您瞧，在我们的生活中，养狗有限制规定，可养猫的有谁管呀？但那就能撒开了养吗？不行，为了您的健康，为了猫的福利，猫也必须计划生育。人与猫不宜过度亲昵，饲养密度也不宜过高，否则，就会导致弓形体、B病毒、狂犬病、寄生虫传染等人兽共患病。从城市猫的福利看，我较认同做绝育，并对“流浪”者定时定点投喂，在社区自发建立一些NGO性质的“野猫工程”或“爱心社”。对死亡的猫，如果是传染病，应焚化，如果正常死亡，可以深埋于植物根部，“化作春泥更护花”。

猫因人的扩散而扩散，现在遍及世界各地，包括极地的一些岛屿。原本无猫的地方，现在有猫了，对人来说，好像无所谓，但对当地的动物来说，则是天降横祸。盲目引种，是导致物种灭绝的四大因素之一，猫的光临，给那些新世界的老物种带来的是灭顶之灾。澳大利亚、新西兰都发生本地土种被猫赶尽杀绝的事件。在新西兰的斯蒂芬岛，有一种本岛仅有的鸟——斯蒂芬岛异鹩，由于看守灯塔的人带上一只家猫，很快，这只女妖般的猫把岛上的鸟一一吃掉，直到1894年，全部吃光，为我们留下一个“一只动物使一种动物走向灭绝”的极端案例。

五台山白猫

虽然，猫在人们心目中已经占有女神般的席位，但它们的命运却大相径庭，有的享尽荣华富贵、有的饱经饥寒屈辱。仅美国，一年处死的猫数百万计，就是为了防止人们遗弃的猫，形成新的祸害。如今，解决了温饱问题的国人也开始大养特养其猫了，同时，遗弃、出走的猫，就像城市中小汽车的数量一样与日俱增，但物极必反，难免妖魔当道。

动物一旦被人驯养，就须成为一种责任，好似养孩子一样，不能只养不教、只养不管、任其发展，包括对其繁殖行为的控制。对任何生命形式，不仅要顾及它的生物本能，更要考虑其生态制约因素，否则，就会导致过犹不及的后果，甚至乐极而生悲。



## 兔子的自然文化史

你认识兔子吗？对这个问题，很多人会不屑一顾，谁不知道兔子呀，但我的确一直不晓得家兔和野兔有何区别，也对兔子的英文为什么有两个词而困惑，上学时问过大人，大人说：一样。其实不一样，rabbit 主要指家兔或穴兔，hare 主要指野兔或草兔。通常我们饲养的兔子都是家兔，野外见到的都是野兔，它们是完全不同种的动物。所幸，我在麋鹿苑几乎每天都能与野兔即草兔邂逅。每当凝视或极目追踪那些生灵跳跃的身影时，我，作为一个心系动物的博物馆人，都在叩问着它们背后的自然、文化内涵与故事。

### 上篇：兔子自然史

首先，我们从兔子的分类说起。兔子曾一度被认为是啮齿目动物，因为它们的门齿发达且终身生长，但兔的上门齿两对，第二对上门齿小，位于第一对的后方，下门齿一对，而有别于啮齿目，兔子别于耗子，这不难理解，到底家兔与野兔有何区别呢？在分类上，它们分别属于兔科下的两个属：兔属和穴兔属。

兔属于脊索动物门、脊椎动物亚门、哺乳纲、兔形目，其下包括两个科：鼠兔科和兔科。鼠兔又名啼兔，是一些约拳头大小的、耳朵很小、很特别的兔，全世界有26种，中国就达20种，当年我在川西高原野外考察，时常与鼠兔遭遇，半熟脸儿；本文的主角是兔子，兔科下有11个属46种，包括：

侏兔属1种、灌丛穴兔属1种、粗毛兔属1种、兔属29种、苏门兔属1种、穴兔属1种、琉球兔属1种、中非兔属1种、红兔属3种、火山兔属1种、棉尾兔属13种。

中国的兔子有1属9种，当然，这里指的都是野生兔，它们是：

草兔（又名蒙古兔，在我们麋鹿苑常见的即此）、西南兔（又名云南兔）、海南兔（又名缅甸兔）、东北兔（又名林兔）、东北黑兔、高原兔（又名灰尾兔）、华南兔（又名东南兔）、雪兔（又名白兔）、塔里木兔（又名南疆兔，阿尔山鼠兔）。

在分类上，它们都属于兔科兔属下的成员，英文为Hare，草兔通常体型大于野生穴兔并有更长的后肢，耳长，具黑斑，体长36～70厘米，尾长5～10厘米，重为1～5千克，怀孕时间约一个半月，每产2～8仔，新生小兔被称为Leveret，眼已睁开，身已覆毛，产下几分钟就能跳跃。雌兔几乎不必育幼。

草兔季节性脱毛，一年两次，夏毛短而暗，冬毛厚而长，一些北方种类如北美草兔、雪靴兔，夏季灰棕，秋季毛色变白，这有助于冬天隐身于冰雪世界里，沙漠兔几乎红色，亚洲还有黑兔，北极兔则四季皆白，约30个种类，能生存于任何生境，分布于南极之外的世界各地，南美和澳洲为引入种。

草兔不挖掘巢穴，在地面栖息，有时利用狐、鼠等动物的弃巢或选择岩石之下藏身。在家域附近活动，以嗅迹划分势力范围，也可使雄雌之间进行联络和情报沟通，为自我保护，嗅觉、听觉、视觉都很发达，危险出现时会压低双耳，伏身于地，一旦敌人逼近，纵身逃窜，能短距离游泳，其生活空间危机四伏，郊狼、猞猁、狐狸、鹰隼枭等都是天敌，人更是首要天敌，几个世纪来，人们为食其肉，剥其皮，或为运动而猎杀它们，毕竟对农夫来说，草兔是害兽。人工饲养寿命约7年。

我们最熟悉的、品种多样、大量饲养的家兔在分类上则为另一个属：兔科穴兔属下的成员，其实，其下仅此一种：穴兔，或名欧洲穴兔、饲兔、野家兔、家兔（Domestic Rabbit）。中国野外没有任何穴兔，连化石种也没有。

家兔即穴兔，所谓穴兔即善于挖穴之兔，前后爪并用，挖出形成体系的地下通道，白日躲避其中。其体长约40厘米，重1千克，耳大而厚（但不如草兔的大），穴兔繁殖力强盛，所到之处迅速蔓延，会吃光青草、树根、种子、果实、农作物，甚至毁坏树木。假如没有鼬或狗一类的动物对付它们，村民就得搬家。我国唐代就有闹兔灾的记载，据《太平广记》："永淳年时，岚胜州兔暴，千万成群，食苗并尽……"当然，此兔非彼兔，此乃草兔。

穴兔交配频繁，数量众多，趋利避害的能力强，能游泳，沙漠绵尾兔甚至能爬树。它们在自然界不会成灾的原因是天敌众多：狐、狗、猫、鼬、鹰、郊狼、猞猁、浣熊……尽管还有人，它们还是喜欢伴人而居的，能吃到农作物呀。穴兔喜群居，善掘洞，营巢地下，肯花气力在地下构筑一个安全舒适的庇护所，入洞逃避天敌，也是它们护身的法宝。有自吃粪便的习性，其实，家兔食粪是正常现象，其夜晚排泄物富含B族维生素和蛋白质，家兔经常直接从自己肛门处吃掉全部粪便，只有生病的兔子才不吃屎。看来，我们常说"狗改不了吃屎"，改为"兔改不了吃屎"更科学。

雄兔在发情期时很凶，相互"拳击"打斗，也会用后腿弹踹。母兔怀孕期31天，每产2~7只，母兔当年就能繁殖30个后代，约4窝，幼兔出生无助，如同裸毛的豚鼠，未睁眼，这与草兔生而长毛、生而睁眼、生而能跑的特征呈鲜明反差，母兔昼出夜归哺育幼子，但穴兔在头十天成长迅速，1周长毛，1月离巢，5个月小兔即成熟，当小兔开始繁殖时，它们的母亲已又生下几窝小小兔了，人工饲养的兔子一年繁殖量可达 50 只。

区别于其他哺乳动物的是，兔子在交配之后才排卵。区别于人类的是，不仅卵子很大，而且公兔的睾丸位于阴茎前面，兔子甚至有孤雌生殖（Parthenogenetical）即单性生殖的能力，但由此产下的幼兔均为雌性。对此，我们的老祖宗早有“望月而孕”的浪漫化的记述：《春渚纪闻》“东坡先生云中秋月明，则是秋必多兔，野人或言兔无雄者，望月而孕……”

如果没有驯养动物，人类恐怕会走上一条相当不同的发展道路，兔子就是一种一度随人走向世界的动物。世界上所有驯养的家兔均来自欧洲的野生穴兔，尤其来自伊比利亚半岛的西班牙和葡萄牙，化石证据已经发现。当时有两种可能，要不兔子被古人杀光，要不兔子被驯养，结果当然是后者，不仅驯养成功，而且传播到世界各地，达尔文认为，家兔是在中世纪随着航海业的发展，被水手，作为其漫长旅程的肉食补充品，带向世界各地的。祸兮福所倚，福兮祸所伏。如果引种不当，兔子也能导致祸端。

澳洲，作为从未发生过人类驯化动物的地区，却因盲目引种兔子引发了生态灾难。1859 年，澳大利亚的一个农夫为了打猎而从外国弄来 24 只兔子，逃逸后，由于没有天敌，快速繁殖，兔灾爆发。1880 年，它们到达新南威尔士，影响了南澳地区的牧羊业。19 世纪 90 年代，当兔群抵达西澳时，人们修了一条长达 1000 英里的栅栏，试图将其拦住，但栅栏很快被冲破。澳大利亚的兔子的数量从最初的几十只增加到了几亿只，草场遭到了极大的损毁，一些小岛甚至发生了水土流失。绝望之中，人们从巴西引入了多发黏液瘤病，以对付迅速繁殖的兔子。但是针对兔子的细菌战被证明只是使不断恶化的状况得到暂时缓解，小部分兔子对这种病毒具有天然的免疫能力，它们在侥幸逃生后又快速繁殖起来。整个 20 世纪中期，澳大利亚的灭兔行动从未停止过。

驯化是人类的进步，人类的福音，也是人类之外的动物的沦丧、动物的悲哀，罗杰卡拉斯说：“最被宠爱的动物，也是最受折磨的动物。”野兔沦为家兔，野猪沦为家猪、野鸭沦为家鸭……当人类成为地球生命舞台上的主角时，它们被一一驯化了，但还是有很多动物没能让人得逞，如斑马、鸳鸯。

家兔来自野生的欧洲穴兔，其驯化最初来自法国的修道院，第一个养兔子的人是僧人，那是公元1000年左右的事情。这时，中国人成功驯化了金鱼。

几乎也是与此同时，明代的李时珍在《本草纲目》中已有兔肉“味甘性寒，补中益气，凉血解毒、清补脾肺、养胃利肠、解热止咳”功效的记述。中国的家兔驯化史说纷纭，但至少不是来自中国本地野兔（本地野兔耳薄，胆小，难于饲养，更难于繁殖，虽不会打洞，但桀骜不驯），而是先秦时期通过丝绸之路从欧洲输入的穴兔培育而成的，初为宫廷玩物，后流传到民间，被培育成体型不大、耐粗饲的中国白兔。

常言“飞禽莫如鸪，走兽莫如兔”。驯化之所以成功，吃，是最大动力。

尽管家兔驯化历史久远，但规模生产或曰商品化的时间不过几百年，中国的养兔产业始于20世纪初，由一些有食兔肉习惯的西方传教士将一些优良品种传入，包括新西兰兔、日本大耳白兔、青紫蓝兔、安哥拉长毛兔。如今，中国已成为世界养兔大国，兔肉、兔皮、兔毛的产量和贸易额都居世界第一。2005年的记录，我国肉兔存栏1.2亿只，出栏2.9亿只；全国獭兔存栏600万只；长毛兔存栏1亿只……全球家兔品种约60个、200多品系，可以分为肉用兔（如比利时兔）、皮用兔（如里克斯兔即獭兔）、毛用兔（如安哥拉兔）、实验兔（如日本大耳兔）、观赏兔（如荷兰小型兔）、兼用兔（如青紫蓝兔）。遗憾的是，现代社会里，随着畜牧业的集约化、工厂化，古老的驯养品种却趋于萎缩，自生自灭，家畜的品种正以平均每月一个的速度消失。

## 下篇：兔子文化史

兔的文化记载源远流长。

中国养兔的历史最早能够上溯到3000年前，在我国殷墟的妇好墓出土有玉雕兔，为商代晚期作品；山西曲沃的晋侯墓出土的兔尊，为西周时期作品，可知，我国养兔史久远，但猎兔史更久远，怎么也有万把年了，“少年猎得平原兔，马后横捎意气归”是唐代大诗人王昌龄在《观猎》中的两句诗。

兔的踪影出现在文学作品中最早见于《诗经》，《小雅·瓠叶》有“有兔斯首，炮之燔之”、“有兔斯首，燔之炙之”的烹兔之法。还有《小雅·巧言》“跃跃毚兔，遇犬获之”；《周南·兔罝》“肃肃兔罝，椓之丁丁……”

古谚“见兔而顾犬，未为晚也，亡羊而补牢，未为迟也”；“狡兔死，走狗烹，飞鸟尽，良弓藏，敌国破，谋臣亡”。《淮南子》“飞鸟反乡，兔走归窟，狐死首丘，寒将翔水，各哀其所生”；甚至，墨子的《旗帜篇》卒为双兔之旗。庄子《外物篇》“蹄者所以在兔得兔而忘蹄”。

古代，白兔十分罕见，往往被视为祥瑞之兆，有关白兔呈现的文字记载及吟咏兔子的诗文不绝于史书：

《后汉书·光武帝纪下》云：“日南徼外蛮夷献白雉白兔”。

汉无名氏《古怨歌》云：“茕茕白兔，东走西顾，衣不如新，人不如故”，故后人有以白兔喻弃妇者。

梁简文帝有《上白兔表》；

晋张浚有《白兔颂》；

晋夏侯湛有《猎兔赋》；

唐蒋防《白兔赋》有“皎如霜辉，温如玉粹。其容炳真，其性怀仁”之语；

唐韩愈有《毛颖传》；

李峤有五言律《兔》；

苏拯有《狡兔行》《雉兔者》；

苏颋有《咏死兔》；

元稹有《兔丝》《田野狐兔行》；

薛存诚有《御箭连中双兔》；

宋文彦博有《白兔》；

宋欧阳修的《白兔》曰“天冥冥，雨蒙蒙，白兔捣药嫦娥宫”。

宋梅尧臣有《永叔白兔》；

秦观《放兔行》有“兔饥食山林，兔渴饮川泽，与人不瑕疵，焉用苦求索”

之句；

金杨云翼《应制咏白兔》；

元赵孟頫《兔》；

明谢承举《白兔》；

张四维《恭题黑兔图》；

申时行《恭题黑兔图应制》；

南北朝时著名的《木兰辞》有“雄兔脚扑朔，雌兔眼迷离，双兔傍地走，安能辨我是雄雌”；

兔子入文入诗，简直不计其数。

在古代，兔子被当作皓月祥瑞之兆，广受赞誉和尊崇，甚至以兔喻德：《宋史》“王者德盛则赤兔现，王者敬耋则白兔现”；

唐庄南杰《伤歌行》有“兔走鸟飞不相见，人事依稀速如电”；

李白《把酒问月》有“白兔捣药秋复春，姮娥孤栖与谁邻”；

李贺更有“吴质不眠倚桂树，露脚斜飞湿寒兔”、“老兔寒蟾泣天色，云楼半开壁斜白”的诗句；

王安石《信都公白兔》曰“宫中老兔非日浴，天使洁白宜婵娟”；

元稹《梦上天》“西瞻若水兔轮低”；

杜甫《八月十五月夜》“此时瞻白兔，直欲数秋毫”；

卢照邻《江中望月》“沉钩摇兔影，浮桂东丹芳”；

张漫《白兔赋》更是把兔写得神采飞扬“其毛青素，织毫秋墨……点缀五彩……被白含文，好无极也。秦失鹿于近郊，晋得兔于远境”。

汉武帝的儿子梁孝王是个养兔迷，在河南商丘建有兔园，枚乘特为之撰文《梁王兔园赋》。

尽管兔子外表软弱可爱，可我们的俗话里却不乏“兔崽子”、“兔子尾巴长不了”等贬义词，在英语中，也有类似的对应句式：“Rabbit it” 诅咒语，该死的！；“Odd rabbit it” 见鬼！ “As mad as March hare” 喻寻花问柳老手；“Rabbity” 喻胆怯之人；“Bread like rabbits” 贬低像兔子一样没节制生育的人……

反正，好话不多，认为兔子不吉利。

旧时西方人如果希望船只安全靠岸，千万不可说出“兔”字来，哪怕作出类似的动作也是忌讳；矿工下井途中若遇兔子立即反身回家，因为，兔子被认为是在巫界服务的精灵，这些习俗观念大概来自《圣经旧约》，其上有两处告诫耶和华的子民：兔子和骆驼，肉不可吃，死尸不可摸。

无独有偶，中国古代也有关于兔子的禁忌。

《宋史·赵汝愚》记述一位孝子“母生岁值卯，谓兔神也，终其身不食兔”；在我身边也有这样的人。

一些人不吃兔是认为兔子（音似吐子）与孝道有种神秘关联，张华《博物志》就有“兔舐毫望月而孕，口中吐子，旧有此说，余目所见也”之说；历史上的一些孝子为先人守墓就常弄白兔陪伴；更有认为孕妇食兔会导致孩子裂唇的，汉王充的《论衡 命义篇》有“妊妇食兔，生子缺唇”；晋张华《博物志》有“妊娠者不可啖兔肉，亦不可见兔，令儿缺唇”的记载……这都为忌口之人找到了“可爱”的理由。如若兔子有知，会说：放兔一命，胜造七级浮屠啊。

## 中国金鱼，悠游千载

很多人都养过金鱼，可知道金鱼是咱的国粹的人并不多。一提起中国对世界的贡献，总说是四大发明，其实，我们的发明还多着呢，金鱼就是咱中国人的杰作。金鱼，不仅有金色的，还有红、黑、白、黄、蓝、紫，真是五颜六色啊。金鱼的祖先是野生的红鲫鱼。但金鱼的形成却是人类文化的产物，什么文化呢？佛教。这是怎么回事呢？

原来，佛教自东汉开始传入中国，寺院中多有放生池，供信众投放那些解救于刀俎之下的鱼虾。信众们多对红鱼怜惜有加——特别是大自然本身出现的红鲫鱼，出于彰显功德的意图，寺庙也偏爱保留红鱼饲养，于是，

对红鲫鱼的驯化就此开始了。作为中国第一座佛寺的河南白马寺就有放生池。而有详细记载的是西林寺，南北朝时期，大约在1500年前，梁武帝大通三年的《丛林记拾》中有这样的记载“赤鲋，庐山西林寺秀池中，世界罕有”。“南朝四百八十寺，多少楼台烟雨中”，晋朝和唐朝，佛寺日兴，红鲫鱼也随着放生池的推广而不断在人为条件下得以增殖，直至转养于自家的庭院。当时，日本遣唐使来华曾记述了唐朝民间饲养金鱼的盛况。到了宋代，1502年，金鱼已被引种到了日本。

南宋时，宋高宗赵构在杭州德寿宫专门修建鱼池养殖供玩赏的金鱼——金鲫鱼，甚至出现了专人从事养金鱼的行当——鱼儿活。宫廷养，达官贵人也养，从上流社会到寻常百姓，纷纷效仿。元代，入主中原的游牧民族不太欣赏金鱼养殖。到了明代，社会相对稳定，金鲫的饲养也从池塘转而为鱼缸、从植食性为主的食物，变为投喂浮游生物和饲料养殖。水体环境的变化，加剧了鱼的基因突变的几率，各种畸形鱼的出现，为人们提供了特殊性的好恶选择，明代后期，中国金鱼在眼、鳍以及鱼鳞的色泽上都发生了变化，产生了多达30种的金鱼。这时，出现了中国最早的金鱼著述《朱砂鱼谱》(1596年张德谦著)。清初，作为游牧民族的统治者还是对金鱼兴趣不大，金鱼养殖有所衰落，直至道光年间才有所复兴，甚至出现

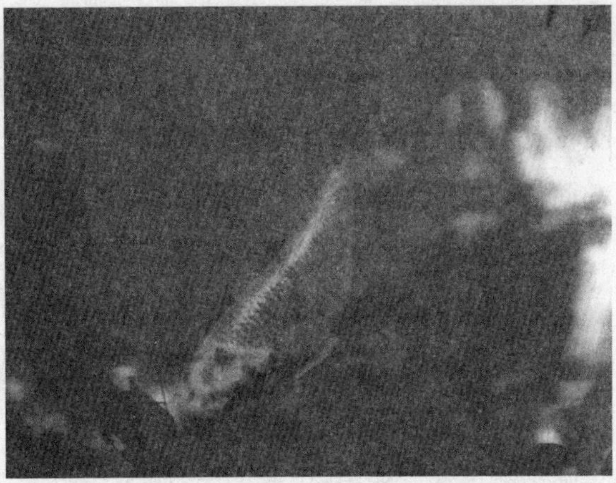

了龙睛、狮子头、虎头、绒球等品种。民国乱世之时，尽管饲养金鱼的气氛还不甚理想，但遗传学的发展在金鱼的养育上得到发挥，金鱼品种一度增长，仅上海就有70种，可惜好景不长，抗日战争，鱼死人亡，中国的金鱼养育陷入低潮，仅余40种。建国后才逐渐恢复，1958年达到154种。

金鱼为亚热带温带淡水硬骨鱼类，在分类上属于鲤形目、鲤科、鲫属，包括草族(金鲫类，草金鱼)、文族和蛋族，现有的金鱼品种约300种，但距离历史上曾经记录的500个种类尚有差距。野生鲫鱼，到佛寺的池子，从宫廷到豪门，直至寻常百姓家，成为摇头摆尾、千姿百态的金鱼，其故乡就在中国，最终走向了全世界，金鱼是人类驯化史的一个奇迹，更是中国人怡情养性的杰作和睿智风雅的象征，历经千载，品种数百，兴于盛世，堪称国鱼。



## 蛇年小传

2013年是中国农历的蛇年，对蛇的印象和其形象的反应，比较其他生肖动物，大打折扣，因为大家心目中的蛇，或许就是毒蛇。可也是，据印度的一个统计数据，1922年全国有1603人命丧虎口，而这一年中被毒蛇夺去

性命的竟达 75000 人之多。没听说吧，我们总爱说老虎吃人，可毒蛇伤人的比例要远远高于老虎啊！一朝被蛇咬，十年怕井绳。人类在与各种动物的斗争中，蛇乃是一个重要的对手。他们捕蛇为食，或被蛇咬，快速死亡，令人难解。这种磨难和经历，势必会在原始人类的头脑中留下深刻印象，由此产生对蛇的敬畏。现在每年全球遭蛇咬者不下几百万，死者愈 2 万。许多人，包括声称爱动物的人也不乏惧怕蛇的人，但是，蛇的窈窕身段和美丽外观又每每令人做出美女的遐想。听算卦的说梦见蛇预示发财，但如被毒蛇咬一口，也许小命就完了，不值！还是躲着点为妙！

蛇毒有多剧烈？

1 克眼镜蛇的蛇毒可以杀死 7 万只小鼠；

1 克银环蛇的蛇毒可以杀死 30 万只小鼠；

澳洲虎斑蛇、爪哇毒蛇、印度蓝蛇的蛇毒更厉害，1 克蛇毒竟可以使 200 万～500 万只小鼠致死。

蛇是进化了 1.3 亿年的古老的脊椎动物，与龟、鳖、鳄、蜥蜴同属于爬行纲，最早的蛇类来自恐龙时代。目前，全世界的蛇共有 3000 种，四分之一为毒蛇，中国约 200 种蛇，毒蛇约 50 种。世界上体型最大的蛇是蟒蛇，可长达 10 米，重达百余斤，最小的盲蛇 10 多厘米，才几克重。

无论毒蛇多么可怕，它们都不会主动进攻人类。不管你是不是被蛇咬过，害怕蛇的，大有人在。其实，怕蛇是正确的，尽管蛇不会主动追着你咬你，除非你侵犯了它，但野外工作者动不动就“打草惊蛇”故弄声响，就是害怕碰上蛇，挨蛇咬，而蛇天生胆小，一有动静就逃之夭夭。

对了，你一定会写“它”字？但知晓其意吗？从这个字，可以知道，蛇与人类的文化渊源有多深。让我们从“蛇”字辨析一下“它”背后的含义吧。远古人们相互问候的第一句话是:“无它乎?”“它”即蛇,虽难考证,但从汉字的象形视角看,这个“它”,俨然就是一条昂立的蛇,加上“虫”字边,就更是形神兼备了。因为“虫”亦即蛇,我们至今还称蛇为长虫。福建的简称“闽”是因闽人以蛇为祖。

从生态位分析蛇的作用,世界上不能没有蛇,人类更是不能离开蛇。老鼠和很多昆虫有着惊人的繁殖力,过多就会成灾,但为什么没有全面出现这种老鼠成灾的现象呢?这完全是蛇等天敌的功劳。

一条菜花蛇一夜可捕田鼠数只,守护20亩农田,一条中等大小的蛇一年食鼠150余只,按每只老鼠耗粮8~10千克计,一年可以虎口夺粮1~2吨。

我们对蛇的利用历史悠久,在传统饮食文化和中医药中占有重要地位,随着经济发展,全国每年对活蛇的消耗量都在1万吨以上,约有20多种蛇被列上了食客的菜单。人们对药品、保健品,甚至宠物的需求量与日俱增,严重刺激了蛇类的非法贸易,使原来的有蛇之地,已是蛇踪难觅。

蛇类的急剧减少,致使我国部分地区鼠害频发,既造成农林生产的危害,还招致了传染病的发生。蛇咬人致命是零星现象,而“无它乎”——无蛇导致的灾患则严重得多,欧洲曾爆发的鼠疫——黑死病致使四分之一人口病死,所以,为了控制鼠害,维护国人的健康,必须保护蛇类,现在我们在强调保护蛇类的时候往往面临一些难题:一是公众的保护意识淡薄,受商家误导严重,其过分夸大蛇的保健作用。二是管理失控,过度利用,大量的野生蛇从野外捕获、收购、到养殖场饲养,再流入市场、餐馆,违法利用情况严重。目前多数养蛇场瞒天过海、掩人耳目,打着养殖之名,实际上是收购站、中转站。三是法规不完善不健全。我国的蛇类中除了蟒为国家一级保护动物(见图),眼镜蛇、眼镜王蛇、滑鼠蛇为“国际濒危物种限制贸易公约附录二”的种类,多数蛇难以受到妥善、有效地保护。四是蛇类养殖技术不成熟,资源的可持续利用水平低。亟待加强研究力量,以促进和配合物种和生态的保护。

蛇的世界如此神奇，可惜，我们身边的蛇却越来越少，包括我工作的麋鹿苑，十多年前，遇见蛇是司空见惯的，可现在却千载难逢了，幸亏还有黄鼬和老鹰的存在，否则，老鼠就会大行其道。

我与蛇曾有的亲密接触是在印度生活的岁月里，印度是热带国家，蛇类无处不在，在印度3个月的生活，不仅常见经典的街头耍蛇人，还参加过一次蛇主题的乡村葬礼，一个孩子遭眼镜蛇咬而亡，全村孩子围坐一圈，大吃大喝，接受受害者家属的宴请，我不解，答：蛇是他们心目中的神，被神蛇咬死就等于被神招去了，不是坏事，所以招待大家。

在一个蛇类中心，我曾手握一条肥大而柔顺的鼠蛇照相，并以为它们都是这样温驯。不料，一天傍晚，在所下榻宾馆的花园，遇见一条鼠蛇，我自不量力地拾起一根棒子，想捏住它，掌控之，不料，这条蛇竟飞身窜起，向我面门冲来，吓得我急忙躲闪，它扑了个空，便翻身隐入了草丛。这是一条什么蛇？不知道，无毒的还好，顶多给我留个牙印；有毒的呢，则吾命休矣！从此我知道，蛇是万万不能惹的动物。告别虚无缥缈的龙——2012年龙年，跨入2013年“蛇年”啦！但愿你、但愿我、但愿他，都喜欢“它”，喜欢这种美丽而有些妖娆的动物——蛇。

# 第二篇　生态文明生命观

## 奥运火炬手感言

2008 年 8 月 7 日郭耕传递奥运火炬

早也盼，晚也盼……今天，距 2008 年奥运会的召开终于只有 1 天！今天还是农历的立秋和七夕，好日子啊，但对我来说，更特殊的是作为北京市直工委推荐的奥运火炬手，今天上午，我参加了奥林匹克圣火的传递，而且恰恰作为第 100 号火炬手，百年奥运，百感交集，举世欢庆，中华圆梦！适逢盛事，能亲身参与这样一个隆重热烈的活动，实践奥林匹克精神，乃是个人一生的荣誉，更是我所代表的团队、系统和组织的光荣，跻身于点燃激情、传递梦想的行列，向世人展示我们光明奋进的形象，我怎能不豪情满怀！毕竟，奥运圣火是奥林匹克理想的最高象征，而我手中高擎的熊熊燃烧的圣火，既是来自太阳神的赐予，同时还代表了希望和梦想，光明与欢乐，友谊、和平、平等及奥林匹克精神所倡导的坚忍不拔、奋斗为乐的价值理念。

2008年8月7日上午11:30，在密云水库大坝上接传火炬、开跑的几十秒、几十步的短暂路程里，我高扬圣火，载歌载舞，扭起民间的大秧歌，张开臂膀做飞翔状，尽我所能地以身体语言表达北京奥运会的绿色、人文、科技三大理念。怎么讲呢？扬臂做飞鸟，乃在表达动物保护、还自然以自在，还生灵以生机之意念；扭起大秧歌，乃是对民俗、对人文、对非物质文化遗产的传承和张扬，秧歌分东北、西北，我父母一为东北人、一为西北人，个中蕴涵不言自明。不言自明的更有科技：科技含义就在火炬手手中的火炬上，以丙烷为燃料，异型铝材、既抗风又防雨，集多项高科技于一身的祥云火炬，作为奥运圣火的载体，高雅华丽，圣洁亮丽，是工艺与艺术的完美融合，令人爱不释手。

之后，有媒体采访我为什么在圣火传递中能有如此激情澎湃的姿态，我在表达上述内容的同时，是用这样两句话作为结语的：作为自然保护科普人士，奥运火炬手，我点燃的当是绿色奥运的激情，传递的该是天人和谐的梦想。

## 不仅教授知识、而且教化德行

### ——现代动物园愈益重要的教育功能

过去，很多人以为，到动物园就是休闲娱乐，以看到过多少种类的动物、看到某某珍禽异兽为乐，于是，传统的动物园便投其所好地以收藏更多种、更多只动物为目标。随着社会文明程度的提高，动物园开始重视科普教育，特别是生物知识的传播，动物园分门别类的动物布置，正好可以方便大家，尤其是孩子们的认知。随着生态道德的觉醒和伦理范围的进一步扩展，越来越多的人认识到，把动物禁闭在动物园的铁笼中，是不道德的事，动物园关的动物越多，就意味着自然界越来越多的动物背井离乡，妻离子散，从而对地球生灵制造的苦难就越深重。

尽管在动物园的发展中，已从单纯收藏动物，转变为迁地保护、人工繁育、地理再现、生态模拟，并开始致力于动物福利的改善，动物环境的增容，但如何解释这些现象和道理，既维护动物的生命权利，又感化公众，提升全社会的生态道德观，便成为现代动物园亟待提倡的理念。据说，在英国的一家很现代的动物园，其象房展示的是他们饲养过的最后一只已经死去的非洲象，是一具标本，而不再是活生生的大象了，我们可能觉得，这样做，是对游客的糊弄，但看过解说牌或听完讲解，大家便豁然开朗地产生了认同感甚至转而赞赏动物园先进的保护理念："大象是一种感情非常丰富的动物，它们本来就该体面地生活在非洲草原，而非猥琐地囚禁在这样的笼舍。"

我在北京麋鹿苑设置的世界灭绝动物公墓，其最初创意也来自类似的经历。我原来在北京濒危动物驯养繁殖中心饲养黑猩猩，由于很多笼舍是空的，参观者总爱问：这里的动物哪去了？我便生出一个灵感，在这些空荡荡的笼子上挂起一个个木牌，上边写着刚刚灭绝了的鸟兽的名字和年代，甚至灭绝原因。这样，既向观众做了一个交代，又不失时机地进行了一种特殊的教育：反省人与动物关系。后来，这个创意逐渐演化成专门辟出一块地方做墓碑、立木牌的世界灭绝动物公墓，再后来，随着我调到麋鹿苑工作，也将这些创意带到麋鹿苑并有所拓展，我把灭绝动物的名字按照年代排列成一个长长的多米诺骨牌，直至包括我们自己在内的现存物种。当然，灭绝的物种，写在砰然倒下的石块上，濒危的物种是将倒未倒的石块，现存的物种的名字则是写在尚立的石块上，其中一块写有"人类"。这就是作为一个特殊动物园——麋鹿苑所发挥的生态道德的教化功能。我们最近推出了一些关于不要滥吃动物的科普设施：燕窝鱼翅的反思项目，就是其中比较典型地强调意识，而非仅仅知识的教育。一看该项目之间的一个

麋鹿苑的灭绝动物公墓

文字展牌，便不言自明。这是一首名为“异口同声”的诗歌：“问鸟，唧唧喳喳；问兽，哼哼哈哈；问鱼，啪啪嗒嗒；问虫，支支哑哑。译成人话如下，最怕，最怕，最怕，最怕人的嘴巴。”

我常常说，我希望把麋鹿苑建成一座不养动物的动物园，那我们的作为体现在哪里呢？无为，乃是为了更高层次的有为。我们养护的是生态，生态维持的是生物多样性，包括鹿群。由于我们养护了这里的林地、湿地、草地，很多鸟兽爬虫才得以在这里生息、繁衍、出没，包括我们特意投放到这千亩苑区的一些动物，如狍子、黄麂、牙獐、白鹳、孔雀、天鹅、雉鸡等，它们大多是以自由觅食的形式存活着。更有野兔、刺猬、黄鼬、鼹鼠等本土动物的世代生息及数十种候鸟把这里作为迁徙驿站和繁殖场所。由此，我感言，我们麋鹿苑是一座不“关”养动物的动物园，我们不像传统动物园那样把动物关在小小笼舍里喂养，而是养护着偌大的苑区——保护核心区。

在麋鹿苑的所见所闻，虽然不以圈养动物为主，却处处强调动物主题，关于动物的科普（麋鹿沧桑及世界鹿类展馆）、关于动物的游戏（绿色迷宫、动物之家设施）、关于动物的文化（东方护生壁画、唐诗中的麋鹿坐椅）、关于动物的伦理（燕窝、鲨鱼及诺亚方舟、大鸟笼、大兽笼、世界灭绝动物公墓）……这便是我提出的不养动物的动物园的另一个含义：可以不养动物，也堪称是一座动物园，动物主题园，这个功能的体现完全是依赖科普教育来实现的。这就是我所陈述的动物园应具备的教育、教化功能。

孔雀傲立警示牌

从动物园的沿革看，19 世纪的动物园是活的自然历史橱窗；20 世纪的动物园是活的博物馆；21 世纪的动物园则是保护和教育中心，可见，在现代动物园，保育、繁育、教育功能，特别是围绕保育开展的教育功能，教化作用，不可或缺。

现代的动物园有条件、也必须具备教育功能，为什么呢？根据世界动物园的保护策略和我们的实践，似乎可从以下诸方面来诠释：

1. 这是动物园的大众性决定的，因抵达便捷，每年全世界参观动物园的人数以亿计；

2.动物园展示的是活的动物，这种活生生的教育手段是其他形式所无法替代的；

3.这种非正规教育能影响广泛的目标群体；包括来访者和未到却关注动物园的社会各界；

4.教育与娱乐并存，寓教于游，在轻松有趣的氛围中求知；

5.不排除正规的、定向性的教学群体；

6.有教无类，动物园教育应适应不同水平的人士；

7.可以通过动物开展多学科，如生物学、地理学、行为学……教育，举一而反三；

8.信息众多，保护为本；受危状态、利用程度、生活方式、进化与未来、天人关系等；

9.全球责任，群落联系、生命共同体，从动物个体联想到其生境境域，以唤起责任感；

10.动物园在拯救濒危物种及其教育、公关、宣传方面的公益形象和各种努力，代表了一个国家和地区的文明程度，其影响甚至会超过保护的具体行为本身；

动物园（也是麋鹿苑正采用的）可应用的教育手段包括：动物介绍、场馆设计、笼舍安排、环境氛围、主题展示、导览标志、解译系统、交互教育、视听手段、游客体验、指南图册、出版物、纪念品、人员讲解、接触项目、公益活动、长短期展陈、媒体传播、参观路线、教育流程、专业指导、知识与意识、福利（增容）与伦理教育实践……

## 成也饮食，败也饮食
### ——《素食女王》读后感

关于素食的书读过一些，但这本《素食女王》却令我感触良多，甚至产生不少共鸣。这是一本新锐且实用的西方素食著作，字里行间充满灵性、智慧、慈爱的光芒。尤其是书的前半部分，我觉得如果能读进去，就会引导你从嘴做起，从素做起，迷途而返，痛改前非，止恶扬善，改邪归正。构建一种既保护自己，也呵护地球、健康而阳光、两全其美的生活方式。书的后半部分为我们提供了大量的、简单易行且令人垂涎的素食菜谱。

几千年前，儒家的代表人物孟子曾说：见其生不忍见其死，闻其声不忍食其肉。可惜，时值21世纪的多数国人的眼中，素食还是另类，是偏激，是小众，即便认识到过度肉食于健康不利，也积习难改，何况商家为了促销往往与伪科学捆绑在一起，利用并迎合着公众的口腹之欲，使肉食生活还大行其道，对吃人家肉的行为没有丝毫的负罪感。不难理解，就像吸烟一样，即使认识到有害，由于恶习养成，便总要找各种理由为这种谋财害命的嗜好百般辩护。所以，孙中山曾说，知难行易！素食乃是典型的“理解难度大，采取行动易”的事情。一般没知识的人不易理解，所以，西方新兴素食群体多集中于高知阶层；有知识没意识的人同样也不易理解，毕竟环境道德和生命伦理是流行于后工业时代的环保理念，让人们从工业文明的思维定势马上迈入生态文明境界，的确有一定难度。更何况，社会上都还不乏既没生态知识，更没环保意识的新四盲——“法盲、绿盲、科盲、美盲”。

保护生灵、保护环境是一种举止高贵、心智高尚的唯美诉求，也许相对于世俗观念来讲，有点曲高和寡，所以，该书从最基本的健康甚至减肥开始谈素食，真是一个明智之举：“如果你正打算减肥，并重新获得能量，您将在本书中找到答案。如果你正在为严重的健康问题所困扰，本书将指导你展开一场健康革命”。“如果你的目标是减肥，你将无须再用节食和无法抑制食欲的罪恶感来折磨自己了。如我的研究组所证实，天然的食物不但含有较低的卡路里，而且还能够促进餐后的新陈代谢（卡路里燃烧速度），同时令你以热量方式释放而不会将它们以脂肪的形式储存起来。你将会逐渐持续性减轻体重”。



前两天，有位女士跟我说，现在很难找到饥饿的感觉，不曾想控制食欲，却为腰围的日益增大而发愁。我说，这很容易，那就是正确选择你的食物。难道我们以往吃错了吗？

科普大家的手段之一就是采用妙喻，该书也不乏其例，尤其在中国刚刚步入汽车社会的时下……饮食结构的转变是如何解决如此多的健康问题的呢？试想一下给你的车更换另一种汽油。如果你的车提速不好，经常熄火，行驶颠簸，而且排出的尾气看起来很糟糕；那么你大概需要阅读车辆使用指南了。你恍然发现你的车是不可以使用柴油的；而应是无铅汽油。当你更换汽油后，发现一切都变好了。加速更快了，驾驶更稳，尾气更清洁了。身体也是一个道理。错误的食物习惯会将你的身体拖垮。它们会影响你的消化，血液循环，精力以及身体的方方面面。选择正确的燃料——食物，你的身体将运转得更好。

笔者在华南理工大学宣讲素食

两全其美，何乐而不为？换言之，选对食物，利己利他，选错食物，损人不利己，真是成也食物，败也食物。与该书有异曲同工之妙的是，著名的世界级灵长类动物学家、我的素食影响者珍妮·古道尔曾在北大对我们做过这样的谆谆教诲：对我来说，餐盘里的肉象征着恐惧、痛苦与死亡。一个偏重肉食的社会必然会对环境以及动物带来负面影响；而一种浪费无度的消费观念，则让资源短缺且已千疮百孔的地球形同雪上加霜。人类与食物之间的关系如此微妙，吃的本身就决定了这个世界。所以，请慎选你的食物！

## 城市公园：身心栖居之所

许多朋友来到郊外或出国，看到一些地方甚至城市的生态环境自然、野逸，都会发出这样的赞叹：要是能住在这样的地方该多幸福啊！有些朋友来到我工作的麋鹿苑或从我博客上看到我拍摄的鸟兽野景，都不敢相信这是在中国、在北京。这就是城市绿地和自然公园的魅力，有人说这是鸟语花香的意境，有人说是田园牧歌式的生活，可是，你知道吗，两年前麋鹿苑的周边还是“四不像四面楚歌，麋鹿苑垃圾围城”的恶劣景象。随着北京市的城南行动计划的实施，去年，南海子公园一期建设胜利竣工，目前，又在全面铺开，进行二期工程。作为北京四大郊野公园之一的南郊生态公园的核心地，作为即将被南海子公园四面环绕的麋鹿苑，我身临其中感受了、目睹了北京如火如荼的生态改造进程，不禁有这样的感叹：“美轮美奂南海子，福天福地麋鹿苑”，这就是北京市正在全力以赴开展的生态文明建设的一个缩影。

笔者与獐子

2012年，更是北京绿化史上的一个重要的年份。全年要在完成“十二五”规划年度计划造林任务10万亩、新增城市绿地1000公顷的基础上，确保完成平原造林绿化20万亩的硬性指标。而完成这一指标后，北京森林覆盖率将达到38.6%，林木绿化率达到55.5%；城市绿化覆盖率达到46.2%，人均公共绿地面积达到15.5平方米。

作为野生动物保护的科普人士，在生态建设上，我们建议，不仅要在静态的植物恢复方面有所建树，还应在动态的野生动物的栖息、过往、停歇、取食、居留、迁徙中转、补充能量上多加考虑，树立“现代城市应是生命共同家园的生命共同体理念”和“野生动物乃是城市有生命的基础设施”的理念。

在这方面，几个兄弟城市已经走在了前面，如上海引进了獐子，其实更应该说是恢复了曾是上海土著动物的獐子。还在崇明岛野放了扬子鳄，在奉贤野放了黑斑蛙和狗獾，做了现代城市与野生动物和谐共处的有益尝试。

广州提出绿地建设与野生动物保护同行，开展了野生动物进城工程，自然招引与人工放归结合，以白云山、帽峰山等为动物避难所，一是营造栖息环境,二是采取招引措施,三是通过人工繁育和野化恢复本土动物或重引入。

杭州慈溪进行的是湿地鸟类生境设计和招引,在4平方千米的湿地中,鸟类增加了50种,水鸟个体达15000只以上,我们的麋鹿也输送到了慈溪湿地,为湿地动物种类和规模的提升增色不少。

作为一座现代城市,不仅应有花香,还需有鸟语,不仅成为花园城市、山水城市、具有园林景观,还需把动态的动物考虑在内,才能真正实现城市生态的质量,蜂类传播了花粉,鸟类控制了害虫,松鼠扩散了种子……动物的出没更给人们以心旷神怡之感。当然,对于野生动物的弊病也不能忽视,如机场周边须防鸟撞,密切接触动物会导致疫病,动物粪便也会令人厌恶。所以,要给动物们宽松的活动空间,不可与人零距离、无距离,提倡观鸟,而非养鸟。作为一个市民,倡导不捉、不买、不养、不吃野生动物,不穿皮草服装、不扰动物生活,古人有“爱鼠常留饭,惜蛾不点灯”,我们则给动物们留足空间和通道,让动物融入生态链,减少农药杀虫剂的使用,用生态的方法解决生态问题。

西方起步得更早,纽约中央公园位于曼哈顿正中,1856年开始设计,1873年建成,占地5000亩,号称纽约的后花园,草地、森林、湖泊,均为人造景观,但却鸟兽出没。造园家西蒙兹评价:“凡是看到、感受到、利用到中央公园的人,都会感到这块不动产的价值,它对城市的贡献简直无法估量。”

建于1812年,开放于1838年的伦敦摄政公园占地500英亩,是一座19世纪风格的城市公园,著名的大英博物馆、伦敦大学、中国大使馆都坐落在其附近,伦敦动物园干脆就在其中。海德公园是18世纪的英王猎鹿场,占地360英亩,为伦敦全市最大的公园,古树参天,绿野千顷,曾因举办博览会、演唱会甚至演讲会而闻名。

美学家赫西菲尔德曾说:“公园是为所有人提供休闲和改善精神状态的地方,其公共性、大众性和自然化的主张,尤其重要。公园是公众的大花园,是人与动物共有的伊甸园,更是现代人、都市人赖以栖息的身心回归与休憩之所。”

北京在平原地区造林中，分别在东、南、西、北四个方向建设四大郊野公园，并在河滨、水岸、风景林带或穿越森林、公园等自然游憩空间中建立具有休闲、健身功能的健康绿道。根据初步规划，将启动北郊森林公园、南郊生态郊野公园、东郊生态休憩公园、西北郊历史文化公园四大万亩郊野公园的建设，郊野公园不仅成为北京的巨大“绿肺”，也将为更多的市民和游客提供休闲、嬉戏以及人与动物和谐栖息的场所。

## 城市野生动物，远亲不如近邻

高架栖息的红隼

某日，在三环路上行车，蓦然瞥见一只大鸟划过天际，“红隼！”我脱口喊出其名，令旁边的朋友惊愕不已。其实，隼这种猛禽在城市楼宇间的亮相并非罕见。夏日黄昏，京城上空不时还会出现三五成群的夜鹭，不慌不忙缓缓飞过，全然一副安详舒展之态，令人赏心悦目。冬季城市的楼头树梢，总有乌鸦桀骜不驯的身影，这些，无不构成了城市野生动物的一部分，也许你会说，城市里除了麻雀、喜鹊，还有什么动物呀？当然有，只要你注意，像燕子、斑鸠、啄木鸟还是容易见到的，我作为一个观鸟爱好者，总会左右逢源，并得意于这句话：“如你学会观鸟，就像获得了一张进入自然剧场的门票，而且是终身免费。”

如果稍加留意，就会发现我们身边的动物简直异彩纷呈，像唯一会飞的哺乳动物蝙蝠、古老的爬行动物壁虎、家鸭的祖先绿头鸭、被人们奉为大仙的“黄鼠狼”，还有大大小小、昼伏夜出的老鼠……昆虫种类更是不计其数，所以，说起城市野生动物，注意我强调的是“野生”，首先应肯定，有！其次，它们只能在生态环境适宜的条件下生存，即有栖息和隐蔽之处、有水和食物来源，且无过度的污染，否则，树砍了，水污了，空气脏了，动物自然流离失所，更会中毒身亡，销声匿迹，那不就成了美国环保发起人蕾切尔·卡森所描述的《寂静的春天》了吗？而这种情形对人的生存也一样险象丛生，因为人也是一种动物，我们跟它们乃是远亲，本是同根生，害人即害己，生活在一个生物圈的各位会同样遭到环境荷尔蒙中毒之厄运，说白了，就是导致恶性肿瘤即癌症。

动物园是城市一景，现代动物园起源于1752年的维也纳，动物园的出现，是工业化的产物，更是人类妄图征服自然的例证，尽管在其发展过程中曾经起到拯救个别濒危物种"进行迁地保护"的庇护所作用，也对人们分门别类认识动物起到辅助作用，但我一直认为动物园更是人类进行扪心自问的反思之所，毕竟，动物园中的动物不是真正的城市野生动物，只能算身陷囹圄的"驯服"（tame）动物。

近年，猫狗等宠物在现代城市中大行其道，甚至有不少被人无情地抛弃，成为城市流浪儿，但它们也不算野生动物，而是野化了的"驯化"动物。诚然，我们身边的猫狗宠物对过分紧张或孤寂的城市人的心理，起到了很大的抚慰作用，但"福兮祸所伏"，它们往往是病害的携带者，仅犬的身上就会有约50种使人致病的病毒病菌，那些与宠物亲密无间的行为必须有所收敛和适可而止。

尽管北京奥运的一个经典之作国家体育场叫鸟巢，但真正能够供鸟营巢的建筑简直凤毛麟角，现代城市建筑甚至对野生动物的生存险象横生。本来古人设计的房子是鸟类，特别是雨燕、蝙蝠理想的栖息之所，表现出先人的睿智和好生之德，并留有"燕子不住愁房"、"此蝠与福同"的民谚。现代的高楼大厦不仅使鸟无以栖身筑巢，那些镜子般的玻璃幕墙更是误导飞鸟的死亡陷阱，最近，加拿大魁北克博物馆为秋季撞死在大楼玻璃幕墙的鸟类做了一个展览，共2000余只，30余种，摆在我们面前的那尸骨成堆的曾经鲜活的飞舞生灵，与其说是一个生物科学的展览，不如说是一次生态伦理的控诉。但愿有一天某某建筑师能够良心发现，在设计人居建筑时，也捎带着顾及一下鸟，给鸟设计一些生息之所，而非制造血光之灾。

笔者在湿地公园

作为当今地球绝对优势物种，作为城市主人、动物“远亲”的我们，须谨记，一个地方能否有野生“近邻”的生存，不仅是该地生态质量好坏的标志，也是衡量民情世风、生态道德及生存质量优劣的一种尺度。应知，爱护动物是社会文明的体现；保护环境，是持续发展的需要。毕竟，只有大千世界生物的多样性，才有人类生活和谐永久的稳定性。只有解放全世界的生灵，才能最后真正地解救自己！

## 述评：嫦娥卫星与秦巴老虎

2007年年底前，中国发生了两件闻名遐迩的事件：一是嫦娥一号探月卫星发射成功，二是陕西南部秦巴山区一农民向世人宣称他拍摄到了华南虎。前者无疑是国家强盛、科技昌明的体现，显示了我们人类的“自强不息”；而后者，一“虎”激起千层浪，人们对一纸虎照的质疑之声不绝于耳，甚至因为感觉遭到“忽悠”，大有口诛笔伐声讨那位农民的势态，大家由此还对媒体的公信度、对政府主管部门的应对力，生出些许的疑惑。

其实，冷静思索一下，如此的“谈虎色变”不是坏事，这么强烈的反响，正说明我们社会对自然、对生态、对野生动物的关注程度在提高，传统文化中的“厚德载物”思维在回归，生态文明之势，渐成气候。人们已从以往只关心一己的生存，转向也关注人以外的其他生灵了，这不就是一种博爱精神，一种利他情怀，一种生态伦理初露端倪吗？“小荷才露尖尖角，早有蜻蜓立上头”我看，有关部门应好好地利用这个时机把保护濒危动物的理念普及一下，把整个社会的生态道德提高一下。

在这个事件中，一些“雄辩者”在人与人的关系上，唇枪舌剑，争执不休，似乎觉得把照片的真假虚实弄清楚就算探求，甚至捍卫了真理，而对人与自然、人与其他物种如此紧张的关系仍视而不见，甚至声称对老虎的命运，对动物的灭绝毫不关心，实为争小理而失大道，谋小利而忘大义。事实上，大自然的事情也不是总能一争就明、一证就清的，乾隆皇帝曾误认为天下之鹿均为夏季脱角，不料，以后发现麋鹿乃是冬季脱角，于是感叹“天下之理不易穷，而物不易格者有如是乎”。

不谋全局不足以谋一隅，不谋万世不足以谋一时。人类的探月行动不仅是一种技术的飞跃，触角的延伸，更是一次视野的拓展，思维的升华，就让我们把问题的视角转至嫦娥卫星上吧。假如你从太空看地球，在无数的星体中，弥足珍贵的是，截至目前发现只有地球是有生命的，地球上的芸芸众生、数以百万计的物种，大体包括在动物界、植物界和微生物界中，而人和老虎都是动物界的成员，都是在地球母体孕育的、共同进化了几百万年的生命形式。曾几何时，人猿相揖别，刚刚直立行走的人类，有被老虎追得落荒而逃的经历，所以早期人类对老虎、对自然是敬畏有加，或因虎在深山而不敢乱砍滥伐。随着人类的发展，自身力量的增强，变得不再敬畏老虎，不再尊重自然，甚欲征服自然、再造自然、肆意杀伐、随意污染，导致我们生存质量的江河日下和生存空间的愈益局促。道家云：“哀莫大于心死，祸莫大于无敌。”看来，山中的老虎并不可怕，可怕的是我们潜意识中的自以为是和独霸地球、独步天下、巧取豪夺、肆无忌惮的贪欲之虎。

我们常说老虎吃人，可是，对比一下两个物种的数量就知道究竟谁吃了谁？自然界老虎的数量从一个世纪前的几万只，已经减少到几千，全球人口则超过了65亿，我们不仅摆脱了洪水猛兽的威胁，而且无视生态规律的约束，以自我为中心、忽略环境破坏之代价，疯狂地发展，损害众生权利的同时，也戕害了自己和子孙的利益。人类真的强大到能够摆脱自然、独自进化而不顾其他的地步吗？回答当然是否定的！生物的多样性是决定人类未来福祉的自然基础。野生老虎等大型动物的存在则是地球上依稀尚存的生态恢复的希望，老虎，与其说是一个法律上的保护对象，不如说是一种生态标志，一种生命符号，一种活的自然文化遗产。

“灭绝意味永远，濒危则还有时间。”20世纪里，地球上的老虎，有四个亚种已灭绝：巴厘虎、爪哇虎、里海虎、新疆虎。它们中的一些是在人们的倒计数中眼睁睁地消逝的，所以，这些名字只能留在人们的记忆或书本中，有些，连一张图片都没能留下。中国是世界上拥有老虎种类最多的国家，包括东北虎（即西伯利亚虎）、孟加拉虎（即印度虎）、东南亚虎（即云南虎）和华南虎，尽管全部的野生数量加起来不足百头，至少，我们还有行动的机会，出手拯救这个星球上与我们共生的老虎，乃是人类生态道德的体现和遵循大地伦理的崇高要求。

华南虎是一种仅仅分布于我国的虎种，所以西方人称其为中国虎，英文名为Chinese Tiger。堪为能与大熊猫相提并论的国兽。既然它们在中国

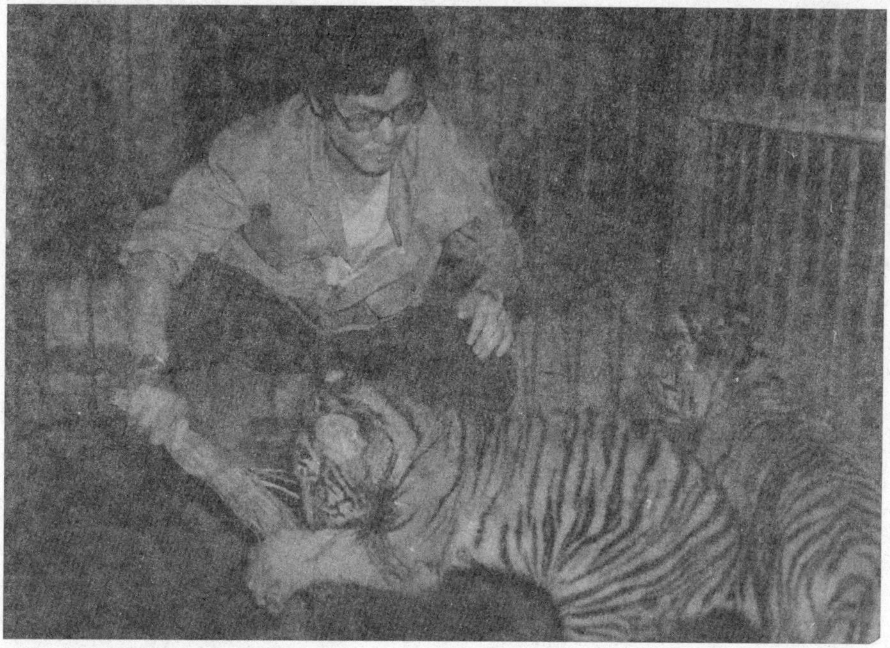

笔者作为饲养员曾与虎共舞

大地上还有一线希望，无论那张镇坪照片真伪与否，我们也应“死马当做活马医”，采取拯救措施，在可能有虎的地方建立保护区，至少是县级自然保护区，其意义在于一种觉醒、一种救赎，甚至是一种教育，亡羊补牢，未为晚也。中国老虎面临的主要问题，不仅是个体太少，而且是栖息地太小，由此，才发生某基金会送老虎去南非野化的颇有讽刺意味的保护行为。中国之大，竟没有老虎的驰骋空间、自由栖息之地吗？难道我们人类非要染指所有山林吗？

欣闻嫦娥一号成功拍到了月球表面的照片，所以我们还是回到航天飞行的话题上。有人视航天的成果为科技上的万能，甚至以为因此能寻到新的生存星球而可无视地球家园了，我认为，这纯属对科学的误解，是痴人说梦，自欺欺人。孙悟空飞得再高，最后还没离开如来佛的掌心，人类飞得再远，最终还得回到地球上。

还是让我讲一个有关太空之旅的故事吧，但愿能给读者一点人与自然伦理关系的启迪：在一次多国宇航员的联合航天飞行中，头一天，飞船距离地球较近，各国宇航员从飞船中分别寻找着自己的国家说：美国是我的家、法国是我的家、日本是我的家！第二天，稍远一些，大家分别寻找着自己所属的洲：美洲是我家、欧洲是我家、亚洲是我家！第三天，飞船距地球更遥远了，地球显得很小，大家指着依稀可辨的地球，异口同声地说：“地球是我的家，我们的家，咱们共同的家。”试想，如果一只老虎也在飞船上，它完全也有权利这样说：“地球，是咱们共有的家园！”

扮作宇航员的笔者

# 从地球家园到生态文明

胡锦涛同志在十七大开幕式上做的报告，共分十二部分，长达两个半小时，有 40 多次被热烈的掌声打断，其中不乏令人难以忘怀的亮点。作为环保人士，我注意到，很多地方涉及环保，特别是提出了“生态文明”，中国共产党首次把这个概念写入了党代会的政治报告，真是让人感叹，令人惊喜。与精神文明、物质文明、政治文明并列的生态文明，是建设中国特色社会主义的自然基础和实现科学发展观、可持续发展和小康社会的必然要求。皮之不存，毛将焉附？在文化上也与中华传统文化“天人合一”、“师法自然”、“厚德载物”、“护生惜物”的价值观上有一致性，也展示了中国负责任的大国形象。我们正从黄色文明（农业思维），经黑色文明（工业思维），向绿色文明（生态思维）迈进，可以说，以党的十七大提出建设生态文明为标志，找到了一条具有中国特色的文明发展之路。

太空遥望长江，色泽一派浑黄

生态，是一个众所周知，甚至是大家都喜欢的词，英文叫 Ecology，它来自希腊语 Eco，原意是家、家园、居所，那么，我们所说的生态失调、生态失衡、生态破坏，难道是我们的家出了什么问题了吗？有人说，没事啊，我的家，挺好的。这里所谓的“家”，是我们的大“家”：地球。地球是赖以为生的家，我们的家园，共有的家园，唯一的家园。随着宇航事业的发展，人类看待我们这颗星球的视角也在发生着变化。

这里我给大家讲一个小故事：那是一次多国联合的航天之旅，来自法国、日本、美国的几位宇航员一同升上了太空，第一天，距离地球不算太远，飞船飞越各个国家时，他们分别寻找着自己的国家，说，这是我的家、我的家、我的家。第二天，离地球远了一些，他们只好分别指着欧洲、亚洲、美洲，说：这是我的家、我的家、我的家。第三天，渐行渐远，地球看起来已经是一个小小的点，各国宇航员异口同声地说：这是我们的家！当然，我想，如果，一只老虎或老鼠也在飞船上，它也完全有资格这样说：这也是我的家。

是啊，地球是我们的家，我们唯一的家，但她唯一属于我们吗？回答这个问题可以从两个方面：一是她唯一属于我们当代人吗，当然不是，我们势必还要有子子孙孙，千秋万代。第二，地球唯一属于我们人类吗，当然也不是，目前，地球上的物种190万，人类只是其中之一。我们都是地球母亲的孩子。

地球孕育了所有生命，历经了38亿年的时光。可是，我们又是如何对待我们的地球母亲的呢？大家熟悉的几句话就是"与天奋斗、与地奋斗、与人奋斗"。换来的结果上什么呢？我把杜甫的一句诗做了这样的改动"国在江河破，城春草不深"。我国的生态状况可谓：森林支离破碎，大气出现空洞，土地退化、气候异常、物种锐减、水资源短缺……沙漠躁动着，长江浊浪排空，黄河顿失滔滔。所以，我斗胆修改了《保卫黄河》"风在吼……"我们的家园真的需要保卫了吗？何以维护生态安全？

面对地球的生态安全，我们不仅要自强不息，更需要厚德载物。

令人欣慰的是，在十七大报告中胡锦涛总书记要求"使生态文明观念在全社会牢固树立"，并将建设资源节约型、环境友好型社会写入了党章，强调人与自然的和谐。记得，在十七大报告的最后，阐述中国环保国际合作原则时，总书记发出这样的宣言：共同呵护我们赖以生存的地球家园！

是啊，生态文明的郑重提出，从国家大政方针层面上和全球安全的战略高度，为我们保护环境、呵护赖以为生的地球家园作出了承诺，指明了方向。有时，我们常常把地球比做茫茫星海中的一条船，那么，还是让我用这样几句话来作为结语吧：

“在茫茫宇宙中，地球是迄今所知唯一有生命的星球，但她并不唯一属于我们自己，但愿她不要因为我们的贪婪和无知，使其变成一条危机四伏的泰坦尼克，她只应是一条人与自然、人与万物和谐共度的诺亚方舟。”

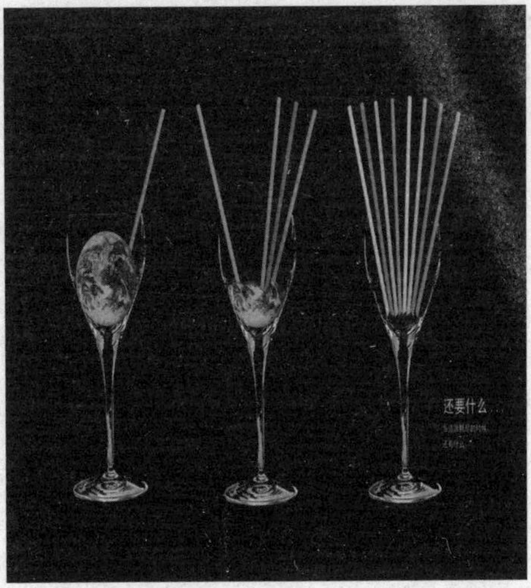

**地球资源的吸管消耗图**

# 从麋鹿到熊猫

## ——一个法国神甫的在华传奇

### 一、麋鹿、熊猫，名自戴维神甫

众所周知，熊猫，亦名猫熊，英文叫PANDA。为什么叫PANDA？有不同的解释，其中最经典、最奇巧的解释就是：作为熊猫的科学发现者戴维神甫把自己的名字拆开，赋予了熊猫。戴维神甫的全名Pere Armand David，缩写便成了PANDA。西方人认为，把所发现的动物冠以自己的名字，乃是一种莫大的荣誉，按照常理，戴维本应给熊猫直接起名叫“戴维熊”，为什么结果不是这样呢？原来，戴维于(1869年)四川发现熊猫之前，他是先在北京南郊的皇家猎苑(1865年)发现了麋鹿，然后，一股脑儿地用戴维的名字为这种神奇的鹿起名为“戴维鹿”(英文俗名和拉丁种名均用了“戴维”)。殊荣在先，怎好重复？为熊猫起名只得隐讳一些。当然，把自己名字与所发现动物永远地联系在一起，对已往的我们来说，似乎难以接受，甚至认为是辱没人，但在西方人看来，这既是光宗耀祖的事情，也是对其科考成果和探险经历的一种永久纪念。

1882 年戴维在巴黎

2003 年 10 月 2 日，我在麋鹿苑接待了一位奇特的旅行者：法国艾斯布来特市的市长戴海杜先生，他的行程是先访问北京，然后访问四川。一位法国市长为什么要不远万里来到中国，先到北京南海子麋鹿老家，然后到四川宝兴邓池沟熊猫老家？一个法国人，跟中国的麋鹿、中国的熊猫，能有什么瓜葛呢？这事还得从清朝同治年间讲起。

1865 年即清同治四年，一位叫阿芒·戴维的法国人，以传教的身份，来到中国，主要精力则是做动植物考察。他在位于北京南郊神秘的皇家猎苑，见到了被称为“四不像”的、连动物学家都闻所未闻的麋鹿。1869 年，戴维在位于四川宝兴的邛崃山中发现了令西方人不可思议的动物——熊猫；后来，麋鹿和熊猫都作为科学上的新物种，被戴维介绍到了西方，戴维也因此而名扬世界。

戴维神甫（Pere Armand David），或被译为阿芒（爱蒙）大卫、大为、谭卫道、谭微道，是近代法国来华进行生物收集、自然探察人士中的佼佼者，作为在科学史上功勋卓著的动植物发现者，其家乡就在艾斯布来特市，所以才发生法国市长到北京麋鹿苑、到四川邓池沟，“重走戴维路”的一幕。

中国地域广阔而复杂，自然物种多种多样，驯化历史悠久辉煌，被西方博物学家称为标本收集的“福地”，绿色财富的宝库，生物考察的“天堂”。从16世纪起，西方的生物收集者只要来中国，总会有意想不到的收获。无数奇花异草，不尽珍禽异兽，使西方探险家、搜集者、引种者每每满载而归，为博物学、生物学、分类学的完善和丰富，增添了无可忽略的业绩，弥补了不可或缺的记录，而从麋鹿到熊猫，就是其中浓彩重墨的一笔。这个充满传奇的故事，便要从这位法国神甫的在华经历说起。

区别于一些西方探险家来华考察的政治意图和军事目的，戴维的经历具备更强烈的博物学特征。戴维神甫是一名学识渊博，具有狂热献身精神的法国人，与其说他是一个虔诚的神职人员，不如说他是一名执着的博物学家。一个本应潜心为上帝服务的神甫，为什么会对自然考察如此地感兴趣呢？因为，在西方“自然神学”昌盛的19世纪，博物学家和传教士都认为，自然是上帝“包罗万象的公开手稿”，研究自然，是与上帝的书面信息《圣经》相符的。故而通过研究自然去领承天启，了解上帝，便大受年轻牧师的喜爱，毕竟，投身田野工作比研习枯燥教义要有趣得多，戴维便是其中的一位。寓神学于科学之中，戴维始终乐此不疲，他认为，科考也是对上帝的贡献和莫大荣誉，于是，他抱着“探索真理就是认知上帝”的神圣信条，来到了中国。



凭借散布在中国各地的传教点，戴维的足迹，从内蒙古阿拉善到北京南海子，从四川宝兴到福建挂墩，其中最为可圈可点的当是在京南皇家猎苑目睹“四不像”、在西南丛林遇见大鲵、珙桐、金丝猴、绿尾虹雉……特别是在川藏山地，与魅力四射、憨态可掬的大熊猫的不期而遇。戴维在中国西南腹地的考察，揭示了中国作为世界木本植物分布中心、多种农业作物发源中心，特别是栽培植物起源中心的结论，强调了中国生物区系发生的古老性和丰富性。

当然，在他富有成效的博物学成果背后，在科学发现与学术贡献的同时，也为西方贪婪的猎手、商人接踵而来索取熊猫、羚牛、金丝猴等物种提供了依据，使中国的自然资源很早就白白流失到、或被贩卖到西方的动物园和贵族花园。鸦片战争后，清廷羸弱，国门洞开，西方人蜂拥而至，采集了成千上万号动植物标本，无一例外地在国外的刊物上发表成果和争相以他们的名字命名，包括戴维本人在内的一些命名者，很少关注风土民情而狂热专注于标本的获取，在条件不太充分的情况下争相定名新种，甚至出现了张冠李戴、同物异名的现象。

难能可贵的是，戴维的生物收集与考察，始终与学术界保持着密切的联系，当他第一次来华，从内蒙古考察返回后，曾给巴黎自然博物馆馆长米勒·爱德华写信："如果环境许可，我将继续为法国努力工作，因为，我不愿让英国人独占在远东搜集之优势。"

更令戴维始料不及的是，因为他的引荐，麋鹿作为硕果仅存的一群，被引种到了英国的乌邦寺庄园，从而免于全部灭绝。1894年永定河洪水泛滥，南海子的麋鹿仅余20~30只。1900年，八国联军攻入北京，洪水战乱，雪上加霜，南苑遭劫，覆巢之下无完卵！瑟瑟秋风中，德国军队追杀义和团，长驱直入，闯进了昔日的禁地：南苑。苟延残喘的麋鹿种群在战火中遭到灭顶之灾，从此，作为麋鹿故乡的中国，彻底没有了麋鹿（作为残存者的最后的一只麋鹿是1920年死于西郊万牲园的），作为不幸中的万幸，如果不是戴维的引荐，麋鹿不会在英国乌邦寺一息尚存，杜鹃等珍稀品种不会在爱丁堡得以残存，姑且算是西方人对劫掠中国生物资源的一种赎罪和补救吧。

作为一个神职人员，戴维虽然没有潜心传教，不算称职的神甫，

但他对科学考察的奉献，特别是对人类自然保护的贡献，包括他相当有前瞻性的保护思想，如今，重温他曾经说过的这些经典话语，堪称神圣啊：

“凡是有眼睛的人都能看到宇宙的奇妙，却因以自我为中心的物欲，变得视而不见、单调无聊。上苍造就了成千上万的与我们共生的动植物，它们也有生存权利，我们却在残酷地剥夺着它们。难道造物主造就了这么千姿百态的生命体，仅仅就是为了让她的杰作之一：人类，将其永远地毁掉吗？”

## 二、戴维其人，出师告捷

戴维（Armand David，1826—1900）1826年9月7日生于法国西南比利牛斯附近的艾斯布来特市（Espelette），父亲是医生，对博物学饶有兴趣，从而影响着少年戴维。1840—1846年，他先在初级神学学校（Larresorre）就读6年，20岁，1846—1848年，入高级神学院（Bayonne）就读2年，成为神甫（Priest）进入教会。1850年，作为天主教神甫的戴维被教会派到意大利的萨沃那学校，讲授博物学，这期间，戴维常把能到地中海沿岸和附近山区进行动植物标本的采集，视为乐事。

约在戴维35岁的时候，认识了一个他生命中的贵人：法国科学院的汉学家儒莲先生，儒莲不仅向他介绍古老而神秘、富于刺激的东方国度——中国，还为他引见了一些学术界的名流：动物学家米勒·爱德华、植物学家布朗·夏尔等，此后，戴维便把能够到中国进行传教，作为求之不得的事。1862年，终于得到派遣，到中国天主会（Catholic Missionary）进行传教工作。

来到中国不久，36岁的戴维就发现，让具备悠久文化的中国人改变信仰去信奉上帝很是牵强，很有难度。这使得他对中国人灌输教义的兴趣，反而不如在中国进行生物考察和标本收集的兴趣大。1862年夏，戴维刚刚来到北京，就在海淀、西山、百花山、潭柘寺，甚至张家口等地四处转悠，收集标本。1863年5—11月，戴维出长城古北口到达热河、承德，因为这里作为大清皇帝的专区，从东陵到围场，均为禁猎区，所以物种保护得很好。1863年，戴维出师告捷，所得标本甚丰，在京西得到了褐马鸡；在八大处、敬宜园得到养殖的马鹿、梅花鹿；在承德收集到猫科动物，狗獾、麝、鼬、鱼类等动物及槐、桃、梅、李、菊、樱桃、玫瑰等大量植物，均作为戴维在华收获的首批标本送至巴黎；还有，在东陵得到猕猴（世界灵长类分布北限，应是如今已经绝迹了的直隶猕猴，或名冀东猕猴），也许使他成为最早知晓东陵这么高纬度的地区还有猴子分布的西方人。戴维这么快就收获了如此大量而珍贵的标本，令法国人眼界大开，在学术界引起了轰动。

1865年，39岁的戴维撰文发表"华北自然产物和气候及地质情况观察"，记述自己的考察成果，初试身手，戴维便通过中国的动植物而一举成名。殊不知，这只是戴维在中国的热身之举，"老鼠拖木锨，大头在后边"啊。

## 三、戴维三次在华之旅——之一

由于麋鹿回归故里已经超过20个春秋，中国人知道麋鹿故事的，不在少数，但大多数人也许不太知道，其实，最早目击麋鹿的外国人，不是戴维神甫，而是另一个叫张诚（J.F.Gerbillon）的法国人。早在戴维来到中国之前的1687年，作为最早在华传教的法国耶稣会五教士之一的张诚，就到过南苑，窥视过这个皇家猎苑中的动物，只是时值隆冬，观察得不真切。有别于其他鹿种，在冬尽春来之际，麋鹿的角完全脱落了，张诚便草率地把这些"四不像"记录成了"野骡"，但是，就是这个记录，为富于探究精神的戴维，提供了一丝可贵的线索。178年之后，1865年，戴维作为又一个法国人，便是带着张诚的模棱两可的记载，来到北京南海子的。同是这个大清猎苑，皇家禁地，面积是北京城的四倍，仍然是壁垒森严，根本不允许外人进入，更不能从中拿走什么东西，如果发现谁从猎苑弄出什么，将以死罪论处。戴维虽然从高高苑墙的墙头张望，发现共有麋鹿约120只，看清麋鹿乃是非凡之物，却一直无法获得，出于一个博物学家的执着，或者说是一个觊觎者的贪婪，反正，戴维是惦记上这个他叫不上名字的、以为是驯鹿的某个类别的“四不像”动物了。当然，这里还生存着一些带点儿的鹿、白色的鹿，到底是哪种鹿，已经不重要，因为，最要紧的是搞到“四不像”。

1866年初，在一个月黑风高之夜，他终于靠贿赂守卫猎苑的大清军士，以20两纹银的代价，得到了两套完整的麋鹿头骨角的标本。据说，后来，在法国公使馆的帮助下，还得到三只活的麋鹿，一并送往法国，经过巴黎自然博物馆米勒·爱德华馆长的鉴定，获得令人吃惊的结论：戴维带来的动物标本为新属新种的鹿科动物，体型如此之大的哺乳动物被戴维发现，从而载入世界动物学史册，戴维由此而获得与麋鹿同名的殊荣。当然，不是戴维神甫改名叫了麋鹿，而是麋鹿的外文名称被称为“戴维神甫鹿（Pere David Deer）”。

因麋鹿等园囿动物的收集而获誉的戴维神甫并未浅尝辄止，而是一鼓作气地踏上了他“而今迈步从头越”的考察征程。1866年3月，戴维与另一法国传教士谢福音结伴北上，前往内蒙古采集标本。

早春三月，大雁北归，草长莺飞。戴维一行北上出沙河，至南口，目击大到天鹅、小到云雀的很多鸟类，正逢观察鸟类的良辰，更兼植物兴旺的美景，戴维收集到一些蕨类、黄花瑞香、接骨木，记载的作物不胜其数，小麦、谷子、燕麦、马铃薯、荞麦、大麻，尽管作物种类如此丰富，戴维却目睹了贫民磨榆树皮为粉充饥的不和谐场面，真是“四海无闲田，农夫犹饿死”。

经怀来至沙城、鸡鸣驿，再到宣化，一路上收获连连，不乏令戴维别开生面的鸟兽，兽类有岩松鼠、跳鼠、水獭、黄羊、狼、狐、獾、貂，甚至虎、豹；鸟类有豆雁、石雀、肉垂麦鸡、花脸鸭、白鹡。

到达归绥，在内蒙古草原中，也有传教士的据点可投奔，戴维在当地传教士的帮助下，发动教民寻猎到了大青山的盘羊。发现了锦鸡儿、黄刺玫、刺蔷薇、延胡索、卷丹等沙生植物。

1866年5月，戴维到达土默特右旗，获得斑羚、鹧鸪、黄胸鹀等动物，收集到鸢尾、瑞香、槭、文冠果、野牡丹等植物。在其经过的包头、木纳山、鄂尔多斯、阿拉善、打虎口等地，搜集到的鸟类有：蓝背莺、兀鹫、草原鹰、白枕

戴维内蒙古之行

鹤、白鹳、丘鹬，甚至朱鹮；兽类有：鼹鼠、跳鼠、沙鼠、青羊、黄羊；这些动植物标本经法国领事馆，全部送回法国巴黎，收藏于巴黎自然博物馆。同年，勤奋的戴维，将他1866—1868年在中国的初次考察，撰写成文，发表了他的第一本考察著述：《蒙古旅行记》(《Journal of a travel in Mongolia&China》)。

## 四、戴维三次在华之旅——之二

鉴于戴维卓有成效的考察成果，动物学家米勒·爱德华向他建议，中国西南，大有作为。

1868年，正值壮年的、42岁的戴维从天津乘船到上海，抵达镇江，采集小型兽类标本若干、鸟类30种、鱼类及两栖爬行类60种、昆虫标本630只。在镇江至九江沿线，还采集一些草药及百合等标本。

1868年7月和9月，戴维两上庐山，在溪流中发现吠蛙，在山脚下采得水鸡，在九江收集到丰富的植物标本：鹅耳枥、乌头、木通、猕猴桃、泽兰、香青、黄瑞木、黄海棠等；戴维从九江寄送到巴黎的鸟类30种、兽类10种、爬行类和鱼类60种、植物194种及昆虫634只。在九江，他从传教士的口中得到有关虎、熊、野猪的信息，也被他一一忠实地记录下来。

1868年11月，戴维经汉口、沙市、宜昌，进入四川，12月到达重庆。在重庆，在法国外方传教会传教士范若瑟家中，得到一个令戴维喜出望外的消息：穆坪有个法国传教点且生物物种极其丰富。一过完元旦，戴维就迫不及待地溯岷江而上，经璧山、隆昌、资中、简阳至成都，在成都的传教点华西坝天主堂稍事休息，在成都西北的彭县做了短期的标本采集，1869年2月出发，起程前往穆坪，这个令戴维成就丰功伟业的地方。

如今，成都到雅安，沿高速公路仅需一个小时，当年，山高水险，步履维艰，戴维度过了六天的漫长路程，但沿途可见的奇特的动植物物种，令博物学家兴奋不已，大如乔木的杜鹃给戴维留下了深刻的印象。

当年的穆坪即现在的雅安市宝兴县。邛崃山脚下的穆坪，那时是一个“三不管”的汉藏彝杂居之地，偏僻的村落，松散的管理，很利于西方传教士的传教活动、特别是以办学、行医的名义立足下来。

戴维在穆坪受到当地土司和早已到达这里的法国传教士的热情接待，雄伟的、中西合璧建筑风格的天主教堂，高高伫立于穆坪的邓池沟半山腰。教会为戴维提供了完备的食宿条件，标本库房，雇佣了猎手，还发动了群众，主要是动员了教会的学员到周围山地采集标本。戴维如入宝山，跃跃欲试，见大家纷纷带回奇花异草，他也按捺不住内心的狂喜，亲自爬上高山，动手采集标本，结果，一次考察险些因迷路而丧命，此后，便不敢贸然涉险。

到穆坪不久，收获渐丰，白尾鸲、茶隼、灰雀、星鸦、戴胜……1869年3月11日，戴维受邀到一个李姓地主家喝茶、吃甜食，不经意间，见到他家墙上挂着一张黑白相间的类似熊的动物皮，令他眼睛一亮，凭直觉，戴维生出一种异样的冲动：“兴许这是科学史上有趣的新种？”热情好客的猎手许诺，如果喜欢这种动物，明天就出发，十天后，保证弄它一个来。果然，戴维在他3月23日的日记中写道：“消失了十天的猎手回来了，还带回一只幼年的黑白熊既熊猫的皮，本来逮到的是一只活的，为了携带方便，就杀死了。就这样,也是价格不菲地卖给了我。不久,一只成年熊猫又被带到我面前。”在既无国法约束,自然资源又极其丰富的当时,猎杀几只珍禽异兽,简直如探囊取物。在穆坪这个天高皇帝远的小山村,猎物源源不断地被送到戴维面前,红胸啄木鸟、红胁绣眼、角枭、绿尾虹雉、雉鹑、野猪、灰松鼠、山猫、云豹、黄麂、鬣羚……

刚刚到穆坪三个月,戴维就得到23种动物,其中前人未曾描述过、未曾报道过的动物新种包括:短尾鼩、蹼麝鼩、长尾鼩鼹、鼩鼹、长嘴鼹、藏酋猴,特别是作为仰鼻猴一种的川金丝猴,这是猎手在穆坪以东,花六个星期获猎的,仅金丝猴就弄回洋洋洒洒6个标本。还有扭角羚、毛冠鹿、小熊猫及各种淡水鱼、两栖类、爬行类、昆虫等大量标本。在巴黎自然博物馆,很多标本的标签上都留有戴维的采集信息,如“红腹角雉”1869年4月16日戴维采于穆坪。据说,直到现在,每年还有来自世界各地的戴维的“粉丝”,慕名前往宝兴,做生物考察“梦”。

在植物搜集上,戴维也是硕果累累。作为分类地位上绝无仅有的中国单型科植物珙桐(鸽子树),也是戴维首先在穆坪采得的,被西方园艺界称为“北半球最漂亮的树木”,珙桐的拉丁学名由此得名(*Davidia involucrata*),其中属名即来自戴维的名字。在穆坪采集的植物还有榛、漆、冷杉、木兰、豆梨、贝母、大黄、栓皮栎、厚朴、红豆杉、白杉、侧杉,各种报春花及数十种杜鹃……

1869年8月,戴维带着大批动植物标本离开穆坪,返回成都,当地的传教士帮助他将成箱成箱的标本走水路经重庆到上海,运回巴黎。遗憾的是,这期间正赶上英法战争,使一些植物标本在邮寄的途中丢失了,据戴维自己估计,他一共采集了3000号标本,实际运抵巴黎的不足2000号。也许是工作量过于巨大,积劳成疾,这时,戴维在成都病倒了,10月份,他又回穆坪,11月份离开那里,结束了他人生最为辉煌的、以熊猫为代表的、史无前例的生物采集之旅。

于成都休整时,戴维听一个叫梅里的传教士说,在川北的龙安,动物很多，包括梅花鹿，于是，12 月底，出成都赴龙安，采集到蓝马鸡等。1870 年 4 月，戴维神甫离开成都，然后顺长江而下，6 月中旬抵达上海，从上海乘船回到法国，结束了他的第二次来华之旅。

戴维的归来，可以说，为法国生物学界带来一阵骚动，巴黎自然博物馆的《博物杂志》于 1871 年 8 月报道了他穆坪之行的成果。戴维此次在中国西南考察和收集的生物标本，使法国人对中国的生物研究产生新的飞跃，大大超过了英国和沙俄。如此的丰功伟绩，理当获得崇高的“十字勋章”，但教会的规定使他无法接受这个荣誉，因而，法国学术界决定授予戴维金质奖章。1872 年戴维还被法国科学院选为通讯院士，这时，年富力强的戴维，年方 46 岁，便又开始筹划他的第三次赴华之旅。

## 五、戴维三次在华之旅——之三

1872 年，已是小有名气的戴维，再次离法赴华。3 月达上海，随后到宁波，在那里，他认识了英国著名生物学家斯温侯。1872 年 6 月到北京，10 月南下，经保定、正定、邢台、安阳、卫辉，再从怀庆（泌阳）过黄河至洛阳。之后西行，11 月到西安，在一传教士家中休整一周，继续西行南行，到达秦岭。先在秦岭的老峪谷、石井村、殷家堡活动，收集到血雉、勺鸡等。在殷家堡落脚约 2 个月，之后经周至，上太白山，再西行至四元山，从阎家村前往汉中。

戴维到陕南，先住在汉中的褒城，即美女褒姒的家乡，又西至沔县、王家湾，走一路，采一路标本，成果累累。1873 年，戴维沿汉水至城固，在去汉口的船上，不慎翻船，丢失了一些标本。5 月，从汉口去九江，雇人上庐山，南至南昌、抚州、建昌。8 月，病倒于旅途中的一个叫七都的地方，9 月扶病离开七都，前往福建。

10 月，戴维抵达闽赣交界的王毛寨，之后，进入武夷山区，来到崇安即现在的武夷山市，在海拔 1800 米的挂墩传教点住下，很快被漫山遍野独特的动植物所吸引并发现了很多新物种：猪尾鼠、大足鼠、红胸线鼠……挂墩鸦雀、棕噪鹛、白眶雀鹛、褐雀鹛、灰头鸦雀……而且，大都作为模式种定了名。

挂墩，经戴维神甫的介绍而名扬海外，以后，各国生物学家纷至沓来，被国际生物学界誉为模式标本之圣地。但此时的戴维已完全体力不支，病入膏肓，甚至为他做临终祈祷的神甫都被请来了。在挂墩，不得不放弃奔波之劳的戴维，奇迹般地活了过来，于是，回到上海疗病。1874年3月，48岁的戴维离开上海，5月回到法国马赛。1875年，49岁的戴维发表了他的传记：

《第三次在华考察记》(《Journal of my third exploration travel in the Chinese Empire》)。此后，戴维神甫就再未来华。

## 六、戴维在华硕果累累的生物采集

从1862年到1875年，戴维在中国共逗留了13年，这是一个人生命中最年富力强的阶段，也是戴维神甫(从36岁到49岁)最为辉煌的阶段。他的作为中国近代第一本鸟类学专著的《中国之鸟类》，记述了772种鸟，包括他在中国见到或采到的470种，其中58种为首次报道的新种。他根据斯温侯与普尔热瓦尔斯基的资料，进行汇总，认为中国共有鸟类807种(事实上中国的鸟类超过1300种)，尽管有相当的出入，但在当时，已算相当全面了。1884年经植物学家弗朗谢整理、编写的《戴维植物志》一书出版，共涉及1175种植物，其中84个为新种。像很多生物学家那样，青壮年时以跑野外为主，老年则以著书立说为主，戴维回到法国后，通过回顾他在中国的考察成果，1877年撰写出版了《中国之鸟类》、1888年出版《中国之动物区系》，还有《中国雉类生境笔记》等，可以说是勤勉著述，笔耕不辍。

1900年11月10日，戴维神甫在巴黎过世，享年74岁。无巧不成书的是，以他名字命名的麋鹿，同是在这一年，于中国本土灭绝，灭绝地就在当年因戴维考察麋鹿而成为麋鹿模式种产地的——北京南海子。似乎戴维与戴维鹿，在冥冥中有着某种联系，不然，怎么随着发现者的仙逝，他的伟大的发现物，也在原产地消失了呢。

戴维的中国之行，硕果累累，他带走大量标本，包括：地质采样及化石

379 号；植物标本 3419 号（共鉴定出 1577 种）；昆虫标本 9564 号（计 100 种）；鸟类标本 1322 号（计 470 种，新种 58 个）；爬行类标本 208 号；两栖类标本 135 号；哺乳类标本 585 号（计 200 种，新种 63 种）。

收藏于巴黎自然博物馆的麋鹿模式标本

在戴维采集的大量标本中，尽管有些毁损、有些丢失，也有些重复，但经动物学家和植物学家的鉴定，比其他人相比，他的成果质高而量大，简直史无前例。戴维在 1874 年离华之前，在法国外交人员的协助下，陆续将活的麋鹿运至欧洲的一些动物园，既丰富了这些动物园的展览内容，更为麋鹿的劫后余生、种群延续起到不可或缺的作用。他还将 80 多种植物引种到巴黎植物园，后来又被引至欧美许多国家，极大激发了西方人对中国博物学研究的兴趣，对生物学的发展产生了巨大而深远的影响。他在北京南海子采集的麋鹿，被命名为“戴维鹿（David deer）”；他在四川宝兴采集的珙桐，被命名为“戴维树（David tree）”；同样在宝兴采集的熊猫，被全世界称为 Panda，在中法交流史上，堪称独树一帜，在生物学考察史上，可谓殊荣无上。



## 福兮，祸兮？

麋鹿苑的世界灭绝动物公墓，是由长长的多米诺骨牌组成，倒下的骨牌上写着灭绝物种的名字，将要倒下的是濒危物种，而尚且未倒的是现存物种的代表，在现存的行列中，有一块写着两个字“人类”，每次讲解时，还没走到跟前，我都会故弄玄虚，让听众先猜猜“人类的位置会在哪儿？”大家多是自信地回答：“在最后”，实际上，我设计放在最后一块的并非“人类”，而是“鼠类”，为什么？因为在地球上，老鼠的繁殖力、生命力和抗灾变能力都远远胜过人类。也总听人说，如果人类在地球上消失了，那就是世界的末日，我说未必，也许，那就是万物的节日了呢。



看来，物种的彼此消长，乃是自然规律，在人与动物之间也是同理。

我们发现，通常，人类所到之处，动物们流离失所，作鸟兽散，而人迹罕至之地，万物复苏，鸟兽滋育。在韩朝边界的三八线，由于长达半个多世纪都被划为军事禁区，却成为了鸟兽的天堂，在这个长约250千米，宽3.8千米的布满地雷的地方，自1953年9月6日执行停战协定后，成为无人区，森林恢复了，农田变成了荒野，有超过1100种的植物、50种哺乳动物，包括黑熊、豹子、猞猁、野羊……还有濒危鸟类黑脸琵鹭、丹顶鹤等，甚至超过80种的鱼类……每年都有数百种鸟类迁徙至此，真是祸兮福所倚，战争的遗留倒成了绿色的和平地，万物生灵的避难地，而最具悖论的故事还是发生在著名的切尔诺贝利核电站的核事故之后。

事实上，1986年发生于切尔诺贝利的核事故，死亡人数为56人，远不及1984年发生在印度帕博尔化学物品泄露导致6000人死亡的严重程度，但后者造成的影响却远比前者巨大，为什么？因为核恐怖，所以，有一部电

影叫《生活在切尔诺贝利》，其中有一段精彩的评论说：“人们对核辐射的恐怖反而比核辐射本身对健康的威胁更大。”更值得注意的是，因为核恐怖成为隔离区，工业停止了，砍伐停止了，耕作停止了，这里竟成为乌克兰最安静、也是最干净的地区，相当于罗德岛那么大的地域已经成为一块美丽的荒野地，到处是海狸、狼、鹿和猞猁，鸟语花香，黑鹳、蓝雀等罕见鸟类都频频亮相。野牛、白尾鹰、普氏原羚都被成功地引进。

1994 年，德州理工大学的两位生物学家进行了为期 15 年的调查，在一个名为红色森林的辐射区，惊讶地发现，野生老鼠尽管在其机体中测出了辐射量，但生活正常，照样繁殖。综合考察结果，几位学者得出了出人意料的结论：农耕、畜牧、打猎及伐木……这些人类行为的消失，为当地的动物带来了巨大的益处，可以说，世界最严重的核电站事故对当地动物的破坏性影响远远不及人类活动对动物的影响，即使是在核辐射最厉害的地方，野生动物都还大量存在。

这是一个预想不到的实验：当 33 万人外迁而动物入驻后，这里成为欧洲最好的天然保留地。切尔诺贝利，在人的心目中，也许是鬼城，在野生动物眼里，简直是天堂，那里俨然成为一座名副其实的切尔诺贝利国家公园了。祸兮？福兮？人类当反思。

麋鹿苑的灭绝动物多米诺骨牌

# 哭　砂

## ——写在2010世界荒漠化日

《哭砂》是我非常喜欢的一首港台歌曲，歌手叶倩文、林志炫、孟庭苇、刘可甚至张惠妹都唱过，那凄美的曲调，似乎道出人与沙亘古不断的恩怨情仇，“你是我最苦涩的等待，让我欢喜又害怕未来。你最爱说你是一颗尘埃，偶尔会恶作剧的飘进我眼里……”

早春三月的一天，早起醒来一眼望去，“京城披满黄金甲”，原来首都迎来了近年来最强烈的一场沙尘暴。一辆辆轿车上都毫无例外地布满一层黄沙，沉寂多年的沙尘暴怎么又恶作剧地卷土重来了呢？难道我们多年封沙育林的努力就这样白费了吗？这是许多人的疑问，其实，答案很简单，沙尘是不可避免的，可控的只是程度和频率。沙尘暴的起因有二：一是风源，二是尘源，二者缺一都不会刮起沙尘。无风不起浪，也不起沙；无沙，即使刮风也不会有沙尘。风是自然现象，无论是受局部的季风性的气候影响，还是全球大气环流所致，人类是回天无力的，所以，对风源我们只能顺其自然；从沙尘源来说，由于我国北方地区有170多万平方千米的沙漠土地，这些应是沙尘是产生地。这次我们遇到的沙尘暴，它的起源既有境外，也有境内。从境外来说，蒙古国对我国的影响比较大，从我们国内来说，南疆地区，河西走廊，内蒙古的西部，这些地方都是我们重要的沙尘源。由于沙尘源地区的土壤墒情比较差，干旱少雨，遇风起沙，风沙结合，便产生了这次较大的沙尘暴。

世界荒漠化日的全称是“世界防治荒漠化与干旱日”。“荒漠化”是指包括气候变异和人类活动在内的种种因素造成的干旱、半干旱和亚湿润干旱地区的土地退化。“土地退化”是指由于一种作用或数种作用结合导致的干旱区、半干旱区和亚湿润干旱地区雨浇地、水浇地或草原、牧场和林地的生物或经济生产力的降低或丧失。1977 年联合国荒漠化会议正式提出了土地荒漠化这个当今世界上最严重的环境问题。1992 年 6 月，包括我国总理李鹏在内的 100 多个国家元首和政府首脑与会、170 多个国家派代表参加的巴西里约环境与发展大会上，荒漠化被列为国际社会优先采取行动的领域。之后，联合国通过了 47/188 号决议，成立了《联合国关于在发生严重干旱和/或荒漠化的国家特别是在非洲防治荒漠的公约》政府间谈判委员会。公约谈判从 1993 年 5 月开始，历经 5 次谈判，于 1994 年 6 月 17 日完成。“6.17 即为”国际社会对防治荒漠化公约达成共识的日子。

为了有效地提高世界各地公众对执行与自己和后代密切相关的“防治荒漠化公约”重要性的认识，加强国际联合防治荒漠化行动，迎合国际社会对执行公约及其附件的强烈愿望，以及纪念国际社会达成防治荒漠化公约共识的日子，1994 年 12 月 19 日联合国大会通过了 49/115 号决议，宣布 6 月 17 日为世界防治荒漠化日（世界防治荒漠化和干旱日），并从 1995 年开始纪念这个特别的日子。

大漠走马一家人

2010年的荒漠化日主题是“防沙治沙惠及民生”，围绕这一主题，国家林业局防沙治沙办公室发出通知，要求各地动员各方面力量参与防沙治沙，营造全社会关注、支持防沙治沙的舆论氛围。

我们知道，风和沙，风不可控，沙相对可控，问题是怎么控？随着环境教育的普及，现在多数人认识到种树防沙，但不能一概而论。在治沙的过程中，治沙专家指出了这样的基本原则：宜乔则乔，宜灌则灌，宜荒则荒，宜草则草，根据水土条件，水资源状况，因地制宜。沙漠本是地球上自古就有的自然现象，能治的治，该荒就荒。

有一句成语叫战天斗地，事实上我们既战不过天，也斗不过地，我们不可能改变老天爷的大气环流，却能惹得大地母亲变得越来越有脾气，为什么？因为我们的开发利用的程度超过了土地的、草原的生态承载力。超载放牧、过度开垦、河湖干涸、滥采滥伐，使昔日“风吹草低见牛羊”的丰美草原，正变成一处处沙地、废地、不毛之地。所以，我们的作为就是痛改前非，改良地表每况愈下的状况，据国家林业局防沙治沙办公室主任刘拓介绍：沙尘暴在我们国家是不可能消失的。我国有174万平方千米的沙化地，而可治理的是53万平方千米，即使这部分都能得到治理，余下的120万平方千米的原生沙漠和戈壁，仍会造成沙尘天气甚至沙尘暴。除此之外，境外的沙化地也会影响我国。我们能做到的，首先是增加地表的植被覆盖率，保护地表植被是首要措施。第二是大工程带动大治理的建设活动，增加地表林草植被。第三是合理使用草原，实行草畜平衡，把牲畜的养殖置于牧草所能承受的程度下。再就是水资源的合理利用。实行节水及全流域的合理调配，而非层层截留，截留使河湖的干涸雪上加霜，而降尘的主要来源之一就是一个个干涸的湖泊，特别是盐湖，每年被大风卷起的盐碱土粉尘高达1亿吨。一位西方学者说：“关注江河，其症结不在江河，而在人心”。同理，对待大地、草原，也需要休养生息，而非超采过牧，沉溺于一味索取的“牧童经济”。

生态危机源自心态危机，地球的荒漠化源自人类心灵的荒漠化。面对土地的荒漠化，地球的生态危机，我认为，当今人类最紧要的事，不是开源，而是节流，不是扩大开发力度，而是降低消耗强度！选择一种“宁可食无肉，不可居无书”的绿色的、低碳的生活方式。具体说，我们的生活方式合理与否都在直接或间接地在影响着生态，我在“生态文明与绿色行动”演讲中就有——拒穿羊毛衫，保护大草原；草原是碳汇，莫使变碳源；尤其要克制的是我们的饕餮之口，过度的肉食欲望，过度的畜牧业规模，无不为超载放牧推波助澜，从而促进了草原荒漠化的进程。沙尘暴只是一个表象，更为深层的问题是：沙漠是生命的地狱，是地球的癌变，也是离我们不太遥远的现实。荒漠如此日益扩大，众生将何以生存？我们还有未来吗？古代，有大可不必的——杞人忧天，当代，在切实触摸沙尘暴的当下，则真的值得我们——杞人忧“地”、忧沙、哭砂。

还是到这首歌的意境中寻找感觉吧：“……风吹来的砂落在悲伤的眼里，谁都看出我在等你，风吹来的砂堆集在心里，是谁也擦不去的痕迹，风吹来的砂穿过所有的记忆，谁都知道我在想你，风吹来的砂冥冥在哭泣，难道早就预言了分离。”

## 湿 地

### ——不应仅是儿时梦

诗意浪漫的湿地物种：鸳鸯

兔年吉祥！好事成双（Two年）！2011年2月2日是个好日子——农历春节的除夕，可有几人知道，这一天是还是国际上的一个重要纪念日——世界湿地日，2011年是联合国确定的“国际森林年”，与之相应的该年的世界湿地日主题是“湿地与森林”，这是第十五个湿地日，也是《湿地公约》成立40周年。湿地具有强大的生态功能，是物种“基因库”，是淡水“储存库”，是风险“缓冲器”。是“淡水之源”、“地球之肾”，森林则有“地球之肺”、“绿色水库”之称，我国森林和湿地的覆盖面积占国土面积的24.13%，共同构筑了我国生态安全的强大屏障。

在城市，在北京，湿地与森林，跟我们的身边环境似乎是渐行渐远，举目四望，除了高楼、人群，就是马路堵车。此情可待成追忆，仅仅在几十年前，作为北京人的我，还有去护城河捞蝌蚪、莲花池钓小鱼，到白纸坊小树林捕蝉、夏夜听取蛙声一片的美好记忆，如今京城的湿地就只剩下城市公园的有限水面和散布京郊如汉石桥、翠湖、野鸭湖、南海子麋鹿苑等寥若晨星的一些点了，事实上，北京这座千年古城也曾经是一座多有湿地的城市。

记得曾在德国的一家动物园参观，园长指着自由流淌、河道蜿蜒、穿园而过的小河，自豪地说，这是一条天然之河，当时我还觉得这有什么新鲜的，可是如今，再看我们城市的河流，哪还找得到那种水自天成、清流奔涌的感觉啊。伤心桥下春波绿，曾是惊鸿照影来。

盘点北京的湿地，也真不少，可惜大多已是有名无实，或干涸、或污染、或人工化，北京分布有大小河流200余条，分属海河流域的大青河水系、永定河水系、北运河水系、潮白河水系和蓟运河水系。北京有大中小型水库84座，大型输水干渠两条，大中型水闸58座，橡胶坝50座，大小“湖泊”30余个。北京市主要湿地类型有2种，即永久性河流和水库湿地。水库湿地类型有白河堡水库、官厅水库、珠窝水库、斋堂水库、崇青水库、怀柔水库、十三陵水库、沙河水库、密云水库、遥桥峪水库、唐指山水库、西峪水库、海子水库等。河流湿地有永定河、白河、潮河、安达木河、潮白河、汤河、怀沙河、怀九河、拒马河、大石河、温榆河、北运河、凉水河等。

2010年10月28日刚刚去世的全国政协委员，自然之友创会会长梁从诫曾经考证过北京的湿地，为了无告的大自然，为了北京的环境，包括河湖湿地保护，他多年不懈，奔走呼唤，大家多知道首钢是在他的力推下迁出京城的，殊不知，当年汉石桥湿地险些被开发成高尔夫球场，能够得以保留，也与他的努力分不开。他认为，北京自古便不乏湿地。据《水经注》，北京城西北曾有大片水面。其源一为古永定河（称湿水或芦沟）之一支，从石景山北麓注入京西北山前平原。北京地形西北高，东南低。因此，源于京西北诸水自然流注东南。三国时刘靖镇蓟州，曾引湿水灌蓟北、东、东南，《水经·鲍丘水注》："自蓟西，北迳昌平，东尽渔阳潞县，凡所润含四、五百里，所灌田万有余顷"；《册府元龟》：唐永徽年间（7世纪中叶）"幽州都督引芦沟水（永定河）广开稻田数千顷，百姓赖以丰给"。

北京南海子麋鹿苑有个湿地文化长廊，上面有这样的记载："昔日有海子，水聚而曰淀。"历史上京西泉水汇集，形成所谓巴沟（现在的地铁10号线总站），涵养了海淀湿地。"海淀"之名，明末刘侗等著《帝京景物略》已有记载。据《日下旧闻考》："淀，泊属，浅泉也。今京师有南（海）淀、北（海）淀，近畿则有方淀、三角淀、大淀、小淀……凡九十九淀。"北京及近郊以"淀"为名的水面曾经如此众多，亦可见当年湿地范围之广。海淀下游为高粱河，至今白石桥一带。元代经人工疏引，分两股：一南下，入今市区，形成所谓"三海大河"，南出左安门，入永定河；另一向东，沿今北护城河，经德胜门注入坝河，至今通州区入温榆河（古名潞水）。当时引水一是为了漕运，二是为兴建皇室宫殿，从京西山区运石、木建材。

故园亦有如烟树，鸿雁不来风雨多。本人工作在南海子，顾名思义，这里就曾是一个湿地。这个昔日的皇家猎苑，浸润于湿地生态中的"南海子"，是明代留下的名字，清代才改称"南苑"。南苑及其水体对北京城市生态系统一直产生着重要影响，当年占地200多平方千米的、如今主要在大兴区内和丰台区部分的南苑曾经有着广阔的湿地，事实上成了北京城南的"绿肺"。南苑的主要功能是皇家猎苑，这就决定了它的建筑布局极为疏朗，除少许行宫建筑用地外，绝大部分为猎场、牧场、花圃、瓜园、农田的土地类型，草木丰茂，绿草荫荫。南苑内有五个海子、苇塘泡子（今大泡子）、眼镜泡子、卡伦圈、鸭闸泡子、团河宫后泡子、南宫后泡子、饮鹿池、打鱼处等水面约六千余亩。从明代大学士李冬阳留下的《南囿秋风》一诗"别路临城辇路开，天风昨夜起宫槐……落雁远惊云外浦，飞鹰欲下水边台……”到号称清代第一词人纳兰性德的《南海子》“分弓列戟四门开，游豫长陪万乘来。七十二桥天汉上，彩虹飞下晾鹰台”，就不难想象当年这里的湿地盛况了。

湿地，尤其是城市湿地越来越少，主要是由于人类的城市扩大化、城镇扩大化带来的影响。20世纪初至今，城市人口增长了近10倍，城市人口比例从14%增到50%。快速城市化不仅使湿地面积减少，生境破碎化情况加剧，也导致了城市湿地生境的丧失。如，北京从20世纪60年代—70年代中期，有8个湖泊共33.4公顷的湿地面积被填。具有500年历史的护城河也遭同样厄运，1953年护城河面积为41.19平方千米，现在剩下的总长度不到原来的一半。当然，北京城市湿地的这些问题，均被视为发展中的问题，但是，科学发展观不仅要求人与人和谐，还强调人与自然的和谐，而人与自然的和谐，本质上也是人与人的和谐，即当代人与后代人之间的代际和谐，毕竟“保护自然就是保护未来”。作为包括湿地恢复生态举措的北京城市总体规划，涉及东有顺义汉石桥，西有海淀、永定河，北有延庆官厅、野鸭湖、南有大兴南海子等的多处湿地，其中南海子湿地的一期工程在2010年已经竣工，二期正在全面铺开，建成之后，将再现燕京十景之一的“南囿秋风”，成为北京最大的湿地主题的郊野公园。

湖北武汉被称为百湖之城，半个世纪也减少了近一半，为了留住城市湿地，作为我国最大的“城中湖”——武汉东湖，已正式获得国家林业局批准，建设国家级湿地公园。东湖总面积33平方千米，是我国最大的“城中湖”。其湿地生态系统极具典型性和代表性，对武汉市的水生态、水环境和区域气候调节具有举足轻重的影响。武汉市林业局表示，随着东湖湿地公园的建设，武汉市内目前已有了2座国家级湿地公园。按《武汉市湿地保护总体规划》，2030年前武汉还将斥资7亿元，兴建10处湿地保护区和8个湿地公园，将武汉中心城区包围起来，形成国内第一个“城市湿地自然生态保护圈”。解铃还须系铃人，湿地退化是城市发展所致，而科学发展观指导下的城市化，为了城市更宜居、更安居，我们又开始恢复湿地，重温儿时之梦。

英文中有句话“Wetland is waste land”，即所谓“湿地就是废地”，可见对湿地的破坏，是人类工业化、城市化以来的通病。据美国农业部门的研究表明，历次城市化的结果都在鲸吞蚕食着湿地，美国已丧失了58%的湿地。易北河流经当年的东西德国，在联邦德国，因有钱改造，河岸人工化严重；原民主德国无钱改造，河岸呈自然状态，90%的欧洲白鹳选择到原民主德国栖息繁衍，呈现了生物的多样性，孰是孰非，鸟兽能否存留，便成为生态质量好坏的一种标志。

城市湿地受城市扩大化的影响，形成了湿地在城区中面积较小、分布不均匀、孤岛式生境的板块，板块之间的连接度降低，湿地内部生境的破碎化较为严重等诸多问题。城市湿地作为城市的重要生态基础设施，具有众多服务功能，包括：①为城市居民、城市提供必需的水源；②为城市提供完善的防洪排涝体系；③调节区域气候，降低城市热岛效应，提高城市环境质量；④为动植物提供独特的生境栖息地，形成物种多样性；⑤为城市居民提供休闲娱乐场所，丰富市民的业余生活。既然休闲和娱乐是城市湿地的功能之一，商业开发导致对湿地的鲸吞、居民生活对湿地的蚕食，如倾倒污物和垃圾等，都会对湿地生态产生不良影响。保护城市湿地生境，提高城市环境是城市管理者和广大市民共同的利益，维护城市湿地的健康必须靠城市人的共同努力。

湿地专家强调，城市湿地生态系统是城市重要的生态基础设施，具有多种生态服务功能和社会历史文化价值。滞后的湿地恢复计划难以弥补由于自然湿地丧失所损失的湿地功能。在对湿地功能和结构的要求上，城市湿地与“自然湿地”有所不同。例如，一些工业区中的湿地具有控制污染的作用，一些城市公共绿地中的湿地可为鸟类提供栖息地和避难所，可开展国际风行、大陆新兴的观鸟运动，成为市民就近赏鸟的绝佳场所。因此，对于这些城市湿地来说，它们的环境功能和社会功能非常重要，再现“两只黄鹂鸣翠柳，一行白鹭上青天，窗含西岭千秋雪，门泊东吴万里船”的唐诗意境，何其乐也。

“低碳”正在成为现代人类追求的新的生活方式，低碳的实质乃是稳固

"碳汇",减少"碳源",最近,笔者参加了一个名为"湖北'慧'更好"的低碳高端论坛,会上发言,我感叹,武汉因其湿地遍布而成为一座名副其实的低碳城市,那么,低碳与湿地是什么关系呢?2010年2月2日的世界湿地日的口号是"携手保护湿地,应对气候变化"。我们常说一个词"鱼米之乡",这是对湿地功能的最为大众化的解释,湿地的价值是多方位的,湿地可供饮水、可观光游憩、有舟楫之便,可供柴薪建材,有药材粮果、禽肉鱼虾各种水产的出产,即资源价值,湿地还有调蓄洪涝、净化水源、维持国土生态安全、缓解气候负面变化的生态服务作用,而且这个生态服务功能恰恰与我们近来普遍关注的气候变化、减少温室气体排放相关,具体说,就是湿地的碳汇作用,即减少大气中的二氧化碳,将碳汇集于湿地自身。森林是陆地最大的吸碳器和储碳库,陆地一半以上的碳贮存于森林系统,湿地的固碳能力、缓解温室效应能力、应对气候变化能力……都不容忽视,占全球6.4%面积的湿地储存了7700亿吨的碳,占陆地生态系统碳储量的35%。

那么,湿地是如何发挥减碳功效的呢?湿地是一种比较活跃的生态系统类型,它是地球三大生态系统(海洋、森林、湿地)中唯一的四圈共存之地:大气圈、岩石圈、生物圈、水圈。湿地中有机质的不完全分解导致湿地中碳和营养物质的积累,湿地植物从大气中获取大量的二氧化碳,成为巨大的碳库,在全球碳循环中发挥着重要作用。

今天人类已经认识到,保护自然湿地,它就能发挥减缓气候负面变化的减少碳排放、把碳留住即宝贵的"碳汇"作用;反之,破坏湿地,它就像打开了潘多拉魔盒一般,源源不断地把碳释出,向大气圈释放$CO_2$和$CH_4$等温室气体,产生恶劣的"碳源"效果。全球的自然湿地约占全球陆地面积的6.4%,但其碳汇功能竟与占全球面积七成的海洋相当。显然,自然湿地单位面积的生态调节能力优于森林和海洋,所以,湿地弥足珍贵,尤其是我们身边的湿地被誉为城市减排的"推手"和"助手",低碳城市,湿地为贵,减碳俭约,生态智慧。

古往今来,人类始终伴水而居,逐水草而居,无数的诗歌辞赋产生于湿地，湿地曾赋予先人无尽的美感和灵感，每当吟咏古人对湿地讴歌的辞赋，似乎还能触摸到古代贤达之士对鸟兽、对自然的、对湿地的人文观照和关爱情怀。斗转星移，时空变换，当代的生态文明同样呼唤我们对自然、对湿地、对鸟兽要高抬贵手，须厚德载物。毕竟，人类曾从草地、从湿地、从森林走来……曾几何时，陷入“要钱不要命”的穷奢极欲的工业思维之中，但又何曾放弃过、停止过对儿时河水潺潺、梦里水乡的回望？

孔雀遥望雁行行

关关雎鸠，在河之洲……蒹葭苍苍，白露为霜……让我们怀着这湿漉漉的诗情和画意、梦想与渴望，走上恢复和再现湿地生态的保护之路，湿地，不应仅是儿时梦。

## 物种多样性：从麋鹿的保护谈起

北京麋鹿生态实验中心的核心工作是实施麋鹿这个物种的保护，并围绕这个核心开展有关生物多样性保护的科研和科普工作。麋鹿作为中国“重引进”的拯救动物，回归祖国已经走过了21年历程，这些年，我们始终都面临一个问题：为什么要保护麋鹿这种动物？为了一个物种值得吗？从原理上说，我们的保护对象麋鹿是一个在我国一度绝迹，后经中外合作引种才得以恢复了的物种。我们保护的理论根据是“地球的生物多样性”必须保护，“只有多样性，才有稳定性”，为什么？

可能大家知道叫麋鹿苑，但我们还有一个鲜为人知的别名：北京生物多样性保护研究中心，什么叫生物多样性？为什么要保护生物多样性？

生物多样性及其保护生物多样性包括地球上所有植物、动物、微生物和它们拥有的基因以及由这些生物和环境构成的生态系统。保护生物多样性就是在生态系统、物种和基因三个水平上采取保护战略和保护措施。生物多样性是地球上40亿年生物进化留下来的宝贵财富,是人类社会赖以生存和发展的基础。经济的可持续发展必须以良好的生态环境和可持续利用的生物多样性为基础。生物多样性给我们提供了食品、医药、衣服和住房等,它不仅是农、林、牧、副、渔业经营的主要对象,还是重要的工业原料。除此之外,生物多样性在保护土壤、涵养水源、调节气候、维持生态系统的稳定性等方面也具有重要的作用。

生物多样性强调,地球本身存在着多种多样的生物类型,他们互相依赖又互相制约,使自然生态和食物链保持动态平衡和稳定,各种生物得以在不断变化的环境中生存和发展。生物多样性是地球上各种生物赖以长期存在、繁衍、昌盛的基础和社会财富的源泉。生物多样性包括基因(遗传资源)多样性、物种多样性和生态系统多样性三个层次。保护生物多样性就是要保护生态系统和自然环境,维持和恢复各物种在自然环境中有生命力的群体,保护各种遗传资源。但是,由于人类生物活动的扩展和对大自然的过度开发,许多物种已经灭绝或正面临灭绝的危险。

中国的生物多样性举世瞩目,居全世界第八位、北半球的第一位。我国地域差异显著,因而孕育了既丰富多彩又独具特色的生物种群和生态系统。仅生态系统就有27个大类、460个类型(其中,森林有4个大类,56个类型荒漠有7个大类,79个类型;湿地和淡水水域有5个大类)。我国有高等植物32 800余种，占世界总种数的12%，居世界第三位。我国的动物种类约104 500种，占世界总种数的10%。由于我国古大陆受第四纪冰川的影响较小，因而保存下许多古老孑遗种和特有种（或属）。我国的生物多样性还具有经济物种多的特点：药材植物4 773种，淀粉原料植物300种，纤维原料植物500种，油脂植物800种，香料植物350种，珍贵用材树种300种，已开发利用的真菌800多种，药材动物740种，有经济价值的野生动物200种。我国是世界三大栽培植物起源中心之一，除20多种农作物起源于我国以外，我国还拥有大量栽培植物的野生亲缘种，如野生稻、野生大麦、野生大豆、野生茶树和野生苹果等。我国常见的栽培作物有50多种，果树品种1万余个，畜禽400多种，居世界首位。我国的森林资源，尤其是宝贵的原始林，由于长期遭到乱砍滥伐、毁林开荒以及森林火灾和病虫害等的危害，致使每年减少5 000平方千米森林。草原由于超载放牧、毁草开荒以及鼠害等影响，退化面积为870 000平方千米。森林和草原的破坏使我国占总种数15%~20%的动植物物种受到威胁。许多贵重药材如野生人参、野生天麻等濒临灭绝。近百年来，我国约有10余种野生动物绝迹，如高鼻羚羊、麋鹿、野马、犀牛、新疆虎等。目前，大熊猫、金丝猴、东北虎、雪豹、白鳍豚等20余种珍稀野生动物也面临着灭绝的危险。我国于1988年公布了《国家重点保护野生动物名录》。另外，由于种群数量减少或灭绝，致使我国种质资源因缩小或消失而丧失了许多遗传基因。外来种的引进和单纯追求高产，致使许多古老的土著品种遭受排挤而逐步减少甚至灭绝。

我国生物多样性的严重损失早已引起政府的高度重视。自20世纪50年代起，我国就制定了有关的方针政策和一系列保护措施，使生物多样性的保护初见成效。1987年公布的《中国自然保护纲要》是我国第一部自然保护方面的纲领性文件，它提出了我国保护生物多样性的总体战略和基本原则，并且提出了一般性对策。生物多样性保护主要包括就地保护、迁地保护、开展生物多样性保护的科学研究、制定生物多样性保护的法律和政策，以及开展生物多样性保护方面的宣传和教育等。

就地保护是生物多样性保护中最为有效的一项措施。就地保护是指以各种类型的自然保护区(包括风景名胜区、森林公园)的形式,将有价值的自然生态系统和野生生物生境保护起来,以便保护其中各种生物的繁衍与进化。我国于1956年在广东省肇庆市的鼎湖山,建立了第一个自然保护区——鼎湖山自然保护区。截至2006年,我国已建成自然保护区2349个,总面积150万平方千米,约占国土面积的15%,自然保护区保护了国家的战略资源,维护了国家的生态安全,保护了我国80%的陆地自然生态系统类型、40%的天然湿地、20%的天然林、85%的野生动植物种群、65%的高等植物群落。我国自然环境最洁净、自然遗产最珍贵、生物多样性最丰富、生态功能最重要的区域,都存在于自然保护区中。自然保护区可以分为自然生态系统类的保护区和野生生物类的保护区等。自然生态系统类的保护区,能够有效地保护森林、草地、湿地和水域等多种生态系统。任何一个有效地保护了自然生态系统的保护区,必然会很好地保护其内部的所有物种。因此说,所有自然生态系统类的保护区,都会对保护区内的野生物种提供保护。此外,我国还设有专门保护某种或某些种野生生物的野生生物类自然保护区。总之,自然保护区在保护我国生物多样性方面起到了十分重要的作用。迁地保护只能对单一的物种进行保护,它主要适用于对受到高度威胁的物种进行紧急抢救,以避免该物种的灭绝。对于植物来说,迁地保护主要是将濒危物种迁移到植物园、珍稀濒危植物迁地保护基地或繁育中心。对于动物来说,迁地保护主要是将濒危物种迁移到动物园、珍稀濒危动物迁地保护基地或繁育中心。

保护生物多样性,最主要的是要行动,这必须在所有“生物多样性公约”的缔约国之间广泛合作,积极行动,制定必要的法规,对生物多样性造成重大损失的活动进行打击和控制,对濒临灭绝的物种、破坏严重的生态系统和遗传资源实行有效的保护和抢救。另一重要措施是“迁地保护”或称“移地保护”,如建立遗传资源种质库、植物基因库,以及保护中心、野生动物园和植物园及水族馆等。

麋鹿的保护项目就是这种生物多样性保护中的迁地保护和就地保护措施的具体实现。目前,在长江之畔和黄海之滨都建立了自然保护区。在北京的“麋鹿苑”主要为迁地保护,但又带有就地保护的性质,因为,这里在历史上曾经是麋鹿的原始栖息地,至今这里的地名还叫南海子,几百年来,历经元、明、清三个朝代,一直作为一个湿地性质的皇家苑囿存在的。所以保护麋鹿及其湿地环境,包括保护这里的生物多样性,都是我们的任务。当然,从这里的公益性上看,特别是科普的范围,该涉及的范围就更广了,我们关注的是全国乃至全球的生物多样性保护话题。

生物多样性可定义为“生物中的多样化和变异性及物种生境的生态复杂性”。它包括植物、动物和微生物的所有种及其组成的群落和生态系统。生物多样性一般有三个水平,即遗传多样性,指地球上生物个体中所包含的遗传信息之总和;物种多样性,指地球上生物有机体的多样化,包括种的丰富度和种的均匀度;生态系统多样性,涉及的是生物圈中生物群落、生境与生态过程的多样化。

其中的物种多样性具有下面两个涵义:

(1)种的数目或丰富度(species richness)指一个群落或生境中物种数目的多少。Poole(1974)认为只有这个指标才是唯一真正客观的多样性指标。在统计种的数目的时候,需要说明多大的面积,以便比较。在多层次的森林群落中必须说明层次和径级,否则是无法比较的。

(2)种的均匀度(species evenness or equitability)指一个群落或生境中全部物种个体数目的分配状况,它反映的是各物种个体数目分配的均匀程度,例如,甲群落中有100个个体,其中90个属于种A,另外10个属于种B。乙群落中也有100个个体,但种A、B各占一半。那么,甲群落的均匀度就比乙群落低得多。

然而,非常不幸的是,人类在开发利用自然的同时,对生物多样性重要性认识不足。我国是生物多样性受到严重威胁的国家之一;原始森林长期受到砍伐、开荒等人为活动的影响,其面积以每年5000平方千米的速度减少;草原由于超载过牧、毁草开荒的影响,退化面积达87万平方千米,目前约 90%的草地处在不同程度的退化中。中国十大陆地生态系统无一例外地出现退化,就连青藏高原生态系统也不能幸免。

以南方的红树林为例,中国红树林主要分布在福建沿海以南,历史上最大面积曾达25万公顷,20世纪50年代约剩5万公顷,而现在仅剩1.5万公顷,仅为历史最高时期的6%! 高等植物中有4000 ~ 5000种受到威胁,占总种数的15%~20%。在"濒危野生动植物种国际贸易公约"列出的640个世界濒危物种中,中国就占156种,约为其总数的25%,形势十分严峻。

其实,提出"为什么保护"这个问题的本身就有些问题,就像我们说为什么要保护妇女儿童一样,如果其权益没有受到侵犯,也就无从保护。动物保护同理,本来谁用谁来保护呀,大家都是自然之子,在地球母亲的怀抱中生息,明明灭灭,和谐共生。即使是相生相克,优胜劣汰,也属正常规律。可是,地球上偏偏出现了一些缺乏生态道德的"恐怖分子",为了一己私利,鲸吞蚕食地球资源,包括属于子孙的资源和其他生命形式的栖息地,肆意对生境污染破坏,为了满足贪欲,滥杀无辜,谋财害命,伤天而害理。由此,

"替天行道"维护自然规律、维护后代和众生的生存权利的"保护生物多样性"理念才应运而生。保护生物多样性，是人类生态文明的觉醒，是道德伦理的提升。只有和谐，才能平衡，只有多样性，才有稳定性。提倡保护生物多样性，旨在唤起人类与万物和谐共生的崇高天性和树立一种科学的、可持续的发展观。

## 节俭其行，高尚其志

### ——一种以俭为荣，以奢为耻的生态荣辱观

### 一、无害化生存，澹泊而勤俭

2006年3月4日胡锦涛同志在看望全国政协委员时说，在我们的社会主义社会里，是非、善恶、美丑的界限绝对不能混淆，坚持什么、反对什么，倡导什么、抵制什么，都必须旗帜鲜明。胡锦涛同志强调，要引导广大干部群众树立社会主义荣辱观，坚持：以热爱祖国为荣、以危害祖国为耻，以服务人民为荣、以背离人民为耻，以崇尚科学为荣、以愚昧无知为耻，以辛勤劳动为荣、以好逸恶劳为耻，以团结互助为荣、以损人利己为耻，以诚实守信为荣、以见利忘义为耻，以遵纪守法为荣、以违法乱纪为耻，以艰苦奋斗为荣、以骄奢淫逸为耻。我对其中最后一句"以艰苦奋斗为荣、以骄奢淫逸为耻"最有感触，它与中央强调的建立一种资源节约型社会异曲同工。我就以我选择俭约生活的实践，阐述我的荣辱观。

曾有一位著名的全国劳模，前半生以善于伐树而著称，后半生则以勤于种树而成先进。他一生的充满悖论的劳模轨迹，值得我们每个人，特别是劳模反思。这里，既有对个人价值观，也有对人类生存观的思考。生物本能之荣辱必须与生态承载之荣辱相协调。

每个生命体，一来到这个世界上，就像一根点燃了的蜡烛，开始了生命

的历程，无论你干或不干什么，有或没有作为，生命的烛光都在燃烧，毕竟时间面前，人人平等。但如何高质量、高效率、有意思、有意义地把握有限的生命，使生命既健康、幸福，又不以伤害其他生命为代价呢？我认为在外在条件相似的情况下，就主要靠自己内心调整，选择一种平常、平和、平凡的生存状态，把生活节奏缓和下来，把额外支出节省下来，把人际交往简化下来，选择一种外在恬澹、内心充实的活法。

当今世界物欲横流，正陷入一种越奢华越体面，越节俭越难堪的误区。如果缺乏主见，没有一定之规，随波逐流，就会陷入一种盲目从众的浑然状态，所谓“天下熙熙，皆为利来，天下攘攘，皆为利往”。追求对物质的追逐、占有，欲壑难填，以求过上一种看起来体面的奢华生活，忙碌一生，狗苟蝇营，却不知为什么而忙，白白消耗了生命不说，还因资源耗竭、环境污染、生态失衡，给子孙带来隐患，为众生造成祸害，留下孽债。勤者，生动之气，俭者，收敛之气，执此二字，家业、事业断无不兴之理，同时，勤俭也是保持身心健康的真谛。我相信天理恢恢、世事公道：要想（时间上）多存在，就得（物质上）少占有，这好像是马克思说的“奢侈与贫困对我们来说是同样沉重的包袱，因此，我们的目标是多存在，少占有”。用句老话就是：勤俭持家久，诗书继世长。遗憾的是，“为什么人们把毁掉人造之物，如建筑，称为破坏，把毁掉神造之物，如森林，称为建设呢？”（圣雄甘地语）。所以，面对地球生态危机，我说，当今人类最紧要的事，不是开源，而是节流，不是扩大开发力度，而是降低消费强度！选择一种“节俭其行，高尚其志”的生存方式，以精神资源、心灵世界的开发，代替对自然物产的滥用；以审美愉悦，代替口腹私欲、物质挥霍的感官刺激；以艺术消费、文化消费，代替臃肿的商品消费、财富聚敛和无休止的 GDP 竞争。通过对自身心态的调整，减轻对衣食父母——地球生态的外在压力，既要自强不息，又要厚德载物。惜物、惜福，始终为东方传统文化所强调，“低物耗，高层次”的生存，诗意地栖息，多一分浪漫，少一些浪费，乃是人类可能选择的最科学、最环保、最优越的生活方式。“原天地之美而达万物之理”、“厚德载物”、“物我同舟”、敬天惜物才是人与物、人与自然应有的境界。

## 二、宁可食无肉，不可居无书

下个月的此时，四月二十三日——将是第十个"世界读书日"。世界读书日的正式名称叫"世界图书和版权日（World book and copyright day）"，在台湾则称为世界书香日。

大概因为这一天是世界大文豪莎士比亚的逝世纪念日（1616年4月23日）。众所周知，莎士比亚是举世闻名的文学大家，但他还有鲜为人知的一面——他是个素食者，当然，我也是了！我的口号是："宁可食无肉，不可居无书。"

真是无巧不成书，"世界读书日"的前一天——四月二十二日，是另一个重要的纪念日——世界地球日。读书、素食与保护环境的理念便在这里不期而遇了。

除了莎翁，世界上的素食名人其实是灿若群星，西方有毕达哥拉斯、达·芬奇、萧伯纳、雪莱、伏尔泰、卢梭、爱因斯坦……东方有释迦牟尼、老

子、泰戈尔、甘地、孙中山、蔡元培……从可持续生存的角度看，素食有利于人与人的公平、人与自然的和谐；从对生态减负、环境减污、身心清洁来说，摒弃肉食习惯乃是我们每个个体呵护地球母亲最易做到的、也最力所能及的一种善举，在我出版的《鸟兽物语》中有一篇"我行我素——一个环保者的素食理由"；在我的《鸟兽悲歌》有一篇"素食与环保"，大家可以通过阅读一睹其详。"素食堪为我"艰苦奋斗的一种另类实践，我之所以素食，是因为我认定"知足常乐，终生不惑，知止常止，终生不耻"，是一种顺应自然，适应身心的健康生活，甭管别人咋说！"乱云飞度仍从容"，降低物欲，调解心态，爱惜物命，保护生态。

记得英国经济学家舒马赫曾说："人的欲望永无穷尽，但这种无穷追求只能在精神王国里实现，在物质的王国中，势必欲壑难填。"的确，由于地球资源的有限性，我们的物欲不可无限膨胀，但在文化、艺术、文学、教育、社交、诗歌、音乐、绘画、雕塑、科学、思想等精神领域的追求，永无止境，谁也不能说自己已经达到了登峰造极的水平。因此，可以食无肉，但不可居无书！"节俭其行——食素，高尚其志——读书"。既然我叫郭耕，就应勤奋耕耘，笔耕不辍。由此，我现在的状态是"讲不完的课，看不完的书，做不完的节目，写不完的文字"。通过演讲报告或著文倡导，为自然，为鸟兽，为众生请命，弥合人与自然本不应存在的鸿沟，毕竟保护自然就是保护未来。

当前，人口的众多是前所未有，更为空前的则是欲望的强烈。我们已经尝到人口压力的苦果，恐怕还要饮下疯狂消费的毒酒——环境、资源承载极限的压力。仅20世纪消耗的能量，远远超过人类几千年消耗量的总和。但问题之焦点不在地球，而在人类，所以，甘地明言"人类的伟大之处与其说是善于改造自然，不如说是善于改造自己"。是到了需要痛改前非的时候了。半个世纪中，我国人口增长了一倍多，而各项资源的消耗却增长了几十、几百，甚至几千倍。今天，我国一天的耗电量相当于1949年全年耗电量；一天消耗的钢材是1949年全年的4倍；一天用掉的原油是1949年的6倍……尽管成就巨大，速度可观，但注定不可持续！为什么？古人早已告诫过我们:天育物有时,地生财有限,而人之欲无限!复活节岛便是前车之鉴。太平洋中部有一个380平方千米的岛屿,屹立着600座巨大石像,见证着曾经的辉煌和文明,该岛一度繁荣,到1550年,人口发展到7000人,物质文明达到鼎盛,但这些成果是建筑在森林砍伐、土地滥用、过度渔猎的代价上的,终于导致环境承载能力丧失,生存基础崩溃,从而验证了那句话:人类文明,从砍第一棵树开始,到砍最后一棵树结束。

温总理曾算过一笔账:我们若以有限的资源除以巨大的人口基数,那人均的占有,便成为可怜的小数点。但目前,我们不正以最多的人口乘以最强的欲望,吞噬着这最有限的资源吗!可见。我们仍需保持“一粥一饭常思来之不易,一丝一缕恒念物力维艰”消费观。树立“以艰苦奋斗为荣、以骄奢淫逸为耻”的消费观、价值观、荣辱观。

子曰:“一箪食,一瓢饮,在陋巷,人不堪其忧,回也不改其乐,贤哉,回也!”

我认为,简约、恬淡、慈爱、平易、艰苦奋斗的生活观,正是是秉承了古代先贤的知足常乐、随遇而安、好生惜物、清心寡欲的为人处世之道。作为个人,最简单可行的就是安步当车,就是轻装简从,就是我行我素、素面人生——不贪口腹之欲,这将有助于遏制骄奢与淫逸、腐败与奢靡、减少贪欲和杀戮、增加德行和幸福感,是协调天人关系,敬畏万物生灵,尊重传统文化,消除贫富差别的经邦济世之道。

# 以生命呵护生命

联合国在其《千年生态评估报告》中指出:“人类在过去50年里比有史以来任何时期都更快速和更严重地打乱了生态系统。”自然资源在超量开发,从1945年至今,人类开垦种植的土地比18世纪和19世纪加起来还要多,导致的生物多样性丧失、物种的灭绝,更是史无前例,地球自然史正在迎来第六次的物种大灭绝即生物多样性丧失。据野生救援组织主席史蒂夫介绍:全球每年有近2.7万个野生物种灭绝,确切说是每天灭绝74种,每小时灭绝3种……

皮之不存,毛将焉附?这是生存的警示,这是危险的信号!

生态系统环环相扣,动植物种唇齿相依。人类曾经乱砍滥伐过度渔猎,如今又在过度地开发使用化石能源,换来的结果就是大量温室气体排放,而全球变暖导致的冰川融化,与砍伐热带雨林产生的后果是一样的,失去了生命保障系统就不会再有物种的多样性。因此,保护是前提,可持续利用是关键。

据统计,20世纪80年代前,地球生态系统能为人类提供的产品和资源,还是与人类的消耗量基本平衡的。但1985年以后,随着人类的无度发展、疯狂发展,突破了这个平衡点,现在,人类每年消耗的资源量是生态系统能够提供给我们的资源量的120%,相当于每年20%的“本金”被消耗掉,吃老本导致生态系统整体状况每况愈下,而我们对此似乎浑然不知,消耗力度还在攀升。如果自然被改造得面目全非,如果我们自身发展超越了自然的承载力,我们自己也将失去生存的根基。

为什么要下这么大的力气保护地球生物的多样性呢?

因为其价值。那为什么多样性就有价值?欧盟官员马竟能对此做过一个生动绝妙的比喻:如果一座图书馆,只有一种书,或几种书,尽管数量巨大，但失去了多样性，你会觉得这个图书馆还有价值吗？

蟑螂小强展与志工合影

恩泽鸟兽，荫及子孙，这就是保护的理由。生物多样性是人类社会赖以生存和发展的基础。保护现存的，就是保护未来。生物多样性的维持，保存的是珍稀濒危物种，呵护的是子孙的利益。因为，任何一个物种一旦灭绝，便再难复生，一个物种犹如一封精美的家书，家书尚在，你还可以复印，供大家传阅分享，家书（本底资源）若是遗失，纵有再高级的复印机，也无能为力。

我们需要找出一种更为明智的针对自然世界的管理方法，这不但能够极大增加我们的财富，而且可以改善人类在21世纪的健康状况。正如联合国《千年生态系统评估》所指出的那样，人类和地球上其他物种的健康和福祉，就取决于地球上拥有的多样性生态系统的产品和服务。万物相形以生，众生互惠而成，让我们以生命呵护生命，以众生惠及众生。



# 理性推广素食，防患粮食危机

## 一、问　　题

粮食是人类生存之本，或曰生理需要，可是，刚刚闭幕的“世界粮食安全首脑会议”传来消息，饥荒正在笼罩着人类社会，前年据粮农组织统计，全球饥饿人口已达10.2亿，其中亚太地区6.42亿。

中国虽然解决了13亿人口的温饱问题，但人口还在增加，对粮食的刚性需求还在增长，特别是出现食品结构向肉类饮食结构方向倾斜的趋势，这种欲求，就要求更多土地生产更多粮食喂养更多牲畜提供更多肉类。在一份新华社转发的粮食安全指标中，有这样一组数据：2010年和2020年全国耕地面积都是18亿亩，全国牧草地保有量都是39.2亿亩；而肉类总产量2010年为7140万吨，2020年为7800万吨；禽蛋总产量2010年为2590万吨，2020年为2800万吨，牛奶总产量2010年为4410万吨，2020年为6700万吨，决心和胃口不可谓不大，但在耕地和牧草地不增、也无法增加的情况下，一味追求肉蛋奶消费量的持续增长，无疑会为粮食危机雪上加霜。

## 二、分　　析

国以民为本，民以食为天，食以粮为先。丰衣足食、解决十几亿人口的吃饭问题是治国安邦的头等大事，肉可以不吃，粮则不可不吃，尽管当前我国粮食储备充足，价格稳定，我们以占世界9%的耕地和占世界6.5%的淡水养活了占世界20%的人口，成就巨大。但粮食的供应可能随时会受到市场的波动、自然的风险、气候的变化、能源的成本、政策甚至进口的影响。我国的粮食安全还受限于三个不可逆转的因素：一是耕地和播种面积呈现只减不增之势；二是我国水资源仅为世界人均的四分之一，且分布不均；三是人口持续增长、消费增速过快、养殖业和肉食产业发展过猛。另外，生态退耕、荒漠化石漠化、水土流失、宜耕后备土地资源的匮乏也都是耕地乃至粮食增长的制约因素。

分析粮食危机的原因，不是我们吃了太多的粮食，而是我们消费结构的不合理，把过多的粮食去用作饲料，然后再去吃过多的肉食。说到肉食生产，有个数据触目惊心：中国肉类生产1981年为1260.9万吨，1990年为2857万吨，2000年为6125.4万吨，2008年为7278.7万吨，预计2010年将达8400万吨；我国已经成为世界最大的肉类生产国。尽管肉类产业对国民生产总值贡献不小，关系“三农”利益和居民的菜篮子，但对国民健康的损害，对土地的耗用和对环境破坏的贡献同样不小。

据联合国粮农组织统计：1公顷的土地能养活22个吃土豆的或19个吃大米的，但只够养活1个吃牛肉的或2个吃羊肉的。根据林格曼定律，生产一份动物性食物的付出相当于生产十份植物性食物，为增加肉食发展畜牧业所造成的环境代价是巨大的。土地压力单纯供养13亿人口的粮食已使我们不堪重负，对肉食和乳制品需求的激增则更是在透支子孙赖以生息的水土资源，毕竟“天育物有时，地生财有限”人之欲也不能无极。由于牧草地的使用超过了持续增产的能力，因此必须用粮食喂养牲畜，这使谷物需求量大幅度上升。在1990年，饲养用谷物已占谷物总量的20%（1970年只有8%），而到2010年我国饲料用粮将占粮食消费总量的36%，到2020年将占41%，这也就是症结的所在。

死不瞑目的牛

## 三、建　议

FAO在宣布世界饥饿人口已达10亿之多时说，“如果我们不是如此的吃肉，粮食就不会如此的短缺，危机就不会如此容易地发生”。建议把每年的“世界粮食日”办成提高大家粮食危机意识的宣传日，把每年11月29日“世界无肉日”作为节约粮食和素食推广日。

粮食危机，远在天边，近在眼前。“无农不稳，无粮则乱。”我们必须在粮食形势尚好的时候未雨绸缪，从国家的长治久安入手，从资源节约、环境友好的高度，倡导科学消费，推行理性素食风尚，推广健康素食理念，食素为了自己，也为了地球生态的健康，防患于未然。认识到，吃肉并非是吃营养，而是吃“三高”、吃资源、吃隐患。一位伟人说得好：“人类的伟大与其说是善于改造自然，不如说是善于改造自己。”解决危机的出路在于节流，而非开源。在于改善自己的行为，缩小自己的欲望——少吃肉，而非持续地压榨地球母亲的乳汁——多产粮。

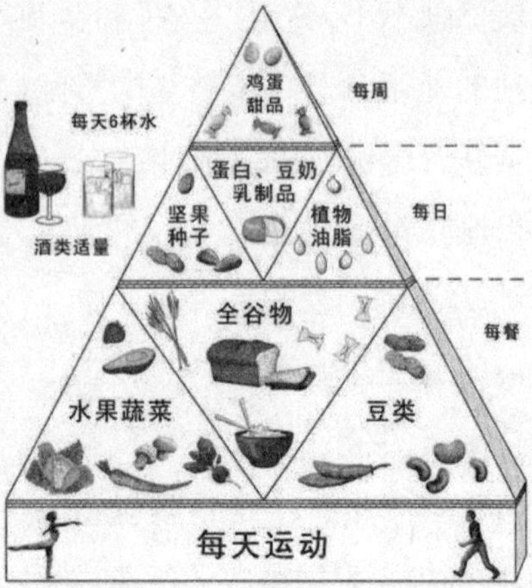

素食膳食金字塔

鼓励食素，为了地球的健康，也更为自己的健康。在第一次世界大战时期，丹麦受到联军的封锁，粮食短缺，一位医生建议不要再用谷物喂养牲畜了，由此在1917—1918年300万丹麦人被迫食素，结果一年后出现了一个意外的结果：全国人口的死亡率相比过去18年以来首次一下降低了34%，这个“素食实验”发人深省啊。

## 众生互惠而成

2010年是联合国确定的“生物多样性年”，主题为“生物多样性是生命，是我们的生命”。2010年5月22日，是国际生物多样性日，生物多样性日主题为：“生物多样性，促发展、促减贫”（Biodiversity for Devolopment and Poverty Allevition）。本人从木桶效应解释，发展与贫困是一只水桶上的两块木块，发展是长板，贫困是短板，长板必须顾及短板，发展必须兼顾生存，所谓又好又快，统筹兼顾，否则，只快不好，水桶必漏，发展失衡，乱象丛生。因此，十七届五中全会和“十二五”规划都把保障和改善民生作为加快转变经济发展方式的根本出发点和落脚点，强调两型社会建设，提高生态文明水平，强调和谐社会，而和谐的自然基础则是生物的多样性，人与自然的永续发展。遗憾的是，“生物多样性”这个概念的普及还多限于小众群体，包括今年的主题都鲜为人知。

党的十七大报告指出“科学发展”包括坚持生产发展、生活富裕、生态良好的文明发展道路，科学发展观是建立在尊重自然规律的基础上的发展观，而与科学发展观相对立的错误的发展观乃是“疯狂发展观”。我们一度在“要钱还是要命”的问题上迷茫，一贯自叹我们的生产力水平有限，据政治经济学的名词解释“生产力即征服自然改造自然的能力”，但若一味地强调扩大生产力，特别是以资源消耗、环境破坏、生态失衡、物种丧失为代价的外延地扩大生产力，换来的结果是什么呢？

据统计，20 世纪 80 年代前，地球生态系统能为人类提供的产品和资源，还是与人类的消耗量基本平衡的。但 1985 年以后，随着人类的无度发展、疯狂发展，突破了这个平衡点，现在，人类每年消耗的资源量是生态系统能够提供给我们的资源量的 120%，相当于每年 20%的“本金”被消耗掉，吃老本导致生态系统整体状况每况愈下，而我们对此似乎浑然不知，消耗力度还在攀升。如果自然被改造得面目全非，如果我们自身发展超越了自然的承载力，我们自己也将失去生存的根基。最近发生在西南边陲的大旱令人心悸，国家总理一脸愁容地蹲在干裂的土地上，让人欲哭无泪。但从一张高空摄影的图片鸟瞰云南与邻国的植被地貌，似乎揭示了个中因果，这是天灾，也是人祸，何祸之有？因过致溃。

联合国 2005 年发表的《千年生态评估报告》指出：“人类在过去 50 年里比有史以来任何时期都更快速和更严重地打乱了生态系统。”自然资源在超量开发，从 1945 年至今，人类开垦种植的土地比 18 世纪和 19 世纪加起来还要多，导致的生物多样性丧失、物种的灭绝，更是史无前例，堪称地球历史上的第六次物种大灭绝。据野生救援组织（Wild Aid）主席史蒂夫介绍:全球每年有近 2.7 万个野生物种灭绝，确切说是每天灭绝 74 种，每小时灭绝 3 种……皮之不存，毛将焉附，这是生存的警示，这是危险的信号！

为什么一个个的老物种会在我们面前撒手西去，就是因为我们的生产力发展速度超过了自然生产力的再生速度。随着我们生产力的长足发展，人口的膨胀和对奢侈品需求的增强，比起其他物种，我们消费得太多、太快，人类渐渐成为这个星球上一切野生动植物超负荷消耗的掠夺者，同时也正在亲手破坏自己赖以生存的生态系统。生态系统环环相扣，动植物种唇齿相依。人类曾经滥砍滥伐过度渔猎，如今又在过度地开发使用化石能源，换来的结果就是大量温室气体排放，而全球暖化导致的冰川融化与砍伐热带雨林产生的后果是一样的，失去了生命保障系统就不会再有物种的多样性。因此，保护是前提，可持续利用是关键。

中国是世界上生物多样性最丰富的12个国家之一，也是世界农作物8大起源中心和4大栽培植物起源中心之一，我国于1993年加入《生物多样性公约》，也在生物多样性保护方面取得了令人瞩目的成就。目前，初步建立了生物多样性保护法律法规体系，实施了退耕还林、退牧还草、退田还湖、天然林保护、野生动植物保护及自然保护区建设等重大生态工程，85%的陆地自然生态系统类型、47%的天然湿地、20%的天然林、绝大多数自然遗迹、65%的高等植物群落类型和绝大部分国家重点保护珍稀濒危野生动植物种都受到法律的保护。

为什么要下这么大的力气保护地球生物的多样性？

因为其价值，为什么多样性就有价值？欧盟官员马竟能对此做过一个生动绝妙的比喻，如果一座图书馆，尽管藏书丰富，成千上万，但只有一种书，或几种书，失去了多样性，你会觉得这个图书馆还有价值吗？具体说，生物多样性的价值，主要体现在：

一、直接价值，也叫使用价值或商品价值：是人们直接收获和使用生物资源所形成的价值。包括消费使用价值和生产使用价值两个方面。

消费使用价值：生活在经济不发达或穷乡僻壤的人们从自然界中获得薪柴、蔬菜、水果、肉类、毛皮、医药、建筑材料等生活必需品。例如：大约80%的世界人口仍主要依赖从植物中获得的各种药材。

生产使用价值：生物资源的产品一经开发，往往会具有比其自身高出许多的商业价值,常见的生物资源产品包括木材、鱼类、药用动植物、蜂蜜、橡胶、树脂、水果、染料等。

生物多样性为旅游产业提供了旅游休闲价值:在不破坏自然环境的条件下进行的旅游活动,叫生态旅游。加拿大每年大约84%的人口要参与到与野生动物有关的娱乐活动中去,每年可创收8亿美元。目前,野外观鸟、观鲸、赏花、森林浴、观海豚、生态教育等,正成为时尚之旅。

二、间接价值,也叫服务价值、生态价值:生物资源的间接价值是与生态系统功能有关,它并不表现在国家的核算体制上,但它们的价值可能大大超过直接价值。而且直接价值常常源于间接价值,因为收获的动植物物种必须有它们的生存环境,它们是生态系统的组成成分。没有消费和生产使用价值的物种可能在生态系统中、特别是在生态安全上发挥作用,并供养那些有使用和消费价值的物种。

生物多样性的间接价值包括非消费性使用价值、备选价值等。

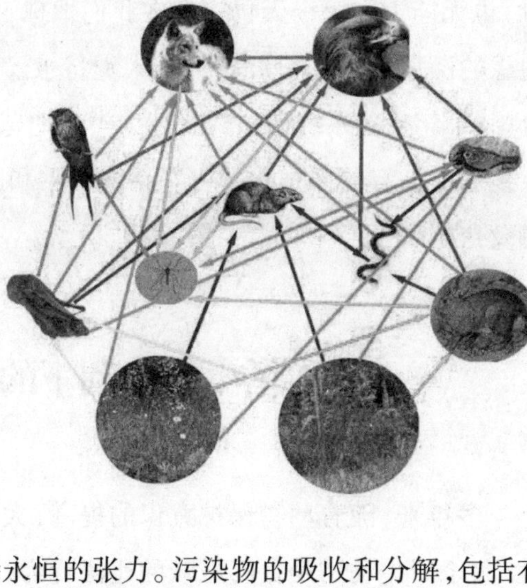

非消费性使用价值:如光合作用固定太阳能,使光能经绿色植物进入食物链,从而给可收获物种提供维持系统。生态系统的服务功能包括传粉、基因流动、异花授精的繁殖功能、维持环境的效力和对经济物种获取有益遗传品质有影响的物种,保持进化过程,在生态系统中使竞争者之间保持永恒的张力。污染物的吸收和分解,包括有机废物、农药以及空气和水污染物的分解作用。

生物多样性具有重要的备选价值:保护野生动植物资源,以尽可能多的基因,可以为农作物或家禽、家畜的育种提供更多的可供选择的机会。

袁隆平的杂交稻种最初就来自海南湿地的野生稻，如果野外的这种湿地植物已丧失，那我们的科学家也就成了“巧妇难为无米之炊”。

劝君莫射南来雁，恐有家书寄远人。

现存于自然界的许多野生动植物，也许目前人类尚未利用，或被认为是无用的，其价值是潜在的。以后，我们的子孙可能会发现其价值，找到利用它们的途径。因此，多保存一个物种，就会为我们的后代多留下一个选择机会。

恩泽鸟兽，荫及子孙，这就是保护的意义，生物多样性是人类社会赖以生存和发展的基础。我们的衣、食、住、行及物质文化生活的许多方面都与生物多样性的维持密切相关。保护现存的，就是保护未来。生物多样性的维持，保存的是珍稀濒危物种，呵护的是子孙的利益。因为，任何一个物种一旦灭绝，便再难复生，一个物种犹如一封精美的家书，家书尚在，你还可以复印，供大家传阅分享，家书（本底资源）若是遗失，纵有再高级的复印机，也无能为力。今天仍生存在我们地球上的物种，尤其是那些处于灭绝边缘的濒危物种，一旦消失了，人类将永远丧失这些宝贵的生物资源。联合国《千年生态系统评估》指出，人类和地球上其他物种的健康和福祉取决于地球上拥有的多样化的生态系统产品和服务。以生命呵护生命，以众生惠及众生。

## 遵循生态权利下的——狩猎

多年来，随着动物保护意识的提高，大多数公众认识到破坏生物多样性、猎杀野生动物是贪婪愚昧的违法行为，滥杀生灵是无知可耻的缺德行径。匪夷所思的是，近年，为什么国家又允许开放少量的狩猎场、特别是涉外的国际狩猎场呢？据动物保护的行政主管部门国家林业局宣称：近年来，由于个别野生动物的密度过于高，西部部分省区获准有限狩猎野生动物。仅2005年，在陕西、青海、甘肃、宁夏、四川等省区，开展狩猎活动，约700只野生动物成为狩猎对象，因此获得的收入达400万美元。

保护动物，从尊重每个个体的角度理解，强调的是生命权利，从生态平衡的角度理解，就是强调遵循生态权利了。在此，有必要从狩猎（严格管理下的）的生态控制作用来分析，以期得到公众的理解。

在我的讲座中，我常向听众讲了这样一个“因过致溃”的故事：1944年，美国海岸巡逻队将29头驯鹿带到位于白令海的332平方千米的圣马太岛，作为岛上驻守人员的食物补给。二战结束，人员撤离，留下了驯鹿。1957年，当生物学家戴维·克莱因登岛时，见到岛上一派兴旺，驯鹿数量发展到1350只，岛上4英寸厚的地衣供养着驯鹿，生机勃勃。1963年到达这里，驯鹿数量竟达6300只，植被已显难以继。三年后，当生物学家再次登上圣马太岛时，他完全被眼前的景象怔住了，岛上鹿骨累累，地衣所剩无几，残存的42只驯鹿中，41只为雌性，只有1只雄性，还是个亚成年的羸弱个体。1980年，该岛驯鹿全部死光。分析其症结，乃是因为岛上没有驯鹿的天敌，即使人为进行狩猎，也无大碍。其实在这里把这个故事讲给大家，是大题小做。见微知著，驯鹿之于海岛，何尝有别于人类之于地球啊。

古人狩猎是为满足衣食之需，一方面，生产力低下，获猎有限，另一方面，传统禁忌强调，适可而止，网开一面。所以，够吃够用就行，一般不会过捕。但随人口增加，特别是火器发明后，狩猎的力度增强，效率极大提高，人类可以随心所欲地猎杀各种动物了，以致使它们走向灭绝。当年欧洲殖民者在把枪支带到美洲，并卖给美洲土著的同时，由于猎杀强度剧增，人类的猎获量超过动物的增殖量，也就断送了土著们的生路。从大的时空角度看，人类社会的永续发展必须建立在自然生态的永续发展基础上，那么，土著人的狩猎就是一种与自然和谐的永续利用，就是可持续发展。但人类进入工业化的几个世纪里，一直在杀鸡取卵，1860年，渡渡鸟灭绝；1830年，斑驴灭绝；1900年，旅鸽灭绝；1916年，新疆虎灭绝；1948年，袋狼灭绝……有些猎杀行为到了令人发指的程度。白令海牛，从人们发现这个物种（1741

年普鲁士学者斯太勒），到其灭绝（1767年）仅仅经历了27年的时间。旅鸽，在一个世纪内便从数十亿只，到1914年最后一只灭绝了。

犀牛之死

随着人类对自然事物的肆意干预和过度攫取，一些动物提前走向灭绝或濒危，一些动物则因天敌的消失或人为的引种、繁育而种群相对扩大，甚至达到过量的程度，例如，在澳大利亚，原本不存在的兔子一度泛滥成灾，本土的袋鼠则因天敌袋狼的消失而失控。通过狩猎，对这些可再生的资源，进行种群控制，同时，作为一项户外运动来经营，既维护生态，又经济实惠，还达到了永续利用的目的，何乐而不为呢？

从理论上讲，只有在野生动物的种群数量超出环境容纳量的一半时，才能进行狩猎，但事实上，多数野生动物都低于这个数量，甚至已到濒危程度。所以，开展狩猎，要从以下几方面严格控制：

狩猎量，作为可再生资源的动物，猎取量不得超过繁殖量。

狩猎期：避开动物繁殖期和幼子生长期。如，北方的野猪猎期9月至次年2月；狍子的猎期10月至次年1月；黄羊10月至12月。雁鸭9至12月；雉类9至11月。

狩猎地域：严格限于猎场和指定范围内。

狩猎个体：过剩的个体，或不影响种群繁衍的个体，如孤雄鹿。

在一定空间范围内，环境和食物条件所能维持的动物的最大饱和度称“环境容纳量”。容纳量超过时可以狩猎，不足时不宜狩猎。国际上有这样的数据：狩猎量要小于种群增长量的30%，一般在20%为宜。

因此，作为一种生产活动和体育运动，需要对狩猎进行管理，国际惯例看，要签发狩猎证、制定狩猎期、限制狩猎量、交纳税金和资源补偿费。对狩猎者要进行考核，培训后成为登记猎人，无证狩猎的均视为非法盗猎；国家林业局称：只有获得批准的旅行社才能开展狩猎项目，接待狩猎爱好者。狩猎爱好者要事先向有关部门提出申请，包括狩猎路线、捕杀动物名称、狩猎头数猎枪种类及随员名单，经批准后才可以进入猎场地区。某种野生动物每年的狩猎数量，都有限额，狩猎枪支要在公安部门备案，狩猎现场要有动物保护部门的监督，擅自捕杀者将被追究刑事责任。

有趣的是，我所在的麋鹿苑就是原来的大清皇家猎苑——南苑的核心地。当年，这里曾发生猎兔、猎鹿、猎狼、猎天鹅等事件。当然，这是皇家苑囿，仅仅是皇帝开弓放箭的狩猎场。从人类文化史分析，狩猎本来是伴随人类进化的一种传统活动。如今的那种国际通行的既满足娱乐运动，又可减轻种群压力，维持生态平衡的狩猎活动，自然是无可非议的，甚至可以说是不得已而为之。只是现实中可供狩猎的对象不是太多，可以狩猎的区域也不是太广，而在狩猎中，人的角色其实就是原本不可或缺、却几乎丧失殆尽的狼。既然狩猎者的角色是狼，就不必强调生命权利，但要恪守生态权利，因为狼就是这样。狩猎，是一种小恶（违背生命伦理），但如果能换来种群维持下去的大善（遵循生态权利），我认为，就不必太感情用事。麋鹿苑不时有猫狗闯入，它们吃松鼠、吃野鸡、吃雏雁、吃孔雀，甚至威胁小鹿，只好除之而后快。小恶不容，大善难存。

# 第三篇　仁厚情怀人文事

## 大兴文化新亮点，南城园囿老文脉

### 一、偷猎麋鹿遭严惩、皇权下的保护令

清代的南苑，为皇家行围要地，清康熙二十三年即1684年，设郎中总尉，正四品，属奉宸苑管理，设置总管、防御官守之，蓄育禽兽于其中，以备

大清皇帝南苑射猎图

皇上巡猎。注意,这是堪称是皇权维护下的“国家公园”或“自然保护区”。

乾隆二十八年(1763年)夏季的一个夜晚,几位清军守卫正沿着皇家猎苑的海子墙巡逻,忽然听到远处一声枪响,寻声而去,至一庄院,熊熊烈火旁,但见有几个人正在宰屠、剥剔一只麋鹿。这还了得,敢杀皇家猎物,清军卫士当即将犯人拿获。经审,为首的叫王安,他已不是第一次偷猎麋鹿以饱口腹了。事关重大,军士们立即报知奉宸苑总管。奉宸苑哪敢怠慢,立即上奏皇上。不久乾隆皇帝下旨,将王安等涉嫌偷猎人员各鞭八十,以示严惩。

有人以为偷吃麋鹿就遭如此鞭挞,是不是所判过重,一点不重!在古代,一些帝王,以圃养麋鹿观赏为乐事,并制定了保护条文。如战国时齐宣王规定“杀其麋鹿者如杀人之罪”,使麋鹿等野生动物很早就受到国家法律的保护。

古老的麋鹿吉祥物——汉代瓦当

在历史上,麋鹿仅见于中国,当野外麋鹿绝迹后,这个物种一直圃养于皇家园林,虽也做为帝王的狩猎对象之一,但正因为麋鹿长期圃养于帝王的猎苑内,才免于强大的猎杀压力,种群得以延续,直至清末。

资料记载:乾隆四十二年(1777年)有记载,南苑的麋鹿尚有400头。

## 二、八国联军杀人又杀鹿、四面楚歌是姑息的剑

1900年8月14日,北京被八国联军攻陷,但清军和义和团仍坚持抵抗,与“毛子”做最后的巷战。城池沦陷后,义和团又在郊外坚持斗争。9月初,南郊、黄村及南大红门一带的义和团战士仍然聚众复仇,与“洋兵”开仗,在武器装备不占优势的情况下,还杀“洋兵”数名,而本该驻守南苑的大清正规军“神机营”,早已不战而逃,先作鸟兽散。作为皇家猎苑的南苑,此

时也已无人管理，义和团战士便据苑坚守，与前来围剿的联军马队短兵相接、混战一团。多次将其马队冲散，坠马者数人，但终因孤军无援，被德军攻入。

据说当时苑中的珍禽异兽多因1894年的洪水而散失出去，麋鹿已是硕果仅存，这么珍奇的大型兽类，八国联军哪能放过？因此南苑的麋鹿，亦即中国境内最后的麋鹿种群终于未能逃过此劫，从此，在中国本土消失了。

八国联军攻下南苑，已是隆冬时节，据《庚子记事》载："十一月十三日，大雪深五寸，德军沿街出示，在南苑中门演炮，炮至一千五百丈之远。"他们焚烧行宫寺庙，射杀珍禽异兽，掠夺成性的侵略者嘴脸暴露无遗。

## 三、湿意浓浓南海子、曾经沧海难为水

南海子之名是从明代开始的，因紫禁城北的积水潭有北海子之称，所以这南侧的水洼之地便被称为南海子了。当时永定门外的南海子，方圆有一百六十里，鹿鸣双柳，虎啸鹰台，湖光潋滟，野趣昂然，一派湿地景象。

清代词人纳兰性德有多首题为"南海子"的诗歌，"相风微动九门开，南陌离宫万里栽""七十二桥天上汉，彩虹飞下晾鹰台""红桥夹岸柳平分，雉兔年年不掩群"——无不生动鲜活地为我们展现了南海子当年的浓浓"湿意"。

可惜随着20世纪后期永定河的断流，这里的湖沼洼塘多已干涸，湿地风光大体消失，唯有偶能遇见的颤动的苇枝和稀疏的荻花，尽管岁岁枯荣，挺立在瑟瑟寒风中，但似乎还能向路人倾诉这生命力一度繁盛的沼泽故事。

南海子，在西方的动物学界一度闻名，因为，它既是一个物种麋鹿的模式标本产地，又是这个物种在中国大地上的灭绝之地。当然，最终，它又传奇般地成为麋鹿这一物种的"重引进"的回归之地，这在世界动物史上，绝无仅有，堪称佳话。

资料：乾隆在"海子行"诗中有"蒲苇戟戟水漠漠，凫雁光辉鱼蟹乐"。

## 四、"双柳树"乾隆情诗、草木帝王两关情

据《日下旧闻考》记载，在海子居中地的饮鹿池畔，曾有古柳二株，在倒映的碧波中，但见垂丝万条，依依袅袅。相传曾有一对相亲相爱之人，因暴力拆散，徇情于此，遂生双柳。虽事已久远，"但人面不知何处去，柳丝依旧怨春风。"后人至此总会叹息一番。

清乾隆皇帝就不止一次地触景生情，为我们留下了题为"双柳树"的诗，诗曰："南苑双柳树，厥名亦已远，临池弄清荫，婉婉盖数亩。"可惜后来人去柳枯，光阴荏苒，只剩得"岁月与俱深，麋鹿相为友"。

群麋古碑前

来南海子麋鹿苑的朋友，很容易在保护区旁的饮鹿池前看到一块巨大的汉白玉石碑——昆仑石，并能见到乾隆御笔的一首"双柳树诗"。人非草木，孰能无情，这位才华恣意、风流倜傥的盛世天子，为我们留下的竟是一首如此多愁善感、感怀草木的情诗。每每仰首展读，莫不为之心动。

南苑双柳树，昔年何葱菁。
两株立平原，千丝织晚晴。
嗟哉草木质，尚有相怜情。
徘徊不能去，长歌代柳鸣。

## 五、海户屯有来历、今日角门浙江村

城南角门的海户屯，如今已成商贾云集、车水马龙的繁盛之地，可在

明清时期，这里鹿鸣蝉嘈、人迹罕至，是皇家猎苑的一部分。明代，在这个名为南海子的皇家猎苑里，共有一千多名从事看守、养殖、栽树、种菜的“自宫男子”。劳役、生活均在这里，名为“海户”而其集中居住的地方便名为“海户屯”。据《明会典》记载，在嘉靖二十六年（1547年），“海子供役净身男子，一千五百九十六人”。这些人不仅身心健康遭到不幸，而且生活贫苦，饥寒交迫。

在麋鹿苑的昆仑石上，就刻有清朝乾隆皇帝赈济海户的御诗“海户谣”。

乾隆二十八年（1763年）在南苑行围校猎，见苑中海户因去年水灾，

“常年足糊口”，“褴褛洵可怜”，便出内帑二千两白金给予救济，“稍以救燃眉，庶免沟中徒”。（乾隆《御制海户谣》）

诗中详细描述他春日巡狩至南苑，见到这些衣衫褴褛的海户，如何心生怜惜，赐予银两，以解燃眉的过程。

## 六、南海子到乌邦寺、贵族创意下午茶

麋鹿于1900年在中国本上绝迹后，它们先是浪迹欧陆，又寄人篱下，最终在英国的乌邦寺这一清幽之处安顿下来，并再续香火、传宗接代，为什么麋鹿能在这里得以偏安？

这得从头说起，在英国伦敦以北45英里，有一处占地3000英亩的庄园，亦名鹿苑，曾是一座修道院（Abbey），1547年英王爱德华六世将其赐封给大臣约翰·罗勃，后来属于的贝福特公爵的采邑。

这里水草丰美，野逸开阔，像一个动物随意出没的野生动物园，还有古朴的宅第、丰饶的收藏，是英格兰对外开放的七座古典园林之一。麋鹿由贝福特十一世公爵（1894—1901）先后引入，从18只开始，逐步繁育起来，可以说，这里是麋鹿绝处逢生的第二故乡。

在18世纪，英国绅士们常在家里布置所谓“中国室”摆设中国艺术品、瓷器等。乌邦寺也不例外，而且乌邦寺建筑典雅、陈设豪华、藏品丰富，颇似一座博物馆，每年都要接待大约150万的游客。在这里参观的人总可寻

到当年贵族考究的生活痕迹和独特的社会时尚。例如喝“下午茶”就是当年贝福特七世公爵夫人安娜·玛利亚所创，在蓝色客厅中，她总觉得中午到晚餐之间的时间太长、无所事事，百无聊赖之中，便指示家人在午后安排一顿茶点，“下午茶”便因贵族的一时心血来潮风行了起来，现在已经成为英国人乃至许多国家人士的工休小憩时尚。

至于“下午茶”的其他故事，我们下回再说。

## 七、最后被拆大红门、名存实亡门外门

1955年8月，在北京通往南苑的要道上，一座三门洞的、朱红门窗、金黄屋顶、飞檐斗拱的门楼被拆除了。这是南苑皇家猎苑九座大门中的最后一座。此后这些皇家猎苑原址上的诸门便彻底消失了。

南苑皇家猎苑，从元代开始经营，明永乐十二年扩充元代的“下马飞放泊”，四周筑土墙，改称南海子。史书称：海子苑墙长“一万八千六百六十丈”，明时已有南红门、东红门、北红门、西红门。清初又增辟黄村门、镇国寺门、小红门、双桥门、回城门。

清乾隆年间，花费三十八万两白银将土墙被改为砖墙，所谓：“土墙砖以易，海户沐恩宽。”改建的苑墙长达“一万九千二百九十二丈”，折合今天的尺度为59.81千米。同时辟出十三座角门：栅子口角门、马道口角门、羊坊角门、毕家湾角门、辛屯角门、房辛店角门、大屯角门、北店角门、三间房角门、刘村角门、高米店角门、潘家庙角门、马家堡角门。

1900年，八国联军洗劫南苑，之后又屡遭兵燹。至1949年解放时，各门都已经荡然无存，仅剩的大红门由于妨碍交通，经报请北京市政府批准，于1955年拆除，从此南苑便有名而无门了。

## 八、昔日南苑河湖多、再现湿地不是梦

南苑又称南海子，是永定河冲积扇上的一片湿地，其间河湖水系主要分为南北两条。

北系：有从丰台新宫一亩泉发源的小龙河，和从右安门水头庄凤泉发源的凉水河，二河在旧宫南侧汇合，向东南流经鹿圈，入三海子，经东南五空桥后出南苑东墙，经马驹桥至张家湾入潞河。

团河碑亭

南系：发源地是团河，在黄村镇东3千米处，团河因湖面是圆形而得名，当地俗称西泡子。清乾隆三十二年疏浚团河时，查出团河之泉有94个。团河之水出行宫，曲折东流，至晾鹰台南，过南红门、五海子，在回城门出苑，围墙外，名称变成了凤河，“团河本是凤河源”，奔东南流向永定河。

南苑内湖泊很多，主要有25处，多为永定河古河道灅水主流南移后的洼地演变而成的，并分别由南北两条河小龙河、凉水河注入水源，也常有地下水溢出，这应当得益于南苑地下水的充足，其根源则在于永定河。众多河湖滋养着南苑广阔的湿地、荒野，为苑内园林建设平添灵秀，为珍禽异兽的繁衍提供生机，其中的大型兽类麋鹿就是地地道道的生活于水沼环境的湿地动物。

资料：现为电管站的宁佑庙，有“海子行”诗碑，为乾隆三十六年(1771年)御制。其上记述了南海子水系的原委及历代沿革。

如今，南海子湿地已经恢复，南海子公园的一期工程已经在2011年完成，二期工程将于2013年10月竣工，届时，一个约10平方千米的南海子湿地公园将呈现在北京的南城，而且，这个湿地公园将麋鹿苑围在了核心，恢复湿地，梦已成真。

## 九、不忍杀生登皇位、护生故事出咸丰

行围、射猎、阅兵、临憩——是当时南海子皇家猎苑的几个主要功能。麋鹿苑的位置就在原来清代皇家猎苑三海子的居中地。这里不仅有当年湿地景观的唯一再现，还是北京最大哺乳动物的所在地，而麋鹿曾是当年封建帝王的一种主要狩猎对象。清代有一位皇子曾因在这里参加狩猎活动并因不忍杀生的异常行为而被老皇上看中，最后得以继承皇位。

据清史稿记载，清道光二十六年（1846 年）三月，道光帝携诸皇子到南苑行围狩猎，各位皇子跃跃欲试，大显身手，尤以皇太子奕訢最为突出，他凭着娴熟的骑射工夫，获猎最多，故沾沾自喜，皇四子弈詝遵照师嘱，不曾射出一枪一箭。道光皇帝很奇怪，问：怎么回事。他说：时方春，鸟兽慈育，不忍伤生，以干天和。道光皇帝大悦道：此真帝者之言。在位近 30 年的老皇帝此时年事已高，早就发觉四子贤良，欲传位于他，但因四子体弱、跛足而未决，此番南苑狩猎后，他便暗下决心，立四子弈詝为皇太子。并用满汉两种文字亲写立储御书，藏在了故宫乾清宫“正大光明”匾额后。四年之后，道光皇帝归天（1850 年），四子弈詝便继承了皇位，年号“咸丰”。当时市井歌谣有：“跛龙病凤掌朝堂”，便指咸丰皇帝和慈安皇后，咸丰在位共十一年，1861 年驾崩，那时，正是太平天国轰轰烈烈的年代。

资料：咸丰之后为同治，咸丰、同治年间，内忧外患国事日艰清帝已无心狩猎，南苑行围之制名存实亡。清同治四年，即 1856 年，麋鹿首次被西方人发现，同治十三年（1874 年）八月、九月，清帝两次来南苑行围，这是清帝在南苑的最后两次行围。

## 十、接见达赖与班禅、古碑犹立德寿寺

在大兴县旧宫镇南，曾有一座建于清顺治十五年（1658 年）的寺庙：德寿寺，殿内供奉释迦佛和阿蓝伽舍佛，乾隆四十五年（1780 年），改建御座房三楹。在这里，清帝曾两次接见西藏宗教领袖。

清顺治九年(1652年)十二月十五日西藏黄教首领达赖喇嘛五世从西藏来北京觐见。清政府对此事十分重视,特为达赖新建一座西黄寺。顺治皇帝在南苑赐宴款待达赖,仪式隆重。大清对五世达赖在清朝立国之初率先"导诸藩倾心归命"予以高度评价。

清乾隆四十五年(1780年),乾隆皇帝七十大寿,六世班禅额尔德尼罗桑华丹益希万里迢迢从西藏来京祝寿,乾隆皇帝在德寿寺赐宴,在其《御制德寿寺》诗中有"德寿禅林成世祖,尔时达赖喇嘛朝,何期一百经年久,又见班禅祝嘏遥?"

在诗注中说:"五辈达赖喇嘛以顺治九年十二月来京,时我世祖驻跸南苑,即于此迎谒、赐宴。至今百二十余年,班禅额尔德尼祝厘来见,又复于此谒见,后先辉映,实为国家盛事。"

当时,清帝多次会见少数民族首领,并赐金银、鞍马、弓箭——所谓:朝永武备万方钦,略示西戎寓意深。通过这些活动,抚绥怀远,长驾远驭,加强了大清朝与少数民族部落首领的联系,维护了祖国大家庭的统一——"统一战线",确为谋求江山社稷长治久安的良策。

2011年本人作为大兴区政协委员,提出复建德寿寺的提案,2012年,得到政府回复,决定将采纳我的提案,利用城南行动计划的大好时机,实施德寿寺的复建,再现往日辉煌,恢复明清文脉。

## 过节俭生活,让生命永续

### ——介绍环保新理念:生态足印

在北京麋鹿苑的众多户外生态教育内容中,有一个名为"生态足印"(FootPrint)的项目常常引起大家的驻足围观。几十个大大小小的脚丫足印依次排开,这是一个关于全球不同国家人均资源消耗程度的图示,听了导游老师的讲解,你便会对这一理念茅塞顿开。

原来,我们每个人只要生活在地球上,便要占用一定的土地,而远非您的双脚所占的方寸之地。随着生活方式、消费程度的不同,每个人对土地及其资源的耗用程度大相径庭。维持一个美国人的生存方式平均需要消耗 10.3 公顷的地球面积即生态足印,也就是说,至少要有二十个足球场那么大的土地才能供养一位美国人"大手大脚"的生活。香港人的生态足印为 6 公顷/人,北京为 3.8 公顷/人,印度人最低,为 0.8 公顷/人。看来,一些所谓的先进国家,"高水平"的生活方式,是以过度消耗、占用甚至浪费土地、资源和能源为代价的。例如,美国一夏天空调的耗电量比中国全年耗电总和还多,以至前年克林顿访华,受到一位中国民间环保人士的当面指责:你们美国在生活方式上为全世界带了一个坏头,你们拼命地使用空调,夏天室温低得要穿外套,冬天室温高得要穿单衣,仗着有钱便肆意耗费能源,这对得起子孙吗？如今,西方的许多有识之士已经认识到这种"拼命生产开发,拼命消费挥霍"的生存方式是不可取的,因为这些自然资源"不是从前辈手中继承的,而是从后代那里借来的"(美国绿党),并提出"小就是好"(Small is good);"俭就是美"(Simple is beauty)的新时尚。其实,中华民族自古就有崇尚节俭之美德,并留下许多诸如"一粥一饭常思来之不易,一丝一缕恒念物力维艰"、"历览前贤家与园,成由节俭败由奢"的名言警句。

一些国家由于宗教信仰缘故,使其对自然消耗的程度很低,如印度教主张食素,这便是印度人均生态足印很小的因素之一。因为一块可供养 30 名素食者的土地,仅能维持

1名肉食者。据悉，作为肉类消费大国的美国，每年要砍伐大面积的南美热带雨林改做牧场，以保障麦当劳的牛肉供应。1987年，美国快餐业从哥斯达黎加进口7万头菜牛，大片森林被夷为牧场。仅1992年，就从中美洲进口8000多吨牛肉，据说，每制作一只汉堡包就需毁掉相当一间厨房面积的森林，而这片土地上却生长着60英尺高的大树和50种之多的珍稀植物。难怪有人惊讶："一只汉堡包，毁掉一片林。"

生态足印是人均消耗自然资源的综合水平，它包括对耕地、牧场、森林、海洋及能源的总体消费。例如，香港人均生态足印为6公顷，是由耗占耕地0.5公顷、牧场0.4公顷、森林0.2公顷、海洋1.6公顷、能源3.3公顷所构成的，发达国家和地区的生态足印往往是跨出国界，以耗费别人的自然资源来满足自身欲望的。因而，尽量购买本地产品，减少物品的运输及包装耗能也就成了一种环保之举。

为了子孙后代能有选择和生存的余地；为给同样需要生存空间、拥有生存权利的各种野生动植物留一方净土；为了地球上一切生命的永续，您是不是应当选择一种有节制的、细水长流的生活方式，主动缩小您的生态足印呢？其实，马克思早就教诲过我们："奢侈对我们来说是与贫困同样沉重的包袱，因此，我们的目标是少占有，多存在！"

## "老郎心是老僧心"

### ——郭耕自荐《鸟语唐诗300首》之精品

在编选《鸟语唐诗300首》时，有些唐诗对我印象很深，或者说，那些"语不惊人死不休"的古人营造的高深意境，美妙诗情，奇巧构思，直接沁入了我的心田，打动了我的心扉。本来，书中选定了的300首涉及鸟的唐诗就已是精挑细选了，而其中的一些令人过目不忘、难以释怀的诗句，就更是出语惊人、可圈可点，实在值得向您隆重推荐。

——郑谷的《春阴》,简直是一种超然心态的勾勒和白描,“携琴当酒度春阴,不解谋生只解吟。舞蝶歌莺莫相试,老郎心是老僧心。”我承认,我也姑且算是个“不解谋生只解吟”的一介书生吧。本诗最精彩的就是这最后两句,但愿我们面对浮华世态的诱惑,能心如止水,乱云飞度仍从容,老郎心是老僧心。

老郎心事老僧心《鸟语唐诗 300 首》

——高蟾的《山中》“凡鸟爱喧人静处,闲云似妒月明时。世间万事非吾事,只愧秋来未有诗”也是我感悟深刻、感慨万千的一诗,特别是最后一句:只愧秋来未有诗。诗境超然,将大千世界与一己个人的关系,升华为一种纯粹的人与自然的关系;什么关系?物欲俭约,精神富足,不求所有,但求感受。

——张继的《东邻女》是一首相当“儿女情长”的、严重小资情调的诗,原诗为:双飞鹧鸪春影斜,美人盘金衣上花。身为父母几时客,一生知向何人家?

我想,很多身为人父者,都会感同身受的,于是写下了这样的诗评:一对鹧鸪,比翼双飞,闺中小女,早晚出嫁。当出落得亭亭玉立之日,也就是与生身父母别离之时。珍惜当下吧!人生苦短,别离却多。

——有些诗意道出了我体验过的户外观鸟感受和魂牵梦萦的浪漫情怀,如王勃的《河阳桥代窦郎中佳人答杨中舍》:披风听鸟长河路,临津织女遥相妒。判知秋夕带啼还,哪及春朝携手度。

作为一个喜欢观鸟的人,吟诵本诗,既感亲切流畅,又别开生面。原来,听鸟,同样情趣盎然,甚至浪漫得让人嫉妒,能不嫉妒吗?秋夕带啼还,春朝携手度。

——我在南方观鸟时，脑海中曾留下过一些烟雨朦胧、美如水墨画般的记忆，只是腹中没词，无以言表。陆龟蒙的《北渡》："江客柴门枕浪花，鸣机寒橹任呕哑。轻舟过去真堪画，惊起鸬鹚一阵斜。"读来让我一惊，所以我评说到：渡江之船的声响，被描述得够生动的了，更惊人的是，视觉效果绝对风光如画，风物入画，而且是动画。这是一个我们似曾见过而未能用文字确切表达的场面：惊起鸬鹚一阵斜。

——同样，刘禹锡的《宫人斜》："几多红粉委黄泥，野鸟如歌又似啼。应有春魂化为燕，年年飞入未央栖。"我评说：诗歌诗歌，旋律如歌，本诗读来韵律酣畅，朗朗上口。燕子是春魂幻化而成，故而应季而至。其中最惹人喜爱的，乃是这一句："野鸟如歌又似啼"。

——建设社会主义新农村的目的就是解决中国社会最紧迫的三农问题，张演的这首《社日》："鹅湖山下稻粱肥，豚栏鸡栖对掩扉。桑柘影斜春社散，家家扶得醉人归。"三言两语就为我们描绘了一幅生动鲜活的乡间世俗画，所以我这样评说：家家分享丰收，人人饱醉而回。这鸡犬相闻的敦厚民情、富足世象、朴实乡风，难道不是我们理想中的、没有"三农"问题的和谐社会吗？

——做诗忌讳用字重复，这在文学写作上叫撞车。但"艺高人胆大"，诗仙李白就是这么一位胆大过人的"白字先生"，在他的《赠黄山胡公求白鹇》中，"白鹇白如锦，白雪耻容颜。请以双白璧，买看双白鹇"，短短四行五言绝句，竟然很犯忌、很冒险地用了五个同样的字——"白"字，既强调了白鹇之白，也带出了李白之"白"。真是"一白遮百丑"啊。

——诗者言情。尽管这首《杂诗》的作者落考，为无名氏，我还是爱不释手，为天下有情人抄录于此："眼想心思梦里惊，无人知我此时情。不如池上鸳鸯鸟，双宿双飞过一生。"我的评说是：这似乎为一首失恋诗，在千古言情诗歌中实属罕见。恩恩怨怨，何如鸳梦长圆。

——我曾听到有人竟在麋鹿苑的"关于麋鹿的唐诗"座椅前，少见多怪，怀疑写麋鹿的诗是否是唐诗，还声称：《唐诗三百首》里没见过啊，以为唐诗只有300首，哀哉！

《全唐诗》像一座古典文学的富矿，又如一部包罗万象的百科全书，即使在一些非著名的诗中，也能令人拍案叫绝，贯休的这首《春晚书山家主人屋壁》，便有一句让我赞不绝口的佳句。全诗为："柴门寂寂黍饭馨，山家烟火春雨晴。庭花蒙蒙水泠泠，小儿啼索树上莺"。我写的评说为：在人家墙上涂鸦，好像不太合适，但若诗意高雅清新，倒也不妨。这里，雨后天晴，炊烟夕阳，柴门饭香，山民生活有多惬意，最具情趣的这句堪为诗眼，令人过目难忘："小儿啼索树上莺"——我要小鸟，我要小鸟，呜呜！

——有时，我们常以没有机会体验或缺乏生活为由而疏于笔耕，其实还是因为情感单调，感受麻木。才情恣意的古人能在没有某某景物的情况下，产生诗情，简直是"无中生有"的高手，如赵嘏的《宛陵馆冬青树》，就是在鸿雁没有出现时生发的感叹。全诗如下：碧树如烟覆晚波，清秋欲尽客重过。故园亦有如烟树，鸿雁不来风雨多。

异曲同工，钱起的这首《重过文上人院》："南随越鸟北雁鸿，松月三年别远公。无限心中不平事，一宵情话又成空。"也是"无中生有"之诗句，二者区别只是上首诗言鸟，这首诗说人。

——也许是作为环保人士的诗评或是一种环保情结的张显，我在一些唐诗中，竟然发现了环境保护的元素，如这首脍炙人口的《江雪》（柳宗元）"千山鸟飞绝，万径人踪灭。孤舟蓑立翁，独钓寒江雪"。我的评说：天寒地冻，生灵绝迹。诗人被贬，同样意冷心寒，却不甘寥落，在逆境中卓然独立，孤舟独钓。但是，古代诗人意料不到的是：如今地球生境破坏，物种灭绝，生命之网日趋崩溃，从物种绝灭与人类危机的因果关系看，这句古诗竟然道出了其中真谛："千山鸟飞绝"终究会导致"万径人踪灭"的；资源枯竭，孤独的渔人已无鱼可钓，只剩"寒江雪"。

还有孟郊的这首《杨柳枝词》："叶叶如眉柳色浓，黄莺偏恋语从容。桥边陌上无人识，雨湿烟和思万重。"我的评说为：芙蓉如面柳如眉，莺声雁语皆入诗。唐诗中以景言情、托物言志的绝句，简直俯拾皆是。为什么？因为当时的生态环境是优美的，鸟兽是安逸的，所以，我们的先人能够与自然、与生灵、与神明直接晤面，领承天启。灵感才思泉涌，佳句频频收获。如今，被技术包围的、包装的我们，把万物当玩物，视自然为私产，对衣食父母的天地自然不再恭敬，对鸟语花香的大千世界也不再同情，纵使生理上能耳闻目睹的枝头鸟雀，心理上也会视而不见，充耳不闻。休矣，太多的浪费！惜哉，太少的浪漫！

桥边陌上无人识，雨湿烟和思万重。

# 两岸互赠动物，见证双赢愿景

2008年，金秋时节，海峡两会在促进两岸制度化协商方面取得实质性进展，在签署空运、海运、邮政、食品安全四项协议的同时，还宣布了互赠动物的消息。11月3日，海协会会长陈云林在访台时宣布赠送台湾一对大熊猫和珙桐（树）；台湾方面则择定一对台湾长鬃山羊和一对台湾梅花鹿回赠大陆，台北市立动物园园长叶贾森公布：长鬃山羊取名“长长”、“久久”，台湾梅花鹿取名“富富”、“贵贵”，蕴含“长久富贵”的美好愿景。

前年，我曾赴台考察，侧重对博物馆、保护区的动物信息进行搜集，面积仅仅35808平方千米的台湾岛曾有70种哺乳动物栖息的记录，包括翼手目、啮齿目、兔形目、鳞甲目、灵长目、食肉目和偶蹄目。在偶蹄目中，既有野猪、野山羊（长鬃山羊），也有小麂、水鹿、梅花鹿。我发现在台湾的哺乳动物中，有不少是加冠“台湾”（Formosan）之名的，如台湾黑熊、台湾云豹、台湾猕猴、台湾山羌（麂子）、台湾野兔、台湾鼬獾、台湾水鹿，当然，还有台湾梅花鹿和台湾长鬃山羊。

## 命运多舛的台湾梅花鹿

也许有人会说，梅花鹿不是多的是吗？那是饲养场的，注意这可不是一般的梅花鹿，而是台湾野生梅花鹿。台湾梅花鹿本与大陆一脉相承，一万年前最后一次冰期结束，气温上升，海平面升起，海峡形成，隔断了物种的自然交流，包括梅花鹿在内的很多动物开始单独演化，一万年漫长的割据，便渐渐形成独立的亚种。

笔者与梅花鹿

梅花鹿曾经分布于台湾各地低海拔的林草交界地带。随着农耕、猎食、围捕的压力，梅花鹿逐渐减少，仅 1630—1640 年间，荷兰人侵占台湾时每年收购的梅花鹿和水鹿的皮张就达数万。约 20 世纪初，台湾西部梅花鹿基本消失，半个世纪后，东部也告绝迹。1969 年，人们在东岸山区捕捉到一只梅花鹿之后，就再也没有人在野外见过梅花鹿了。由此宣告，台湾梅花鹿，1969 年灭绝于台湾本土。

1986 年，保护人士在垦丁国家公园的社顶地区开始了一项复育计划，将台北动物园及两个民间鹿场的 42 只纯种台湾梅花鹿引入垦丁野放，目前，已愈 200 只；但是，这些梅花鹿是否纯种？很有疑问，毕竟它们来自饲养场，近一个世纪的繁育过程，时有引进个体，如果发生杂交，也在所难免。尽管当代遗传检测技术很先进，由于没有真正野生梅花鹿做比照，对复壮的价值还是难以断定。目前，研究人员正试图从荷兰人当年收购梅花鹿的标本上采集 DNA，以求得出令人满意的结论。访台期间，我惊喜地发现在新台币 500 元的画面上，印的就是台湾梅花鹿，可见这种动物，特别是自然保护在台湾社会心目中的地位。

记得在上大学时，时兴唱台湾校园歌曲，其中一首叫“绿岛小夜曲”，曲调悠扬缠绵“这绿岛像一只船在月夜里摇啊摇……”。其实，台东外海的绿岛还是一个土著梅花鹿的庇护所，据《绿岛乡志》记载，一个多世纪前，绿岛乡民从台东引回一些梅花鹿，渐成规模，养鹿业一度兴盛，最多时达 3000

头,后因结核病而鹿场衰落。1986年,乡公所将民众弃养之鹿野放,前后共放生240只,经几十年无拘无束的野生状态,现在已成几百只的自然种群。是否纯种,虽存争议,但至少比垦丁的种群更土著。无论怎样,这是一个绝而复生、绝处逢生的故事。多年来,两岸保护人士在迁徙鸟类的保护上多次合作过,此次,包括台湾梅花鹿、长鬃山羊保育在内的兽类方面的合作,可以说是两岸携手进行自然保护(台湾称保育)的一个新开端。如今,保护生物多样性已经成为现代人类文明程度的一个标志,两岸有着互惠互利的共同愿景,同在蓝天下,共祈人与自然和谐繁荣与永续发展。

## 长鬃山羊——宝岛唯一的牛科动物

长鬃山羊亦被称为台湾羚羊、野山羊。说起长鬃山羊,当初我在访台期间还真没在意,此次两岸交流动物,作为台方赠送的动物,除了明星动物大熊猫、台湾梅花鹿,就是这长鬃山羊了,于是开始关注这种动物。翻阅资料考证,吃惊不小,在绝大多数的中文动物书里都找不到这种动物的名字,为什么呀,无奈之下,想起,动物学名即拉丁名是每个物种的唯一名称,便按照拉丁学名(*Naemorhedus swinhoei*)查勘,由此,真相大白,原来被台湾称为长鬃山羊的动物,竟然就是大陆称为鬣羚的动物。

是这样记述的,我国有两种鬣羚,一为台湾鬣羚,列入国家一级保护动物,另一个就叫鬣羚,民间亦称四不像(国家二级保护动物)或苏门羚,因该模式种标本得自印尼苏门答腊而得名。台湾鬣羚也被称为日本鬣羚,这是因为这种动物一度被认为是日本鬣羚的台湾亚种,但随分子遗传学的研究进展,经DNA鉴定,发现台湾鬣羚还是与日本鬣羚有差异的,1993年便被动物学家发表为新的独立种和特有种:台湾鬣羚(Taiwan serow)。我还发现有的资料称其

长鬃山羊——其实就是我们说的鬣羚

为斯氏鬣羚，为什么呢？我想，这是因为它的发现者是英国动物学家斯温侯，发现年代为1862年。

台湾鬣羚与大陆鬣羚相比，前者没有长鬃，后者有长鬃；台湾鬣羚与日本鬣羚和苏门鬣羚对比，同样是后者才有长鬃，可是为什么就叫台湾长鬃山羊（鬣羚）呢？不得而知。甭管叫什么，在动物学中，同物异名的现象还是较常见的，既然台湾和媒体都已称其为长鬃山羊，那就这样叫吧。何况，我发现，台湾与大陆的很多名词都有不同叫法的，如内陆称地铁，台湾称捷运；内陆称立交桥，台湾称交流道；内陆称机场，台湾称航空站；内陆称出租车，台湾称计程车；内陆称垃圾，台湾称乐色；内陆称手机，台湾称行动电话；内地称馄饨，台湾称扁食；内地称二手车，台湾称中古车；内地称盒饭，台湾称便当；内地称保护，台湾称保育；内地称电子游艺厅，台湾称电玩店；内地称可持续发展，台湾称永续发展……

书归正传，台湾长鬃山羊外形为深褐色，喉部为黄色，硬蹄分泌蹄脂腺，有助于它们攀爬山岩，并牢牢地踩在石缝之间，因此这种食草动物喜在悬崖附近活动，奔跑速度快，若受外力入侵，它们还会以头上一对向后弯曲的洞角顶人自卫；台湾鬣羚生活在宝岛1000米以上的林地和陡坡悬崖，玉山南峰、南湖圈谷和雪山圈谷等高山附近，都可以找到足迹。长期以来，长鬃山羊曾作为狩猎动物，1973年才列为保护对象。近年，随着保护成果的显现且受国际狩猎的影响，台湾开始出现将其纳入严格管理下的狩猎利用的声音。这与大陆存在的如何处理好野生动物的保护与利用之关系，面临同样考验和有待破解之题。相信，此次两岸动物交流，不仅限于动物本身，还会扩大到人员之间的经验与学术的交流，以期在更高层面上求得共识与借鉴，互通有无，取长补短。

最后，我把此次两岸交流的动植物名称试着编成一个小小的五言打油诗，以志纪念：

熊猫和珙桐，鬣羚梅花鹿，团圆鸽子树，长久富贵路。

# 鸟兽不惊！普里什文的理想国度

受到《人与自然》杂志的编辑部主任靳恩平的邀请，参加普里什文文集出版座谈会。可以说，无知的我，也是刚刚知道普里什文，并从对他的无知，通过几天的“恶补”，变成略知一二，而此刻，竟还油然生出一种神交已久的亲切感，似乎普里什文早已和我相知，只是名字一直没有对上号似的。因为，在我工作的千亩麋鹿苑，春寒料峭中求偶的戴胜，荒草中偶尔撞见对我回眸而视的狍子，枯柳上十几只正襟危坐、怒目圆睁的长耳枭，凌空飞过、双翅生风的大群的绿头鸭，翻飞鸣啭，伴我而行的一对大山雀……无不与普里什文的《鸟儿不惊的地方》等作品中描述的情景相暗合。

那天，中国社科院大楼的外文所，高朋满座，尽是研究和精通俄国文学的出版家、翻译家、理论家。我，好像还有国家林业局的陈司长，则是作为动物保护或环保人士被邀请到会的。文集的出版者——长江文艺出版社，赠给与会者每人一套普里什文文集：包括《鸟儿不惊的地方》、《人参》、《大地的眼睛》、《大自然的日历》、《恶老头的锁链》，我才算开始领略和接触这位号称“伟大的牧神”、“俄罗斯语言百草”、“世界生态文学和大自然文学先驱”、俄国著名作家的作品。当时，仓促地翻阅几下，便要发表什么有见地的言论，真有些难为人。好在陈司长要先说先走，他在肯定文集的同时，从当今保护动物的主流入手，指出

作品的时代局限性:狩猎行为,已经过时,提醒读者,不宜倡导。一些学者对此提出异议,认为这在当年已属难能可贵,无可指责。其实,普里什文在他早期的作品里,已经把狩猎与自然保护的关系做了精到的阐述“在某种场合,狩猎被认为是一种认识自然的方式,或获得欢乐的诗歌,我相信,随着时间的推移,从我的狩猎中会产生出我们不可或缺的保护自然的事业”。真是先知先觉,我国的林业院校的保护专业,前身就是狩猎专业,我们今天林业部门的动植物保护处,以前就叫“狩猎办”。

记得在那天的研讨会上,我坦白地说:作为从事动物保护科普创作的我,很惭愧,以前竟不知道有这样一位写自然、写动物的俄国作家、一个可亲可敬的俄国“老头”,直到81岁高龄,还笔耕不辍。我曾以为,生态文学多产生于欧美,《论自然》的作者爱默生、《瓦尔登湖》的作者梭罗、《我们的国家公园》的作者约翰缪尔、《沙乡年鉴》的作者利奥波德,《寂静的春天》的作者蕾切尔·卡逊……都是美国自然文学的代表?而普里什文何许人也?真的不知道。后来,通过浏览《鸟儿不惊的地方》,我读到一段惊世骇俗的、涉及保护生灵的话语:“一位令人起敬的人应该是独立的,不仅不伤害天鹅,而且连野鸭子都不去碰一碰的人……伊凡在春天杀了一只天鹅,他在秋天就死了……”作为上个世纪初的人,普里什文能有这样的“生态意识”,无疑是超前的。

1873年出生于俄罗斯奥廖尔省的普里什文,童年时代是在接近自然世界的乡村度过的。青年时代曾留学德国,在莱比锡大学哲学系攻读农艺学,开始工作时是在莫斯科近郊的克林和卢加地区做农艺师。早期的这种经历,对他在一生的写作生涯中,以专业的视角和精到的语汇描述自然,大有裨益。他描述的动物几乎都是具体到“种”,“森林里是鸟有花尾榛鸡、黑琴鸡、松鸡……空中驰骋着海鸥、燕鸥、贼鸥和沙鸥……记录的海兽有海象、环斑海豹、髯海豹、格陵兰海豹,还有白鲸……”、“除了驼鹿、花鹿,猎人们还打狼獾、艾鼬、水獭和白鼬。”

弃农从文后的普里什文,专事写作,先是到当时很少有人研究的俄罗斯北方白海沿岸的密林和沼泽地带进行地理和人文考察,搜集民间文学作品。完成于1907年的考察见闻式的随笔集《鸟儿不惊的地方》即是他这个时期的代表作。他从人类学、社会学、民族学角度，对当地的文化历史进行了深入探讨，从他忠实地记述了不少老人的话便可见一斑："现在的人更聪明，更健壮，可是，古代人生活得更舒服"。"这些精神上富足的人们不为一文钱而出卖自己，他们不抽烟、不喝茶和酒，因此，这里荡漾着旧日的诗意……"、"每一位老人在他年轻的时候都有一种现在的年轻人所不知道的生活琴弦，只要你能够轻轻拨响它，他就会活跃起来，像一位艺术家一样把他的往年岁月娓娓道来。在故事的末尾，他还会向你表示感谢，由于你的出现而又重新燃起他那已渐渐熄灭的心灵之火。"普里什文独辟蹊径的文风，使其被认为是"科学中的艺术家和艺术中的科学家"。因此也有人说，他是从俄国的北方走进俄国的文学的。

普里什文的一生，是人在旅程、跋山涉水的一生，行吟漫游成为他的生活常态。但他的旅行，决非今天意义的旅游，如今快餐式的旅游多是为证明去过某地而留此存照而已。如同一批被送上传送带、没有主见、失魂落魄、被钱驱使的货物。读读普里什文，真是自惭形秽。他行走着，像一个朝圣者在朝觐了一个又一个自然圣殿之后，终于采用自然材料建起了他的文学庙宇。正如本书主编、中国社科院的博导、外国文学研究所研究员、著名俄罗斯文学专家刘文飞先生所说：普里什文是一个观察细致、体验充分的行者，一个充满温情和爱意的行者，更是一个思想着的行者。在他接下来的一部部著作中，日益达到"心灵与自然的吻合"。

这是《人参》中饶有趣味的一段："那是满洲里按季节迁徙的山羊和麝……在一面高高的峡谷陡坡上，看见一只公山羊，我猜想它已经发觉了我，在用它的语言骂我哩。正当饥肠辘辘的我用枪瞄准它时，我又看见山羊不远的柞树下躺着一头粗壮的野猪。原来，山羊不是骂我，而是骂那只野猪……"用他自己在《灰猫头鹰》中的一段话来解释：这样既描写人又描写动物，才是描写动物的准确方法。

如今，人们离自然越来越远，有幸阅读普里什文，仿佛是与他做了一次心向自然的回归。他渴望的是这样的国度，“那里没人捕杀鸟儿，既不喂养鸟，也不保护鸟，只是与鸟和平共处。”聊以安慰的是，这个保护自然的渴望，正在成为当今世界的共识和当代文明的趋向，让世界充满爱，让鸟兽不再惊骇，使万物重归和谐，不仅是一种忏悔，更是一种救赎。

大山雀

## 诗文应和同心曲，我与政协沈主席

在政协委员中，有一多半都是党外人士，我是其中之一。而委员中的中共党员，有不少是各局委办的领导甚至更大的官，像我这样的“野人”，与鸟兽相伴，处江湖之远，是很难有机会和他们接触的，但在政协这个共同的平台上，我们竟经常在一起参政议政，建言献策，开会考察，展现风采，互帮互学，其乐融融，如同一个大家庭、一座大舞台、一所大学校，可以说，大家乃肝胆相照的朋友，我和沈宝昌副主席就是这样的朋友，甚至是诤友、挚友。

要说我们的友谊，还得从他在大兴做区委书记时说起。在我眼里，沈书记（当时的称呼）不仅是地方首长，更是一个才华横溢的文化人，写诗作画书法，样样在行。我作为民革大兴区级组织的负责人，虽不善书画，还算酷爱诗文和写作，特别钟情于生态文化，并将所著《鸟语唐诗300首》、《读古诗看生命》等书并赠给他，由此，与关心文化建设的老沈有了许多的共同语言。

北京奥运前夕，我力荐麋鹿为奥运吉祥物，向沈书记陈述，麋鹿不仅是一个麋鹿苑的，还是大兴区、北京市的品牌、活的自然文化遗产，对带动京南发展，提升中国环保形象，意义非凡。很快得到沈书记的支持，一天，他兴致盎然地来到麋鹿苑调研，回去不久，就有感而发地赋诗一首：“昨夜梦回麋鹿苑，朦胧似醉欲寻天。但见潇潇春雨下，魂归故里大自然。”

2005 年 10 月与大兴区委沈书记在麋鹿苑

沈主席墨宝

在民革大兴基层组织成立20周年之际，有的党员提议，由我出面请沈书记题词，我想，人家领导那么忙，提这种要求，我总觉得难于启齿，当我面有难色地向老沈表达了我们党员有这个愿望时，他竟爽快地答应了。届时，不仅亲临我们全体民革党员的纪念大会，还带来多幅装裱精美的、非常有针对性的、嵌有“民革”字样或蕴涵的题词，用心良苦，感人至深，令我们在场之人无不大喜过望：

“民心政之本，革新兴之魂”；

“爱国革命不断进步二十载，为党为民无私奉献许多年”；

“民心所向而为，革新之势率先”；

“顺应民心为政之本，鼎力革新进步之魂”；

“秉承中山先生革命遗愿，履行参政职责创立新功”。

句句精彩，字字珠玑，同心同德，真心实意，体现了一位中共基层领导对我们民主党派基层组织的鼎力支持和诚挚关爱。

**《麋鹿苑低碳诗》**

低碳风潮起英伦
潮起英伦麋鹿回
麋鹿回时下大兴
时下大兴低碳风

在中国古代的诗歌技巧中，回环诗也称“顶针诗”，即下句须重复上句末尾的四个字，且能首尾相接，古代文人常以这种诗歌形式相互应和。这是我在2010年的正月十五，编写的一首回文诗，诗中把低碳、麋鹿、英国、大兴，这些相互有内在联系的关键词，融汇于一诗，作为节日短信发给了沈宝昌副主席，不料没过多久，沈主席竟欣然作了应和，一下子写下《麋鹿回家有感》、《团和行宫之念》、《2010南海子复原》等三首回文诗，真是抛砖引玉呀，其亲和平易的气度，才思敏捷的风范，实在令人钦佩。在此，就以沈主席亲笔所做的几首精彩的回文诗作为结语吧：

**《团和行宫之念》**

团河泉水润京南
水润京南麋鹿还
麋鹿还时时已盛
时时已盛团河泉

**《2010南海子复原》**

南湖清水送舟行
水送舟行游大兴
游大兴时初雨霁
时初雨霁南湖清

**《麋鹿回家有感》**

中华麋鹿鸣萋萋
鹿鸣萋萋故土离
故土离愁终作史
愁终作史中华麋

# 会师、会师、会师

“有缘千里来相会”，会师，自古就是我们生活中的一种绝佳境界，而一日之内感悟几种会师，则是一件足以令人喜出望外的事情。2010年6月12日，我们大兴政协常委读书班千里迢迢来到位于四川阿坝州松潘县川主寺镇的红军长征纪念碑，体验红色之旅。

松潘长征纪念碑

这是当年中国工农红军一、二、四方面军的长征会师之地，松潘是红军长征过草地的地方，也是中央红军长征期间驻留时间最长的地方，红军在长征中召开过五次政治局的重要会议，其中两次是在这里召开的，即沙窝会议和毛尔盖会议。这段绝处逢生、波澜壮阔的历史，在由邓小平同志题字“红军长征纪念碑”的川主寺碑文上有着翔实生动的描述：

“中华民族，上下五千年。千古江山，英雄辈出，惟万里长征，举世无双。中国工农红军，不畏远征艰险，受命于危难之际，转战于生死之间……凌厉万里，逶迤千城，前仆后继，披肝沥胆。任雪山莽莽，任草地茫茫，跨万水千山，伴月冷星寒。汗飞三江水，血染九重山。纵横神州十一省，长驱两万五千里。胜利会师，铁流三万，悲壮历程，天惊地撼。中华威，民族魂，创一代天骄，垂万代风范……古松潘方圆千里，叠峰重峦，玉嶂参天。三路红军，同征此间，爬雪山，过草地，战包座，打塔山，确立北上方针，奔赴抗日前线。在此立碑，旨意深远。”

无独有偶，就在当年三支红军队伍会师的地方，我们也遇到三支（至少三支）成都军区军演的车队在此交汇，那战车隆隆、铁流滚滚的威仪扑面而来，山路弯弯、戎马倥偬，军车来来往往，兵器交相辉映，甚至我们的大轿车还时不时被混入了标有“铁拳师”的迷彩军车的长长队列中，荷枪实弹、英姿勃发的军人就在眼前，开赴军演前线的各色战车包括勇士吉普、猛士战车、伙食车、医疗车、通讯车、工程车、加农炮车、越野指挥车等等，令大家目不暇给、眼界大开，犹似去年国庆在天安门观礼的再现。黄昏，各路军马纷纷扎营，会师于当年红军会师的川主寺红军纪念塔之下。那是伫立在古镇高处的是一座红军战士一手举枪一手举花的雕塑，在位居九寨黄龙、有着得天独厚旅游区位优势的松潘，犹如铁树开花，老枝新芽，如今，迎来了发展旅游的大好机缘，于是，当地人便为之做了一手举的是冬虫夏草、一手举的是牦牛肉干的功利性诠释。

也许是命运的安排，非常凑巧的是，在此时此地，我竟与近二十年前的一个老朋友小苏久别重逢，在红军纪念碑会师了。那是我 1993 年在松潘的岷山雪宝顶一带进行野外考察的难忘经历，当时，中美合作主要考察的动物是一种叫绿尾虹雉的珍禽，刚刚从部队复员返乡的小苏作为考察队的向导和伙夫，山高路险、风餐露宿，我们克服一个个艰难困苦，度过了一个个寒暑昼夜，虽然在两年间仅仅共同工作了数月，但这患难与共的人生历程使我们建立了深厚的感情，后来他曾来京谋生，世事艰难，多年的坎坷，最终没能落脚，他还是明智地选择了还乡发展，这次看到他的妻子和他们夫妻营业的店面，真为他的安居乐业而高兴。

记得，那时三十出头的、喜爱流行歌曲的我，最喜欢那家喻户晓的李春波的歌《小芳》，恰在松潘的小河村即小苏的家乡，还真的有位叫小芳的姑娘，令人芳心萌动，每当我唱到“多少次我回回头看看走过的路，衷心祝福你善良的姑娘，多少次我回回头看看走过的路，你站在小河上”，注意，原词应是“你站在小河旁”，每当我错唱成了“站在小河上”，小苏就笑话我：本事不小啊，成神仙了，还能站在小河上。

笔者与曾是军人，并一同野外考察的小苏合影

更需要介绍给大家的是，松潘乃是一位著名诗人曾经生活过的地方，就是唐代的女诗人薛涛，但凡某地的文化历史一旦跟某个有作为、有名望、有才华的人物有联系，便使该地的人文蕴涵厚重了许多，容易使人产生别样的联想，浮想联翩，甚至这里的“一草一木都关情、一鸟一兽皆知音”，本次重来此地，我对声声入耳的风声雨声甚至鸟声，无不感到亲切。相思肠断的人儿，渴望会师的人们，无论是“朋自远方来”还是“他乡遇故知”，会师乃是一种美好的境界，古今皆然，就让我以薛涛在松潘创作的这首《春望》作为本文的结语吧：“花开不同赏，花落不同悲，若问相思处，花开花落时。”

## 随兽医出诊，享田园牧歌

在2010年的世界读书日，我强调读书乃是低碳的休闲方式，毕竟一书在手，清茗飘香，耗能低、排放少，尽享精神大餐，何其乐也。“五一”的闲暇时光，我就是这样度过的，短短几天的假期里，我读了两本由英国人吉米·哈利写的书《万物既伟大又渺小》和《万物有灵且美》。

从事动物保护工作20余年，读过不少有关动物的书，但我还真没看过一本被称为名著的兽医著述，据说这是一套已销售1000万册以上的、畅销全球30年的自然写作经典，由此深感孤陋寡闻。由衷感谢城市出版社的李丹编辑向我推荐了这么一部好书，填补了我个人阅读领域的一片不应存在的空白。

秀才不出门，便知天下事。随着作者自己即主人公吉米·哈利（家禽家畜兼宠物兽医）的行医足迹，游走于20世纪40年代的英格兰乡村，动辄就能看到这样的田园牧歌式的景致：

“那条乡村老路一直挑逗地勾引我走过去……青葱的小径蜿蜒至山顶……我站在山丘之上眺望着局促于山谷之间的德禄镇，让清风尽情地掠过耳际，聆听美妙的风声。春天的阳光是大自然最可贵的宝物之一，它不会烤伤你，却会让你连脚底都感到温暖。当你觉得皮肤微微发烫的时候，你一定会感到约克郡的春天的。

我躺在青青的草原上，懒洋洋地半闭着双眼，偷偷地打量着蔚蓝的苍穹。我觉得这是恣情浪费你的感触的最好时刻。你可以细致领会和风扫过的汗毛的感觉，也可以沉醉在一切化为乌有的虚无之中……这种自我享受的方式一直都是我生活中的一部分。”

职业的原因，多年来与兽医打交道不少，可以说，兽医一直是我的同事之一。但总的感觉，动物们都是很怕兽医的，至少在动物园是这样，因为兽医常常折腾它们，尽管完全是出于治病的好意。吉米·哈利笔下的动物则是另一番景象："邓家的两位小姐对自家牲口的宠爱就同城里人宠爱猫狗一样，她们的牛舍里养的四头母牛，每回我来看它们的时候都会像家犬一样用那恐怖又粗糙的舌头舔我的背。她们家的羊一看到人就会冲过来闻你的脚，心情太好时还会咬你的鞋带。更糟的是，那几头小牛会吸吮你的指头，而那匹小马会用鼻尖蹭你的脸……"

笔者与狗——藏獒

这里的众生相既有各种家养动物，也有养动物和爱动物的人——家禽家畜的主人、皇家动物协会检查员、民间的动物保护者例如爱猫如痴的太太、更多的则是普普通通的乡村农人或农场主，其中一幕令我难忘：五年前卜先生经过一家宠物店，橱窗中一对晶莹的眼睛立刻抓住了他的注意力，那可人的样子逼得卜先生不得不掏钱将它买回家。宠物店说那只狗叫"梗犬"，因此要将尾巴截断才好看，可是卜先生不忍心这么做，以致现在它的尾巴已经长的绕了一圈……一些自以为很懂动物的（我也遇到过如此很懂动物、视截掉狗尾习以为常的人）乡村老友，因而经常发表高见说"老卜，那狗该剪尾巴了，要是你愿意的话，我可以帮助你"，又说"老卜，它快长大了，再不剪就来不及了，一只长尾猎犬看起来多蠢啊！"之后，那些农人又批评说它长得像老鼠，卜先生总是一笑置之——一个酷爱动物不忍伤之的善人形象跃然纸上。

该书从为牲口接生始，到给牲口接生止，人与动物的描写，洋洋洒洒，精彩纷呈，细腻而朴实。本文实在是一言难尽，挂一漏万。总之，这是一本英国兽医以切身经历写的自传，这是一本爱动物的人都该看的书，这是一本禽畜饲养者，特别是宠物拥有者都应该读一读的好书。

# 天地做我放生池

开始放生

在北京麋鹿苑，时不时地来一些放生动物的人，进行放生的一般有两种人，一种是信佛人士，一种是保护工作者。对于将动物放归自然的保护之举，我们多数情况下是积极支持的，但也有拒绝的时候，比如，放生的动物非本地所有，像巴西红耳龟，如放生可能导致疾病传播；像一些伤病鸟兽，特别是一些依赖性较强的动物，放生后可能无法独自生存；像一些家养动物鸡猫狗兔等，我们都会婉言拒绝的。总的来看，我们是根据季节、产地、生活习性和物种特征来决定放生尺度，根本原则是为了放生的效果：既让所放生的野生动物保活而非放死，又不影响本地原有物种的延续和生态和谐。

通常，大家认为"放生"是寺院和信徒经常进行的佛事活动。实际上，在佛教没有传入中国的汉代以前，就有节日里放生动物的记载了，《列子·说符篇》有"邯郸之民，以正月之日献鸠于简子，简子大悦，厚赏之。客问其故，简子曰：正旦放生，示有恩也"。

佛教的提倡，给放生活动赋予了一定的文化涵义和精神境界的提升，每个放生者，在放生活动结束后，都会有一种解脱、释然和救赎的心理感受。放生，既满足了信徒的"普度众生"的愿望，更为所释放的生灵提供了生机和自由。

保护工作者也进行放生，但放生的动物种类均为野生动物，比如，猛禽救助中心几次在麋鹿苑放生猫头鹰，属于纯粹的动物救助，只强调专业和科学上的要求，偶有媒体配合的宣传报道，但绝不会把家养动物拿来放生，更无佛家放生之“仪轨”即诵经、烧香、念佛、发愿……一类的程序。

本人虽然不是教徒，但对各种宗教中的一些护生惜物思想，还是非常敬重的，特别是佛教古老的劝善理念，与自然保护的国际思潮，可谓不谋而合。我甚至不经意间在麋鹿苑的灭绝动物墓志铭上，写有“……善恶终将有报，猎天必被天猎”的字句，一些听众说这很有禅意，颇像佛语。的确，佛语中不乏止恶扬善、呵护生灵的思想火花。

《大智度论》上说：“诸余罪中，杀业最重；诸功德中，放生第一。”

《华严经》上说：“众生至爱者身命，诸佛至爱者众生。”

《药师经》上说：“放诸生命，病得除愈，众难解脱”；“放生修福，令度苦厄，不遭众难。”

圆瑛大师云：“吾人应体天地好生之德，提倡戒杀放生；凡寿辰、结婚、生子，是自己求生、庆生的吉祥之事，均宜戒杀、放生、茹素，以善因而求善果也。”

谛闲大师云：“不杀为诸界之首，放生为众善之先。”

印光大师云：“天地之大德曰生，人民之大本曰善，生则植物动物并育，善则仁民爱物修行。”

印光大师又云：“余向提倡戒杀放生、因果报应等事理，以期挽救天灾人祸……令一切生命者各得其所。”

莲池大师有“戒杀放生录”；大书法家颜真卿写有“天下放生池碑铭”，唐肃宗在批答中有这样几句话：“四灵是畜，一气同和，江汉为池，鱼鳖咸若”，立意颇高。

唐代许多诗人，像崔涂、顾况、罗邺都写过题为《放鹧鸪》的诗；陆龟蒙有“秋来见月多思归，自起开笼放白鹇”的诗句；齐已、吉师老还有《放猿》诗，其中吉师老的“放尔千山万里身，野泉晴树好为邻”之语令我颇爱；欧阳

舟山普陀寺的放生池

修有“始知锁向金笼听，不及林间自在啼”的诗句，难得的是，弘一法师将其收录在他的《护生画集》中，我注意到，在诗配画的旁白处还写有这样一句话：“天地为室庐，园林是鸟笼”，我认为，这乃是放生的最高境界，即放生在关注个体安危的同时，还要关注生态的和谐。如此理想境界，有无可能？回答是肯定的。相传，在隋朝，因天台山智者大师多年的讲经说法，感化了方圆数百里的百姓，甚至包括不少的渔猎之民，使三四百千米范围，全部成为了放生池。这才是放生的目的，放生的真谛。

1997年，我在印度参加世界自然基金会的环境教育培训，环境教育讲究三段式：“为了环境的教育、关于环境的教育、在环境中的教育”，我感受最深的便是万物生机勃勃的大氛围，城镇乡村，街头巷陌，所见鸟兽甚多。在感叹印度生灵之自在、物种之丰富、保护理念之普及的同时，更为其宗教的护生力量而折服，印度80%以上的人口信仰印度教，还有佛教、耆那教，均强调戒杀、断荤，大家普遍不吃荤腥，不杀动物，结果是飞禽漫天飞，走兽遍地走，不仅明星动物得到保护，如虎、象、犀，一些与宗教相关的动物，如叶猴、孔雀、蛇、牛等都旁若无人、大摇大摆于光天化日之下，连猪、狗、猫等动物也野性十足，走街串巷。我在印度观鸟时，常与松鼠、蜥蜴、獴等野生动物谋面，甚至遭遇过豺这种犬科动物。所以，正是由于宗教信仰下的保护，普遍意义的吃斋礼佛，整个印度，简直就成了一个大的保护区。在这样"万类霜天竞自由"的国度，人民奉行不伤生、不抓生、不害生的清规戒律、多数人不吃动物、不关动物、不杀动物，又何谈放生，何放之有呢？整个天地自然，不就成了万物生灵的放生池了吗！

所以，谈论放生，我不否认其善意的成分和救赎的作用，但这不是保护的最高层面，只算是一种发生于末端的爱，是恶行之后的亡羊补牢，是个体心理的聊以自慰，是无奈者的独善其身，简单行事的放生，甚至容易被商家利用，导致"抓动物卖、买动物放"他抓你买的恶性循环。

如果有一天，全社会都提倡不吃、不杀、不买、不拘禁动物，通过主动地改良生活方式，改善进食行为，从源头减少作恶，从吃喝减轻孽债，别把我们的嘴变成动物坟，恩泽鸟兽，爱及众生，那么，我们的生存环境该是多么美好，人与自然关系该是多么和谐。

这便是我理想境界的"放生"：伊甸园，不关动物的动物园；无捕食，天地做我放生池。

## 郭耕荐书：文以护生、厚德载物

欣闻《北京晚报》陈玉珍老师主编的机械工业出版社出版的"人与动物系列丛书"《猿啼如歌》专辑即将付梓，我由衷地祝贺。不仅因为我一直是晚报"人与自然"版的作者，更因为这是一本弘扬生态文明、替动物说话、为众生代言的绿色专辑。

多年来，有时是我投稿，每遇有感而发，一篇小文便一挥而就，有时是陈老师约稿。记得每次约稿，陈老师都强调要求趣味性、故事性，所以，我经常将所经历的人与动物的故事，以第一人称娓娓道来。可以说我的作品正是因为陈老师的严格要求而逐渐变得可读、有趣。每次我的文字登报，当得到一些朋友的反馈，那便是我最得意的时候。感谢陈老师为我提供了这样一个在首都颇有影响的平台。从事自然保护、特别是动物保护工作已愈20年，甚至做过金丝猴、黑猩猩、长臂猿的饲养员，在与动物为伍，与自然为师的日日月月，始终未敢懈怠。以往的动物考察、近年的观鸟、演讲之旅，每有心得和感悟，我都要随时记录，尤其关注于人与动物方面。

1987年笔者在都柏林动物园与饲养员朱莉、演员冷眉和她环抱的黑猩猩

人与动物共存于这个星球已达上百万年，二者关系根深蒂固、千丝万缕。首先，人类本身就属于动物，我们常说兽心不如，兽即哺乳动物，人就是哺乳动物的一种，是哺乳纲灵长目中的一员，可知，我们与黑猩猩的差异只有1%；其次，人类在进化过程中，就像离不开水和空气一样，始终离不开动物。尽管我们与动物——时而为神、时而为敌、时而为友、时而为役、时而为靶、时而为需、时而为师、时而为侣……恩恩怨怨，爱恨交加，至少，在饥寒交迫的岁月，原始人是通过逐渐学会利用动物，才得以果腹和御寒的，由此说，动物改变了人类生活。

但是，随着人类在自然世界的地位的自我提升，我们似乎越来越不屑于与动物为伍，甚至生杀予夺，为所欲为，六亲不认，以怨报德。使地球上大量的同样需要生存空间的、同样是血肉有情之物的鸟兽野种背井离乡、妻离子散。工业革命以来，已有上千个动物物种灭绝，每年，还有上百亿只动物惨遭杀戮，这一切，皆由一个物种：人类所为。动物的欲望是生存，可是人类却为了可有可无的欲望而毁灭生存，如今，人类竟然真要成为所有动物的天敌、成为万恶之首吗？难怪西方有句谚语：人类是唯一会脸红，也是应该脸

郭耕扛金丝猴

红的动物。在此，我们是否该扪心自问：面对大千世界我们做了些什么？我们应该怎样做？

在这方面，中国古代先贤多有护生惜物的劝善之言，东方宗教中则更是不乏像“普度众生”、“博爱即自爱”一类的精妙之语。从现代科学的成果所知，人与动物乃是一个“生命共同体”的关系，只有地球生物永恒的多样性，才有人类社会长远的稳定性，要么同舟共济，要么唇亡齿寒。

面对命运与共的生态危机，我们必须做出抉择，以关爱行为取代戕害行径，作为一个懂得“厚德载物”（而非恃才傲物）、敬畏生灵的谦谦君子，不仅应遵循人与人之间的人伦之礼——“老吾老以及人之老；幼吾幼以及人之幼”；而且要遵守人与动物之间的好生之德——“爱吾爱，以及生命之爱！”

基于上述理念加上有幸“与鹿共舞、与鸟相伴”在麋鹿苑工作，我才撰写了这些相关自然保护、环境道德的科普文章格物致知“白麻雀”、地震预兆鼠犬救人、孟津观鸟、吉祥京燕语呢喃、“猴老大的故事”、“麋鹿产仔记”、“一对相依为命的鹤”等并在北京晚报陈玉珍老师负责的“人与自然”版得以面世，这次陈老师又把大家的文章汇集成册，真是做了一件恩泽鸟兽，荫及子孙的事。

## 夕阳无限好，“老科”演讲团

最近，我作为一个自然保护或环境教育方面的科普工作者，“混迹”于一个特殊的群体：老科演讲团。全名为“中国科学院老科学家科普演讲团”是一支以科学院退休及未退休的专家教授为主的、包括各部委、院校、院所

中科院老科学家们2009年的合影

的有科普专长的共30位演讲者的特殊团队。

10年来，这些“科普黄忠”在中国科协和中科院安排下，南征北战，愈老弥坚，已在全国200多个市、县演讲3000余场。辐射面越来越广，影响力越来越大。真是“夕阳无限好，何畏近黄昏”。

我是2006年才“入团”的异己分子，两年来参加了浙江、山东、内蒙古的演讲之旅，虽然在团资历尚浅，但深感受益匪浅。我个人认为，我作为该团成员，是远不够格的，既不是科学家，年龄也不够老，是本团植物学家、原中科院植物所所长钱应倩教授介绍我加入的，原因是几位讲动物的教授年事较高，不适奔波。经过钟琪团长、孙万儒副团长等几位老师的“验收”，在北京沙滩的一所小学以“生态、生命、生活”为题试讲合格后，便光荣地成为中国科学院“老科学家”科普演讲团的一名正式团员了。

由于前辈们多年的奔走演讲，局面已经打开，招牌十分抢眼，所到之处尽受礼待，掌声与鲜花环绕，赞誉之声每每萦绕于耳，这多少令我感到些许的愧疚，这不成了“前人栽树，后人乘凉”吗。所以，尽管我本职工作和社会事务繁忙，也须尽我所能地参加老科学家演讲团的活动，是何魅力？是先辈们学富五车的崇高学养，是老科学家超凡脱俗、虚怀若谷、无怨无悔、无私奉献的人格精神，是老头们严谨、睿智、激情、诙谐的大家风范。当然，能借讲课五湖四海地周游，既免了旅费，也有意义、有意思。

2008年4月下旬，我们为天文学家李竞团员过生日，80华诞，演讲团在中科院客座公寓特为先生祝寿，各路英雄会聚一堂，其乐融融。李老情趣高雅，学识渊博，我拿点什么给李老祝寿以表崇敬之情呢？刚好从天津带回一副“泥人张”的京剧脸谱，艺术品，想必李老喜欢。不料，他不仅是喜欢，而且，竟是多年在收藏脸谱，歪打正着的脸谱，我留，简直明珠投暗，赠他，就是弃暗投明啊。在赠送场面上，我一高兴，还亮开哑嗓为大家来了一段京剧《唱脸谱》：

“蓝脸的窦尔敦盗御马，红脸的关公战长沙，黄脸的典韦，白脸的曹操，黑脸的张飞叫喳喳，啊……”博得大家一片喝彩，我清晰地听得皓首红颜的李老票友般地大吼一声“好”！如雷贯耳。

一天过后，李老夫妇就发来答谢电子邮件，附件中有把这个脸谱挂在他家墙壁上的照片，与郎世宁的一幅国画毗邻，中西合璧，妙趣横生。我在次日的回信中，把我未唱完的《唱脸谱》的几句戏词给补上：“一副副鲜明鸳鸯瓦，一个个生动活菩萨，一笔笔勾描，一点点夸大，一张张脸谱美佳佳，啊……”愿能绕梁三日，余音袅袅。

为李竞老师八十大寿祝寿

我才说，对刚刚入团便受礼待感到愧疚，其实，更令我满负惭愧之情和感激之心的，便是对李竞老先生，他曾为我“皓首不辞千里遥，急赴江城义救场”。

怎么回事呢？原来，去年春末，我因鼻炎而导致咽喉感染，无法说话，眼看武汉演讲的时间到了，本想一扛过去就出发，可打针吃药就是不见好，还发起了高烧，用老北京话就是“关键时刻掉链子”。无奈之下只得认输，向团长告假，大家已分头出击了，团长手下一时无将可派，只好试问一下79岁的老将李竞先生，而且，是在临发车仅两个小时的情形下，不料，老先生竟慨然应允，立马出发，侠义救场，最老的帮助最小的，未扶老，先携幼，能不令人肃然起敬？

这就是我们的老科学家演讲团，老科不老，心尚年少，其情可爱，其风可嘉！

## 咏牛唐诗，牧歌袅袅

在十二生肖中，牛是非常正面、非常伟岸的形象，牛年将临，“牛”的汉字人人会写，它刚劲简约，很传神，很象形，故而孔子曰牛羊之字以形举也。

我曾听说一个用“牛”字猜谜的故事，在大清朝廷，甲官员预言乙官员将有升迁之命，又不便直说，就婉转地为议论纷纷的众幕僚出了一个谜语：“牧童归去横牛背”，大家百思不得其解，待乙官员得到提升的结果一出，他踌躇满志地亮出了谜底，在白纸上信手书写一个“牛”字，横过来，看背面，果然是个“升”字。意境超脱，情趣盎然。



刚刚过去的2008年，已为牛年的到来埋下精彩的伏笔，北京残奥会的吉祥物即“福牛”，其设计灵感来自中国古老的农耕文明，因为，牛的形象蕴含着残疾人运动员自强不息和顽强拼搏的精神，与残奥会运动员奋发向上的品格以及北京残奥会“超越、融合、共享”的理念相契合。牛，朴实、乐观、勤奋，体现了一种积极的生活态度。奥林匹克运动提倡一种积极向上的生活哲学，残奥会更倡导身体残疾的人们和健全人一样，享有在赛场上比赛的权利。

牛是与人类最亲近的动物之一，它友好、忠厚、富有亲和力。在中国传统文化中，牛有祈求风调雨顺、五谷丰登和平安、祥和之意。在世界文明的长河中，田园牧歌则始终是人们对和谐生活的向往与礼赞，牛的形象广泛出现在包括唐诗在内的众多文学艺术作品中，那些古今中外对自然、舒缓、悠闲的田园生活的描绘，无不体现人们对人与自然和谐关系的憧憬与祈盼。我在咏读唐诗时，发现这类题材的诗句连篇累牍，数以百计，在此，精选几首与“牛”相关的牧童诗、或者就是咏“牛”之诗，与君共赏，相贺牛年。

**【牧童】卢肇**

谁人得似牧童心，牛上横眠秋听深。
时复往来吹一曲，何愁南北不知音。

本人评说：诗人对牧童横眠牛背的丹青画般的描绘，已足以令人悦目，更兼牧歌一曲，余音袅袅，音画天成，人牛共栖，能不叫你赏心。

**【渭川田家】王维**

斜阳照墟落，穷巷牛羊归。野老念牧童，倚杖候荆扉。
雉雊麦苗秀，蚕眠桑叶稀。田夫荷锄至，相见语依依。

本人评说：物质的匮乏不应成为亲情疏远的理由，狗还不嫌家贫呢。在这穷乡僻壤、夕阳西下之际，老人张望着念叨着儿孙：牛羊已暮归，牧童何迟迟？接着，笔锋一转至乡亲之间，农桑事毕，田夫荷锄而来，相见语依依。

**【牧童】隐峦**

牧童见人俱不识，尽着芒鞋戴箬笠。
朝阳未出众山晴，露滴蓑衣犹半湿。
二月三月时，平原草初绿。

三个五个骑羸牛，前村后村来放牧。

笛声才一举，众稚齐歌舞。

看看白日向西斜，各自骑牛又归去。

本人评说：先是描述牧童天真朴实的外表和黎明即起的辛劳，继而把小儿“笛声一举”聚拢之后的歌舞欢愉场面和盘托出，最后是日斜暮归，各自骑牛而去的背影，尽管字句平白如水，白描之中又神韵毕现。

**【牧童】栖蟾**

牛得自由骑，春风细雨飞。青山青草里，一笛一蓑衣。

日出唱歌去，月明抚掌归。何人得似尔，无是亦无非。

本人评说：记得小时候我到东北老家与几个村童聊天，说我们玩耍都在楼群间，其中一童关切地问我：那你们到哪放牛啊？当时只觉得问的好笑，现在却觉得好可爱。人家远离都市，心地纯净，日出日落，依牛而笛，“无是亦无非”。

**【赠野童】韦庄**

羡尔无知野性真，乱搔蓬发笑看人。

闲冲暮雨骑牛去，肯问中兴社稷臣。

本人评说：一句活脱脱的“乱搔蓬发笑看人”，把个无邪亦无忧的牧牛少年描绘得淋漓尽致，斜雨之中，骑牛而去，还颇有些“革命乐观主义”的味道。



**【田上】崔道融**

雨足高田白，披蓑半夜耕。人牛力俱尽，东方殊未明。

本人评说：如果说以上几首“牧歌童谣”是对农耕文明下田园牧歌式悠闲生活的讴歌，那这首区区20字的五言绝句则是对农耕之苦的真情刻画，日未出而作，风雨无阻，人牛俱疲。这人牛相伴的身影，映衬的乃是田家辛苦劳作的剪影。

**【农家】颜仁郁**

夜半呼儿趁晓耕，羸牛无力渐艰行。

时人不识农家苦，将谓田中谷自生。

本人评说：这是唐诗中较为通俗的一首悯农诗，农耕之家披星戴月地劳作，连耕牛也都筋疲力尽了，何况人乎？可是更为遗憾的是，“时人不识农家苦，将谓田中谷自生”，本来，这句话已经相当平白易懂了，我还是用白话来描述一下当今的情形：市人不知农人苦，只道面包超市来。

家牛来自野牛，牛这种大型反刍动物的价值是在人类驯养之后才显现出来的，从肉、乳和皮的利用，到牛粪对农业对建筑对燃料的贡献，使人与牛相依为命，甚至不仅体现为获得了经济目的，在精神上、文化上也获益匪浅，我国属牛的人可能不下一亿之众，生肖中的“牛”，唐诗中的“牛”，既是事实是现实，也是管中窥豹的现象之一，可以说，无论是中国的牛郎，还是美国的牛仔，牛，都已成为我们精神和文化层面的一种重要意象。

## 原生之舞

2006年1月21日，离狗年春节还有整整10天，上午，应印刷学院数字媒体艺术中心的李一凡主任之邀，来到北京舞蹈学院，参加一个相当另类的、有关舞蹈文化博物馆的研讨会。因为是周末，路上的人很少，一早，车行畅快，刚到舞蹈学院，我手机来短信了，谁这么早？原来，今天是我45岁生日，来自一位女朋友的祝福，浪漫的日子啊。

出人意料的是，参加今天研讨的人士，多为舞蹈界的名流，彭松、贾作光、吕艺生、王国宾等中国舞蹈界的头面人物十余人，我等四五个来自民族、服装和麋鹿苑博物馆的馆长副馆长、包括文物局博物馆处的刘处长，算

搬上舞台的“打阿嘎”

是博物馆界的代表了。

在商言商，在舞说舞。既然今天探讨的是有关舞蹈的话题，这两天，也一直思忖着这个话题，在舞界巨头们发表完见解后，我表示：我与其说作为博物馆界人士，不如说是有关动物的科普工作者，尽管是一个舞蹈的门外汉，但绝对是一个舞蹈的爱好者，究竟我与舞蹈有何关联？

作为一个局外人，对舞蹈的理解，我直言不讳：舞蹈是我们有感而发，情到极致的一种宣泄，什么载歌载舞了、什么手舞足蹈了，都是通过形体，身体的动态之美来表达情感的一种方式。从上大学时，我就参加了舞蹈队，当我班门弄斧地把当时跳的锡兰脚铃舞当众比划几下后，还博得了贾作光等大师的会意的掌声。舞蹈，作为一种渗透于血液中的优雅禀赋，叫人终生受益。前年，爱尔兰的“大河之舞”几乎勾起我二十年前在爱尔兰工作时的往事回忆，特别是都柏林动物园的汤姆和瑞思夫妇带我参加每周一次的跳舞俱乐部的活动。在印度古吉拉特邦的生活经历，则让我感受到那里的舞蹈的大众化、平民化气氛。人人是舞者，只要你想宣泄，人人是观者，若想饱眼福，真是各得其乐，尽享其舞。毕竟，只跳不看，或只看不跳，都有些缺憾，这一点，我建议，在舞蹈博物馆的设计中，可以得到些许弥补。通过公众参与，让舞蹈和舞蹈博物馆成为可看、可听、可学、可唱、可舞的大众艺术和娱心娱体的主题旅游场所。

去年，我有幸到云南和西藏野考和讲座。夏末，在云南领略了藏族和傈僳族山民的“锅庄”。那是背山者与马锅头围篝火而歌而舞的原生态的舞蹈艺术，而且，情境也是完全原生态的，一次是在溪流潺潺的深山老林，一次是在连手机都接不到信号的偏僻山村。2005年秋末，在西藏的一个施工现场，一阵嘹亮的歌声吸引了我，但见屋顶上一群男女劳作者在“打阿嘎”，实际上是在打土坯，夯屋顶，但他们舞步洒脱、节奏鲜明的一招一式，却使艰苦的劳作变得令人陶醉、美不胜收了。

无论劳作之后的歌舞，还是且做且舞，且歌且舞，都源于原始的、自然的直抒胸臆和淋漓快意，手舞足蹈，载歌载舞，无不表现宣泄的快感、节奏的快感、模拟的快感、运动的快感。

笔者在跳陕北秧歌

需要与“舞林”高手分享的是，我认为，这些原生之舞，许多又是来自动物的举止，尤其是动物发情和激动时的举止。我曾多次在电视台演示大猩猩、黑猩猩之舞；斑鸠、锦鸡之舞；麋鹿、仙鹤之舞……其实，是为了说明，人类不是唯一有语言的动物，动物的语言丰富多彩，包括身体语言。也许是从我刚刚出版的书《鸟语唐诗300首》之中得到的启示，我说，可能在唐诗中，关于舞蹈的词句应不在少数，什么“李白乘舟将欲行，闻郎江上踏歌声”、什么“缓歌慢舞凝丝竹，尽日君王看不足”、什么“渔阳鼙鼓动地来，惊破霓裳羽衣曲”……闻此，舞蹈学院民族民间舞系系主任赵铁春教授赞同道：“没错，唐代大诗人白居易的诗歌里，就不乏舞蹈方面的描述。”刚才，贾作光先生说，随着全球化步伐的加剧，我们自己的文化在日益失落，亟待抢救，我说，文化多样性的丧失（全面西化）和生物多样性的丧失（人类独霸）同样令人担忧。专家们一致强调，舞蹈乃是急需拯救的非物质文化遗产。

在现代生活中，不仅要有多钱善贾的商人，还需要有长袖善舞的艺人，而舞蹈，又岂止为艺人所专有呢？这看似“无用之学”的舞蹈，实质上是灵之动、心之语、文艺之源、文明之魂。心力交瘁的现代人尤其需要歌舞的慰藉，心灵需要自然元素的抚平，情感需要魂归正宅！毕竟舞蹈是向善的、求真的、求美的，她使人优雅、使人激昂、使人快意、使人振奋、使人张扬、使人娇媚、使人雄健……从精神文明到艺术传承，从文化创意到社会和谐，舞蹈之功效有待尽其所能地发挥，而舞蹈文化博物馆的建立，则是发挥这一功能的一个有效方式、一个有力措施。

有人说，你不是环保人士吗，怎么又关心起舞蹈来了？我说，文化的、艺术的、精神的东西是相通的，生态问题、环境问题的产生是因为我们太缺少这方面的追求了，浪费太多，浪漫太少。记得一位西方学者曾说：“人类的欲望无始无终，但这种欲望只能作用于精神王国，在物质王国中，永难满足，欲壑难填。”学者田松也提出这样的质问：“到底月薪多少，才能夜夜笙歌？”而一些绝对是家徒四壁的边民，所谓“老少边穷”地区的乡亲们，的确就幸福地生活在这夜夜笙歌的日子里。



## 万物本是同根生，苦苦相逼何太急
### ——《西顿动物故事》译后感

“动物的爱、希望和恐惧与人类其实没什么两样，它们就像阳光，出于同源，落于同地。”译完此书，这种人与动物的“本是同根生”的情结再次涌上心头。有“动物小说之父”称誉的加拿大著名作家、画家、博物学家西顿讲述的动物故事活灵活现、入情入理，跌宕起伏，趣味横生，每一只极富个性与尊严的动物角色，跃然纸上，又一个个消逝于大地上，掩卷沉思，令人心中充满了爱与哀愁。

纵观西顿一生，往来于欧美两洲，盘桓在书房与田野两界，涉猎艺术、学术、自然、社会和环保，竟横跨了几个不同领域，因此就不难理解为什么西顿能为我们留下这样情趣盎然、情真意切的充斥着人文关怀、甚至“兽道主义”的动物作品了。

西顿

西顿（Seaton，E.T.）1860年8月14日生于英格兰，1870年随家人迁往加拿大。在多伦多就学时，已显示出对艺术的兴趣和才华，18岁即获艺术奖章，次年，回到英格兰就读于皇家艺术院。1881年因健康和经济原因，返回加拿大务农，接触到大自然并被深深地吸引，开始撰写自然科学文章。1883年底，他首次赴美，涉足业内，结识了不少北美的博物学者、鸟类学家、动物学家，之后，作为动植物画家，为博物馆服务，为一些出版物画插图。19世纪初，西顿来到巴黎深造，之后，在英国出版了他的第一本书《动物艺术解剖》；1893年，他的出版画作《狼群的胜利》展出于芝加哥首届世界博览会。1896年，西顿与上流名媛格蕾丝·加勒廷结婚。不久，离开法国，来到新墨西哥州参与了那里的捕狼行动，“狼王洛波”的故事由此形成并发表于杂志，此后，一系列的动物故事洋洋洒洒、横空出世，一发而不可收。《我所知道的野生动物》于1898年出版后，使他获得了巨大成功，奠定了他在写作上的名誉和经济上的地位，并赢得美国总统西奥多·罗斯福的友谊。1931年，他成为美国公民。1934年，与格蕾丝·加勒廷离婚，次年，与作家摩西巴特莉结婚，1946年去世。

西顿热爱生命，悉心观察，执著地探索大自然里的万物生灵、飞禽走兽，勤于笔耕，著作等身，近一个世纪，集动物作家、画家、艺术家、演说家、社会活动家和环保主义者多项桂冠而蜚声欧美。

讲述动物故事，自古不乏其例，从伊索寓言到拉封丹寓言，甚至“米老鼠和唐老鸭”，“大灰狼与小白兔”，妇孺皆知，家喻户晓，但这些故事大多是借动物说人类，把社会上形形色色的各色人物寓于动物之形中，甚至把一些动物公式化、偶像化，什么狡猾的狐狸、凶残的灰狼、愚蠢的肥猪、冷酷的毒蛇、饶舌的乌鸦……严重歪曲和误导了动物们的本来面目和本真形象。西顿的动物故事则竭力引导读者认同一些传统观念上不为人们同情与喜爱的动物，以事实为准绳，以个性见共性，通过切身体会，给动物正名，为动物立传，一反常态，别开生面地塑造了一个个鲜活、顽强、智慧超群，甚至德行超众的动物形象，正因为不落俗套，因此才超凡脱俗，写就了一篇篇明星般的动物的喜怒哀乐、生离死别的隽永篇章，甚至不乏令人读来凄然泪下的悲剧，正因为是悲剧，才显得更加弥足珍贵。

“金无足赤，人无完人”，由于西顿受时代意识的限制，个别地方的落笔也难免偏颇，如，描述狼王嗜杀成性，嗜食活牛、专吃小牛，却对伤病残疾的牲口不屑一顾，这个结论，在译者本人看来，恐怕难以成立。但就整体而言，瑕不掩瑜，西顿动物故事，在世界动物故事史中，绝对是上乘的佳作，罕见的精品。

这部《西顿动物故事》共描写了七个性格各异、经历非凡的动物个体：

《狼王洛波》，一匹所向披靡的狼王最终因情所困，慨然殉情赴死，西顿笔下的狼，尽管恶贯满盈，却又消逝得好似一位“末路英雄”，令人扼腕。

《乌鸦首领》里的老银圆是一只绝顶聪明的乌鸦，西顿如此细致地观察一只动物、一只鸟的生命历程，难能可贵，尽管是一只乌鸦，一只备受人类歧视的乌鸦，它也曾体面地生活过、辉煌过、搏斗过、牺牲过，它的死，还成就了猫头鹰的生，可谓各得其所。

《长耳兔小战马》描述一只野兔，一只与众狗斗智斗勇的野兔，又在兔狗大赛中“快如战马”，力克群雄，战无不胜，出生入死，最终，随着“小战马”

被放回田野，为其揪着的心，方才放下，终于，看到最后，终于可以如释重负了。

《好狗宾果》一段人狗因缘，一生人狗情缘，宾果作为一条从小憨态可掬、长大威震遐迩的狗，救过主人的命，可它遇难之际，却没能盼到主人的出现，我似乎都能读到它望眼欲穿的眼神，悲剧的结局，令人怅惘。

《春田狐母子情》是一个令人不忍卒读的故事，就像人们利用夫妻之情诱杀狼王一样，这里，猎人先是诱捕了小狐狸，在妄图以此捕杀母狐狸时，不料，母狐狸竟然做出了一个令人瞠目结舌的举动：自己了断了再无生路、陷于绝境的小狐狸的命，使我们对母爱的认识，达到了极致。

《野性之马》是一匹所谓的野马，其实，还只是作为野放家马之野马的生死观，生动诠释了“不自由毋宁死”的豪言壮语，使我们通过动物的行为，反观到了自己对人家穷追猛打的猥琐和下作，以马的桀骜不驯的野性，昭示了“生而自由”的生命意义。

《松鸡红围脖》似乎作为本书的点题之笔，以松鸡红围脖的嘴，道出了动物向人类的质问和追问……野生动物就没有权利了吗？人类凭什么长久地、可怕地折磨一个同属于生命共同体的动物？只因那个动物和他说的不是同一种语言？生存的艰辛、天敌的捕杀、环境的严酷，本来就让这只热爱生活的松鸡命运多舛，死里逃生，可惜，最终还是被吊在人类苦苦相逼的索套下，求生不得，求死不能。

《西顿动物故事》父女合译

西顿在记述这些动物的生存斗争时，尽量地不带有说教的成分，但事实上，每个故事，都隐含着道德动机和昭昭天理。显然，西顿对动物倾注了深度的人文关怀和博爱情怀，并竭力维护动物的天赋权利。他坚持认为，动物与人类一样富于情感、一样爱恨情仇、一样儿女情长。他曾明确表示："我们和动物同属一个家族。人类所具有的东西，动物不会一点没有，动物所具有的东西，在某种程度上，也为人类所分享。"只可惜，聪明的人类甚至会利用动物的"感情用事"，而诱杀作为情侣、作为夫妻、作为母子的个体……用心何险恶……相煎何太急？

天地之大德曰生，宇宙之大德曰慈。西顿动物故事之所以历久弥坚，烁烁生辉，译成多种语言，出现多个版本，与其说是一部妇孺皆宜、情节曲折的故事集，倒不如说是一部献给万物众生的、超越国界的、事关人与自然道德伦理的忏悔录和自疚书。

# 第四篇　巡讲观鸟走江湖

## 穿越珠巴洛，疾步阻水电
### ——云南珠巴洛河考察日志

### 2005年7月24日（周日）

清早，一辆绿色旅行车，从云南迪庆州香格里拉县（原名中甸，尽管“抢注”成功，但四川稻城、云南丽江……亦无不具备“世外桃源”意境，在西方人眼中，简直就是中国版的“伊甸园”、“乌托邦”，因此，有人提出建立“大香格里拉”的构想）出发，沿滇藏线疾驰。车上满载人员、辎重，在加拿大瑞威集团董事长李立等的资助和率领下，由国家环保局陶思明处长、北大黄润华教授、北大曾宪丁硕士、西南林学院韩联宪教授、中科院地理所尤联元研究员、农大李颖教授、国家地理杂志尹杰和我构成8人专家组，踏上了一个旨在捍卫江河原貌的绿色之旅：考察位于云南德钦县的珠巴洛河流域，尝试以生态旅游，替代那里的水电开发。按李立先生的话：“我们是小公司，无力阻止那些大水电公司在大江大河上，圈水建坝，但能不能尝试阻止一些在小河、支流的水电项目呢？”

9:00，车过纳帕海自然保护区，这是一处被列为国际重要湿地的高原

笔者和北大黄润华教授、中科院地理所尤联元研究员、农大李颖教授

沼泽，以保护黑颈鹤、黑鹳、白尾海雕等涉禽、猛禽及游禽为主。碧草连天，水波粼粼，但点缀其上的却是对植被生长颇具破坏性的大大小小的家猪，我不禁脱口而出："大猪小猪"落玉盘。

盘山公路逶迤而上，汽车喘息着，奋力前行，渐渐进入深壑高峡的云岭大山。山体翠绿，靠近公路的部位，曾经砍伐过的痕迹较重，向上看，多为天然次生林——丽江云杉、高山栎、云南松……天保工程的实施，这些劫后余生的树木更显珍贵。沿途，不断有护林口号映入眼帘："山上栽上树，等于修水库"、"山上没有树，水土保不住"、"有林泉不干，天旱雨淋山"。

10:30，已经翻过山脉，下行至一条浑黄的大河边——这就是著名的金沙江，因自古出产金沙而得名，但如今随着水土流失的日益严重，她成了一条黄沙翻滚的大河了。在金沙江的一个支叉处（见图），我们停车拍照，奇怪的是，江岸上，触目可见的，是一些来自异国的植物——仙人掌。或许是两个世纪前，西方传教士的引种痕迹，毕竟这里的干热河谷气候，很适合这种热带植物生长。

金沙江江湾

没走多远，车过一桥，此桥不大，竟有两个名：今名贺龙桥，但斑驳可见的旧名字是伏龙桥。据说，当年贺龙率军至此，曾遭敌军的围堵伏击，想见革命初期“星星之火”的艰辛。

过了桥，便进入德钦县境，水向下流，车往上行，在鸟类学家韩联宪的指点下，我的目光捕捉着那些沿途一闪而过的鸟类：铜蓝鹟、灰背伯劳、岩燕、白鹡鸰、蓝姬鹟、小嘴乌鸦……沿公路或在山坡吃草的，是一些介于黄牛和牦牛之间的牛：犏牛。原来，它们是公黄牛和母牦牛的后代。

11:00，抵达一个只有一条街的小镇：奔子栏，气温骤然升高，这就是干热河谷的特点，“十里不同天”。本来是迎接并护送我们一段的德钦县副县长扎西先生，临时决定与我们一起上山，在这里买登山之鞋！于是，大家对此行，就更有底气了，不是因为他腰上跨着一只六四式手枪，而是看到县领导对此事的重视和勇气。

11:40，在金沙江的一个曲流，被当地人称为“金沙江大拐弯”的地方，我们停车拍照，我的相机镜头窄，全景无法收入，只好分两幅拍摄（见图）。这个“拐弯”比雅鲁藏布江的大拐弯小的多，但神韵毕现，气势也毫不逊色。从此，我们便进入“白马雪山国家级自然保护区”的范围。

12:00，路过一个有一堆房舍的庙宇——东竹林寺，这是一处著名的藏传佛教寺庙，不远处还有一个尼姑庙，我孤陋寡闻，才知道喇嘛里也有女的，后来，竟有幸遇到了几个女喇嘛（见图）。让我更感兴趣的是，东竹林寺后面的日里神山。尽管山不是很高，植被也不算茂密，但常有动物出没、栖息，包括林麝、斑羚、岩羊……这都归功于藏传佛教中的护生理念，真是“山不在高，有神则灵”。可惜，来去匆匆，无缘拜谒神山，也只好与那里的动物们（堪为珍奇独特的生态旅游资源）失之交臂了。

13:00，烟雨蒙蒙中，我们终于到达海拔4 200米的山麓：白马雪山垭口，与此行强大的保障部队——主要是来自奔子栏镇的马帮、背工及公安，会合了。

14:30，饱餐之后，考察队伍全体开拔。迎面是珠巴洛河的源头：白马雪山海拔5 500米的主峰，云遮雾障，神秘莫测，我们将要穿越的，便是这人迹鲜至的秘境。

白马雪山自然保护区的和绍春副局长，傈僳族，个头不高，但极其精干，他是此行唯一有过穿越经历的人，因此，队伍一出发，他便一马当先。紧随其后的，是县公安局的治安大队长和小华警官，他和另一干警周伟明，都是荷枪实弹，为我们的一路考察保驾护航。

昨天还穿梭于工业化的大都市，今天就置身于山高谷深的大森林了，大家对眼前的原始植被多少有些无所适从，既惊喜，又茫然。西南林学院韩教授不愧为云南本地的野考专家，他如数家珍地为大家解疑：这是丝状地衣，即松萝，滇金丝猴的食物之一，又名树胡子，山挂面……

16:00，我们行进到海拔3600米的一个名为“曲宗”（在藏语里，曲宗意为高山湿地与雪水汇集之处）的清浊两河汇集的地方，珠巴洛河的水势逐渐强大，尽管珠巴洛河只是金沙江无数支流之一，但珠巴洛河本身，也有很多支流，最后才作为长江浩浩荡荡流入东海，此番源头考察，我算切身体验到“千条江河归大海”的切实含义了。

17:00，天色将晚，我们来到一个叫“纠尼”的平坝，尽管满地牛粪，从一座四面透风的木屋看，这里应是一处春夏季的高山牧场，第一宿的营地就选在这儿了。抬眼望去，两山夹一水，河水左岸的平坝坦直开阔，的确是个宿营的好去处。

## 2005年7月25日(周一)

夜雨潇潇，溪流湍急。在野营帐篷兼睡袋的双重束缚下，实在是睡得难受。凌晨，我便被山鸟和骡马的鸾铃之声唤醒。爬出帐篷，向炊烟缭绕的木屋望去，人家藏族背工已经烧好了酥油茶。

8:30，拔营出发。遥望白雪皑皑的达玛拉卡峰，我们开始了第二天的穿越。从大的地形看，穿越珠巴洛河流域，直线距离仅40千米，实际上的路线，与想象中大相径庭，时而沿河行进，时而，进入密林，时而，道路蜿蜒而上，爬上山口，距离远远超过100千米。

始料不及的路况复杂性，身体的高原反应，加上队伍中有两位年逾花甲的老教授，使我们的整体进度大打折扣。藏族背工们却一个个如履平地，包括女背工，一位叫拉姆(藏语为仙女的意思)的女背工颇为引人注目，她不仅人如其名，而且干练，神勇。一次，一个行囊滚落山坡，她竟然一个纵身跳下去截住了行囊。一次过激流，我们都畏缩不前，她却来回三次帮助大家。由于她穿了一身作战迷彩服，我们都说她像个车臣女匪。殊不知，此行，她给我们留下的印象，既有外表的刚强，更有因人生不幸而带给大家的惆怅，今年24岁的她，16岁结婚，19岁时，丈夫酗酒过度而死，作为家中的长女，一方面须奉养父母，一方面还要拉扯女儿过活。知道这些后，大家都转而对她肃然起敬起来。

11:30，在由冷杉、云杉、铁杉这些建群树种构成的高山暗叶林中穿梭，我们从海拔 3 300 米直下到河边。马帮先到，埋锅造饭，待大家气喘吁吁地陆续到达时，午餐已经备好。

13:30，出发；14:00，过一激流，好在其上搭有倒木构成的木桥。山雨淅沥，丛林如洗，地衣垂挂，青苔蔓延，倒树横路，随处是鲜有人类触及的原始景观。

16:00，由于大家普遍体力不支，无法翻越预计在今天翻越的山头，于是，临时决定在紧依珠巴洛河右岸的一块仅有两个帐篷宽的小平地，安营扎寨。好在这里有一股清流，供大家吃喝洗漱。大家在各自背工的帮助下，扎起帐篷，北大环境系的、身高一米九的硕士生小曾，坐在激流滚滚的河边，书写着考察记录。藏族背工们喝起了青稞酒，吃开了手捏的糌粑，我向藏族朋友要了一块吃，觉得很香，丝毫没有因为那是经过他们粗黑的大手捏出来的而影响胃口。雨越下越大，我们只得躲进各自的帐篷，深山激流，涛声依旧。

## 7月26日(周二)

晨 6:30，一声“开饭了！”把我们纷纷从帐篷中唤出。“粑粑”(实际就是烙饼)就着萝卜排骨汤，照例有酥油茶喝。我领到食物，边吃边凝望滔滔河水，念叨着：子曰“逝者如斯夫，不舍昼夜”。忽然，水中一只小动物映入我的眼帘，黑色的、有尾的耗子般的动物，腹部却是白色，在惊涛骇浪中逆水而游，时潜时浮，到底是哪种动物？不得而知，因为类似大小的动物达上千种。至于它吃什么，什么动物吃它，都是谜，无论怎样，它给了我一个肯定的答案：看似激流滚滚的珠巴洛河，乃是一条生物多样性之河。

9:00，山路在一条湍急的溪流前被阻断了，不仅没有桥，连一根独木都没有。一路开道的保护区管理局的和副局长毫不犹豫地脱鞋挽裤，趟过激流，我也紧随其后，趟了过去。等大部队到达时，我已经以逸待劳了。但赤足过激流，可不是闹着玩的，稍一失足，便会被冲走。本来一直健步如飞的国家环保局的陶处长就在激流中摔了个屁蹲儿，何况我们队伍中还有几位女性和老者，扎西副县长和和小华公安大队长奋然屹立于激流中，把相对体弱的同志一一扶过河，拉姆则一趟趟地为大家转运行李，尽管脚下是艰难险阻，但脸上却笑意盈盈，谈笑自若。

一步一喘地登高，穿行于原始森林——保护区的核心区，珠巴洛河最后的秘境，我们寻觅着动物的蛛丝马迹，用望远镜在对面的山崖处搜寻，那是有蹄类动物容易栖息之所，但除了两只雪鸽，一无所获。终于，在海拔3 500米处，我们见到一堆食草动物的球状粪便，经韩联宪教授鉴定，为苏门羚所排泄。

10:00，登临到一个云锁雾障的峰顶，大家为暂时的胜利而欣慰，我们这些城里人的举止是拍照、留影，而藏民小伙子则惬意地抽起了鼻烟，一种廉价的白色粉末，三元可以买到一袋，约20克，能抽十天半个月的，看他们那自得其乐的感觉，我不禁为这些山里的后生而高兴、而祈福。不要以为他们干粗活就是粗人，一次，我问某人在哪里，一位背工竟悠然地回答我："只在此山中，云深不知处。"

11:00，往山下穿越密林的途中，在一棵华北栎的树干上，我们发现了一只两拳大的猴头菇，雪白皎洁，煞是可爱。我们谁都不忍触动，纷纷为其拍照，背工们则实际的很，上去就要掰，我们很天真地劝阻了眼前的背工，实际上，过后，这只猴头必被采摘无疑。

11:30，刚才还在山巅，须臾便到了谷底。白马雪山自然保护区的特点就是垂直分布显著，从高山针叶林、针阔混交林、亚高山暗针叶林、高山灌丛草甸、乱石窖稀疏植被，乃至举目可见的高山冰雪带，真是"一山有四季"。下到一片草高过胸的平地，鸟语阵阵，溪流潺潺，还未来得及尽情享受一下眼前的平和，转而，便身陷凶险，紧贴激流而行，容不得半点懈怠了。

12:30，该午餐了，行至一个有几座简陋木屋的地方。遇到几个男女山民，一问，是前面村子——茨卡通的，顿使我们看到了穿越的希望，毕竟见到对面来的人了。阳光明媚，我瘫倒在地上，脱下鞋来晒，随后，地理杂志的尹杰小姐和背工拉姆也累得"依偎"在我身旁，枕着河流，席地而卧。任凭大家有什么说道，甚至拍照，也无所谓了，反正回归自然了。

下面的路途不仅艰难，而且陡峭，马帮都无法与我们同行了，正好，当即雇用来自茨卡通的几位山民做背工，他们采了些菌子，也乐得额外挣这笔背工的钱。

下午，上行不止，气喘不断，甚至是上气不接下气。野猪、竹鼠的痕迹历历在目，怎么就是见不到活生生的动物呢？工夫不负有心人，午后，果然不出保护区和局长所料，他说前头有野生鹦鹉的巢，我们很快就目睹了四只国家二级保护动物——大紫胸鹦鹉呼叫着从我们眼前飞过，落到我们走过的路边高树上。一波未平，一波又起，一只金雕翻覆着巨大的翅膀在山峦的与天相接处翱翔。

19:00，经过一天约10小时的跋涉，我们在一个很不适合宿营的地方歇了下来，因为，大家已是强弩之末了，特别是两位同为67岁高龄的老者，北大黄教授和中科院尤教授，我简称他俩“黄油”。

## 7月27日(周三)

昨夜，山中度过第三夜，与之前不同的是，扎住在密林中，但不乏溪水。

8:00，分队出发，精壮者前头开路，我也一马当先了一段，独处自有独处的妙处，眼观对面白雪皑皑，耳闻沟底溪流潺潺，身边不断有不知名的鸟相伴，一时简直忘乎所以。其实，如此的跋涉，最怕跟在后头，紧赶慢赶追不上，令人心里起急，由此就会更累，而走在前头则不太感觉疲劳，但不久我就心生胆怯了，不知是怕什么，熊？还是蛇？其实真正可怕的是走错路，在我做先锋的半个时辰中，稍遇歧路，稍有疑惑，我便吹起救援哨，与别人取得联系，生怕迷路！

令人放心的是，很快赶上来的茨卡通来的几个背工，熟门熟路，他们上坡是负重，与我们空手速度差不多，下坡则一溜烟小跑，甚至还唱了起来，漫山飘荡的都是藏语歌，尽管我听不懂，但高亢的旋律、优美的歌喉，足令人陶醉了。

上午，在一个咕咚流淌的泉眼前，俯身饮水，茨卡通的背工告诉我：这个泉眼有名字，是傈傈语“阿捷咕咚”，就是水流咕咚的意思。崎岖的山路，尽管险峻，也都是因为由傈傈族的山民修筑过，才得以通过。看来，藏族、傈傈族在这里几乎融为一体，相依为命。

下午，不断有大些的瀑布横在眼前，飞流直下，如断线的珍珠。但山路高入云端，向下看，陡壁悬崖，也足以让人胆寒，稍不留神，便“一失足，成千古恨”。在一激流卷起千堆雪的珠巴洛河支流旁，我们发现一只王锦蛇，已被人打死了，显然，对动物的杀戮，在这天高地远的山林，很难控制。此刻，我想，只要出于生理需要，还是能理解的，但不应无缘无故地杀戮。

午后，又遇几个来自茨卡通的山民，走在前头的李立先生几乎每次都问同样的问题：“你们哪来？走到这儿要多久？我们几时能到茨卡通？”毕竟，越来越看到希望。

17:30，我们几个作为先头部队的行者，终于抵达今天的营地——拉萨丁，一个具有仙境意味的地名，也的确名副其实。一片开阔和缓的大森林，右为山坡，左为大河。这时，马帮已经先期绕道而至，与马帮的会合，使我们疲惫的身心为之一振。听说，后面的队伍哩哩啦啦拖得很长，且有伤病的、脱水的、蹩脚的……马帮首领立即决定出动几匹精壮大骡子，前往接应。对了，来之前，在北京，我一直误以为马帮是骑马的一帮，还妄想骑大马，照个相呢，此番经历，才恍然大悟，一色的骡子，马帮原来是骡帮(照片)。

我和韩联宪教授一直住同一帐篷，他野外经验丰富，在选择扎营地点、支立帐篷等方面熟练而麻利，使我颇为受惠。这最后的野外宿营之夜，是几天来最美妙的一个去处了，大树参天，河水潺潺，我们的帐篷口，偏偏还有一棵盆景般的小松树，从帐篷中望去，诗情画意的，可惜天晚，没有拍照，韩教授说，按现代房地产的标准，这一平方米得价值上万了吧。

晚饭，大家饕餮着沿途采来的山蘑，腊肉炖蘑菇，鲜美之至，我不吃肉，单单从锅里找蘑菇吃，那味道，可以说，比我吃过的任何山珍都难忘。

入夜，我们同行的藏族男女们围着篝火跳起了悠闲的锅庄，很久很久，我都入睡了，他们还毫无倦意，男女对歌，一来一往，如闻仙乐，如置仙境，在歌声里，在水声中，我酣然入梦。

## 7月28日（周四）

8:00，清早，出发不久，就发现了情况，在山路泥土上，有一片灰棕色的动物毛，韩联宪教授俯身仔细判断，是林麝的毛，为什么这么集中地出现在这里？肯定是发生了不测，是人为盗猎，还是野兽间的搏斗，成为大家心中的谜团。

8:40，一马当先的李立先生忽然停住步伐，弓身望去，原来，前方出现两只小野兽：黄喉貂，他的眼福真好，昨天，见到松鼠的也是他。

9:00，山林上方不断传来小杜鹃清晰的啼叫，五声一度，很有特点。

11:00，又过溪流；12:00，又过溪流。13:00，真正见到一条活生生的毒蛇——菜花烙铁头，韩联宪教授将其控制住，让我们好生欣赏一番，便释放了。想起毒蛇在韩教授手里，那扭曲着美丽腰身，不住地吐露信子的情景，每每胆战心惊。

今天，是我们山中跋涉的最后一天，尽管已经累得狼狈不堪，一瘸一拐的，但都归心似箭，加快了脚下的步伐，用年龄最小的编外队员小云的话就是“不把自己的脚当脚了”。李立先生不断给大家打气：前面下坡了！因为，现在大家只想走下坡路。想想这些人，平时在都市里驾驶汽车时神气十足的样子，此时的一切威风，只能都让位给山民了。

15:00，终于在远足第五天的下午，见到了村庄，尽管很远很远，我们仍然异常激动，好像见到了救命的稻草。四十五分钟后，我们走进了这个叫纳瑞的小山村，藏式高大的三层居舍，很适合用于生态旅游的接待，挂果累累，鸡鸣犬吠，怡然似世外桃源。在一个老汉家的门前，我们停了下来。打前站的保护区老和，已经跟这位叫阿顾的老汉说过我们的行动，所以老汉很从容地接纳我们，给我们倒水，让我们进院子。我还给他家的一匹怀孕的母马拍了个照片。小村只有七八户人家，共40口人，属傈僳族。告别老汉，往下继续前进，见到溪流与道路之间，每隔不远就有一座水磨碾坊，或者安装一台斜击式小水头发电机，这种顺水而置，不对水源造成过度影响、破坏的发电方式，我觉得值得在这溪流丰富的山区应用推广。何况每台价格约千元，村民尚承担得起。遗憾的是，从路边的一垛垛木材看，一些本地人的柴薪，还在靠山吃山——砍树。

18:30，竖起耳朵，终于听到了汽车声。保护区的吉普车将分批把我们送到保护站。此刻，陪伴我们一路的珠巴洛河在走出山口的地方，已经变得平和多了，不再是激流勇进，而是清澈和缓，甚至柔情似水。

茨卡通，一个我们从来没听说过的名字，这几天，却成了大家朝思暮想的目的地。晚上，茨卡通，这个大山中的小山村沸腾了，盛装出现的壮年村长，带着身穿藏袍的姑娘，唱歌敬酒，大水壶盛满青稞酒，一轮轮地送到每位宾客的面前，那种隆重气氛，根本由不得你，除非你倒下。入夜，他们自己自娱自乐的方式，还是围成一圈地跳藏族舞：锅庄，包括那位赶来接我们的、貌似张飞的大胡子司机，都如醉如痴地唱啊，跳啊，我不禁感慨：作为都市人，到底月薪多少，你才会去夜夜笙歌呢？

今夜，终于住到了屋里，干净！终于睡在了床上，舒适！没有几天的磨难，岂能有这种体验。不经历风雨，哪能见彩虹。

## 7月29日（周五）

山雨沥沥，小村如洗。昨夜同志们太兴奋了，对酒当歌之后，李立董事长又跟小曾、韩老师聊得很晚。我只得以鸡鸣之声，委婉地唤醒大家。

坐上旅行车，刚出村，珠巴洛河又展现出放荡不羁的本性，在一里地的距离中，落差达300米，因此，这里便理所当然地为贪婪的水电设计者所看好——预计中的“茨卡通电站”一段，白浪滔滔，路陡流急，日夜奔涌，生生不息，显露的是自然的气魄，山水的精神。一旦拦坝，水位高了，水流缓了，水温高了，一切都将改变，生机亦将被扼杀。

10:00，到达珠巴洛河流域的第一个电站：霞若发电厂。这个建于1996

年的电厂一直赔本经营，可怜的发电量根本收不回投资，经济效益为负，生态破坏显著，拦截了上行的鱼类，使上游山民再也不能像以前那样从河里捞鱼吃了。

11:00，达到霞若乡，最令我们这些现代社会的人兴奋的，就是沉默了一周的手机，终于有信号了，看看吧，几乎每个人都在埋头打手机，发信息，至少，得向家里报个平安。

途径滇北德钦的霞若乡

12:30，到达拖顶乡。过金沙江的拖顶大桥，回首，最后看一眼珠巴洛河，瓦蓝的滚滚清流，在这里汇入金沙江，从而结束了自己的使命。我们用双脚穿越珠巴洛河流域的旅程，也因此而完成。

傍晚，在德钦县四套班子的夹道欢迎下，我们抵达德钦迎宾台。晚霞中，来到这个约十年前因砍树而闻名的德钦县，德钦，藏语是极乐太平之意，为云南省海拔最高的县，县政府所在的升平镇，得名于清光绪三年(1877年)，取歌舞升平之意，自唐宋以来就是茶马互市、沟通汉藏的商业和宗教活动集散地。这时，但见大卡车一辆接一辆，一直排到县城外的公路上，我们几乎是贴着卡车前进。

一进县城，眼前景致大大出乎我的意料，酒肆店铺，鳞次栉比，人流熙攘，鬓影车香，一派繁荣景象，不愧为滇藏边界上的一大重镇。明天，将与德钦县相关部门见面，阐述我们的观点，此时，我夜不能寐，感慨良多。

从大环境看，德钦位于滇西北“三江并流(怒江、澜沧江、金沙江)”的腹地，是迪庆州“香格里拉”的组成部分，不仅神山伫立，雪峰突傲，大江蜿蜒，峡高谷深，而且兼有奇异神秘的民族习俗和宗教文化即“文化多样性”，为独具特色、独具核心竞争力的旅游资源。如果说，怒江已经算不上原生态江河，但这条穿越于白马雪山保护区核心区的珠巴洛河，则完全是一条未被惊扰的原生态之河。

据考察队的地理学家分析，我们在强调“三江并流”的同时，更要关注一个事实：“三山并列”（怒山、高黎贡山、云岭），而生物多样性最为丰富的位置，恰恰不在江边，在山上。十年前，德钦因政策性砍伐而发生人猴矛盾，才引发保护人士阻止砍伐原始林，为金丝猴请命的活动，那是关于大山的故事。

而今，“圈水运动”甚嚣尘上，个别地方决策者，若一味地为完成招商引资任务，良莠不分，引进水电项目，欲把千百万年流淌的江河，陷于钢筋水泥的桎梏中，迎合的只是开发商的腰包和个别当事者的利益，但是，上对不起祖宗、对不起神明，下对不起子孙、对不起百姓。既无经济效益，又无社会效益，更违背生态规律，违背可持续发展原则。盲目追风上水电，是疯狂发展观的产物，而非科学发展观。

在珠巴洛河搞水电，是事实本已证明了的劳民伤财项目，会加剧新的社会矛盾，引发人与人关系紧张，造成新的生态灾难，导致人与自然关系失衡的短视之举，与党中央强调的构筑和谐社会大目标，完全背道而驰。

经过考察，我们认为，“两利相权取其重，两害相衡取其轻”。尽管旅游对环境亦有一定负面影响，但比起水电工程，可谓“小巫见大巫”。经过合理规划，资源整合，温和的开发，友善地利用，特别是强调在保护中利用，有限度地开展特色旅游活动：生态旅游，民俗旅游，探险旅游，不失为“保护性开发”德钦山水资源的一个可行途径。但愿德钦及全国各地的决策者在热衷于招商引资的同时，先学会引进科学发展观和国际水准的先进意识。千万莫让当年因破坏生态而出名的悲剧重演。

“逆天行道，其枉自招”、“天令其亡，必令其狂”，请记取先贤的忠告，只有善待自然，才能善待自己，关注江河，也是关注未来，为了千秋万代，请高抬贵手，江河不废万古流！

# 春节“会盟”黄河岸，孟津湿地把鸟看
## ——河南孟津观鸟手记

### 2005年2月12日(大年初四)

乘了一夜的火车，晨八时，我们一行7人(领队：人民日报钟嘉；世界自然基金会郝克明；中日医院罗宁华；一德期货汪周；北大历史系的张永；北京通讯的章立；当然还有我，北京麋鹿苑郭耕)到达古城洛阳，来自各地的“绿林好汉”亦将在站前相聚。

说是古城，一点也不为过。洛阳，自东汉起至大隋，十余个朝代，历经千年在此建都。因此，在这片土地上，历史文化遗迹众多，有位于孟津县的东汉开国皇帝刘秀的陵园；有坐落在伊河两岸的、开创于北魏，完成于隋唐的龙门石窟；有佛教传入我国后的第一座寺庙——白马寺，还有白居易墓、关羽衣冠冢……简直数不胜数。我们要去的地方叫会盟镇，是一座因3000年前周武王会盟八百诸侯，渡河伐纣而著名的、史称“盟津”的古镇。

今天，伫立于瑟瑟寒风中的这支各自携带长短家伙式儿的人马，同样是各路“诸侯”、会盟洛阳。除了北京来的7人，还有从郑州来的中国环境报记者高嵘夫妇2人；来自武汉的湖北网通陶陶鱼、长江日报记者佘辉；来自太原的山西人防胡少荣；杭州郑永富一行3人；家在洛阳本地、在外读书的年轻人“小枭”、“恨狐”、方伟及导弹研究院王光复及东道主孟津湿地自然保护区的马朝红。但是，此“会盟”非彼“会盟”，我们既不是来会战，也不是来探古，更不是来旅游，这些齐聚古城高矮胖瘦不等、肩扛高倍望远镜、身背臃肿行囊、扮相奇特的男女老少，乃是来自祖国各地的观鸟“大侠”。

来不及互通姓名，大家就在保护区工作者马朝红的带领下，挤上一辆公共汽车。那位网名“小枭”、在北师大读研、在猛禽中心做义工的女生坐在我旁边。一到洛阳站，她就上来跟我搭话，说认识我，到过我们麋鹿苑放鹰。我很高兴，有一种他乡遇故知的感觉。其实，洛阳和孟津的“鸟友”们个个古道热肠，几天里，为我们这些外地观鸟者，跑前跑后做向导，周密地安排了活动及食宿，使我们的孟津之行收获颇丰。

上午十时许，我们一杆子人马将辎重暂存保护区雷河站，便开始进入状态。一出门，马路对面杨树上的一只灰椋鸟首先“入账”，一路上，珠颈斑鸠、山斑鸠、树麻雀、喜鹊、大山雀、金翅雀、棕背伯劳，纷纷亮相……但这只是热身。没走多远，迎面，一条大河微波荡漾，极目望去，水鸟点点，千米开外，有数以千计的雁鸭类、鸥类等湿地鸟类，这才真正拉开观鸟的序幕。

黄河段在孟津境内，因位于小浪底下游，水质清澈，今天又是风和日丽，视野开阔，针尾鸭、罗纹鸭、翘鼻麻鸭、赤麻鸭、赤膀鸭、赤颈鸭、绿翅鸭、绿头鸭、琵嘴鸭、斑嘴鸭、红头潜鸭、白秋沙鸭、普通秋沙鸭，还有豆雁、灰雁、白额雁、大天鹅、小䴙䴘、凤头䴙䴘、银鸥、渔鸥、普通鸬鹚、大白鹭、苍鹭、灰鹤……通过高倍望远镜，被我们的高手们一一辨认出来。

前不久，元旦期间，北京的一支小分队在这里观鸟，记录下的鸟种达82个，其中有罕见的长尾鸭，让人惊异；一两天前先期到达的杭州鸟友老郑一行，在这里目击了大鸨，令人振奋；但我们今天也有特殊收获，观鸟领队钟嘉名不虚传，在众鸭群中发现一个更罕见的鸟种：斑脸海番鸭。我几次从望远镜里，想看个究竟，却不得要领，钟嘉强调，注意它喙部的突起，的确与众不同。对所观到的鸟种数量，必须记录下来，大家分工合作，我的望远镜倍数低，便分到了数豆雁的活儿，高嵘配合我做记录。

飞翔之鸨

已经到中午一点了，大家还余兴未尽，不思茶饭。忽然，鸭群呼啦啦地惊飞，原来，一只大鸟凌空而至，是猛禽没跑了，可是，是哪种呢？综合判断，为白肩雕，就在我们为判定鸟种莫衷一是的时候，这只大鸟为我们展现出老鹰拿鸭的绝技。它升空，俯冲，直到接近水面的一只野鸭，可是，那只野鸭也有不凡的身手，只要猛禽一触水面，它便下潜，一次，两次，三次，几番“轰炸”，这位捕食者竟未得手，只好找了个沙洲喘息，我们连连喝彩。不是为发现新的鸟种，而是为这两只鸟的精彩表演。

下午，大家沿黄河桥东西两路分头观鸟，除了湿地游禽，还有涉禽及一些林鸟。长嘴剑鸻、金眶鸻、矶鹬、白腰草鹬、灰鹡鸰、水鹨、棕头鸦雀、乌鸫、三道眉草鹀……

晚上，我们投宿洛阳市会盟镇东良村的一个农户家，喝着本地特产孟津梨熬的小米粥，盘点着今天所观鸟的种数，达53种。室内室外，无处不冷，明儿还要去看大鸨，早早歇息吧。三人一屋，每人10块钱住宿费，真便宜，也挺受罪，破床嘎吱作响，我在满被窝的一股咸带鱼味中，酣然入睡。

## 2005年2月13日（正月初五）

今天是春节里的重要日子：大年初五，也叫“破五”。天没亮，就听得村子街头的炮仗响了。农家小旅社的房东提着一桶垃圾，拿着花炮，拉开门栓出去了，他说这是要去倒掉晦气、嘣走邪气。按照农历过年的讲究，热心的房东为我们煮了饺子。很快，来了三辆红色微型面包车，我们每车5人，提着望远镜，带着照相机，披挂上阵地出发了。

今儿的目的很单纯，看大鸨。三辆微面首尾相接，向村外驶去。在田间小路上，没一会儿，前方就有情况了：一只美丽的雄性环颈雉率先映入眼帘，一只，又一只，有雄也有雌，粗略一数，也有40~50只，这是我在野外观鸟中，见到雉鸡密度最高的一次了，草窠里，田埂上，我忙不迭地左顾右盼，也数不过来，简直多的就像在家鸡饲养场。

我们是第一辆车，不仅占天时地利之便，而且有人和，钟嘉、郝克明两位中外观鸟高人都在这辆车上，他们“指哪打哪”——云雀、棕背伯劳、戴胜、斑鸫、山斑鸠、岩鸽……我感觉跟着高手，自己的观鸟水平也见长，否则，哪能一下见到或辨认这么多种鸟。可惜，巧妇难为无米之炊，再厉害的观鸟者，也怕闹天，更怕没有鸟。今天一上午，我们望眼欲穿，伸长脖子寻觅，却连个大鸨的毛也没找到。

雾锁黄河，寒风料峭。十几只长短家伙——大小望远镜，在雾蒙蒙的河床上苦苦搜索，只看到一只灰头土脸的水鹨。连天际飞过的一只大白鹭、几只金翅雀，都没有逃过我们警惕的目光，可是，大鸨，你在哪？孟津保护区的马朝红一个劲儿地表示遗憾，好像她工作没做好似的。其实，我们都很理解，大鸨岂能听她的，想看就看？观鸟，看的是野生动物，可遇而不可求，哪能十拿九稳呢。

整整一个上午，找大鸨，遇大雾，无可奈何。但也不是颗粒无收，我们几次与灰鹤遭遇，最多的一群有大小 4 只。山西老胡迅速架起他的家伙：连接数码相机的望远镜，把这一难得的场面拍摄了下来，在一些特立独行的观鸟人中，他算是相当地不同凡响的了，他说，他没拍摄下来的鸟就不算观到。

快到晌午了，大家仍不死心，一双双犀利的目光在原野上扫射，凤头百灵、灰头鹀、小鹀、三道眉草鹀、灰鹡鸰、北红尾鸲，甚至小巧敏捷、稍纵即逝的鹪鹩都被我们记录在案。在阡陌纵横的迷雾尽头，我影影绰绰见到些大型鸟的“剪影”，便贸然叫停车，跳下车，我举起我的八倍小单筒瞭望，没错，是一大群鸟，但不是大鸨，而是大雁。几辆车依依停下，大伙茫然地看去，几乎看不到什么，当各自架起了高倍望远镜，才弄个水落石出。原来，远远的一堆乃是豆雁，眼尖的钟嘉和老胡还从约百只豆雁中，发现混有三只白额雁。高嵘夫妇一个劲而地夸我眼力神奇；北大张永博士问我，视力多少，我说矫正视力才 1.0。要知道，观鸟，仅靠视力好是远远不够的，要有对活生生的鸟儿的敏锐反应及特殊感觉，甚至需要一种心性的沟通。

下午，来到一个叫白鹤镇的黄河岸边观鸟。我的目光，随着一只飞翔而过的苍鹭，从左向右看去，在远方烟雨朦胧的树梢上，俨然看到一只灰鸟，从望远镜里判断，姿态好像是斑鱼狗。湖北观鸟高手陶陶鱼举目而视，说，真的是斑鱼狗，大家跟踪过来，还见到了另一只，那只斑鱼狗的配偶。黄河的白鹤段，数十只大天鹅安详地游弋，几只毛色灰暗的，所谓丑小鸭的个体，应是亚成年的天鹅。一队白秋沙鸭，列队而行……我们再次领略了孟津水禽保护区物种的丰饶和湿地保护之必要。

难觅真相的大鸨

据保护区的资料得知，1995 年成立的地处黄河中游、距洛阳市 25 千米的河南孟津黄河湿地水禽自然保护区，位于亚热带和温带的过渡地带，东西长 59 千米，南北宽 0.5 ~ 5 千米，海拔在 113 ~ 481 米，水域广阔，滩涂众多，水生动植物丰富。保护区总面积 15 000 公顷，核心区 4 500 公顷，包括主河道、老河床、河心岛及滩地；缓冲区 3 500 公顷；实验区 7 000 公顷，包括农田、林地、鱼池、藕塘，我们遇雉鸡、找大鸨的地方，就是在这个功能区内进行的。

2003 年 6 月，孟津黄河湿地被国务院批准，晋升为国家级自然保护区。截至目前，保护区共记录到鸟类 166 种，其中有国家一级保护动物大鸨、黑鹳、白尾海雕等 10 余种，我想，至少还要明确地加上白肩雕；国家二级保护有灰鹤、大天鹅、白琵鹭等约 30 种。祝孟津保护区的鸟越来越多，生态环境越来越好。两天的观鸟，正值春节之中，天寒地冻，时间短促，加上天阴雾重，之前设定的一些目标没有

黑鹳

得逞，但我们此行总共见到的鸟种也有近70种了，知足常乐吧，至少心意翩翩在大自然充了电，带回了满腹的诗情画意。值！

春雪飘飘，我心萌动，孟津观鸟，天光水影。

## 德国考察之旅

虽已进入11月下旬，北京的冬天还是很暖的，麋鹿苑的“鹿类博物馆考察团”因今年的地震与奥运等特殊情况一再延迟，2008年11月下旬，终于成行了。考察团由北京科技研究院、北京麋鹿苑博物馆的专业人员及一直帮助双方牵头和翻译的原住德多年的李先生，他在慕尼黑就工作了9年，堪称德国通，他的加盟使我们此行非常踏实。

2008年11月23日中午，一行五人登上民航CA961，一路西飞，飞越乌兰巴托、伊尔库茨克、莫斯科……我感觉其中主要的航程是在俄罗斯的上空，凭窗鸟瞰大地，莽原、河流、雪山、湿地，尽收眼底，每乘飞机我最喜靠窗而坐，既可观景，还能拍照，尤其是这次黄昏西飞更为有趣，几乎是追着太阳走，在北京时间晚上九、十点的时候，飞过乌拉尔山，进入东欧平原，但见大片湿地，也许就是当年苏联卫国战争使德军陷入泥沼之地，之后是皑皑白雪，继而，灯火点点，接近本次航行的终点慕尼黑已是北京时间的半夜，德国时间却是18:00。验关入境，迎面一位高大挺拔的老人、也是我们此行要拜见的——奥斯瓦尔德(christian oswald)先生前来迎候我们了。

踏上德国的土地，气温在零度以下，空气清冷且周遭清静，全然没有北京的那种人声鼎沸。30分钟抵达宾馆，德国时间八点多钟即睡下，因为已是北京的后半夜了。当地时间凌晨两点就醒了，慕尼黑还很黑，却辗转无眠，毕竟北京时间已是上午九点，给国内挂电话，人家在开会，可我们不得不咬咬牙睡觉，否则，德国人民不答应。

慕尼黑，位于德国南部的巴伐利亚州，面积占全国五分之一，人口在

1 000万，占全国的八分之一，国内生产总值占全国六分之一，比中国一年的总量稍微少一点，一些高科技产业、新兴电子、汽车等如宝马、奔驰的总部均在此地。我们在慕尼黑奥运场馆留影，不远处就是宝马的总部大厦。

到达德国的头一天上午，踏雪前往慕尼黑郊外的恩格盟，拜会奥斯瓦尔德先生。他家的木质大宅子像个大牛圈或草料库，简约质朴，先在墙上布满动物头角的会客厅交谈，之后便迫不及待地参观他的私人收藏，打开一层的一个车库，迎面一副进深三米的巨大鹿角令我眼前一亮——爱尔兰巨角鹿，是已知的世界最大的鹿，其下为一个兔子大小的标本：鼷鹿，为世界现存最小的鹿。鳞次栉比的狍子角，尤其是各种各式的畸形角，令人大开眼界。两幅黑白老照片吸引了我们，奥斯瓦尔德为我们讲述了发生于百年之前的一个猎人故事：一个猎人误杀了公爵领地上的一头马鹿，公爵本可处决他，猎人向公爵写了一封忏悔书承认错误，于是公爵宽恕了他并接纳他成为了自己的属下。

第一天在奥斯瓦尔德鹿馆合影

上到二楼，大型鹿角比比皆是，驼鹿、马鹿、白唇鹿、坡鹿、驯鹿、梅花鹿，甚至灭绝了的宿氏鹿也被收藏其间，一件件藏品，一桩桩故事，这位年近八旬的老人把我们带入一个猎人时代的沧桑往事，作为一个毕生热衷收藏和猎取鹿类等动物的猎人和收藏家，已经把自己的一切、衣食住行都融入了与鹿共舞的境界中，通过对各地鹿角的对比，例如，同是马鹿，北美、北亚、北欧……颇有差别，他阐述着自己对鹿类动物的进化与分类上的独到观点，特别是对中国鹿类的偏爱之情，溢于言表，甚至能把一些诸如"麋鹿"、"马鹿"、"狍子"、"白唇鹿"的名称用中文表述出来，当你说出一句"麋鹿"，奥斯瓦尔德会孩子般地接上说"麋鹿，麋鹿"。他选择把这批藏品优先卖给中国，也是因为他强调，中国是世界鹿类的起源中心之一，而拿这批数以千计的鹿类藏品与麋鹿苑合作建设世界鹿类博物馆，则是因为麋鹿苑的主题鲜明，空间开阔，与奥斯瓦尔德有同样的爱鹿情结。漫步慕尼黑及临近的名胜古迹，在很多建筑上，都能见到与鹿相关的艺术形象。

北京麋鹿苑是昔日皇家猎苑的核心地，奥斯瓦尔德的家乡巴伐利亚也是森林密布，马鹿、狍子出没、允许有序猎取，而非滥捕滥猎的地区，我想，奥斯瓦尔德之所以有如此深厚的鹿情结，是与当地浓重的鹿文化不无关系。出人意料的是，还有比"鹿"文化更深远的根源，奥斯瓦尔德赠送我们每人一件特别的礼物：一柄微型鹿角，这是1600万年前产于巴伐利亚的"兔马鹿"的角，这种微型鹿就分布在慕尼黑方圆60千米的范围中。真的是比现生的世界最小的鹿——鼷鹿，还要小得多的鹿啊。

在奥斯瓦尔德2000多件的鹿类私人收藏品中，绝大多数是各种鹿角，却也不乏与鹿相关的民俗、宗教、艺术、器具，他家楼下的鹿骨、楼上的鹿皮无不令人眼界大开，可以说，这些藏品的丰富程度和珍贵程度是世界上独一无二的……由此，他一开价就上百万美元，也是价值不菲的。

为了迎接我们的到来，奥斯瓦尔德提前在他家的道口树立起两面旗帜，一面是巴伐利亚州旗，一面就是我们中华人民共和国国旗，在异国他乡看到鲜艳的五星红旗迎风飘扬，包括有一天见到德国的一个中餐馆墙壁上挂了五星红旗，我们都情不自禁地去留影。在奥斯瓦尔德树立国旗的旁边，有一座教堂，这是我平生第一次见到的鹿主题的教堂，相传一个猎人在狩猎时射杀了一只头戴十字架的鹿，耶稣告诫不能再行杀戮（鹿），此人终于修成正果成为了一名与鹿相伴的圣徒。使我百思不得其解的是，作为一名猎人的奥斯瓦尔德，是如何看待杀戮与保护的？他为什么在狩猎生涯中还致力于野生动物的保护，如野马放归蒙古就有他的努力和付出，他与中国野生动物保护的许多学者、专家都有紧密联系，在1985年曾赠送中国5匹野马并包付了5万马克的运费。最令他伤怀的一位中国人就是英年早逝的、他的忘年交：郭方正先生。曾在德国留学，又屡次陪同奥斯瓦尔德，出生入死、出没于中国西部崇山峻岭的专业工作者。

异国共聚国旗下

从20世纪70年代，奥斯瓦尔德就屡屡到中国，参加广交会、从事畜产品贸易及奔赴西藏、新疆、内蒙古、宁夏、青海、黑龙江等地开展狩猎活动。如今，年事已高的他，几乎不能再出野外，甚至不宜长途旅行了，包括此次我们到达德国，他应正处于住院治疗阶段，保健医生一直跟随左右，晚上又回医院，甚至午餐后因过于疲劳，还得小憩片刻。可老人高大的身影一出现，便是一副步履坚定、谈笑风生的样子，特别是当我们提出，想看看他的枪时，他慨然应允，带我们下到位于地下室的枪库，打开枪柜，把双管的、单管的、小口径的……各式猎枪一一展示给我们，并摆出射击姿势让我们拍照，那“老夫聊发少年狂”的可爱姿态，使我感觉这位戎马一生、闯荡江湖的老人，虽还志在千里，也已是伏枥老骥了，他是外国人，却是一位颇为古典的、具有骑士遗风的人，奥斯瓦尔德的骑射生涯，不禁令我想到令狐楚的一首诗“少年行”：少小边州惯放狂，骣骑蕃马射黄羊。如今年老无筋力，独倚营门数雁行。

虽然谈论双方合作的事已经一年有余，但到了德国，到了奥斯瓦尔德家，实地一考察，我们才深切体会到未来的这个鹿类动物博物馆的别样风格与特殊内涵，需要引进的不仅有大量藏品，硬件之物品，连带而来的，更应包括这些藏品背后的故事、传说及知识，软件之信息。在双方签署的意向书中，我们也都表示，将尽最大诚意推进合作进程，甚至设想，应在这个鹿类博物馆中，设置一个古朴的猎人小屋。

在德五天的其他行程包括：慕尼黑—奥运场馆—纽芬堡—新天鹅堡；斯图加特—自然博物馆（灭绝动物及 Rose Museum）—海德堡（桥头铜猴）；法兰克福—自然博物馆—市政厅（圣诞商铺、缅因河大桥），上机场，返京。虽然出现全球范围的经济大萧条，虽然距圣诞节还有好几周，但这里的圣诞气氛已然十分浓烈。熟悉德国事务的李先生一再感叹，尽管经济受到影响，甚至宝马奔驰都将停产一个月，可这“节”还得过啊，他不仅一路指导观光考察，还介绍了很多有关德国的风土人情。

带我们“驴行”的、从巴黎赶来的导游兼司机小李就更神了，他并未到过我们此行的所去之地，却娴熟自若地驾车一一抵达，何以不会迷路？全凭车上的一架电子导航设备，出发前设定出发地和目的地，显示屏就进行自动导航了。临离慕尼黑，他开车路过安联足球场即德国著名球队拜仁慕尼黑队的主场，凭窗望去，好似一个鸟巢型的水立方建筑。记得在德的最后一天，他问我，知道马克思的故乡在哪吗？我只知是德国，实在说不详细，一问才知，是在德国的特里尔，据说这是中国游客大批光顾的地方，且已成为拉动当地经济增长的重要因素。

中国崛起，这个现象肯定是马克思始料未及的，在他逝世 125 年之后的 2008 年，以美国为首的西方世界爆发的金融危机，几乎蔓延到整个资本主义社会，而这又似乎又全在咱大胡子的意料之中，因为马克思曾预言，以疯狂赚钱为目的的资本主义迟早会陷入周期性的经济危机的。因此，经过一个多世纪的沉寂，《资本论》开始畅销，2008 年，《资本论》在柏林的销量是1990年的100倍，很多人成为马克思的粉丝，还有人要为之拍电影。目前，德国许多大学开设了类似我们学习“毛著、邓选”的《资本论》精选课，甚至有人把这部鸿篇巨制作为圣诞礼物送人……这些都是我听说的，但在德期间，还真是设身处地地感受了一把作为中国人的“优越”（其实我们在物质生活水平上还差得很远）。

一天晚上，当我们在慕尼黑的一家中餐馆吃饭时，窗外白雪皑皑，有德国小玩闹不断向店窗投雪球，据说，他们是看见这时中国人开的餐馆还有生意，还能下馆子吃饭，生气呀。我想，这算什么呀，如今，在国内，俺们普通老百姓下馆子吃顿饭简直是稀松平常，小意思了。耳畔油然响起毛主席1949年在天安门城楼上喊出的满带湘音的一句话：中国人民从此站起来了！有时我思忖，出国也应算是爱国主义教育的一种啊。

## 冬夜赴辽运麋鹿

“何日相将去，千山麋鹿群。”这是唐代诗人贯休的诗句。2012年初，我设计了一款个性台历——“唐诗麋鹿”台历，特意选用了这首诗并保留了几本准备送给千山鹿场的朋友。为什么呢？因为我们预计将一批麋鹿输出到位于辽宁辽阳附近的千山鹿类基地，再现“千山麋鹿群”的唐诗意境，具体说是20只麋鹿送辽，这标志着一个新的麋鹿迁地种群的建立以及辽河平原麋鹿种群恢复的开始。辽河流域是麋鹿历史分布区域最北限，麋鹿种群在这里恢复不仅具有动物地理学的自然历史意义，还具有重要科学价值。麋鹿种群在这里的建立，双方将重点开展在高纬度、低温度的条件下麋鹿繁育的科学研究，试验麋鹿对严寒天气的适应能力。其实，一路上记者最爱问的就是麋鹿冷不冷？在东北受得了吗？尽管我回答：麋鹿不怕冷。但真的是不是这样，还得通过实践和时间的考验。

2月22日晚9:00，运输麋鹿的两辆大卡车率先出发了，9:30我们的小

初来乍到的麋鹿

车也踏上了征程，千山国家鹿类种源基地的马总亲自驾车，同车的是我与北京科技报记者马之恒、北京日报特约摄影张保旗。另外一辆小车是法制晚报的著名摄影师田宝希、文字记者王妍。尽管二十余载我一直与动物相伴，但因多年没有出征运送动物了，自然新奇与激动之情，溢于言表，为了与大家分享这种特别经历，便在一路上以手机发微博的形式实时播报我们的行踪与见闻。

9:42 我发出了第一条微博“周三晚 9:30 我们押运鹿车上了京沈高速公路，两辆卡车，两辆轿车，一路上有……的记者”。

小车以百公里的时速径直向北奔驰，却始终没有赶上运鹿的大车，看来卡车司机的驾驶技术很嗨，京沈高速又名京哈高速，又宽又平，一路顺风，沿途见到多辆同向行驶的闪着蹦灯的机场专用车，堪为一景。

零点，到达滦县服务区，还没遇到我们那两辆先期出发的鹿车，路上的大货车太多了，看一辆类似的，不是，又见一辆，还不是……难道错过了？我们开始觉得有些不安了，电话联系得知，他们将到滦县加油，马总把小车停在服务区的进口外，我和记者小马绕场一周，在百八十辆的车阵中，也没见鹿车，第二圈寻找，才遇见我们的两辆装载麋鹿的大卡车，问候了司机，看看麋鹿一切正常，便放心了。

0:23 我发出“半夜，大货车轰鸣来往，我们的鹿车在河北省的滦县服务区加油”的微博后继续前行。开始，马总把他的奥迪轿车驾驶得是风驰电掣，很快进入辽宁省的万家。渐渐地，车速见慢，我发现马总在不断地打哈欠，便试着问：马总，您如果困了，就让我来吧？他竟然说：困，还是你来吧！于是，作为一个没有在高速公路上开过夜车的“准司机”，竟硬着头皮坐在了驾驶的位置。一坐在驾驶的位置，我便兴奋起来，起车不久就达到140 唛，马总赶快提醒我，别超过 120 唛！一个小时过去了，约莫一点半的时候，我也感到一些困意，这可不行，于是，不管同车人是否睡觉，便开始唱起歌来，一首接一首地唱，幸而同车的张记者的反应还比较积极，他说“只要郭耕在唱歌，就是好事，说明他没困”，看来这时困倦是我们共同的敌人。

2:23，趁停车休息之隙，我向微博发出“驾驶奥迪一个小时了，此时已出山海关，过万家了”的短信。之后不久，马总已是一觉醒来，他重操旧业，回到驾驶位置替下了也已犯困、后半夜驾车两个小时的我。

没开出多远，前方忽有大量车辆聚集，我们把车停在快速车道的位置，不料，从这时起，我们的车便再也动不起来了。

这时，我发出的微博是“从 3:50 我们行至京哈高速葫芦岛段的堵车点，就再也不动了，像是冻住了，担心麋鹿的安危，尽管说它们不怕冷”。鬼知道会堵到什么时候，在冰天雪地的冬夜里，在寒风凌厉的东北高速路上，我们的堵车噩梦就这样开始了。

6:20 我们几辆车谁也找不到谁，经联系才知，大家被截在不同地方动弹不得，于是我发出这样一段微博短信“京哈高速上的堵车长龙，我们一马当先的奥迪车在葫芦岛段，运鹿卡车堵在距我们之后 30 千米的兴城段，法制晚报记者所乘的桑塔纳被堵在 90 千米之后的绥中段”。

天色见亮，我几次钻出车外，拍摄附近的景致：车阵、路牌、雪景、日出，甚至与卖方便面的一对农民夫妇合了影，他们乐观善良的淳朴形象，提着暖水瓶扶危救困的行为，令这些在凌晨极寒时刻的被困司机们感到了一丝暖意。周四之晨,我们就这样耗在高速路上纹丝不动。

8:50 急不可耐的我发出这样的微博短信:“昨夜九点三十从北京出发运鹿,现在我们的20头麋鹿被堵在京哈高速423千米的位置,因为从沈阳到万家路段全线堵死,我们在冰天雪地中已经等待了5个小时了,紧急!紧急!紧急!”

9:54 微博如下:“从今凌晨三点五十我们行至京哈高速的葫芦岛段就开始堵车,已经6个小时不动了,沈阳至万家段的车辆排得如同钢铁长城,天寒地冻,更是对麋鹿的严峻考验。”后来,据说就是这条微博引起网友的注意并引起辽沈多家媒体的关注。大约在10:00,几家媒体经法制晚报记者的介绍,给我打来了电话,表示下高速路后找警车开道,但眼前呢?车堵得水泄不通,焊住了一样,关键是如何摆脱现状啊?先别提锦上添花的事,眼下最需要的是雪中送炭!我真的有点烦,有点烦!

10:52 我惊喜地听到交响般的鸣笛声,前方车辆开始有动静,终于松动了!我发出喜讯:“京哈沈阳万家段巨堵7个小时,现在终于松动了,鹿车启动。”

11:47 微博:“过塔山,向锦州,一路多见破车残骸,可知昨夜车祸之多。”

马总敏捷地驾车在缓缓启动的一辆辆大车间穿行,摆脱拥堵的大车队列,向前冲去,高速路上,东一辆西一辆的事故车,都是昨晚先雨后雪路面湿滑导致的车祸,甚至还有冲破围栏翻下公路的大卡车,现在想来我都有些后怕,当时竟贸然把车开到140唛的速度,若是遇急刹车,非出事不可。

本来决定在下一个服务区加水加油,特别是给麋鹿提供饮水,但堵了7个小时的成百上千辆汽车都有同样的要求和境遇,都需要加油,一个服务区车满为患,再过一个服务区还是车如长龙,远远地排出了服务区以外很远的地方。马总电话指示运麋鹿的卡车到服务区出口停车,人提水桶进去加水来喂鹿。幸而我们的鹿车是在滦县服务区预先加上了油,眼下,便在塔山服务区的入口处,不用排队,加上了水,提水喂鹿。当年塔山阻击战,如今塔山再闯关。

11:58 我即发微博:“到锦西东了,将从‘本辽辽’下高速,人都饿着肚子,好在麋鹿在塔山服务区喝上水了。”

13:32 微博:“此时我们过辽河大桥,在‘本辽辽’路口下京哈,上 G91 公路奔辽中。”马总介绍,顺着这条路直走,能一直到朝鲜。

其实,这时最着急的是我们小车,运鹿车加上油,也加上水,而我们的小车由于堵了 7 个小时,油表上显示出即将没油的红灯,下高速!找加油站成了我们的当务之急。在一个叫黄泥洼的地方,终于加上了油,尽管不符合标准,只有 93 号油,但总比断油强,加了油,都快两点了,大家早餐加午餐均一粒米也未沾,在白雪皑皑的世界,赶快找了一个乡村饭馆,就像抢似地把碗里的蛋炒饭往嘴里扒。

长途运输,终于下车

油足饭饱,再次上路,终于在 17:00 天黑之前,“麋”途知返,抵达此行的目的地——山环水绕的辽阳马家庄呈龙鹿业基地。停车卸鹿至天黑,媒体围观七八家,一阵忙活,把 19 头麋鹿引至它们的新圈舍,怎么成了 19 头了?此刻发现,1 只未成年雌鹿已死在车里多时了。一路的坎坷,换来的,竟是一鹿的代价。

每到一地,我都希望了解该地的文化历史名人掌故,在下榻房间发现一书,写有辽阳简介,特抄录于手机中并编成短信发出:“驱车送鹿到辽宁,昼夜兼程达千山。夜宿辽阳,才知这座拥有 2 400 年历史的古城曾是东北地区政治经济文化中心。这里有比敦煌还早 300 年的汉魏墓画,有清太祖努尔哈赤的都城东京城;有千年辽白塔……人杰地灵,写红楼梦的曹雪芹祖籍辽阳;马上 3 月 5 日学雷锋了,他就是在这里当兵的。王尔烈,李兆麟,马俊仁,王义夫……简直名人辈出!”

历尽艰辛完成押运麋鹿的我与马力先生

周五晚，即2月24日在回京的火车上，我有感而发的微博是：“此行辽宁运麋二十，周三之晚上路，后半夜起堵车于京哈七个时辰，全程耗时达二十小时没吃没喝没睡，同行三家媒体一道备受冻饿之困顿，周四傍晚终于抵达，连续作战，抢在天黑前顺利卸车放鹿，发现一鹿已毙。今晨再看，又一鹿口带血色，为昨夜跃栏所致，所幸大群安好。参观马鹿、林麝、獾子、野驴等动物后，离开马家鹿场，现于动车返途中，祝愿此次迁地保护到麋鹿历史上的分布北限的麋群能繁衍壮大。”

回到家里，踏实下来，又给各路记者发了微博，感谢京沈两地朋友的一路相助，特别是感激记者朋友的……走基层之鹿……鹿途遥远，包括给马总也发了信，道了平安并作对联一副：上联“二十小时运去二十鹿”；下联“千年麋途今返到千山”。横批是“路遥知马力”，因为马总的名字叫马力。

## 洪湖湿地行

2008年5月下旬，我曾应武汉图书馆“名家论坛”邀请，赴江城做“生态文明”演讲，讲课之后与自然之友武汉小组会员会面，负责人徐大鹏谈到湿地保护，徐老师建议我将生态文明讲座中的湿地文化内容拓展，形成一个专题讲座，他负责与湖北 WWF、与长江流域的湿地保护区联系，我们共同开展一个湿地文化与环境教育的系列巡讲项目。

2008 年 7 月初，这个名为“湿地先锋”的项目便神速地启动了。我按照徐老师的安排，踏上北京至汉口的夜行列车，7 月 6 日到达武汉，当天上午，便在华中里小学做了湿地文化的首讲。给孩子讲湿地文化，而且是小学三年级的孩子，能行吗？我使出了浑身的解数，把拍手歌、独角剧，还有诸多如骆宾王的鹅等古典儿歌展示给孩子，与孩子们一唱一和地互动，首站告捷。选择在这个学校进行湿地演讲还有一层特殊含义，就是这里有一所全国唯一的小学湿地教育馆。一个小女孩——湿地馆的副馆长亲自给我讲解，我告诉她，我跟她一样，也是副馆长。

下午，我和徐老师乘坐武汉至洪湖的长途大巴，傍晚抵达中国名城洪湖。

“洪湖水呀，浪呀嘛浪打浪……”，这是我们这一两代人几乎都会哼唱的歌，因此，洪湖便成为我期盼已久的地方。今天，终于成行，下了长途车，徐老师特意安排住在一个距长江比较近的宾馆，以便随时欣赏江景。我们登上大堤，烟波浩渺的长江尽收眼底，沿江堤而行，除了几艘停泊的大船，江上几乎看不到“孤帆远影”的行船，“洪湖港”大楼和驳船也改做了餐饮之所。陆运的发达，使这个昔日繁华的

处处景如画

码头日趋落寞。没走多远，就来到一个进深极其开阔的叫荷花广场的地方，正为其叫荷花广场却不见荷花、名不副实而疑惑时，霍然看见广场边缘的长廊：荷诗长廊。近前观赏，马上被目不暇接、铺天盖地的古人写莲荷的诗文所吸引，这里收集、整理的关于莲荷的诗文数以千计，布满了四座长廊，琳琅满目，引经据典，堪称世界之最。我以为，这个广场应该唤做“荷花文化广场”。

此行我的讲座乃是湿地文化，我们麋鹿苑又在建造湿地长廊，所以我极其欣赏这个文化内涵丰富的荷诗长廊，甚至有一种“眼前有景道不得，崔颢题诗在上头”的感叹，到洪湖不应是来讲座，分明是来取经的。这也是我近年赴各地讲座的感受，走到哪，学到哪，读万卷书，行万里路。果然，洪湖教育局通知我们，因安排有误取消了在此地的讲座任务，干脆，我就轻轻松松地在洪湖参观学习吧。

洪湖因湖得名，到洪湖就是为了进洪湖、看洪湖，在洪湖湿地保护局晏局长的安排和陪同下，第二天一早，我们从洪湖与长江接壤的新堤码头乘上一艘 90 马力的小快艇，风驰电掣地驶进了洪湖的大湖区。一路上劈波斩浪，掀起道道白浪，把捕鱼作业的小渔船和搭载游客的小游艇甩在身后，甚至把水花溅到了游人的身上，正在我为我们的超速而充满歉意时，湿地局的温科长解释，我们的巡逻艇必须具备高速行驶的能力，否则就无法追赶并制止水上的非法作业者。

接天莲叶无穷碧，映日荷花别样红。小艇穿过莲荷相夹的水道，须臾进入一望无际的大湖区，湖水清澈见底，鸥鹭翻飞翔集，正当我为洪湖的生态和谐而赞叹，为洪湖的浩荡恢弘而惊讶时，晏局长坦言：几年前的洪湖可不是这样，围网遍及湖区，进湖如入迷宫，肆意的开发利用，过度污染，竭泽而渔，使洪湖的自然资源濒于枯竭，危机四伏，令人痛心疾首，湖北省委省政府在采纳专家学者和政协委员等的呼吁意见后，大力整改，终于还洪湖以本来面貌。这才能有今天我们见到的洪湖美景以及得以享用的湿地美食——莲、藕、鱼、虾。

# 麋鹿白鳍豚，情系天鹅洲

2008 年 7 月 8 日下午，湖北天鹅洲麋鹿自然保护区的越野车来到洪湖，将我和徐老师及湖北日报的记者小杨、省环保宣教中心干部小陈接到石首的新厂镇宾馆下榻，我们工作心切，希望能马上见麋鹿，于是，大家又马不停蹄地到达保护区。我是第二次来石首保护区，因为这里的麋鹿都是来自我们北京麋鹿苑，所以，每次来这里都有一种省亲的感觉，见到保护区温主任等工作人员也感到特别亲切。没隔几年，保护区发生了显而易见的变化，博物馆开放了，土地权属问题解决了，隶属关系理顺了，资金得到进一步落实，温主任还被评选为“感动石首 2007 年度十大人物”，看来，这些年，各级政府对自然保护事业的支持力度在不断加强，保护区的同志们工作也非常努力，卓有成效。

次日上午，湖北石首国家级麋鹿自然保护区“湿地文化、环境教育”科普讲座在石首麋鹿博物馆的大型会议室举行，之前，湖北电视台记者还对我们的“湿地先锋”教育行动做了专访。石首市位于长江以南，渡江而来的数十名石首市文峰中学的学生列队进入麋鹿博物馆，教育局、环保局、林业局及石首市委宣传部门的同志组织的记者也相继到达，于是，我的讲座“湿地文化探悉”在我们的天鹅洲湿地保护区，在昔日的云梦泽，开讲了。讲座之后，大家还就如何开展活动进行了交流。说心里话，对我而言，此行最特别、最难忘的经历是在这天下午，白鳍豚保护区的龚成先生带我们沿天鹅洲长江故道，乘舟之行。

下午，阳光明媚，长江故道天鹅洲一派寂静，我们来到白鳍豚保护区的码头，见一条写有“护豚”的大汽艇及一艘小快艇都静静地漂浮在水面上，我知道动用机动船轻松而迅速，但其噪音必将打破这份宁静，龚成先生似乎看透我的心思，找来了一位姓丁的渔民，老丁是渔场场长，面容清癯而干练，指问为什么不开机动船，龚成说是有故障了，他便操起双桨划过一条单薄的小船，简直是一叶扁舟。

我们四人纷纷踏上他那晃晃悠悠的小船，随着老丁节奏有力的划桨动作，小船轻盈地划过水面，直奔江心。这是一个从地图上都可以看到的长江牛轭湖，曾经作为千帆竞发、渔歌互答的长江主航道，如今，随着20世纪70年代长江的改道，特别是为了白鳍豚的保护，专门用于自然保护，所以，只有少量的渔民，周围更没有厂矿污染和开发行为，我为中国、为世界有这方净土，这汪静水而欣慰，甚至而惊讶。

除了双桨的吱呀作响和水花溅落的声音，水天一色，万籁俱寂，白云在蓝天慵懒地飘浮，对岸的水牛在懒散地吃草或泥浴，牛背鹭高傲地站在水牛的背上，一黑一白，相映成趣。远村偶尔的鸡鸣和四声杜鹃在绿树深处的啼叫，反而愈加衬托出周遭的幽静。没有烟尘、没有噪声、没有挥之不去的汽车发动机的轰鸣，面对此情此景，能不“劳歌一曲解行舟”，于是，我情不自禁地为渔民老丁唱起了山歌，其实，那是唐代大诗人柳宗元的一首《渔翁》：

“渔翁夜傍西岩宿，
晓汲清香燃楚竹。
烟销日出不见人，
欸乃一声山水绿。
回看天际下中流，
岩上无心云相逐。”

吱呀作响的小船还在划向天鹅洲的深处，当我们对今天的安排赞不绝口时，龚成说：别说你们，连我都很久没乘这样的小船了。看来，现代人是越来越无福享受大自然的宁静和安详了，忽然，龚成手指前方，喊：看，江豚！顺其手指方向，我见到朵朵水花翻起之处是江豚黑亮的脊背，一只、两只、三只，是一家三口，两大一小，龚成敏锐的目光令我们叹服，因为我只见到两只。更使我们倍感幸运的是，一般乘小划子很难见到江豚，反而乘机动船容易些，为什么呢，因为江豚知道机动船是保护区的，说不定会有美味鲜鱼投喂呢。

可能有人会问，这里不是叫白鳍豚保护区吗？怎么只见江豚，不见白鳍豚呢？说来令人伤感，长江的白鳍豚、亦即我国的白鳍豚、亦即地球上的白鳍豚如今已到生存周期的末路，山穷水尽，这个特为白鳍豚建立的保护区就没能建起一个白鳍豚的繁殖种群，因为，白鳍豚的种源消失殆尽，整个长江都难以遇见活着的个体了。这个进化了2 500万年的物种，将会在我们这一代人的手中绝迹，不知是幸运还是不幸，我曾见过那个唯一一只人工饲养过的白鳍豚“淇淇”。1980年1月11日，白鳍豚“淇淇”搁浅于湘鄂交界的长江与洞庭之间的城陵矶，被中科院水生所救起，饲养在武汉白鳍豚馆，2002年7月14日，“淇淇”辞世，享年25岁。我为“淇淇”所拍的照片也成遗照。现在即使江豚的数量都寥若晨星、高度濒危了。当年蒲松龄在《聊斋志异》中所记述的白秋练即中国美人鱼白鳍豚的化身，恐怕也将仅仅成为书本上的文字符号了。此情可待成追忆，只是当时已惘然。

对目击江豚的激动劲儿还没有完全过去，老丁说，前面发现麋鹿了。我茫然地张望，遥远的江面，对岸似乎有些移动的点点，但自以为熟悉麋鹿的我，此时却瞠目结舌，什么也没看出来，甚至举起我的10倍的施华洛士奇望远镜也无济于事。随着距离的缩短，我才清晰地看出，真是我们熟悉的麋鹿，就像见到了亲人，而且是隔水相望，在水一方。越来越近了，十余头麋鹿早已发现水上的目标并转身将去，待我们开始赤足涉水弃船登陆时，它们已经撒丫子奔跑起来，一眨眼就钻进了茂密的水杨林，全然不见了踪影。

隔水相望

赤脚行进于天鹅洲湿地，油然

生发出一种亲吻大地的回归感，踏着水陆交汇处的麋鹿的蹄印前行，我们的脚下只剩下一颗颗中药丸似的鹿粪。与我们北京麋鹿苑的麋鹿一样，此时，麋鹿正处于发情求偶期，远方，一阵阵地传来雄鹿牛叫般地鸣吼，多么熟悉的声音！只是场景完全不同，这里可是纯天然啊。

聊以自慰的是，从 1993 年放归到现在，石首天鹅洲的野生麋鹿蓬勃发展，数量愈千，四处扩散，生机愈显。在作为中国麋鹿成功保护宣传窗口的北京麋鹿苑里，我曾一遍遍地向公众朗朗宣布：我们的麋鹿不仅实现了从国外向国内的回归，更实现了从人工到自然的回归！此行天鹅洲，隔水望麋鹿，使我来日的宣讲，更有了底气。

## 湖北三阳，观鸟天堂

也许是中国太大了，也许是我的孤陋寡闻，这是一个我从未听说过的地方，这是中国腹地一处极其普通的村镇——湖北省荆门市京山县三阳镇。但是，在其乡间穿行，阡陌尽头，柳暗花明，令我目不暇接、左右逢源的，是百啭千声、众禽竞鸣的燕语莺声，简直是没有笼子的鸟语林。听说，这里的百姓历来就有不打鸟的风俗，令人钦佩。而更令人钦佩的是，那人鸟相近的情景，尤其是本地少年“见鸟识名”的本领，回到北京，我还沉浸在那难以忘怀的、奇异的所见所闻中。

2007 年 3 月末，受自然之友武汉会员徐大鹏老师及其所在地的湖北省野生动物保护协会之邀，我利用周末休假，从北京西站乘直快 77 次列车，一觉醒来，便达武汉。接着，与来自武汉七所学校的几十名师生及武汉观鸟会的朱觅辉等十来位观鸟“大侠”，分乘两辆大巴，奔赴观鸟比赛的现场：三阳镇。三个小时的路程，还没到目的地，我就对窗外的景致赞赏起来，但见低山拥翠，潭水映树，鸡鸣犬吠，屋舍掩竹。车窗外，不断有鸟影掠过：八哥、椋鸟、家燕、金腰燕、戴胜、翠鸟、喜鹊、鹊鸲、树麻雀、白鹭、伯劳、白颈鸦、白头鹎、斑鸠、小鹏鹏、环颈雉……每次观鸟，都是这样，从途中开始了。

与观鸟旗帜合影

下午，在“半亩方塘一鉴开，天光云影共徘徊”的三阳小学门口，拉开了湖北省爱鸟周暨第三届观鸟比赛的序幕，九支小学生代表队分头出发了。我和本次活动的资金赞助人、深圳企业家詹从旭先生（也是身手不凡的观鸟者）带着望远镜，随意地跟着一队学生向乡间走去，不料，这些来自本地农村小学的、年方五、六年级的参赛者，让我耳目一新，眼界大开。

开始，我还没把这些稚气未脱的毛孩子当回事，但见这些个头低矮的乡村小童，个个胸挂望远镜，手持鸟类图册，怎么瞧，都觉得不太协调，甚至怀疑是摆样子的。谁知，一进村，他们如鱼得水，一见鸟，他们如数家珍。起初，丝光椋鸟、珠颈斑鸠、家燕、八哥、小鹀、三道眉草鹀、金翅雀、白眉鸫、普通翠鸟等比较常见的鸟被记录下来，就算是我们同时看到的吧。

很快，在一些至少对我来说是陌生的鸟种面前，小家伙们就开始大显身手了。看到一只黑白相间的、尾巴短短、比喜鹊小好些的鸟，孩子们精准地称呼：鹊鸲；面对一些小巧鸣禽，我还在犯嘀咕，一男孩用余光一瞥随即告诉我：是褐头鹪莺；指着一丛灌木，一个秃小子说，看！北红尾鸲。我用望远镜搜寻着，果然发现，一只美丽的雄性北红尾鸲在丛中纹丝不动；天际，一只黑色的猛禽掠过，孩子们信口道来：黑耳鸢；远远的树端上，一只大鸟的身影，孩子张口说出：白颈鸦；还有，领雀嘴鹎、松鸦、黑脸噪鹛、乌鸫、红嘴蓝鹊……几乎都是小同学们先看到的，他们不但眼尖嘴快，而且，难能可贵的是，都能用标准的学名而非土名称呼鸟类，实在出我意料。我们一行的七八个小顽童，几乎是在连打带闹，有说有笑中，不出两个时辰，就记录下30多种鸟，尽管半路上还受到一群记者的骚扰采访——摆拍，但这支乡村小学的观鸟队最终还是脱颖而出，在规定时间圆满完成任务，获得了本次观鸟比赛的一等奖。

令我高兴的是，我是不期然地结识了他们，并且，在发给他们的奖品中，有詹先生全额赞助购买的我去年编写的书《鸟语唐诗300首》。晚上，我应邀为大家做了“鸟与唐诗”的讲座，但我总觉得有些底气不足，因为，与乡村生长的、技艺娴熟的、对观鸟信手拈来的小“天使”相比，我是自惭形秽啊。

科普讲座后作者亲自签书

听说三阳镇的支柱产业是板栗、香菇，的确，我们所到之处，栗树漫山，香菇成架，一派“鸟来鸟去山色里，人歌人哭水声中”的田园意境。欣慰的是，现在镇上的人们已经意识到，观鸟也是三阳的一种资源，而且，具备“天时地利人和”的优势，从三阳走出去的企业家詹从旭先生，为了家乡的发展，几年来不断给予家乡各种支持，但三阳的人们应该意识到，他给予大家的不仅是资金(包括这次观鸟活动，他提供了全部资金)，还应吸取他带来的环保意识、教育理念和前瞻的观念：保护中的发展，这完全符合“生态良好、生活富裕、生产发展”的新农村发展方向。三阳的“鸟资源”是得天独厚的，这为其生态旅游发展提供了可能，尤其是人的资源优势——少年观鸟者。十年来，我为观鸟，走过不少地方，但是，能在这样一个如此名不见经传的小村镇、在不到半天的时间里，观察到这么多种鸟，更见识了这些来自三阳小学的乡村小童高超鸟技，不得不由衷地感叹，湖北三阳，观鸟天堂！

附:2007年3月31日下午在湖北三阳镇所观鸟类56种(武汉观鸟会提供):

雉鸡　灰头绿啄木鸟　戴胜　普通翠鸟　山斑鸠　珠颈斑鸠

黑水鸡　鹤鹬　黑耳鸢　小鸊鷉　白鹭　棕背伯劳　松鸦

红嘴蓝鹊　灰喜鹊　喜鹊　大嘴乌鸦　白颈鸦　乌鸫　斑鸫

红胁蓝尾鸲　鹊鸲　北红尾鸲　红尾水鸲　黑喉石䳭

丝光椋鸟 灰椋鸟　八哥　大山雀　银喉[长尾]山雀

红头[长尾]山雀　家燕　金腰燕　领雀嘴鹎　白头鹎　纯色鹪莺

暗绿绣眼鸟　强脚树莺　黄腰柳莺　黑脸噪鹛　棕头鸦雀

山麻雀[树]麻雀　白鹡鸰　灰鹡鸰　树鹨　水鹨　白腰文鸟

燕雀　金翅[雀]　黑尾蜡嘴雀　三道眉草鹀　白眉鹀　小鹀

黄喉鹀　灰头鹀

## 环保寸草心,演讲雪域行

### ——地球之友2005赴藏演讲日志

我都不曾料到,2005年的下半年,在我四十有四的时候,竟然豪迈了两把,一是7月份,徒步一周穿越了金沙江的支流珠巴洛河流域(考察日志发表于2005年第10期"人与自然"杂志);再就是9月份,"香港地球之友"组织环保演讲到了西藏。其实,这之间还去了一趟长白山,因是

西藏之行　胜利完成

随旅行社走旅游线，感触不深，可忽略不记。西藏是我及许多内地朋友的梦寐以求之地，有幸受西藏环保局之邀，我们地球之友讲师一行八人，于2005年9月中旬在雪域高原做了为期近两周的演讲，主要活动在拉萨、林芝、山南三地。

## 2005年9月11日(周日)

凌晨，因鼻炎困扰，我早早地起了床，要赶7:10去西藏的航班，激动的成分当然还是大于其他。六点，我与地球之友的陈英、文伟已经打车到了机场。7:30起飞，9:50到成都，休息片刻，11:00继续飞行。不知是飞机越飞越低，还是地势越来越高，看上去，飞机就像贴着山地的峰峦穿行。12:50到达拉萨贡嘎机场。走出候机楼，日光明朗，眼前一亮，天色湛蓝如洗，空气沁人心脾。拉萨也是大城市，但感觉跟刚刚离开的大都市北京截然不同，其实，最大的差别是，这里的含氧量仅及内地的60%，只是我们刚到，还没来得及反应。更来不及反应的，是我的思维，过去“进藏半年，出藏半年”的路程，如今，半天就解决了，惊叹之余，不免对人类的如此“能力”有些惊悸。

自治区环保局的工作人员苏云和央金，都是藏族女子，前来接应，给我们献上哈达，因为我刚到过云南的藏区德钦，所以，对此礼节不再陌生。有趣的是，一位男士上来跟我打招呼，并叫出我的名字，我很诧异，在这个异域他乡，竟然有人还认识我？他个头不高，自我介绍：胡向东。我一听就知道，是我儿时一起玩的小伙伴，想不到，他如今这么有出息，作为援藏干部来到拉萨，在这里担任建设局副局长。

坐上一辆依维柯旅行车，驶向拉萨，这是我从小在“逛新城”歌中所熟悉的城市。也许是旅途劳顿，我有些昏昏欲睡，十几分钟后，似乎看到车窗外有条河，便随口问了声：这是什么河？回答的声音虽然不大，却足以把我惊醒：雅鲁藏布江！我感慨了，雅鲁藏布江！这可是地球上最高的大河啊，真是神山圣水，比比皆是。过嘎拉山隧道，沿拉萨河前进，很快，就来到这举世瞩目的、令人向往的、更是藏族人民心中的圣城——海拔3 658米的

"日光城"拉萨。

下榻于拉萨赛康宾馆，室外阳光明媚得刺眼，大家像怕光似地，不敢出去，其实是高原反应开始了，果然区别于内地，与我同屋住的老文想抽烟，打火机就是点不着，再看各位，嘴唇发紫，头重脚轻，上楼梯都没劲儿。这时，我在西藏的朋友王雪迎、小哨夫妇来雪中送炭了，给我们带来了瓜果、葡萄糖，还有氧气卡，这里的饭店房间，一般都配备有插卡式供氧机，以便内地客人吸氧之需。

傍晚，雪迎和小哨便热情地把我带到拉萨著名以大昭寺为中心的八廓街，在一处古老的黄色民居——玛吉阿米（藏语意为"未嫁的娇娘"）酒吧用餐，相传这是六世达赖喇嘛的情人居住过的老房，所以，店堂布置颇具怀旧情调，我们悠闲地吃着酸奶，喝着酥油茶，随手翻阅着藏纸印制的粗糙、但很另类的留言簿，俯瞰八廓街上的按顺时针环绕大昭寺转经的善男信女，人群络绎不绝，他们多是来自藏区各地，既有围着藏式围裙——邦典的婀娜妇人，也有头上扎着英雄结的剽悍的康巴男子，有身穿猩红色布袍、打着手机的喇嘛，有头上梳满小辫的昌都藏女，有手持经桶、牵着小狗朝拜的老人，还有掺杂其中的中外游客，尽管已近掌灯时分，依然人流如织。从转经者从容的步履，磕长头者虔诚的举止上，我产生一种由衷的感觉：我是匆匆过客，他们才是真正的雪域主人。

跪拜的信徒们

## 2005年9月12日（周一）

高原反应发作，今日最难熬，上午，我们基本是在房间中闲呆，看有关西藏的书刊；西安的讲师刘文化、广州的讲师夏涛、贵州的讲师盛晶晶相继抵达。下午，到几个演讲地看场地，调试多媒体设备。

## 2005年9月13日(周二)

今天,开始练活儿。第一课由我来讲,在自治区环保局。由于香港地球之友总干事吴方笑薇的航班延误,他们上午才能到西藏,所以,我打头一阵。吸过氧气,吃过“高原安”,尽管还是有力无气的、身体状态不佳,好在“绿色奥运,厚德载物”之演讲内容对我来说是轻车熟路。

9:30,在环保局大礼堂正前方,悬挂着写有“寸草心环境教育讲师团(西藏)培训班”的横幅。环保局的藏汉干部们从各个地方局赶来,我便从唐诗中“谁言寸草心,报得三春晖”的母子关系说起,再转到人与地球的关系,同样应是母子,继而用了三个词“神奇、神秘、神圣”表达对西藏神山圣水的敬重。但我也直言不讳地把与西藏有关的“与虎谋皮,伤天害理”的案例和盘托出。在讲演接近尾声的时候,吴方老师赶到,她马不停蹄地讲到中午12:00。坐了几个小时的飞机,也不休息,其连续作战的精神令人佩服。

下午,15:30为拉萨上班时间,我们的讲座分头安排在西藏大学(吴方老师和我)、拉萨中学(夏涛老师)、第三高级中学(刘文化老师、盛晶晶老师),我们便分头出击。这是我此行在大学里做的唯一一次演讲,所以特别重视,好在身体感觉也比上午舒服些了。

晚,自治区环保局张副局长在“雄巴拉”饭店宴请讲师团一行,央金、苏云两位各展歌喉,极尽劝酒之能事,好在喝的是青稞酒,若是白酒,我们非被撂倒不可。这个酒店吃喝的同时,还能欣赏藏族歌舞表演,我们时不时就离席去听歌看舞,更有趣的是,一些显然来自拉萨以外的藏族同胞,也怯生生地围在门口观看,他们淳朴而华美的民族服饰吸引了我们,我们纷纷把照相机的镜头对准他们,他们很善良,很合作,刘文化老师还跟其交了朋友,留下通讯地址以便寄照片。

## 2005年9月14日(周三)

上午,分别在企业(吴方老师、刘文化老师)和旅游(我和夏涛老师)系统演讲。

9:30,为自治区旅游局的干部职工及一些来自旅游饭店的从业人员讲座,我是主讲,题目是“生态旅游——一种天人合一的游憩方式”。这个讲座我讲过几次,但用多媒体演示,还是第一次,我都怀疑是否讲好,因为,听讲者一个个都面无表情;之后,夏涛老师补充,他用多媒体展示了三个案例:美国的及台湾的、广东香江夜行动物园的。

下午,大家分别去妇联(吴方)和师范。我因跟王雪迎约好,便到他丈夫工作的西藏通讯管理局集合,又约上同样是来拉萨做培训的他们的朋友、CCTV主持人康辉、管彤,一起先上药王山,深入到这个外面游客很难涉足的摩崖石刻山和堆砌如山的玛尼石,然后,打车,照例花上10块钱,来到著名的“冈拉梅朵”(藏语意为雪莲花)酒吧,共进晚餐,喝甜茶。甜茶很香甜可口,大家贪婪地一杯接一杯地喝,听说,晚上中央台的几位都失眠了,我倒没事,而且勾起我1997年在印度时的往事,当时所喝的“红茶”,也是这个风味。

## 2005年9月15日(周四)

今天参观。早上,到位于拉萨市内的拉鲁湿地。这是世界上海拔最高、面积最大的城市天然湿地。昨天路过这里,透过栏杆向里张望,还见到了一些美丽的水鸟:白骨顶。我在西藏的北京朋友雪迎、小哨夫妇也曾对拉鲁保护区隔墙相望,只是无缘进入,今天,在保护站曲扎站长的亲自带领下,进入保护区,我便顺便把雪迎介绍给站长,他热情地为我们放出一群饲养的斑头雁,很方便大家拍照,但不是野生大雁,我觉得有些做作。

我们顺着搭在泥沼水草上的木制栈桥,走进拉鲁湿地,可惜,“不识庐山真面目,只缘身在此山中”,在湿地中央反而没看到什么鸟,在来回的路上,湿地与林地的边缘,我发现了一些鹡鸰、斑鸠和戴胜。我相信,这里的水鸟绝对少不了,栈桥构造很好,如果在其上设置一些湿地知识牌和本土物种介绍牌,那就完美了,我向站长建议着,不料,他给我的回答竟是没钱。

诚然，做这些介绍牌确需一些投资，但微乎其微，最关键的还是这里的知识含量。

中午，我们讲师团一行来到著名的布达拉宫。为了入境随俗，我在门口花25元买了一顶藏式礼帽，但后来发现，越是戴这种帽子的，越是外来者，就像各个景点前，穿民族服装照相的，都是汉族游客。

布达拉宫之于拉萨，就像天安门之于北京。位于拉萨市中心红山上的布达拉宫，是一座集城堡、寺庙、宫殿为一体的恢弘建筑，始建于公元7世纪，由藏王松赞干布为迎娶文成公主而建，可以说是藏汉友谊的见证。经多次扩建，有大小殿堂房间上千，为历代达赖喇嘛的住锡地和正教合一中心，分为白宫（理政之地）和红宫（理佛之地）两部分。我们从到达拉萨的第一天就路过了布达拉宫，但并没有表现出太惊异的感觉，因为相关图片见的多了。

向往多年的圣殿布达拉，今天终于登临了，瞻仰历代喇嘛的灵塔，感受空气中弥漫的酥油味，但给我印象最深的，还是那神龛下自由出没的小猫和随处可见的忙着点钱的红衣喇嘛。我们作为旅游者的门票是100元，而本地的朝拜者门票才2元，尽管朝拜者见佛就拜，把手里的钱不住地往佛龛上放，但我注意到，那都是一毛一毛的，再怎么加起来，也比不上我们交的一笔多，比不上我们对寺庙的贡献大，所以，我心安理得地参观，并未挨着个儿的佛像去上供（我只给我认识的松赞干布上了供）。

下午，我们来到与布宫同为世界文化遗产的达赖夏宫——罗布林卡（藏语意为宝贝园林）。环保局的苏云同志带我们参观，同样价格不菲，花60元买了进门票，竟然没进入什么宫殿，绕园一周，感觉这门票花的更冤。好在，遇到一处在屋顶打夯的男女们，唱着劳动号子“打阿嘎”，杵着棍子，甩着膀子，你来我往，一轮一轮地，好不酣畅，我们无不为他们欢快的劳动之歌打动，我感慨道：歌舞最初就产生于劳动，这不正是最原始的、原生态的、活化石般的、原汁原味的魅力歌舞吗？此曲只应天上有，人间能得几回闻！这么一想，门票还是花得值。

## 2005年9月16日(周五)

初秋的拉萨,夜凉如水。一大早,我们乘上依维柯旅行车,踏上了去下一个讲学地——林芝的征程。7:40,过拉萨河;8:00,到达达孜县,这是距拉萨最近的一个县。

8:30,到龙达村,我觉得,这个地名颇有真龙天子到达的寓意,这是藏王松赞干布的出生地,我们下车在路边拍照,附近的牧场丰腴,牛羊成群,的确人杰地灵,物美人丰。

8:45,到达墨竹工卡县,刚到县城,听说希望小学的校长要来迎接我们,其实,见面才知道,这位校长是一个三十来岁的叫洛旦的小伙子,在他的带领下,我们跨过一座架在一条湍急河流上的晃晃悠悠的钢索木板桥,循着歌声来到唐加乡希望小学,与小学生互动、交流之后,大家开心地畅饮人家为我们精心预备的甜茶,才依依挥别。

行驶了100多千米,中午翻越了海拔5 138米的米拉山口,便进入林芝境内,"林芝"藏语意为"太阳的宝座",的确,这里位于西藏东部、平均海拔又低于整个青藏高原,林木茂盛,气候温暖,有西藏江南之称。下到草原,开始走近另一条大河:尼洋河,呈现在我们眼前的,果然是另一番景象:绿树葱郁,山清水秀,牦牛在激流中屹立,羊儿在草坡上流连。这时,盘山路上,一队军车缓缓出现,我们的车开足马力才超了过去,回首望去,那队军车犹如一道游动着的绿色长城,护卫着这神圣的土地。

14:00到达另一个县:工布江达,听说这里有野生白唇鹿,感到十分亲切,那是我最熟悉的动物之一,可惜无缘见到。首先迎接我们的是一处鬼斧神工般的景观——中流砥柱,在滚滚急流中,一块圆柱形巨石端端坐落在江心,被人唤做中流砥柱真是名副其实。

14:45,在工布江达县城用餐。但令我们开眼的是这里藏族的服饰,一种叫"果秀"的类似套头长坎肩的上衣,简单实用,前后一搭,中间留个口,支支棱棱,酷似边陲武士。

15:40,到达我们预计途中逗留的第二个小学——仲莎乡希望小学,又叫阿沛小学,学校同样是有备而来,在校园的绿地上搭起了个临时帐篷,作为主席台,我们各位讲师各展身手,为这些大山深处的孩子们做环境教育演示,我照例带孩子们齐唱环保拍手歌。

18:00,沿着一条绿树成荫的林荫道,我们驶入林芝的行政所在地——八一镇。八一镇,顾名思义,这个地名与解放军有关系,这里的城镇建设,军队贡献最大,如今,这里也可以说,仍有重兵把守,因为距国境线才数十千米了。但我觉得这个地方的名称似乎应叫粤闽镇,受广东、福建两省援建,办公楼、写字楼,广场、大街,无不堂而皇之地冠名:广州路、深圳大道、福建路、珠江市场、泉州路、厦门广场……街道平直气派,店铺鳞次栉比,白天楼高街阔,夜晚华灯通明。生生一个内地的花花世界,哪有丝毫西藏乡土气息。对此,我们没有一个人欣赏,香港的地球之友总干事吴方老师,还有她从事建筑设计的老公吴先生,更是不以为然。

## 2005 年 9 月 17 日(周六)

昨天,人在旅途,明天,他乡中秋。好在下榻之处福建大厦是一个星级宾馆,相当舒适。

今天,9 月 17 日,“全国科普日”,可能除了我们此行的人员,谁也不会注意这个事情,在西藏林芝,就更没人听说这回事了,殊不知,我此行的身份是身兼三职,既作为寸草心讲师团成员,又代表了北京绿色奥运宣讲团及中国科普志愿讲师团,前来演讲,真有点“三个代表”的意味。

9:30,在林芝二中开课。听众为地区环保局干部及林芝农牧学院的大学生。在没有调试好多媒体设备之前，吴方老师就坐在同学们当中开始侃侃而聊。她不愧为联合国“全球环境五百佳”和中国国家环保局的“特聘环境大使”，随时随地，绘声绘色，说得学生们都聚拢过来。这样为我节约出了时间，她按时下课，我按时上课，讲的过瘾，环保局的同志们听的专心，局长书记频频点头，让我越讲越来劲儿。已经中午了，林芝地区环保局的同志、特别是几位局长同志，都不是起身就走，而是热情地跟我们交流，拉着我们合影，福建省环保局宣教中心来林芝挂职副局长的黄光纯先生还谦虚地让我把“环保拍手歌”写给他，我当然是乐此不疲了，在此，便体验到了“教学相长”的乐趣。他们没有请我们吃一顿饭，喝一口酒，但其情其景，令人感动。

下午，为林芝地区旅游局做生态旅游培训，局长和旅游局的同志，包括导游们都前来听讲了，吴方老师先讲，她为大家展示国际上开展生态旅游的很多案例，让人大开眼界，她的“返璞归真，精神消费”，让我受益匪浅。我还是讲“生态旅游——一种天人合一的游憩方式”。我们讲完，林芝地区旅游局的刘剑副局长给予了很有见地的总结发言，特别说到“新八一镇”概念，我觉得人家的思路非常清晰，利用老名声，开创新局面，使林芝达到八大景区，一百个景点的旅游规模，此谓“八一”。

而一位林芝教育局的同志，把西藏的几个各具特色的地区做了一番评价，令我在了解西藏的这几个地方的要点，特别是了解林芝上，茅塞顿开，他说：西藏最好的地方是拉萨；最远的地方是阿里；最高的地方是那曲；最险的地方是昌都；最大的地方日喀则；最古的地方是山南；而最美的地方则是林芝。

## 2005 年 9 月 18 日(星期日)

昨天讲旅游，坐而论道，今天就实践一把。一早，从林芝驱车前往 60 千米之外的鲁朗林海，路过林芝县城，才知道，这里，是林芝真正的行政所在地，但大都迁往八一镇了，所以，老县城显得颇为败落。好在时不时见到路边穿着民族服饰——林芝藏族特有的铠甲般的套头外衣“果秀”的藏族人士，我感觉，老县城正好可以“依旧卖旧”开展民俗旅游，秦岭深处的“老县城”不就因老而成为一个引人注目的旅游景点了吗。

鲁朗林海，的确让人惊异，在雪域高原的西藏，还会有这种规模的松涛林海。但同样令我惊异的是，在鲁朗林海的入口墙壁上，写有“珍爱野生动物”的大标语，而紧邻的购票口附近，一些卖山货的人，竟然在光天化日之下兜售国家一级保护动物藏羚羊的骨角及虎鞭豹鞭，后者可能是假的，但前者绝对是真的。我以标语为背景，以藏羚角为前景，拍摄下了这一幕极具讽刺意味的画面，尽管这是生态旅游中的一个微不足道的不和谐画面。

中午，沿尼洋河行车，来到林芝巨柏林，位于林芝县巴结乡境内的巨柏林是西藏最小的一个自然保护区，面积才8公顷，坐落在一个山根下的南坡上。数人才能合抱的巨大柏树，令人赞叹不已，其中一棵50米高堪称“中国柏科之最”的巨柏被尊为神树，上面挂满哈达，传说是苯教开山祖师辛饶弥沃的生命树。站在这高大的、历经2 600多年、阅尽世态炎凉的巨柏面前，我们个人，愈发显得渺小。

下午，在一个距八一镇27千米的、叫卡定沟的景区游览，山岩高耸，溪流湍急，瀑布悬垂，落差达200米，很像我刚去过的金沙江支流珠巴洛河。那个地方处于滇藏路的云南德钦的奔子栏，离这里确也不算太远了。卡定，藏语是天上人间的意思，事实上，往天上看，没人能及，但有猕猴，冬季它们才下到山脚。管理者拴着的一只小猕猴吸引了我，我用猴子能明白的语言与它交流，果然，它马上认同了我，乖巧得就像找到了亲人，依偎在我的身边，舒服得一塌糊涂，让我给它理毛。

午后，山雨淅沥，雨未住，彩虹出，就在我们下榻的福建大厦的对面天空，而且是双层彩虹，我还是第一次目击。

晚，在一家藏餐馆进餐，我不吃肉，因此，除了酸奶、甜茶，对藏餐没有什么兴趣。其间，遇到一位广东援建的干部来敬酒，开始没当回事，但一听说他在墨脱挂职副县长，我们顿时全体起立，肃然起敬啊，毕竟，那是全国唯一没有公路的县，他回去至少要步行三到四天，而且，沿途蚂蟥当道，塌方断路司空见惯，艰苦卓绝可见一斑。

餐馆老板为客人端上了月饼，我们才意识到今天是中秋节，同时，今天还是周末，晚上，妻子来电话埋怨不在家，我也没想到，这个中秋，会跑到如此偏远的地方，不过，也挺引以为自豪的，在给朋友们的短信中，多次提到，请在地图上找一找我的位置吧。

## 2005年9月19日（星期一）

晨，离开八一镇，亦即结束林芝之行。九点多，到达巴松错，这是一个位于工布江达县境内的海拔近4 000米的高山湖泊，也叫错高湖，为藏东最大的堰塞湖之一，湖光山色，恍如仙境。在栈桥相通的小岛上，古树参天，绿荫掩映的山坡上，是一座藏传佛教的宁玛派古庙，这里的寺庙不像内地，都有僧人，这里的僧人有男有女，男的当然是喇嘛，女的是不是叫尼姑，我就不知道了，反正也都剃度、都是红袍加身。他们是如何共处于这神仙般的地方的，我难以想象。奇怪的是，在寺庙正殿前，有两尊木雕，为裸男裸女，各自的性别特征不仅明显，甚至可以说是夸张。我第一次见到这样坦率的表现手法，而且是在神圣的寺庙中，匪夷所思。无论怎样，在这如此超然的仙山琼阁，人的心境和行为也会变得澄澈、美好、顺其自然了。在云蒸霞蔚之处拍照，错高湖在我心目中留下了极其美好的一幕，尽管门票50元，但是，值！

中午，我们的旅行车回到公路旁的著名景观：中流砥柱，巨大的圆柱形岩石伫立于江中，千年万载，任江水滔滔，岿然不动，蔚为壮观，我们停车拍照，很多旅行者、旅游者也都为此石所动，石不动人动，是人的心动啊。

14:00，在路边小饭店用餐，听说前边道路出事了，我们无法想象事故的严重性，只好继续赶路，并计划天黑前赶到山南地区。没走半个钟点，车辆已经死死地堵在公路上了，很多是拉木材的卡车，开始，我们还从车窗伸出相机抢拍沿途的木材车，此刻竟满目皆是了。顺着钢铁长城般纹丝不动的车队，徒步向前，原来，在一座桥上，两辆拉木头的大卡车挤在了一起，一辆歪倒在桥上，都是它们惹的祸，我本来就对树木被砍、被源源不断运出而愤慨，这时就更对这些事故车毫不同情了，甚至心底恨恨地生出两个字："报应！"。

桥上的路被堵死，很多司机便另辟蹊径，从桥下湍流上驾车冲过，但这也不是好玩的，一辆考思特旅行车半途熄火了，停在激流中动弹不得，在别的车帮助下，它被拉了回来。此时，那些越野吉普大显神威，一个个开足马力，吼叫着冲了过来，大卡车、工程车也都当仁不让地冲了过来，就连一辆驾驶篷被撞瘪了的小卡车，也稀里咣当地冲了过来，一副破罐破摔的劲头，惹得藏汉看客们一片掌声，当然，我也是其中看热闹、幸灾乐祸的一位。有些"做好事、学雷锋"的人，在往桥下的这条激流中填石头，以便各种车辆都能通过，我对这种行为却不以为然，哪儿出问题从哪儿解决嘛，干嘛要跟河流过不去呢，何况那些填河的石块，本来是用做路基石的，这不是拆东墙补西墙吗？

我们的依维柯旅行车，也在常州师傅的神勇驾驭下冲过了激流，过后，我还向他讨教一番，他便传授了我这门驾车过河的技巧：低挡大油门！无论如何，堵车的坏事，虽耽误了我们到山南的行程，却为我们此行留下了令人难忘的插曲，坏事变好事了，否则我哪能摄到那些生动鲜活的照片呀。晚，只好在拉萨入住。

## 2005年9月20日（星期二）

晨，拉萨还在沉睡中，路灯熹微处，我们在牛肉面馆饱餐一顿，便趁着夜色奔赴山南。上午9:00，已经下榻于山南的泽当宾馆，这里，条件逊于高楼大厦的林芝福建大厦，但开门见山，设计巧妙，还是四星级的呢。泽当，藏语为猴子玩耍的地方，相传，这里是藏族的发祥地，最初，神猴与罗刹女好上了，云雨一番后，繁衍了高原人类，这个传说，竟然与达尔文的进化论如出一辙。泽当的马路上游人不多，颇感悠闲，街头的小店，特别是印度商品小店，很受我们一行人的喜爱，每个人都没少采购，除了我。

上午，安排在山南一中讲课，为中学生，五个老师车轮大战一般，走马灯似地挨个上台，我最后演示自编的小话剧“我对地球的贡献”。下课了，这些淳朴的同学，好像多为汉族孩子，跟我们搭着话，一群男孩女孩表达着他们所受到的感染与悸动，一个女孩还对吴方老师说，等长大有了钱，去香港看她，吴方老师说：只要学业有成，可以去香港搞交流，不必非得有钱才能去呀。山南环保局的副局长叫达瓦，藏语是月亮的意思，他的双眼明亮，的确如同月亮。下午，与旅游局、环保局干部见面，讲演进行得顺利而圆满。

## 2005年9月21日（星期三）

上午，在山南的一个教学点考察，这里只有一、二、三年级，几乎都是藏族小朋友，都讲藏语，他们对我们的到来表现出了极度的热情，孩子们的方式是拼命地唱歌、扯着嗓子背诵口诀，好吸引我们的注意力，几个乡村女教师，有着刻意一致的着装——邦典。吴方老师以地球之友的名义为他们带来很多文具。其实，比起内地的很多地方，这里的条件已算不错，起码，教师的工资有保证。

下午，陕西刘文化老师、贵州盛晶晶老师离开西藏，大家依依惜别。也挺遗憾，因为，山南是寻古的最佳去处。途中，我就看到“世界之巅在西藏，西藏之源在山南”的旅游广告语。下午，我们连去了三个景点：雍布拉康、昌珠寺、藏王墓。

老远就能看到，那气势雄伟的、古堡般的宫殿，便是雍布拉康。雍布拉康初为苯教徒所建，后为松赞干布与文成公主的夏宫，五世达赖时改为黄教寺院。这个古老的建筑物坐落在扎西次日的山巅,我是骑着一头罕见的白牦牛上去的,真有些飘飘欲仙的味道。

作为藏文化的发源地,这里有"国王莫早于聂赤赞普,地方莫早于雅砻,宫殿莫早于雍布拉康"之说。在漫长的藏族历史中,山南拥有众多的第一,不仅有西藏第一座宫殿——雍布拉康;还有西藏第一位国王:聂赤赞普;西藏第一个奴隶制政权——吐蕃王朝;西藏第一块农田——萨日索当;西藏第一个寺院——桑耶寺;西藏第一部经书——邦贡恰加;第一部藏戏——巴噶布;西藏第一座佛堂——昌珠寺。

在昌珠寺,见到一帮小喇嘛正赤膊上阵地从水井里往上提水,后来,又一本正经地和衣而坐,在墙角读经,那劳作、苦读的场面,令人感触到出家人初出茅庐的艰辛,但他们的精神世界,看上去又都那么充实而幸福。昌珠寺是松赞干布与文成公主成婚时建立的,又一次见证汉藏曾一家。

藏王墓,主要指一个大土包以及其上的寺庙,起初是建在松赞干布坟墓墓顶上的经堂,以后,逐渐成为宁玛教派的一个寺庙。在这里,不仅这里,几乎在我们所去的每个寺庙,都能看到一种现象:喇嘛欣然接受着现代事物:打手机,用太阳能炉灶,我对这种环保节能的方式颇为欣赏,拍摄了一些喇嘛与太阳灶的场面,对此,每个喇嘛都很热情,很内行地摆好姿势。从高处四下俯视,十几座吐蕃陵墓散落于雅砻河谷,雅砻河从眼前流淌而过,在泽当镇汇入了著名的雅鲁藏布江。

晚,小城月冷,山风瑟瑟。在泽当宾馆,无意中看到了山南电视台播出的节目:我们"地球之友"讲师团在这里的活动,哈,我们上电视了!有成就感!在西藏的环保演讲,到此结束。

## 黄河入海口、观鸟更观鸭

时值深秋,自然之友2001年的最后一次观鸟活动,终于在会员付建平的热心张罗下，成行了。

这是个周末的下午，风和日暖，我与同行小侯从麋鹿苑出发，背着双肩行囊、带着食物、防寒服、望远镜及观鸟图鉴，来到位于东郊八王坟的长途汽车站，与约好同行的环境报记者高嵘、荷兰使馆职员倪一憬、阳光卫视张桅以及观鸟小组的十余人，准时在2:30登上了北京开往山东东营的长途汽车。

以前观鸟，远则乘火车，近则乘汽车或骑车，像这样跨省越市坐长途汽车的机会并不多，好在韩国大宇车快而平稳，又有身着制服酷似空姐的服务员为我们送吃送喝，真有一种坐飞机的意味。车至天津武清高速路上，大雾弥漫，尽管车速低了下来，但那种雾中行走的滋味，还是让人"感觉像在飞"。可惜，"飞"得太慢，晚上十点才到达目的地，距黄河入海口不远的垦利县大桥宾馆，大伙便投宿在这家每人15元、每室4人的路旁旅店了。

清晨，一如既往地，闻"鸡"起床，我的"打鸣"，一唱雄鸡天下白，大家在山东会员李小峰的预先周到安排下，于7:30乘上一辆事先包租好的小型十六座旅行车，向黄河口方向飞奔，观鸟，便由此拉开了序幕。

7:40左右，我从车窗瞥见一处"黄河农场"字样的地名，几乎同时，见到一只翩飞如蝶的鸟："戴胜"。我大叫着，抑制不住内心的喜悦，毕竟首开了记录，也对大家刚在镇上目睹卖野兔场面产生的愤懑之情稍稍缓解了一些。

接着，云雀、红隼、大鵟……扑面而来。

拜会了当地的主人：黄河口保护区大汶口管理站的同志后，我们便真正进入了黄河三角洲，真是名不虚传的湿地，到处水汪汪的，我脑海中顿时闪出"关关雎

东营黄河口保护区观鸟

鸠，在河之洲”的诗意。各种涉禽、游禽尽收眼底。开始我们还记录着白枕鹤，一家四口；灰鹤，一家四口；丹顶鹤，一家三口；白鹤，一家三口；飞行的豆雁，一队7只；浮游的大天鹅，7只……随后就数不胜数了，凤头麦鸡就超过百只，绿头鸭、罗纹鸭更是比比皆是，满眼的豆雁简直是无法统计，赤麻鸭、斑嘴鸭、小鸊鷉、凤头鸊鷉、白秋沙鸭、红头潜鸭……也被记录在案。在黄河入海口，大家对望远镜中一家三口的白鹤饶有兴致，两只成鸟羽色洁白，可是，幼鸟竟是满身斑纹的鲜艳的黄褐色，这难道也是鹤吗？这么花哨，就连我，我们这些观了几年鸟的人都颇为诧异。

斑头雁

此来东营，我既为观鸟，更为一睹黄河入海口之胜状，可谓抱着对母亲河的朝圣心理前来，面对一条几乎是浅浅的河沟的浑黄水域，听说这就是黄河，我几乎惊呆了，据说世界第一大河亚马孙河的河口是一幅一眼望不到边的天海相接景象，黄河也是排名居世界前列大河，竟然落到如此境地，我们的母亲河啊，您的乳汁真的枯竭了吗？晌午时分，我们终于在黄河三角洲的深处遇到了几条渔船，那是几乎搁浅了的大船，渔民正在整理渔网绳结，可我内心之结却难以化解，可谓心有千千结呀。

赤麻鸭背后竟是一对乌鸦在缠绵

入夜，大风骤起，顿生凉意，幸好我们早有准备，纷纷拿出羽绒服。一早，大家迎着火红的朝阳，顶着刺骨的朔风，奔向一个叫孤东的水库，这恐怕是遍布黄河沿岸的众多水库中的一个，或许是黄河上的最后一个人工截水工程吧。在水库单调的坝堤上，我们支起高倍望远镜，远方水面上浮动的一团团小点顿时清晰可见了，最先被我们辨出的是红头潜鸭，还有豆雁、赤麻鸭、凤头鸊鷉。掉转方向，在水库的中央，一座孤岛旁的背风向阳的水面上，一大片密密麻麻的黑点，从高倍望远镜中一看，哇！真清楚，罗纹鸭、绿头鸭、赤麻鸭、针尾鸭、花脸鸭、斑嘴鸭、赤颈鸭、红头潜鸭，以及白秋沙鸭、普通秋沙鸭，大家看得满口“鸭鸭”直叫，简直看谁都像鸭子了，甚至那位倪小姐都羡慕得宣称，来世也要做鸭子，因为她是首次观鸟，没想到世界上有这么多种鸭子，而且又都这么漂亮鲜活。

红头潜鸭

针尾鸭

回程中，天空还不时有队形整齐的雁阵、鹤阵，因为这正是候鸟南迁的季节，而鸭类的迁飞则没有这么严谨，这么秩序，用一位同行观鸟者的话，鸭子飞起来简直是“无组织、无纪律”，但我确信，它们绝非乱飞，有时，在麋鹿苑，我常惊叹这看似笨拙的鸭子一扇翅膀便能扶摇直上。更令我感叹的是，一次，在濒危动物中心水禽岛上，一帮被喂养了多日的赤麻鸭，忽然在一天早晨，集体“越狱”迁飞了，它们肯定有“明早三更起床、四更吃饭、五更出发”之类的明确指令，否则怎么会如此地步调一致呢？正当向朋友介绍这段往事，一只野鸭正双翅生风、急促地划过天际，像是在追赶队伍，身后，为我留下的是一幕“落霞与孤鹜齐飞”的凄美画意。鹜乃野鸭，此行与其说是观鸟，不如称为观鸭。

# 科普考察新西兰

2004年7月底，北京市科协组织的新西兰科普考察团终于成行。临行前，负责本次出国组团工作的市科协国际部通知大家到科协开会，我们九名来自北京市各科普机构（有自然博物馆、麋鹿苑博物馆、东城科技馆、宣武科协、石景山八角办事处、市科协活动中心、科普发展中心、科协科普部）的人员首次聚齐。

国际部徐副部长强调完注意事项，科协田主席亲临讲话。他说，北京科协与新西兰皇家学会在科普方面有着广泛的联系并签署了一个为期十年的合作协议，互派人员考察正是合作的一部分。本团是2004年市科协的第一个科普考察团，时间长达20天，走的地方较多，可学的东西也很多，预祝考察成功，同时要处处体现北京人的素质和科普人士风采……

带着领导的嘱托，单位同事的厚望，怀着对异国风情的好奇心和探索"他山之石"的科普求知欲，我们于7月30日出境，经新加坡转机，飞向了南半球那美丽的岛国——新西兰。

## 一、白云之乡：新西兰

南半球大西洋东部岛国新西兰，是世界上最早迎来新的一天的国家，领土面积与英国相仿，是我国台湾岛的7倍。港台人按音译称其纽西兰，荷兰语新西兰的意思为"新的海中陆地"，最先登陆的岛民毛利人则称这里为“长长的白云之乡”。毛利人的这个美丽而浪漫的称谓，我觉得最贴切。

在新西兰考察的日子，我们先从南岛的基督城向南，又从北岛的惠灵顿向北，在这修长的岛国南下北上，马不停蹄，“云游”的城镇甚多，考察的范围甚广，但绿色的草原、广袤的山野、澄澈的湖水、灿烂的星空，无不令人洗心革面，雪山皑皑、河水滔滔、鸥鸟翻飞……蓝天白云更是如影随形，这么一个处处田园牧歌，约30%国土为保护区的，既现代、又天然的国度，其实，在一千年前，还鲜有人迹，在二百年前还没有国家。

大约在公元1100年，一个叫库彼的波利尼西亚航海者发现了新西兰，他的妻子把这里取名“长长的白云之乡”，回到波利尼西亚后，向人们描述了这块美妙的土地，但直到1350年，作为波利尼西亚人一支的毛利人，由于家乡食物的匮乏而开始移民新西兰，他们的独木舟船队浩浩荡荡，在北岛罗托鲁瓦附近的东海岸登陆，然后逐渐移居内陆。

罗托鲁瓦是我们科普考察途经的一个重镇，热泉喷涌，地热资源丰富，几乎家家有温泉可泡。想必当年毛利人也是因此而乐不思蜀了。在18世纪，新西兰的毛利人约有十几万，他们与世隔绝，有自己的语言，无国家的概念，能歌善舞，醉心艺术，工于雕刻、编织等。我们在罗托鲁瓦，不但目睹了毛利妇女娴熟的剑麻搓绳手艺，还欣赏了她们美妙的歌舞表演，我还与胖胖的毛利女人合了影。有趣的是，据维多利亚大学科学家进行的基因分析，毛利人的祖先应当源自中国，原来“本是同根生”呀。

1642年，荷兰探险家阿贝尔·塔斯曼乘两条船从爪哇、印尼南行探险，意外地抵达新西兰，成为第一个发现这块土地的欧洲人，只是因为北岛毛利人的抗拒而登陆未逞。记得我们的飞机在澳大利亚与新西兰之间的海域经过时，飞行图显示：塔斯曼海，原来就是以这位探险家的名字命名的。

1769年，英国探险家詹姆斯·库克船长在考察澳大利亚之前，也发现了新西兰，经与毛利人沟通，登上了陆地，便成为第一个踏足新西兰的欧洲人。库克船长在新西兰人的心目中，可谓举足轻重，很多地方都能见到他的塑像，全国最高的、海拔3 764米的山峰，也以他的名字命名——库克峰。

1840年，英国总督赫伯森从悉尼来到新西兰，与毛利人谈判，在当年的2月6日，签署了一个具有划时代意义的文件——《怀唐伊条约》，以后，新西兰便将2月6日这天，定为国庆节，因为，这一天，英国人在新西兰的统治地位得以确定，大规模移民由此开始。在我们所经城市的显要位置，几乎都能见到记载最初定居者名字的纪念碑。

## 二、奇特的活化石——三眼楔齿蜥

出于本职和爱好，出访之前，我查阅了有关资料，得知在1.5亿年前，南半球的新西兰，尚与南极、南美、非洲、澳大利亚连在一块，组成冈瓦纳古陆，以后，逐渐分离，由于新西兰独立于其他陆地，在世界上所有动物区系中，属于最古老的一个，在很大程度上保留有中生代末期的动物类群。

同时，新西兰也是一个相当贫乏的动物区，本地的哺乳动物，除了两种蝙蝠外，一无所有。两栖爬行类，少得可怜，蛇根本没有，但一种名为三眼楔齿蜥的爬行动物，格外引人注目。

一天，我们考察团一行来到位于惠灵顿山坡上的维多利亚大学，该校生物系的苏珊女士为我们做了有关“三眼楔齿蜥”的专题演示。正好在前一天，我从惠灵顿动物园的夜行馆，时隐时现地看到雄雌两只三眼楔齿蜥，正希望了解得清楚一些。听了专家的讲解，略知一二。

由于在新西兰这块土地上，没有三眼楔齿蜥的捕食天敌，它们优哉游哉地、默默地延续着，从恐龙时代一直走到今天，堪为侏罗纪时代的孑遗物种——活化石。近几百年以来因人类登陆，肆意捕杀，并带来了老鼠，使这种动物在主岛上灭绝殆尽。

为了让这种奇特的活化石延续下去。新西兰早已立法保护并采取人工孵化的辅助措施，繁育后“重引进”到指定的没有人类和老鼠干扰的岛屿上。

苏珊放完投影，说让我们看看、摸摸她养的一只活的三眼楔齿蜥，我们简直喜出望外。一会儿，苏珊抱来一个箱子，打开盖子，轻轻捧出一只一尺多长、浑身覆鳞的、文文静静的动物——三眼楔齿蜥，这是一只十七岁龄的雄性，但还未进入成年。三眼楔齿蜥的寿命可达百年，二十岁才进入性成熟。

我想，低调、缓慢、深居简出的生存策略，正是它们得以长久延续的关键。大家忙着拍照，我则凝视着苏珊手中的这位宝贝，想到，它的名字叫三眼，可为什么看不见呢？一问苏珊才知，它的确有个“颅顶眼”，但并非真正的能看东西的眼睛。

甭管怎样，我们能与这来自恐龙时代的神奇生灵做亲密接触，也算是开了眼了，但愿三眼楔齿蜥，这种新西兰独有的古老动物，永远成为这个世外桃源的活神仙。

## 三、几维鸟，新西兰人的象征

在古老的新西兰的南北两岛上，因为没有走兽和蛇，鸟类不必逃避，地面食物丰富，飞翔能力逐渐退化。这里分布着很多本地特有的鸟类，而且，不少是无翼鸟，因此，新西兰有无翼鸟故乡的称号，但大多无翼鸟在近几百年人类登陆后灭绝了，仅恐鸟就有15种灭绝。

新西兰唯一保存下来的无翼鸟，就是著名的几维鸟。港台译为奇异鸟，又名鹬鸵。当然，在英语中是直接叫几维，不叫鸟。

成年几维体重约2 000克，但是，蛋的重量达500克，几乎是体重的四分之一，按照这个相对比例，世界上再没有什么鸟能下比几维更大的蛋的了。从绝对值比较，几维的蛋，远不如象鸟、恐鸟的大，甚至不如鸵鸟、鸸鹋的大。几维的另一形态特征是喙部修长，喙部即为鸟嘴，几维的嘴长超过腿长，嘴端有鼻孔，无翼、无尾。

几维共有三个种：北岛中部的褐色几维、南岛西北的大斑几维、卡皮提岛的小斑几维。

几维在新西兰人的生活中，触目皆是，有银行的名字叫几维的，新西兰的两角与一元的钱币上一面印的是英国女王伊丽莎白，另一面便是几维，几维是新西兰的国鸟，新西兰人更是坦坦然然地以几维自称。记得我在新西兰时，正赶上电视里直播奥运篮球赛事，中国队对新西兰队，可人家播音员不称本国球员为新西兰队，而是简称几维。

在我看来，从新西兰的这种特有珍禽——几维身上，所表现出的与世无争、不事张扬、既务实又悠闲的性情，来比喻新西兰人，倒也贴切。但也有一件事却多少令我不忿，甚至耿耿于怀，那就是，新西兰人把从我们中国引种去的猕猴桃，称为几维果。

## 四、百年猕猴桃，他乡奇异果

在新西兰考察的日子里，我们吃的最多、也是最爱吃的水果，就是猕猴桃。猕猴桃是原来只产于中国的一种水果，不是像有些人以为是猕猴爱吃的桃，而是因果皮覆毛，貌似猕猴而得名。猕猴桃味美价廉，营养丰富，可惜，人家不再称咱的猕猴桃为猕猴桃了，而叫几维果，港台人称奇异果，或译为鹅莓，这是怎么回事呢?

原来，100年前，新西兰的一位叫伊莎贝尔的女校长，到中国湖北宜昌看望她的姐姐，并把中国的猕猴桃种子带回了新西兰。经过当地园艺专家亚历山大的悉心培育，第一棵新西兰猕猴桃——几维果诞生了。之所以叫几维果，他们自有一番道理：色泽棕黄，毛短而少，顶部的把酷似“鸟嘴”，活脱脱一个果中几维，所以，在新西兰，猕猴桃的英语便是几维果。

这样，原产中国的猕猴桃，经过百年耕耘，在气候和温湿度适宜的新西兰，不仅扎下了根，而且独占鳌头，又风靡了世界。

在美国食品科研中心排列的27种最受欢迎的水果中，猕猴桃位居榜首，营养价值名列第一：营养价值高而热量却很低；脂肪含量很低，维生素含量却丰富；其充分的微量元素可以有效改善免疫系统功能，缓解衰老、预防心脏病，堪为“水果之王”。

据悉，新西兰的猕猴桃因品质优越而出口到了70多个国家，甚至又返销到了中国，从1993年的10 000余箱，上升到2003年的600 000箱，其中70%是销往上海。今年，还推出了混合有哈密瓜、水蜜桃、柑橘等多种水果口味的、一点也不酸的金色品种。这种金色猕猴桃价格比一般猕猴桃贵，我们在新西兰也尝了，说实在的，还真不如绿的好吃，我一点都不喜欢。也许是一种民族主义情怀夹杂着习惯了的口味，我更偏爱我们原汁原味的、甜中有酸的猕猴桃。

## 五、带毛的定时炸弹——帚尾袋貂

8月初的北京，正值盛夏，可是，南半球的新西兰却是严冬，一早，我们考察团一行九人，乘坐一辆考思特旅行车，离开南岛第一大城市基督城，开始了云游新西兰的科普之旅。为我们开车兼解说的是一位五十多岁的台湾人，姓陈，名飞虎，祖籍江苏盐城，国军老兵的后代，移民来此快十年了。陈先生开车稳健、为人持重，服务诚恳，一路上，把许多当地的风土人情、名胜典故娓娓道来，这是引自英国的鲁冰花、这是指环王的拍摄地，那是克林顿当年来过的只有 200 人的小镇——克林顿镇……甚至请我们吃新鲜的三文鱼，带我们买价格合适的水果、绵羊油……令我们深深感受到台湾与大陆“同车共济”的同胞情谊。

沿东线南行，时而，与那条南岛唯一的铁道并行；时而，与惊涛拍岸的大海相望。我为了得到最佳观光效果，坐在了人们认为乘车最危险的副司机的位置。记得临别时，陈先生才问：你为什么敢坐这个位置，我说，我相信你的技术。其实，我不是不害怕，而是求知欲战胜了恐惧。坐在车的前排，既可以随时向陈先生请教，更能捕捉到一一映入眼帘的事物，特别是各种动物：分栏相围的牛群羊群、穿着马甲的马、引自南美的驼羊、大规模圈养的赤鹿、貌似乌鸦的澳洲喜鹊、成双成对的黑胸麻鸭（当时被我们直译成天堂鸭）、妖艳红嘴的黑天鹅，甚至追跑打闹的野兔、碧空翱翔的雄鹰……

但最令我奇怪的是公路上，总能见到被汽车轧死的小动物，有兔、有鹰、有刺猬，更多被轧死的就是陈先生称为“果子狸”的动物。当老陈说是果子狸时，我大为疑惑，亚洲的果子狸怎么会跑到这南半球的岛国呢？如果新西兰有这么多的果子狸，闹“非典”时，他们一定也大为紧张吧，可是，怎么没听说呢？我从那些动物遗骸看，脸不花，尾不长，不像果子狸，从他们英语称为“咆猕”，查了有限的工具书，当时我们误将其译为“负鼠”，但能确认是一种有袋类动物。一路上，我几乎到处请教，关于这种外来小动物的情况，可以说，直到考察的最后一站——奥克兰博物馆，才基本了解了这种动物的来龙去脉，

原来，这是一种引自澳大利亚的袋貂科、帚尾袋貂属的动物——帚尾袋貂，体长32～58厘米，体重约2～5千克，体色棕黑、具浓密的灰色绒毛，吻尖耳大，面目如狐，尾长而卷，尾后半部具扫帚状的毛，因此得名。帚尾袋貂分布于澳大利亚北部、东南、西南及塔斯马尼亚岛，是澳大利亚最普通的有袋动物，夜行为主，觅食各种植物果叶、捕捉昆虫及小动物，白天隐身于树洞、灌丛或兔穴之中。

最早的引种时间是1800年，也许是种群个体少，没有成功。1858年，再次引种，获得成功，1890—1900年期间，人们又做了努力，一下从澳大利亚及其塔斯马尼亚引来200～300只，多数放生于南岛，少数放到北岛南端惠灵顿稍北的一个地方。当时，人们之所以一而再，再而三地往新西兰引进异地物种，完全是为了经济目的，这种易活、易捕、对人无威胁的小野兽，被作为狩猎动物、毛皮动物而受到人们的喜爱并受到法律的保护。的确，我们在新西兰的一些商店也见到用袋貂毛织的袜子。甚至听说，在南岛西部，还有人吃这种动物。但是，无论是人吃，还是汽车轧，或猎枪打，都无法遏制帚尾袋貂的增长势头。可能换成中国，它们的下场自然会像果子狸一样了。

在人少资源多的新西兰，对帚尾袋貂的利用程度，远没有它们自身繁衍的快，这种繁殖力强盛的动物，在新西兰这块没有天敌控制的土地上，日益发展壮大，呈爆炸式增长，不到一个世纪，已遍及全国，达7000万只，平均每个新西兰人摊17只，而他们全国的羊才4000万只，平均每人10只。每只帚尾袋貂一宿要吃300克植物的果叶，那么，全新西兰每天约有20 000吨的植物会被帚尾袋貂吃掉了，不仅对植物，对牲口、对鹿产业也是极大的

威胁，他们还会吃掉和侵犯很多本地物种的生存空间，带来结核病……请神容易送神难，人们当初“见其利而不见其弊”的引种帚尾袋貂的行为，如今带来的恶果，被专家称为“带毛的定时炸弹”。

## 六、养鹿王国——新西兰

中国是世界上鹿的种类最丰富的国家，有约20种鹿，占世界之半；也是中医药文化传承最悠久的国家，其中，鹿茸入药，由来已久。我虽然反对割茸之酷刑，但新西兰的养鹿业，发展迅猛，已居世界之首，乃是一个不容忽视的事实。多年来，我就听说新西兰的鹿业发达，此次考察，果然不假。仅在从皇后镇快到基督城的南岛中线的沿途，路旁见到的赤鹿饲养种群很大，数以万计。

有一天，在南岛南阿尔卑斯山脚下，我们在曾拍“指环王”的雪山草场前小憩后，便驶入一个叫林德峡谷的地方，这里立有一个石碑，注明，1871年，有人释放了七头赤鹿于此。看来，新西兰养鹿的历史已经超过百年。

人们养鹿的目的，起初是狩猎、肉用和皮张，以后，用鹿的头角做客厅的装饰，近年，取茸入药，做保健品的需求越来越大，新西兰有广阔的原野、充足的阳光、适度的雨量，牧草繁茂，加上鹿茸、鹿肉出口贸易的带动，养鹿业便蓬勃发展起来。目前，全新西兰的养鹿场达5 000个以上。鹿的存栏数量达180万头，居世界第一。

那天，我们被“导游”引到一个位于罗托鲁瓦的鹿产品公司的展卖部，起初，我还不以为然，嘟囔着，怎么又带我们购物。但一听该公司来自香港的一位先生对鹿的介绍，便大为惊叹，他们的鹿产品做得精益求精，什么鹿茸糖、鹿茸汤、鹿茸丸、鹿茸茶，应有尽有，鹿鞭、鹿尾、鹿筋及鹿血的制品，花样繁多。只是，这位先生熟悉的是鹿的加工利用，不熟悉的是鹿的分类和保护，所以，讲话时，误将驼鹿说成麋鹿，这不是正撞到我的枪口上了吗！对此，我提出了质疑。人家还真谦虚，让我把更正的鹿的中英文对照的翻译名称写下来，我便当场做起了科普。

其实，科普实践从不是单向的传播，乃是不断兼收并蓄、教学相长的过程，我为弄清楚新西兰引进鹿的历史，翻阅了一些资料，得知：新西兰的“鹿移民”包括欧洲赤鹿、北美赤鹿、梅花鹿、印度水鹿、东南亚黑鹿、南亚花鹿、欧洲天鹿、北美白尾鹿。

欧洲赤鹿：1851年，第一批鹿被引到新西兰。那是来自欧洲的几只赤鹿；1923年，1 000只欧洲赤鹿被引到新西兰，散放到南北两岛约50个地点。北美赤鹿：1870年，有人将北美赤鹿引到南岛的达尼丁；1905年3月，又有18只北美赤鹿引入。梅花鹿：1885年，首批3只梅花鹿被引到达尼丁，但不久便没了音讯，也许被人射杀。第二批梅花鹿是1905年从英国的乌邦寺引入的。水鹿：1875年，一对水鹿从斯里兰卡引入，放养在卡那万，到1880年，因保护得当，达到30只。黑鹿：1907年11月，被引进，放到罗托鲁瓦，但误认为是水鹿。/花鹿：1867年，7只来自墨尔本的花鹿被放到南岛奥塔戈，10年间发展为100只，但1890—1910年，被定居者猎杀。黇鹿：1860—1910年期间，至少有24只被引种新西兰，到1980年，还有13个野生种群。北美白尾鹿：1901年，首批白尾鹿2雄、2雌放到塔卡卡山谷，未成功；1905年，又引来9只，来自美国新汉普郡。

如果说，以上是早期放养为目的的不同鹿种的引种行为，到20世纪70年代，新西兰政府制定了养鹿管理条例，1970年，从第一个养鹿场建立，不到半个世纪，以赤鹿，即马鹿饲养为主的新西兰，已经跻身为世界上数量规模最大的养鹿国家。

## 七、煮熟的鸭子不让进，严防死守把国门

听说新西兰的检疫入关极其严格，我们这次算是亲有体会了。同行的北京自然博物馆的杨博士给朋友捎了两只北京烤鸭，入境时，被海关“截获”，二话不说，没收！幸好杨博士诚实填报了入境卡，如果隐瞒不报，被查验出来，至少罚款几百美金，想来挺后怕。事实上更害怕的是新西兰。这个孤悬海外的岛国，以养殖业，特别是畜牧业为生，如果带入病疫，造成的

危害将会是灭顶之灾。

在2004年奥运会上，新西兰的自行车选手乌尔莫刚刚得了金牌，头上戴着橄榄树的花环。新西兰农业部的官员就敏感地告诫：出于安全原因，其花环不得带入国境，如果违背新西兰动植物进口限制的规定，偷偷带进动植物，将受到巨额罚款乃至坐牢处罚。

其实，新西兰的入境检查之所以这么敏感，这么严格，这么不讲道理，是有道理的。建国不到200年的新西兰，的确从引入物种上得到了巨大实惠，像以上提到的猕猴桃、养鹿业，但也换来了沉痛的教训，像帚尾袋貂的爆发、本地物种的丧失……新西兰到底引进了哪些物种？即新西兰的海外移民，除了人类，还有谁？人类及其动物移民大军的迁入，究竟给新西兰的土著——本地特有动物造成了什么灭绝性的结局？

带着这些疑问，我走访了数家博物馆，或用我写的书交换、或直接索要相关资料。为什么要在博物馆，特别是有关自然类的博物馆，应该展示这类主题呢？我想，这就是科普的重要任务，它涉及国计民生，个人行为，生态安全，经济稳定。终于，我在奥克兰博物馆得到了完整的答案，在一排排引进动物的标本前驻足，抄写下一个个引入动物的名字，犹如受到了一次“生物地震”的震动和启发，“他山之石，可以攻玉”，在异国他乡，我就强烈感觉，应该把这些事件、这些故事介绍给我国的公众，毕竟，我国的盲目引种状况也同样严峻。

## 八、惠灵顿动物园参观记



每到一个城市，我都希望看看动物园，参观动物园不仅是儿时的乐趣，而且是我职业、爱好使然。尽管我在一些文章中抨击动物园囚禁生灵，但那是与自然状态比较而言的，是要我们能换位思考而不要自以为是。从动物园的历史沿革分析，当今的动物园，确实有积极一面，起到了濒危物种繁衍、公民休闲娱乐、城市生态调节，特别是通过教育手段，动物园已经成为普及生物知识和提高公众保护意识的重要场所。

8月10日，我们科普考察团一行结束了新西兰国家博物馆的访问，下午，大家都要去逛商店，我恰恰对此没兴趣，便要求去动物园，我知道，惠灵顿动物园是一处建园近百年的老牌动物园，同北京动物园一样，都是1906年建园。

不是因为我的执著，而要感谢大家的宽宏大量，我们在北岛的向导小黄驾驶着福特旅行车，一个能坐十人的车，却只载着我一个，奢侈！驶向惠灵顿动物园的路上，我的心里充满歉疚。

从市中心的博物馆，到山坡下的动物园，不过十几分钟就到了。动物园门口很清静，可谓门可罗雀，门票10元新币（台湾向导坚持称纽币，因为他们管新西兰叫纽西兰），相当于人民币50元。看来，票价比我们的野生动物园还便宜呢。

一进门，迎面一面玻璃的水景，犹如一个水体的剖面，为人们打开一扇洞悉水獭生活的窗户，一只浑身湿漉漉的水獭，在岸边抖动着水花，一副贵妃出浴的样子。水獭的邻居是野猪，不知在野外是不是也这样。一个女饲养员正在向野猪的运动场上投颗粒饲料，看来，野猪也得吃猫粮狗粮了，屈就了！

前方水域宽阔，水中一岛，岛上有栖架与大树，我猜，该是灵长类了吧，果然，一只体色浑黑的白颊长臂猿正吊猴似地在枝头向来人张望，它身后一位体型稍小毛色棕黄，我回身卖弄似地对小黄说，这是一对儿，黑色的是雄性，黄色的是雌性，然后，我从喉咙深处发出高亢的啼叫声，引得公猿攀上高处，像是在寻找忽然出现的第三者……

一座掩映在绿荫中的建筑，叫做“昏暗世界”，看来，是夜行动物馆了，但究竟是什么动物呢？我在光线微弱的屋子里努力寻找，这时，一位热情的小伙子，这个馆的饲养员，他告诉我，这里养的是大名鼎鼎的楔齿蜥，他指给我动物的位置，我才在溪水潺潺、草木扶疏的暗处见到一只恐龙般“古香古色”的动物。饲养员像介绍自己亲人似的介绍说，这是公的、那是母的，它们真的是恐龙时代就已经存在的动物。我真佩服他，怎么知道这两位“神仙”藏身之处的。接着，另一位神秘动物出现了——几维，一只大嘴、无翅，相貌滑稽的鸡一样大小的鸟，在暗影迷离的草丛后，一闪而过，看来，几维是一种非常羞涩的鸟。黑暗中，无法察觉我的

喜形于色，这可是著名的新西兰的国鸟啊，我竟然见到活的了，在号称“无翼鸟”故乡的新西兰，几十种无翼鸟都已经灭绝了，几维，是硕果仅存的一种，楔齿蜥则更是历尽磨难的活化石，今天，我都见到，幸甚至哉！

在水那方，几只南美卷尾猴嬉戏着，它们面前，有一只大鹈鹕游弋。这是中国的锦鸡，国画里锦绣前程的象征物，那是世界最小的熊——东南亚的马来熊，我向唯一的听众小黄介绍着，令我惊讶的是，这里，竟然有苏门答腊虎，这是世界最小的虎，在虎笼前，有世界各种虎现存数量的展示版，在一种斑马前，有各种斑马的花纹展版，这种举一反三的动物园教育方式，值得借鉴。

拾级而上，林密鸟喧，峰回路转，猎豹、非洲野狗、阿拉伯狒狒的展区，依次而设，可取的是，均依山而建，近似自然环境，既便于动物隐蔽，也方便拍照。让我很感兴趣的还是狒狒的展示手段，一堵画着北非法老陵寝壁画的墙，两尊神狒或圣狒的雕像，是按金字塔中的雕像克隆的。我坐在雄伟的公狒狒面前，隔着玻璃，与他合影，感受到一股来自远方的既古老、又活生生的非洲风情。我想，我们的动物园，为什么不能从文化方面，而不仅仅是从科技方面，来展现有关动物的科普呢？

想不到在惠灵顿动物园，有数只小熊猫，即红熊猫，这是原产于南中国和尼泊尔的美丽动物。更令我惊讶的是，距小熊猫不远的笼舍，竟然有一对棕尾虹雉，虹雉是一种大型野鸡，我曾在岷山考察过野生的绿尾虹雉，所以，感情特殊，站在虹雉的笼舍前，我连连感叹：“难得，难得！”

山坡下，传来一片喧嚣，一听这动静，我就知道，是黑猩猩，因为我做过

几年黑猩猩的饲养员，闻声便知。循声走过去，果然是一大群十余只黑猩猩，看来，惠灵顿动物园的繁殖工作相当成功，或者说，这些动物，相当给面子，也许是环境适宜，也许还有，工作人员和游客态度友善……

天色偏晚，我匆匆看过马达加斯加领狐猴、南美金狮胥、还有地势天然、情趣盎然的猫鼬的圈舍，深感不虚此行，园不在大，出奇制胜。惠灵顿动物园，果然有不少可爱的、可拍的、可圈可点的、不同凡响之“畜”。

## 九、中国与新西兰

在没有到新西兰以前，我对这样一个南半球国家，几乎是一无所知。到了新西兰的基督城，才知道这里的“南极中心”是世界上与南极关系最密切的城市；新西兰是世界上最早迎来新一天的国家；新西兰是世界上最早推行女权运动的国家之一；新西兰的“价值党”是世界上最早的绿党之一；新西兰还是个与中国关系源远流长的国家。也许，有的到过新西兰的人会说，新西兰与中国的关系，不就是中餐饭馆多、中国留学生多、中国游客多、中国制造的商品多……但我更希望把中新两国历史上发生的一些事，介绍给大家，以增进了解。

中国与新西兰虽远隔重洋，可在地缘上同属亚太地区，并有着漫长的交往史。早在1860年，就有华人移民新西兰，成为那里早期的移民群体之一。

2004年8月3日，我们考察团一行来到位于南岛皇后镇附近的一个叫箭镇的地方，这里有一个中国村，但已经没有任何中国人。小河流淌，逝者如斯，诉说着早年的艰辛，一座座矮小的窝棚，类似一处土著人的遗址，通过解说牌得知，1886—1906年间，共有25名华工在这里采金。他们之中没有女性，因此，也没有后代，随着一个个地老死他乡，最后一位熬到1920年，便结束了这段华工的海外辛酸史。

早年的华工，都受到当时新西兰政府极不公正的待遇。我们在汉米尔顿博物馆参观了一个名为“野蛮的税”的展览，就是揭示早期华人移民被迫交纳(每人100新币)人头税的历史。后来,新西兰政府对此给予了道歉。1874—1881年,共有5 000名华人在新西兰打工,其中一半在南岛奥塔戈省。达尼丁,便是该省一座因淘金而兴盛起来的城市,曾有来自广东的大批华人来此谋生,他们当时大多从事的是服务性的工作,开菜园、开餐馆、开洗衣店,含辛茹苦。为了改善命运,他们把很大的希望都寄托在儿女身上,的确,很多老华侨的儿女都很争气,如今,不少当年老华侨的子孙,第三代、第四代,现在已经当上律师、医生,成为新西兰社会的佼佼者。

中新友谊的历史,也是可圈可点的。1937年,日军侵华,中国政府向国际联盟发出紧急呼吁,在多国会议上,新西兰代表威廉·乔丹仗义执言,支持中国抗日,并与苏联(当时只有这两个国家站在中国的立场上)投了"国际联合行动"的赞成票。

在抗日战争中,新西兰医生凯瑟琳·霍尔"不远万里,来到中国",像白求恩一样,在晋察冀边区行医,治病救人,舍生忘死,聂荣臻元首曾特地为她题词:"救死扶伤,忘我献身,支持抗战,青史永存。"

恐怕大家最熟悉的新西兰人,就是中国人民的老朋友——路易·艾黎(1897.12.2—1987.12.27)。1927年,他来到中国上海,从此居留中国。作为一名外国人,他一生致力于向国际社会宣传、介绍中国。出版、翻译大量中国的诗歌,撰写了大批的介绍中国的书籍,可谓著作等身,达63部之多。为中新友谊做出了卓越贡献。

## 十、灭绝,从新西兰恐鸟谈起



2004年,我作为北京市科学技术协会组织的一个科普考察团的成员,来到南半球的,既陌生、又似曾熟悉的岛国:新西兰。

在新西兰,面对碧水蓝天,绿野山川,我时时会萌生那惊鸿一瞥的幻影,这么一个美丽安详的大洋中的伊甸园,一只只憨头憨脑的、两人高的大鸟,出现在远远的天边,可是,一见到我们,就匆匆掉头,消失在人类世界的地平线……

虽然是在异国的博物馆考察，可是，令我最不陌生的动物，就是那巨大的恐鸟，每到博物馆见到恐鸟的模型，我便不厌其烦地与大恐鸟合影，为什么？因为，我熟悉恐鸟，在我们麋鹿苑的灭绝动物壁画上画着恐鸟，我写的《灭绝动物挽歌》一书，专门为恐鸟设了带插图的一页，也是该书描述的唯一一种新西兰的灭绝动物。

恐鸟是大洋洲最高的鸟，成鸟有两个成人那么高，体重达270千克。800万年前，恐鸟就已经生活在新西兰，曾一度繁盛，达25种之多，其蛋大如篮球，约十几千克重，一只恐鸟的蛋，相当于100只鸡蛋。

恐鸟模型

1350年，波利尼亚人划着独木舟来到新西兰，首批波利尼亚人从北岛一上岸，就见到一只只又高又大的鸟走来晃去，吓得他们恐惧万分，慌忙逃回船上，所以，就给这些鸟起名“恐鸟”。

人类发现恐鸟之时，也是恐鸟将要遭殃之日，不久，这些波利尼西亚人手持长矛，陆续登岛，屠杀恐鸟，取走鸟蛋，还将鼠、狗等动物引到新西兰这个原本洁净的土地，终于使这些大鸟灭绝了。北岛恐鸟，17世纪灭绝，南岛恐鸟，1850年灭绝。

在毛利人墓穴雕刻中，人们发现，一些奇怪的涉及恐鸟的哀诗，面对新西兰的毛利文明渐为欧洲文明所取代，这些谶语可谓不幸言中：“哀哉，我们将因失去恐鸟而失落。”

从人类学角度看，毛利人对恐鸟的缱绻怀念之情，也折射出自然的生物多样性对社会的文化多样性，影响是多么深刻。遗憾的是，灭绝意味着永远，山河依旧，大鸟不再，“此情可待成追忆，只是当时已惘然！”

通过考察，我越发感到，我以往对新西兰灭绝动物的描述，过于孤陋寡闻了。在新西兰，仅恐鸟就有十余种走向了灭绝，南岛恐鸟，是一个半世纪前恐鸟的最后绝唱。

在新西兰的一个画廊，我曾见到这样一幅画，成群的家鸡家兔家猫家狗家牛家羊涌入，与此同时，一个个本土的动物——恐鸟、泰卡鸡、垂耳鸦、笑猫头鹰……流离失所，淡出画面，走向绝种。

在新西兰，自从人类登陆以来的不到一千年中，由于人类的侵入以及人类引入了大量异域的动物，引发了新西兰生命世界的多米诺骨牌的连连倒塌，仅有所记录的灭绝动物，就包括：

无脊椎的一种蛾、一种象虫、一种地甲虫、一种蜗牛。

两栖爬行类的三种滑蹠蛙，两种海蛇。

鸟类中，有案可查的、走向灭绝的达47种之多。

哺乳类中只有一种：短尾蝙蝠。

在此，提醒您，不要为新西兰只有一种哺乳动物走向灭绝而庆幸，因为，在新西兰整个国土上，只存在着两种哺乳动物：长尾蝙蝠、短尾蝙蝠。按这个比例，可以说，新西兰50%的本土兽类都灭绝了。

从一个国家，到一个地区，无不呈现了物种灭绝这一生命世界的前车之鉴。新西兰恐鸟灭绝不久，这个岛国的生命系统似乎受到撼动，物种灭绝接二连三。这种连带现象，已被我们以“灭绝多米诺骨牌”的形式在麋鹿苑博物馆，这个百年之前也曾是一个物种——麋鹿，发生灭绝的地方，展现于众。

## “内蒙大篷车、草原生态游”
## ——2000年国庆假期观鸟日记

### 十月三日

拂晓，秋雨绵绵。一辆满载“自然之友”观鸟者的挂着蒙字车牌的卧铺

大客车驶出了北京。几年来，我们多次观鸟，但这种被我们戏称为大篷车的“破”车还是头一回坐。车内一溜大通铺，上下两层，坐在下边的人个个缩脖弯腰，上面的人连头都抬不起来，只好卧倒。狭窄的车厢里挤了四十多人，这是由职员、工人、学者、教师、学生及退休人员组成的、小到八岁儿童、大到七旬老妪的观鸟队伍，在师范大学高武教授的率领下出发了，此行的目的地是内蒙古锡林郭勒草原深处的达里诺尔湖。

汽车沿八达岭高速公路疾驶，到河北怀来时，天已大亮。但见窗外黄沙漫漫，植被稀疏，据说这里的荒漠化已十分严重，一些沙丘距天安门的直线距离仅七十几千米。午时，过张家口、张北至宝昌，便进入内蒙古地界，刚才满目的农业景观已渐渐被牧区风光所取代。汽车两度抛锚，幸无大恙。午后，夕阳斜照，蓝天、白云、黄草及土坯村落构成一幅既鲜明又单调的沙地草原景致，一派萧瑟。

天色渐晚，远山如黛，明月如钩。问到何处，司机说，马上就到桑根达来，我一看地图，又是一片沙区。果然，汽车行进得愈加艰难，车体颤动着喘着粗气，周边黄沙裸露，灯光稀疏，一切都被笼罩在苍凉的夜色中。半夜，终于在饥寒困倦最难耐的时刻，到达这个蒙语为“高原之城”的锡林浩特市，投宿在一处每个床位仅十元的牧民招待所。

## 十月四日

清晨，我们打开房门正要去喝奶茶，突然发现对门竟住着一家地地道道的蒙族人。男人着紫袍、女人着绿袍，足踏大皮靴吱吱走过，我痴痴地望着他们，直到那笨拙而有力的步态消失在楼道尽头。在牧民招待所的大院里，停着一些大货车，车上不是满载牧草，就是拉的土豆，甚至活牛，我想这里应该算是个牧民大车店吧，难怪到处都弥漫着牧区特有的膻味，包括昨夜睡的厚厚的棉被上。

我们的大篷车终于开进了草原，大家趴在车窗旁张望着，一群一群的百灵鸟、一只一只的草原雕——引起了我们一阵又一阵的大呼小叫。上午，在一个叫扎拉斯泰的水库旁观鸟，当地人说没有鸟，但我们支起了望远镜后，立即在荡漾的水波中发现了秋沙鸭和小鸊鷉。中午，继续向草原深处前进，辽阔的牧场、悠闲的牛羊、宜人的风光，陶醉着每一个人，有人对这“蓝蓝天空白云飘”的歌的意境赞不绝口，有人则偏爱那旷野接天、一树独立的诗情画意。

正午，我们来到白音敖包自然保护区，这里似乎限制放牧，植被显然丰富多了。在一处名为杨桦林的草原台地，地势大起大落，道路弯如长蛇，乔木、灌丛、草地镶嵌分布，偶见几匹蒙古马闲适地吃草。我们无不被眼前的风景所感动，跳下车来，又是拍照、又是奔跑，扑向了大自然的怀抱。我和几个朋友正漫步至一片灌丛附近，突然，眼前一亮，一只硕大的动物赫然闪现，“狍子，一只母狍子！”我喊着，脚下不由自主地紧跟了几步，那狍子纵身一跳，便有数米远，它三步两步就隐身于另一片灌丛，我那位身穿迷彩服、脚登野战靴的朋友一马当先、孔武有力地追下山坡，我连忙喊：“别追了，任它去。”因为我觉得，能遇上一只活生生的野兽，已是天大的幸运。在我工作的麋鹿苑，虽然有十几只狍子，但那已算不上真正的野生动物，体型也远不如今天见到的野狍子硕健。以前，我曾读过一篇名为“狍子的眼泪”的文章，十分感人，说狍子这种动物很傻，易遭枪杀，因为猎杀者开枪后，狍子总要回头看一看是谁打的，那凄楚的目光中满含怨恨与企求的泪水，但结果往往是换来更无情的射杀。我深为苍生的悲惨境地而痛惜，也为人类的残暴行为而羞耻，所以，当这只狍子藏进那片不大的灌丛时，我当即告诉我的朋友：别去惊动它了，试想，在这人迹遍及各个角落的时代，见到野生动物有多么困难。回到车里，我们向大家炫耀着我们的发现，我既感到不虚此行，又深为这只狍子及所有的野生动物的未来担忧。

当我们赶到此行的目的地——达里诺尔自然保护区时，已过了午饭时间，但保护区的同志们还是热情地为我们开房间、打水，还端上了一碗碗热腾腾的羊肉面。大家安顿下来后，便纷纷徒步奔向达里诺尔——这几里开外就能见到的汪洋般的水域。

达里诺尔，又名达里湖，蒙语湖海，面积238平方千米，水深9~13米，为苏打型半咸水湖，酸碱值约为9.3，是内蒙古第三大湖，这个高原上的内陆湖泊与周边的河流、沼泽、草甸构成了一个多样性的湿地生态系统，并被列为亚洲重要湿地。

还未走到湖边，那远山近水、雁鸭竞翔的场面便已扑面而来，一行行、一列列的飞禽排山倒海般地从天空掠过，构成一幅高原特有的恢宏画卷。刚到湖边，就见一群翘鼻麻鸭沉浮于波涛之中，待我们架起望远镜，附近的麻鸭早已一哄而散，远方的湖滩处，却展现出一幅活灵活现的百鸟图：各种野鸭、大雁、鸥类、鹬类、鸻类戏水浅岸，一两只鹤或鹭一类的大型涉禽独立寒秋。更远处则是白花花的一大片，从飞起的鸟姿可知，那是天鹅，可地平线上白色的东西是不是天鹅，我们可不敢确认，也不敢相信，甚至晚上有的朋友说见到几千只天鹅时，我们都还难以置信。

晚上，我们见到了自然保护区的张春江主任，我接触过一些保护区的人，虽然都是全身心地投入基层的保护工作，但总认为保护与开发是一对难以调和的矛盾，达里诺尔自然保护区却有效地解决了这对矛盾。张主任说：我们保护区完全受益于环境的保护，由于生态环境的改善，渔业产量逐年提高。加之春天，往湖中投放大量羊胡子草，为鱼提供产卵条件，鱼类的再生能力大增，而捕捞量远远低于生产量，湖里丰富的鱼类资源便引来了众多的水鸟。这里分布的鸟类有16目、33科、134种，其中国家重点保护鸟类达23种，以大鸨、大天鹅、白枕鹤、蓑羽鹤著称，雁鸭类则以种类多、数量大闻名。世界上稀有的鸿雁，这里有上万只；这里还是目前所知的丹顶鹤繁殖的最西界。

被当地人称为华子鱼的一种仅产于达里湖的雅罗鱼，味道鲜美细腻，是招待宾客的佳肴，我们也一饱了口福。高武老师告诉张主任：有一种鱼叫达里湖高原鳅，其模式标本就采自这里，这是你们值得骄傲的。张先生还兼任生态旅游公司的领导。我对生态旅游颇感兴趣，也参加过一些学术研讨，但把生态旅游之名称直接注册为公司名称的，却还是第一次听说，看来，达里诺尔对生态旅游很重视，从湖畔的栈桥，旅游线路上的树皮垃圾箱及“让天长蓝、水长清、人长健”的标牌都可见一斑。

末了，话锋一转，张主任忧虑地说：近期发生多起枪杀大天鹅的事件，不少是从北京来的背景特殊的人，他们开着高级车，带着猎枪，在这里大开杀戒，我们听后一个个义愤填膺，纷纷表示愿意帮助保护区制止这种不法行为。

## 十月五日

凌晨六时，天未亮，鸡已鸣。每次外出观鸟都是我学公鸡打鸣唤起大家，这几乎成了公开的秘密。冒着刺骨的寒风，我们穿上带来的所有衣服，还是被冻得浑身打战，一些朋友干脆披上了棉被。熹微的晨光已在东方显露，我们来到湖畔的栈桥，边观鸟、边等待，张主任将带我们乘船进湖看天鹅。

随着一阵轻微的马达声，一艘轮机船驶来，我们兴奋地登船、起航，那种乘风破浪的感觉如同出海，只是这里多了许多列队飞翔的大雁、野鸭、天鹅及贴着水面低飞的黑鸟：鸬鹚。它们在从水天相接处隐去，又不断从天水相接处冒出来，令人目不暇接。为了安全起见，保护区的同志让我们都穿上了救生衣，但鲜艳的颜色实在是不利于观鸟。从望远镜中发现，在湖区的东方，有大片密如小树干的白色东西，那不是树，而是大天鹅美丽修长的脖颈。这般壮观场面，我还是见所未见，但眼见为实，我们正想靠近点看个究竟，早被天鹅看见，部分天鹅开始起飞。为了不惊动尚且安详的大群，我们连忙调头返航。在猎猎红旗下，大家站在船顶，留影纪念，那应是一套“环保即爱国”的很热烈的场面。上岸后，我们参观了保护区的标本展览，付了船费、食宿费，便将告别达里诺尔。张主任以其内蒙古人特有的好客情怀送我们一程，直到砧子山，才握手相别。

砧子山，外形酷似澳洲的乌卢鲁山，突兀于草原，虽仅百米高，百里之外亦能看到，因形似打铁的砧子而得名。它是远古火山喷发形成的山体，25万年前，它还是茫茫大洋中的一个岛，水的冲刷作用使山体成圆柱形。有趣的是，这湖饰崖壁上有一些古代岩画，岩画共七组，三十五个个体，描述了各种人物、动物。凿刻手法简练生动，其中一幅牧马图给我留下了深刻印象。这些岩画是古代先人生产、生活及习俗的真实写照，在构图风格、立意上颇有差异，说明其产生于不同年代。我和少数年轻人手脚并用地冒雨爬上砧子山，在平坦的山头找到了方圆仅十几米的火山口，拣回两块红色的、带孔的火山岩留做纪念。远方的达里湖，一览无遗，我们浑身被淋湿，那里却是阳光明媚，让我着实感受了一回“东边日出西边雨，道是无晴却有晴”的浓浓诗意。

下午大家在锡林浩特购置了一些奶酥、奶酪、奶饼、奶条、奶皮等奶制品及工艺品，热情的大篷车司机又带我们来到另一名胜：九曲湾。这是一条名为锡林河的高原内陆河，源于赤峰克什克腾旗的海尔七克山，位于距锡林浩特市15千米处的草原中，河水蜿蜒曲折，缠绵回肠。听司机描述时，就已令人十分向往，亲眼所见，更是令我们叹为观止。相传当年成吉思汗偕夫人至此，放马扬鞭，夫人的围巾吹落于地，化成了这婀娜多姿的九曲湾。当时，成吉思汗大发感慨：“此地造化神工，碧水青山，必成繁盛之地。”我们是冒雨前往，若是晴天，想必更是妙不可言，我连连感叹：此景只应天上有！不久，雨雹交加，电闪雷鸣，我们在无遮无盖的大地上恐惧万分，抱头鼠窜，纷纷躲进了大篷车。这下更令我感悟到作为地球生命形式之一的人类，在大自然面前的渺小和软弱。从而生发出对大自然更强烈的敬畏之心。我们挤进大篷车，刚刚踏上归程，老天爷又开玩笑似的放晴了，雨后复斜阳，不知谁喊了一声：看，彩虹！大家纷纷下车，在这难得一见的彩虹面前，或尽情欣赏，或拍照留影，把这草原上独有的美丽深深地印在每一位观鸟者，不，是大自然的朝圣者的心中。

# 2006台湾科普行

基于海峡两岸对科普教育、博物馆交流及自然保护的重视，应台湾李国鼎科技发展基金会之邀，市科委决定组织“两岸科技博物馆学术交流考察团”，经过数月的辗转联系和相关手续的办理，2006年末，终于实现赴台之行。考察团是以科委委员王丽水为团长，由北京自然博物馆饶成刚，北京天文馆左代辉，北京麋鹿苑博物馆郭耕，市科委夏明、金群、修莉莉，可持续发展科技促进中心王旭彤，西城区科委白镛共九位成员组成。

## 一、冬季到台北来看雨

台北是台湾的最大城市，我们代表团于2006年11月25日天不亮就赶到北京首都机场，在雨雪纷飞中离京，中午12:30到达地面温度高达26度的香港。13:35又上飞机：台湾华航的飞机，一个多小时后降落于台北桃园国际机场，取出行李，办毕出关手续，登上台方的向导为我们安排的一辆花里胡哨的旅行车，已是下午16:20。

终于踏上了宝岛这块令人久已神往的地方，我们的车沿高速路从桃园经台北县，再向台北市进发，尽管是周六，高速公路上也是一路拥堵。好在，为我们做全程导游的莫先生，一位50来岁的谦恭文雅又满腹经纶的退伍军人，自称小弟，还时常作揖，在车上给我们细致入微地讲解着"台情"："台湾南北长394千米，东西长144千米，人口2 300万，面积约36 000平方千米"、"台湾两个城市有捷运（地铁）即台北和高雄"、"台北的捷运每天的承运量达1000万人，分为地下三层是捷运，二层是台铁，一层是商街"、"台北高架桥为双十字交叉型，颇有隐含意义（民国的国庆即双十节）"、"台湾有汽车371万辆，汽车占有率为58%"、"台北是台湾四大港口之一（高雄、基隆、台北、花莲），台北的市花为杜鹃，市鸟为台湾蓝鹊，市树为榕树"、"台北的道路不难记，忠孝、仁爱、信义、和平，依次排开"……两个小时的行程倒没感觉太漫长，看着大家的一脸倦意，导游先生打趣说："北京到台北不算远，却耗了你们一整天，真不知那些政治家懂不懂两点之间，直线最近的原理。"

月上中天，灯火阑珊，进入台北，眼前一派鬓影车香。依次路过圆山大饭店、海军司令部，晚上六点，我们终于坐了下来，在一家叫"顶厨国宴"的餐厅用餐，因为一整天的旅途奔波，大家已是饥肠辘辘，喝着台湾啤酒，吃着没见过的水果"芭乐（即番石榴）"还算惬意。可惜，到达的第一天，台北没下雨，因为，我多年前就知道台湾歌星孟庭苇的一支歌"冬季到台北来看雨"。奇怪的是，我们接触的台湾人士却不太熟悉这支歌，看来，祖国人民对台湾歌曲，尤其台湾校园歌曲的喜爱程度，不亚于台湾本地。

## 二、拜会李国鼎基金会

2006年11月27日，在台北科技大楼，北京科普考察团全体成员在团长王丽水先生的率领下，盛装出席，拜会了以秘书长万其超教授为首的李国鼎科技发展基金会。

李国鼎生前为台湾科技、经济界要人，官称李资政。李先生毕生致力于推动台湾科技和经济发展，贡献卓著，为感念李国鼎先生之志业，在各界热心人士的集资支持下，1991年春成立李国鼎科技发展基金会。作为一个财团法人机构，成立的宗旨是推广科技事业和科技活动，培养科技人才。

近年，该基金会致力于海峡两岸的科技、文教交流活动，包括两地博物馆的学术交流活动，本次考察的成行，就是一次成功合作的生动体现。

出席科普会见的同行还有台湾国科会科教处、东元科技文教基金会、华研文教基金会等科教团体的负责人。京台两地科普人士相互认识并交换了科普资料，我把我的几本科普书籍《灭绝动物挽歌》、《鸟兽悲歌》、《鸟语唐诗300首》赠给了台湾同行。王团长首先介绍了北京市科普事业的发展概况："……1995年以前我们的科普还以群众团体为主，之后，随着科普法的颁布，政府的力度不断加大，现在基本形成政府推进，专家指导，社会兴办，公众参与的科普格局并成立联系各方资源促进科普工作的科普联席会"……随后，我作为祖国的科普场馆代表，向台湾科普同行做了题为"化腐朽为神奇观麋鹿，不迷路——麋鹿苑的户外生态教育"的简短演讲，尽管我的语速很快，还是超过了限定的20分钟，需要与台湾同行交流的内容实在太多了，用一句歌词就是"太多太多的话我还没有说"。

大家相互提问与讨论得愈发热烈，在演讲评介、志工(志愿者)机制、捐赠方法等方面做了有益探讨，我们对台湾提出的"保护多样性，不同即大同"的口号非常赞赏；据台湾科普场馆同行介绍：他们每项新举措出台，要通过四个方面的认可：观众、政府、专家及民意代表，其中民意代表很厉害，常常据理力争，不留情面，从而也强化社会监督的机制。台湾同行客观地指出："台湾的优势在于人才，因为自然资源和空间有限。"午餐时间到了，为满足交流的继续进行，干脆把"便当(盒饭)"拿到会场，细心的基金会接待人员特意为我这个素食者备了一份不含肉的便当，令我受宠若惊。大家边吃边聊。大有相见恨晚之意，东元基金会的负责人还表示，希望邀请我们下次再赴台湾做科普演讲。

## 三、拜谒国父纪念馆

今年是伟大的革命先行者、世纪伟人孙中山先生诞辰140周年，在台湾街头和建筑物的一些显要位置，都能见到写有"纪念国父诞辰"字样的纪念横幅，此时拜谒设于台北的国父纪念馆，意义非凡。

2006年11月27日晨，我们北京科普考察团的全体成员从所下榻的位于台北忠孝东路的神旺大酒店出发，不出十分钟，就来到国父纪念馆。但见一座丹壁金瓦、高柱飞檐、古香古色的巍峨建筑：国父纪念馆，坐落于中山公园正中，与遥遥耸立的完全是现代风格的101大厦相映成趣。

国父纪念馆



因九点正式开馆，将有军人的仪仗表演，我们便趁等候之机在周边随意地拍照、漫步，不远处，一潭碧水名为翠湖，大概与中山先生的老家“翠亨村”有关吧。湖畔，有些长者在练太极拳，还有一帮老太太在跳健身舞，感觉很像我们熟悉的街头小公园，这么一个庄严肃穆的地方，允许百姓随意出入，倒也符合中山先生生前倡导三民主义之民生思想。据介绍：“……为纪念国父大智、大仁、大勇之伟大人格及立德、立功、立言之革命行谊，进而发扬其思想学说，民国53年(1964年)遂有筹建国父纪念馆之议……民国61年(1972年)举行主体落成……”在陈列国父革命史迹及举办展演活动的同时，还增加了演艺厅、演讲厅、逸仙艺廊、翠亨艺廊、逸仙放映室、中山讲堂、多媒体影院、逸仙博士图书馆、视听中心等社教设施，每年免费为公众提供游园活动、慈善活动、环保活动等公益活动，参与者达60万人次。这里俨然已成台北市民进行大型展演活动和全方位的社教活动的文化中心。

翠湖水面上有鸥、有鹭，广场地面有信鸽徜徉，国父纪念馆的广场四面通达，任由人们穿越，亦庄亦谐。不远即见大街，车来人往，一辆公交车的车身上，竟写有这样一则有关绿化环境的公益广告，虽然汽车一闪而过，却足令我过目难忘：“为台北找回一座肺！”

快到点了，我们赶紧集中到尚且紧闭的纪念馆的玻璃大门外，透见馆内中山先生的坐像前，三位高大威严的陆军士兵正持枪而立。九点正点开门，我们随着人流进入大厅，随心所欲地拍照，除了士兵的步伐与枪托点地的声音，全场肃穆，正中为中山先生的巨大的铜制坐像。东室为“国父史迹展览”，西室为“中山先生与台湾”展览，孙中山曾三次到台湾从事可歌可泣的“驱除列强，统一国家”的革命活动。

走出国父纪念馆，天上真的飘起了雨，总算手中的伞没白带，总算与歌的意境邂逅了：“冬季到台北来看雨，梦是唯一行李……”

## 四、飞机到花莲，台湾东海岸

没出境时，我们就对“赴台行程”上，台北到花莲要坐飞机的安排有些不解。心想，台湾这么个不大的地方，从一个城市到另一个城市，走公路也不过个把小时，还可以赏景，犯得上乘飞机吗？

清晨，从台北松山航空站起飞，这是一架去花莲的小飞机，升空不久，我们就理解乘飞机的必要性了。原来，台湾山地众多，台北至花莲的直线距离不远，但为中央山脉所阻隔，山脉以东被称为后山，花莲等后山区是台湾发展较慢、相对闭塞的地区。更重要的是，只有空中鸟瞰海岸线、山脉、平原、溪流，我们才会对台湾的地形地貌了解得更确切、更直观。

俯瞰宝岛大地，山海相接处，有一突出的半岛，名为鼻头角，此角作为重要的地标，划分了东海与太平洋。而一条处于中央山脉与海岸山脉之间的不大的河流：花莲溪，就把中央山脉所在的欧亚大陆和海岸山脉所在的菲律宾板块，一分为二。正是因为这种特殊的地质构造，花莲为地震多发区。花莲，还是中国唯一与太平洋接壤的县，向导笑言：从台湾隔海望去，对岸就是美国。全球共有鲸类 67 种，台东海域有约 21 种。在离海岸不远的茫茫海面上，见有一些有规律地漂浮着的东西，听说叫定置渔网，可惜，没见鲸，但即使看到，在飞机上空姐分别用普通话、闽南话、客家话提醒大家：系好安全带，不允许拍照，因为花莲航空站为军民兼用，岂容“窥探盟军阵地”。落到地面后，我们才可以大模大样地拍照，包括路边军事基地的战车和被台湾朋友称为“夜总会”的墓地，我们均一一地予以拍摄。

既然花莲位于不同板块的相交之处，那么，就会盛产石材，上午至中午，我们参观了一个石材工场且有展室与售卖柜台，很多人，包括我们考察团的同志在此慷慨解囊，大自然鬼斧神工的造化，被当地人士挖掘为赢利的产业了，真是靠山吃山、靠水吃水啊。

下午，沿穿越太鲁阁峡谷的中横公路逆河而上，河即立雾溪，台湾的河流一般水量较小，就像人自称“小弟”一样，河流称“溪”，但呈季节性发作，无水则已，发水则很急。大家在牌楼前留影，据说这是东西横贯公路上唯一的牌楼了，半个世纪前，手工开凿这条路时，极其艰苦，老蒋动用每天六七千人，基本为转业军人，饱经台风、地震、暴雨的威胁，人员损伤，器材损毁无数，耗资四亿三千万元，费时三年九个月又十八天。可谓是一条血泪交织之路，令西方公路专家惊叹，正因此路，太鲁阁的磅礴灵秀美景才得以展现，其实，当年修筑此路的真正意图并非旅游，而是备战，当年国防路，如今观光路，祈愿“历尽劫波兄弟在，相逢一笑泯恩仇”，海峡两岸，和平永久。

## 五、太鲁阁，壮美的国家公园

国家公园（National Park）是国际流行的自然保护的一种形式，是现代人类生态文明的一种标志，在西方，有些地方的国家公园是与自然保护区具有同等含义；临行前，我在赴台意向上，提出希望到动物园和自然保护区，前者没有得逞，后者终于如愿。2006 年 11 月 26 日，我们北京科普考察团全体成员来到位于台湾东海岸花莲县的太鲁阁国家公园。太鲁阁国家公园东临太平洋，西接大雪山，山清水秀，峡高谷幽，顺立雾溪而上，沿中横公路爬升约 3 个小时，就能从 0 海拔到 3742 米，受东北季风的影响，气候变化明显，垂直温差显著，一天可经历四季，植被和景观多变。从被称为台湾八景之一的清水断崖仰望，高不见顶，雄伟壮丽，这是太鲁阁国家公园唯一滨海的区域，在海水天长日久的冲蚀下，形成几近垂直的断岩，基本由麻岩、大理石和绿色片岩组成，在台东海岸绵延21千米，世所罕见。

地貌的多样性，孕育了生物的丰富性，在太鲁阁国家公园的游客中心，我们参观了精心布置的生态游憩馆、儿童教育馆和人与自然馆。小朋友在自然知识迷宫中寻觅着出路，我们则各取所需地拍照。因提前有预约，所以，一位身着国家公园制服的女士出面为我们做了大体的讲解，把台湾的国家公园和世界上的国家公园做了比较，并播放了影片“永远的太鲁阁”，片子约17分钟，很适合我们这些走马观花的参观者。

游客中心通过展版、沙盘、标本、雕塑，琳琅满目，把太鲁阁时间与空间的多样性，浓缩于此，由此可知，太鲁阁意为“从山里来”，最早的原住民史迹可上溯到2000年前，男子尚武、女子善织的泰雅族，就是绵延至今的太鲁阁人之一。我看到了心仪已久的台湾云豹、台湾猕猴、台湾小鹿(在台称山羌)、台湾黑长尾雉(在台称帝雉)及台湾野猪，栩栩如生，可惜都是标本。复杂的林相为动物提供了丰富的栖息环境和食物来源，据资料显示，这里的兽类31种，鸟类144种，两栖类13种，爬行类28种，昆虫更是种类繁多，仅蝴蝶就达251种，台湾被称为蝴蝶王国，名副其实啊。要想真正了解太鲁阁，必须背上行囊，迈开双脚，置身于生命在于运动的韵律中。太鲁阁国家公园设置了十余条健行步道，供人们在身体力行中接受大自然的洗礼和关于生命本质的教化。

我们沿九曲洞步道逶迤而行，峡谷、溪流、断岩、隧道，历历在目。一些触手可及的岩生植物芦竹，介于芦苇和竹子之间的一种植物，漫山遍野。漫步在开凿于山间岩壁的公路上，时时能够感受到的，是一阵阵、一股股的上升气流，使人飘飘欲仙，令你生发出一种超凡脱俗的体悟。

美哉，太鲁阁！太鲁阁的石，以它曼妙多变的纹理，述说着亿万年大地成形的故事；太鲁阁的水，以它潺潺不绝的语丝，道出百万年切山成谷的奇迹；太鲁阁的人，以它坚忍不拔的性格，传述千百年求生存的血泪史；春秋更迭，万物荣枯，洗心革面，自然之美！

## 六、台北故宫博物院及之后的阳明山

我从小生活在北京，北京被称为皇城，主要是因为这里有明清两代皇帝的故宫，而故宫亦名紫禁城，金碧辉煌，殿宇连绵，据说，皇宫的房屋达9999间，极尽铺张，气势恢弘。但台北也有个故宫，而且藏品远远超过北京故宫，这使我很早就想一睹其风貌。

2006年11月27日午，终于如愿以偿，我们北京科普考察团来到台北故宫。一下车，迎面见到的是一个汉白玉牌坊，上书"天下为公"四字，沿长长的甬道前行，有许多小学生在集体合影。成人门票100元新台币，合人民币才25元。拾级而上，便来到坐落于美仑山怀抱中的宫殿式绿瓦黄脊的馆舍。向导莫先生如数家珍地介绍开来：故宫博物院的藏品655 156件，是世界四大文物博物馆之一，另外三个是英国大英博物馆、法国凡尔赛宫、美国大都会博物馆。台北故宫的藏品主要来源有四：原北京故宫、沈阳故宫、各界捐赠、多年征集。承袭自宋、元、明、清四朝，主体还是清宫的珍宝，包括书法、绘画、善本书籍、清代档案、铜器、玉器、陶瓷、珍玩等，收藏年代从新石器时代到民国时期，可谓中国艺术和工艺品中的菁华。

首先欣赏的是青铜器，青铜是铜和锡的合金，是铁器时代之前，人类所使用的最坚硬的金属。展品琳琅满目，有战国时期的牲尊、毛公鼎等，古代留下的青铜器多为礼器，是祭祀的物品，更是权仪的象征。展览文字很活跃，称青铜器为："浴火而生的合金业。"多媒体设备还展现了探测、发现埋藏的青铜器的诀窍：地下孔雀石，地面铜草花，令人顿悟。

玉器是最抢眼、也是最养眼的珍宝，石之美者谓之玉。在"先民用素璞美玉与天对比"的题目下，欣赏着聚光灯下的"玉辟邪"等无价之宝。古人之所以将玉作为拜天祭祖的礼器，是因为他们视玉有祛灾避祸的神力，是儒家君子的象征。"崇玉比德"、"君子比德于玉"，由此，惜玉、爱玉成为雅尚，也难怪，在清朝的一颗翠玉白菜前，大家垂涎三尺地围观。

中国一词的英文CHINA有瓷器之意，陶瓷的烧制是人类文明史上的重要里程碑。在台北故宫收藏有大量的陶瓷的精品，典雅宁静的宋瓷、质朴素美的元瓷、彩釉缤纷的明瓷，随着技术的成熟和艺术的极致，钧、官、哥、汝、定五大名窑并立，直至官民竞技，异彩纷呈，令人目不暇接。由衷叹服华夏民族的温文尔雅，表现在这些生活器物上无处不在的诗画意境和文人气质。在一件忘记了名称和年代的瓷瓶彩画上，我抄下这样两句似曾相识的诗句："黄鹤楼中吹玉笛，江城五月落梅花。"触景生情，不禁让人想象，远在台湾宝岛的这些珍品，这些艺术、这些文化，哪个的根源不是在大陆、在祖国呢？海峡两岸，血肉相连，同根同脉啊。

故宫位于台北之北，但从历史和地域概念上，都不是真正意义上的故宫，更非紫禁城。从台北故宫出来，已是午后时间。五点，我们继续北行，逃避红尘般地来到城外，驶向蒋介石等前国民党要人过去居住的阳明山。阳明山亦为国家公园，原名草山，因老蒋怕人说他1949年退守台湾是落草为寇，忌讳"草"字，加上他对明代学者王阳明"知行合一"哲学十分推崇，所以将草山改名为阳明山。从半山腰开始，雾气就浓得像棉絮一般，不知为什么老蒋选此湿冷阴悒之地为官邸。不同凡响的是，山顶有热泉喷涌，硫黄味道弥漫，名为"小油坑"。耳畔有声、面前有味，就是眼看不清景物，朦胧中但见"小油坑"说明牌上竟有一诗，驻足片刻，似从诗意中领略了一二："烟云翻覆态无穷，人情雅俗百不同。我在尘中想尘谷，彼在尘谷想尘中。"

## 七、国立台湾科学教育馆并遇阿美

台北，冬雨潇潇，水洗般的大街上，一部婚庆车正整装待发。温度尚暖，22～24摄氏度。今天(2006年11月28日)是我们在台北考察的最后一日，考察项目为台湾科学教育馆，巧合的是，科教馆的馆长姓柯。上午，冒雨来到科教馆，不料，团长一行在接待者的带领下上了电梯，我为了拍摄一个黑猩猩照片，慢了一步，只好乘下一拨电梯，上到九层，被一些身穿民族服饰的男女所吸引住了，这些来自台湾乡下的同胞是阿美族，正在这里搞一个叫"魅力农村"的乡土展示，看起来，台湾也在进行新农村建设。忽然，我想起一首台湾流行歌曲:“阿美阿美,你快办嫁妆,我急得快发狂……”问向导是否跟阿美族有关,答:无关!

很快,与大伙会师了,在科教馆的会议厅,我们北京科普考察团与台湾科教馆的同仁相对而坐,互相介绍后,王团长与柯馆长分别发言并相互赠送礼品,我将我的另类新书《鸟语唐诗300首》赠送给了柯馆长。接着是提问。我们所参观的是2004年6月1日才正式运行,建筑风格秉承原馆的“外圆内方,天人合一”的精神。在科普教育方式上,很多都与内陆相似,如:配合九年义务教育的教材与教师培训;运用科学巡回车;开展国际和馆际交流等,台方的一个生疏的名词亦即合作方式不断传到我们耳中:委外。利用民间企业的优势,参与公共建设,与实力与资力都符合条件的公司签约,将科教馆的展场与服务项目委托出去,既节省了馆中资金,又能引进民间的服务品质和工作效能,达到政府、企业、公众三赢局面。

同样,志工即志愿者的运用非常频繁。为我们讲解的一个男士就是志工,他的本职为记者,今天,则带着麦克为我们侃侃而谈,一个“人之由来”的展览,却有两个出人意料的标题“六根清净”和“五脏奇妙”。“不败的球虫,蟑螂‘小强’”特展尤其吸引孩子们,在大人谈蟑色变的时候,孩子们却纷纷与小强合影,台湾是昆虫王国,有“小强”的亲戚60种之多。

生物多样性是我情有独钟的考察点,但已到该用餐的时间了,我们在柯馆长的热情款待下,喝起了台湾金门高粱酒,越喝越美,劝酒之风如出一辙,看来柯馆长也是我们所说的性情中人。酒后吐真言,我们考察团的人都是专业的科普人士,发表了一些科普观点,提出科普应上升到哲学层面,具备“指点迷津”的文化内涵。结果,柯馆长就开始提醒两个同席的部下——科教负责人:你们如不努力,可要被大陆超过了啊!好个海量的柯馆长,既鞭策了下级,又表示了自信,还表现出强烈的忧患意识。当然,我们是来取经,而非喝酒的,所以,我趁方便之机,又折回馆中,急急忙忙将“生物多样性展览”的形式及内容拍摄了,以便日后借鉴。

临行前,我总觉得有点意犹未尽,于是,在科教馆的纪念品商店花400

新台币购买了一本我很喜欢的书:《台湾濒危鸟类》。馆长客气,说不用花钱买,我说,买!算是感谢,也算是个纪念吧。其实,是由于李国鼎基金会事先周到的安排,才使我们的考察所到之处尽如人意。在雨中,挥手告别柯馆长,也告别湿意浓浓、诗意浓浓的台北和李国鼎基金会。

## 八、留在“台中自然馆”的遗憾

中巴车在台湾腹地的高速路上疾驶,我们北京科普考察团的九名成员是在结束台北的紧张走访后,第一次如此长途地旅行,所以,大家都昏昏而睡。我打了个瞌睡,马上开始凭窗观景。我们的路线是台北市—桃园县—新竹市—苗栗市—台中市。高速路上汽车多,路旁的工厂多,绿色更多,毕竟是亚热带气候,植被几乎覆盖着台湾的每一寸土地,但地形高低错落。台湾的平原只有屈指可数的几块,海拔100米以内的土地仅占全台的3%,山地却占五分之三,境内3000米以上的高山就有上百座,有山皆绿,难怪1544年葡萄牙的船队途径台湾时,惊呼:“Formosa美丽之岛!”发音为“福尔摩萨”,所以,西方人很长时期都以这个称谓称呼台湾。我最初接触这个词,是从1994年所写《世界猿猴一览》一书中的台湾猕猴,英文叫“Formosan Macaque”,后来发现,台湾狐蝠、花脸鸭、红头绿鸠等动物的拉丁学名中,都含Formosa,应是动物学家在台湾发现命名的缘故。台湾岛小物种多,仅鸟兽中叫台湾的就不下十几种,除了上述提到的,像台湾黑熊、台湾云豹、台湾梅花鹿、台湾水鹿、台湾鼬獾、台湾山羌、台湾长鬃山羊、台湾松雀鹰、台湾山鹧鸪、台湾帝雉、台湾蓝鹇、台湾蓝鹊、台湾黄山雀、台湾紫绶带、台湾画眉、台湾紫啸鸫、台湾阿里山鸲、台湾火冠戴菊、台湾鹎(乌头翁),它们有些就是珍贵的台湾特有种或因隔离久远而形成了亚种,宝岛多宝啊!

下午两点半,到台中市。雨过天晴,大地如洗,吸着自然清新的空气,我们来到了国立自然科学博物馆。迎面的主楼入口处,见有“中国科学厅”和“地球环境厅”的字样,从这些名称可知,本馆的定位乃是“胸怀祖国,放眼世界”的。由于前年在浙江参加海峡两岸博物馆馆长论坛认识了这个馆的馆长李嘉维先生，对李先生儒雅的谈吐记忆深刻，可惜，现在李馆长已卸任，回大学做他的教授去了。但是当时听说台中自然博物馆时，我还以为，地处一个不大的城市的博物馆，规模也不会大到哪去。真是“百闻不如一见”，亲临台中，城市规模的确不大，但这个博物馆却出人意料地大，可谓东亚地区最重要的，或曰，全国的自然博物馆中，台中的这个馆也应是一个规模最宏伟、理念最先进、设施最完备的自然博物馆。

我们参观自然科学博物馆的主楼包括“生命科学厅”、“中国科学厅”和“地球环境厅”，过后方知，这只是该馆的一部分，从全馆鸟瞰图知晓，主楼旁有科学中心、甬路对面竟还有一个面积近5公顷的、包括九种生态类型生态区及雨林温室的植物园。即便在主楼，我们有限的参观时间也未分配合适。一联系上讲解，就把我们带到恐龙厅不厌其烦地科普起来，岂不知，我们是来考察的，甚至，本团成员北京自然博物馆的饶成刚先生本身就是一个恐龙专家，辽宁北票的三塔龙鸟就是他1988年发现的，把时间花在ABC上，未免有些可惜。好在，一架巨大的古象标本映入我们眼帘：澎湖古象，为更新世晚期的动物，生活在四万至一万五千年以前的海峡地区。沧海桑田，曾几何时，台湾与大陆还是一个整体啊。

约一个时辰后，台中自然馆的林宗贤馆长在接待室与我们会面了。我们北京科普考察团的王丽水团长简单介绍了情况并赠送了礼品，我只带了一本薄薄的书《灭绝动物挽歌》，赠给馆长充数吧。

澎湖古象

参观台中自然馆，半天本来就不够，现在时间不早了，来一趟不容易，得抓紧时间参观：人类的故事、台湾的民族及其部落造景、我们的身体——生老病死、水族世界、芸芸众生、古代中国人、台湾自然生态……精彩的展览鳞次栉比，丰富得令我们目不暇接，参观完全是蜻蜓点水式的，前松而后紧，那感觉简直是如入宝山不能停。客人已经走光了，进动物厅时，人家的卷帘门已经拉下一半了，我们被破例放了进去，可灯光却渐渐暗淡下来，解释说，该闭馆了，会自动关灯的。我们没有夜行动物的夜视本领，只得带着满腔的遗憾，悻悻而别。台中的国立自然科学博物馆，但愿有下次。

夜晚，下榻台中“全国大饭店”，餐后的安排是逛逢甲夜市，这个夜市因坐落于逢甲大学旁边而得名，逢甲大学则来自抗日护台的英雄丘逢甲。丘逢甲是台湾苗栗人，1895 年得悉清朝要割让台湾给日本，《马关条约》签定后，丘逢甲率义军五万与之抗争，浴血奋战，弹尽粮绝。之后，潜入内地，育才救国，提倡新学。晚年推崇孙中山的民主革命，在孙中山为临时大总统的国民政府中任议员，为第一个台籍议员。为纪念他爱国、革命的一生，在台的第三大城市：台中市开办了逢甲大学，以弘扬其“大九州当一统……融四海一家春”的精神。

## 九、嚼槟榔到日月潭、品香茗上阿里山

在台湾，所住的每个饭店都供应丰盛早餐。2006 年 11 月 29 日晨，我们北京科普考察团一行九人精神饱满地告别台中，继续宝岛之旅，今天将奔赴位于南投县的著名景区：阿里山。

在旅行车从台中、彰化向南投行进的公路两旁，我们发现一个奇特的现象：卖槟榔的玻璃房，房中常为穿着暴露、翘着玉腿的女郎，名为槟榔西施，或曰槟榔妹。出于好奇，我们在一个玻璃房前停车，花上 50 元台币，买了一包槟榔，一个穿三点式“工作服”的美丽冻人的槟榔妹上到我们车里，她宣布不能拍照，大家只好眼巴巴地看个痛快。我对她说：买包槟榔。她竟问我：“是包夜吗”？我吓了一跳，咋上来就问这事，原来，人家卖的槟榔分包叶子的和不包叶子的，槟榔妹下车从店里给我们取来一包“包叶”即用荖叶包着石灰的槟榔。大家几乎每人都尝鲜般地吃了一颗“台湾口香糖”

——槟榔，不久，便感觉头昏体热、脸红咽肿。在台湾，往往是对某一事物，各执一词，争个面红耳赤，有人批评槟榔妹有伤风化，有人却管这叫槟榔文化，现在，槟榔业已形成规模，保守估计，台湾有约1万人种槟榔，5万人卖槟榔，100万人吃槟榔，一棵槟榔树18年中可产槟榔6千克，真为不少人解决了生计问题，甚至个别槟榔妹的月收入达10万新台币。据说，槟榔本非台湾所产，还是荷兰人于1645年从马来西亚、菲律宾带来的。槟榔生津发热、提神醒目，令人吃起来会上瘾，上个世纪中叶，美国人初来台湾，曾感叹台湾司机敬业，都得肺痨吐血了，还精神抖擞地坚持工作，其实，这些司机无病，是因嚼槟榔弄得满口血红、口吐红沫的。公路两边那一棵棵类似椰子树，比椰子树苗条的亭亭玉立的树，便是槟榔树，考察团一行到日月潭了，我还沉浸在“高高的树上结槟榔，谁先爬上谁先尝……”邓丽君那早已唱响海峡两岸的“采槟榔”的歌的意境。

在风景名胜日月潭这个台湾最大的天然湖泊，我们泛舟水上，潭水清澈，水深在27~35米，环湖一圈约33千米。为什么叫日月潭，有两个说法，一是潭水呈丹、碧两色，如同日月；二是潭区北部圆形似日，南侧一湾似月，由此得名。在船老大的详细解说中，我们游历了位于潭中央的拉鲁岛。带我们泛舟的船老大姓陈（台湾姓陈和姓林的非常多，有“陈林半天下”之说），很健谈，自我介绍是江苏连云港人，已经五世在台了，按照组训，到他这一辈，该回归故里了，所以，大家攀谈起来很不见外，他跟我们几乎是口无遮拦，甚至抨击要政，针砭时弊。船老大虽然长得又黑又瘦，但他的游船拾掇得相当白净而优雅，我注意到壁上一联一画，一联为“人生若是知足过，虽是菜根味亦浓”；一画之上有“寒夜客来茶当酒”的诗句，韵味恬淡，亲切可人。

午餐就安排在湖畔，尽是一些我们在大陆没吃过的菜：过猫、山苏、破布子……

下午，我们的车顺高速路驶向位于嘉义县的阿里山。午后，开始上山，车在山麓跑，人在雾中行。在祖国，几乎没有人不知道阿里山的，那是因为一首脍炙人口的歌：“阿里山的姑娘美如水呀，阿里山的少年壮如山”……

怕我们失望，向导为我们打起了“预防针”，说：各位长官，别指望太高，现在阿里山几乎没有漂亮姑娘了，因为大都耐不住山区的寂寞而下山了。然后，便主要介绍起阿里山的美景：日出、云海、晚霞、高山索道、森林小火车……目的是，把我们远道而来想瞧阿里山姑娘的心思引开。暮色阑珊，山道弯弯，我们的气喘吁吁的旅行车暂停在半山腰的一个茶坊前。大家一下被迎面招呼我们的姑娘吸引住了：美目盼兮，巧笑倩兮，这不就是我们似曾知晓的歌中、梦中的阿里山姑娘吗！虽然皮肤黝黑，但掩抑不住她水灵灵的顾盼的眼神，美如水啊！我们鬼使神差地随她进店，依次坐下，聆听着她的芳音，吸啜着她献上的香茗：一道为金萱；二道为一级乌龙；三道为极品乌龙；茶不醉人人自醉，大伙几乎不约而同地慷慨解囊，大大地照顾了阿里山姑娘的生意，然后，毫无遗憾地、大包小包地上了车。

夜宿房间带“壁炉”的阿里山宾馆，看起来很美。

次晨五时，我们就搭阿里山宾馆的汽车到火车站，在站台排队，等来了一列比游乐园的火车大得有限的窄轨火车，今早的活动是看阿里山日出。大家集中在一个开阔的前有栏杆、后有摊位的山间平台，凭栏观望，拍照或摄像。日头渐渐从远山的轮廓上露面，一位穿工作马甲，持喇叭的男讲解员，喋喋不休地介绍着，同时，推销着他们农会的产品，卖风景兼卖产品，不愧为一种巧妙的营销方式。

阿里山虽然与日月潭一样，都是国家风景区，但阿里山的可观览的项目更丰富，见仁见智吧，古老却依然运转着的小火车；山中鸣啭的画眉、山雀；枝丫交错几代相依偎的古木：红桧，不少的红桧只有块根或部分树干，整棵的大树都是100年前被日本人砍伐走了。日本统治台湾的半个世纪，从台湾掠夺走大量的资源，一些红桧在老干上又滋生出了新枝，展现着生命顽强的再生能力。我们在林间木制步道上踟蹰徘徊，回顾临行前略读了连横的《台湾通志》和一路上莫先生的详细讲解，我凝视着这一桩桩残断的古木，痛惜着台湾近代历史上的多灾多难：1544年葡萄牙船队途径于此，感叹台湾为美丽之岛；1624—1661年荷兰人占据台湾；1626—1642年西班牙人从基隆登陆统治台湾北部,1642年又被荷兰人赶走,荷兰人从台湾掠走大量自然财富,包括每年运走成千上万张的鹿皮,可见台湾当年的富庶。1661年郑成功率军攻打侵略军,1662年荷兰人投降;遗憾的是,次年,郑成功逝世;1683年施琅灭郑氏,大清设置台湾府。1895年刘永福抗日未逞,1895—1945年日本统治台湾;1945年光复。1949年,老蒋兵败大陆,率60万国民党部队据守台湾,延续着中华民国的历史,且两种纪年方式并用,所以,在台期间,我常常在介绍事件发生的时间上,犯糊涂,民国95年11月30日,其实说的就是今天。

走出阿里山森林风景区,已近晌午,见岔路口有"玉山国家公园"的指路牌,乃知距台湾的最高峰、海拔3 997米的玉山不远了。据说,玉山山脉有台湾最大的哺乳动物:台湾黑熊,可惜本次行程没有安排,只好擦肩而过了。中午在嘉义市的真北平饭店用餐。一过浊水溪——这个南北台湾的分界线,我们的考察足迹就将迈向南台湾了。

## 十、垦丁——风情万种南台湾

台湾是美丽的宝岛,但台湾的面积的确太局促了。2006年11月30日我们北京科普考察团从阿里山下来,在店铺林立的嘉义市午餐毕,就踏上了继续南下的旅途。中巴车在高速公路上疾驶,我昏然入睡。一觉醒来,窗外已是热浪滚滚,椰风习习,竟已到达台湾最南部的恒春半岛了。在公路旁的一个水果摊,我们买了一些台湾特色水果:莲雾、释迦以及芒果干儿,其中,我对释迦的印象颇深,表面疙里疙瘩的,白色的瓤,黑色的籽,味道实在美极了。我们考察的目的地是垦丁,垦丁源自1877年大清从广东潮州招募200名壮丁,来台湾的恒春半岛开荒垦地,由此得名。因垦丁有台湾最早、最独特的国家公园,所以,我对垦丁慕名已久。垦丁国家公园成立于1982年9月1日,是中国第一座国家公园(但不是第一个自然保护区,中国第一个自然保护区是成立于1956年的广东鼎湖山自然保护区)。

垦丁国家公园东面太平洋,西临台湾海峡,南濒巴士海峡,面积包括陆域 18 084 公顷及海域 15 185 公顷，共 33 269 公顷。其内不仅景观壮阔、资源丰富、物种独特，而且，文化历史极其悠久，有可以上溯到 4 000 年前的新石器时期的“绳纹陶文化”遗迹，各种古迹多达 60 余处。这里有鸟 300 余种，两栖爬行类 60 余种；恒春半岛属热带海洋性气候，夏季炎热多雨，冬季温暖干燥，此时北京已接近 0 度，可这里的平均温度还在 20 度，四季如春，故名恒春。每年 10 月至翌年 3 月刮强劲的东北季风，人称落山风，海上黑潮频生；本地的少数民族主要是排湾族。这么著名的地方，地域的行政隶属却很基层，为屏东县的恒春镇的垦丁街。据介绍，恒春有三怪：落山风、思想曲、嚼槟榔；还有三宝：洋葱、荆麻、港口茶，由于考察日程紧张，我们只在公路旁走马观花看到了槟榔和洋葱。

我们到垦丁已是下午四点，先到台湾西南角的猫鼻头，猫鼻头又名猫岩，是一块从海崖上滚落到海面的珊瑚礁岩，因形状似猫而得名。其地形构造极其典型，珊瑚礁海岸侵蚀下的裙岩、崩岩、海蚀沟、壶穴等景观随处可见；其地理地位极其重要，是台湾海峡和巴士海峡的分界点。我们正凭高远望，忽见几位身着自然保护制服的人士也到这里，我一询问，竟是同行：垦丁国家公园管理处的负责人陈先生和李登志先生，一听我也是从事自然保护的，他们热情地介绍起垦丁这座自然宝库、户外博物馆，特别是这里的动物情况，说今年夏天这片海面上还出现了一些“狮鼻海豚”。因时间关系不可久留，王丽水团长、饶成刚先生和我与垦丁国家公园管理处的陈先生、李先生匆匆合了个影，便告别了几位台湾同仁，奔赴鹅銮鼻。

汽车抢时间似的沿公路疾驶，日头在海面上无可挽留地、冉冉沉落，大家赶忙举起相机拍摄，似乎要留住这一美丽的瞬间。进入鹅銮鼻公园，这是台湾最南端的仰角，有台湾最南端的标点（东经 120 度 50 分 59 秒，北纬 21 度 53 分 58 秒），为巴士海峡与太平洋的交界点，全区为隆起的珊瑚礁地形，巨礁林立，步道纵横，独特的高位珊瑚礁植物和热带海洋植物繁生其间，一派绿意。

我们赶至位于鹅銮鼻公园内的著名古迹：建于 1882 年的鹅銮鼻灯塔，

已是傍晚。夕阳余晖中，灯塔显得古朴而美丽。雪白的塔身与白色的围墙、墙内的建筑，浑然一体。有趣的是，灯塔的隶属，竟是财政部的关税总局。这是因为1875年初建时就由海关筹建，当时因山民滋扰，灯塔建成堡垒之型，有围墙与壕沟，设炮台、置枪眼，大清多年派兵镇守，为世界上独一无二的武装灯塔。二战中日据的灯塔被美军炸毁。现在的灯塔是台湾光复后重建，尽管如今往来的船只都以卫星定位，而非灯塔导航了，但灯塔的沧桑，见证了台湾的过去，前事不忘，后世之师，灯塔的指航意义、社会学的蕴涵倒显得更加深刻了。以古为鉴，可知兴替啊。

## 十一、猕猴现身植物园、十年夙愿终实现

早上八点半，离开所下榻的垦丁恺撒大饭店，告别那些身穿带有海岸风情花衬衫的服务员，前往国家森林游览区，主要对恒春热带植物园进行考察。由于气候的异常和地形的复杂，这里的一草一木、一山一石都记载着大自然岁月的痕迹，植物景观丰富而特殊。这里是全台唯一的植物园，区内植物千余种，引自世界各地的达320种，按特性和用途划分为十余个植物区。在志工陈先生的带领和不厌其烦的解说下，我们进入植物园。这是号称垦丁之花的棋盘脚、这是非常可口的野菜山苏、这是火炬木、这是乔木咬人狗、这是草本的咬人猫、这是被白榕寄生根勒紧了的茄冬、这是入侵台湾的小花蔓泽兰……这是银叶板根，树有板根、干上有花、藤枝木质化，乃是热带植物的特征；我注意到树丛中的一些翻飞鸣啭的黑鸟，很像乌鸫，陈先生告诉我，这是红嘴黑鹎，它们会学猫叫，以吓唬其他鸟，果然，枝头不时传来刺耳的“猫叫”，陈先生原来就是从事植物研究的，现在退休了，在植物园发挥余热做志工，此次台湾考察之行的一个深刻印象，就是这里无处不在的志工形象。

“郭耕，快来，有猴子！”北京天文馆的左馆长轻轻的声音在我听来，却如雷贯耳，什么！猴子！台湾猕猴！莫非是我心仪已久的台湾猕猴？我三步并做两步，趋步上前，果然，一个、又一个矫健的、似曾相识的身影在林中

闪现，上树了，见我拍照，两只成年猕猴回头呼呼地恐吓两声，就义不反顾地从树梢上逃窜了。尽管我没能拍摄到清晰的台湾猕猴的片子，却清晰地看到它们浅棕色的体毛和修长的、长度超过一般猕猴的尾巴。夙愿已偿啊，十多年前，我在写第一本书《世界猿猴一览》时，曾对台湾猕猴做了资料性的描述：英国动物学家斯温侯于1862年始见于台湾南部，起名"台湾山地猕猴"，台湾猕猴为我国台湾的猕猴属的一个特有亚种，是台湾唯一的非人灵长类动物。"十年生死两茫茫，不思量，自难忘"，我始终无缘亲眼目睹台湾猕猴，眼看此次赴台考察日程已近尾声，我的渴望几乎要成失望，这时竟与台湾猕猴不期而遇，缘分啊缘分！尽管继续前行，不乏奇花异木、鸟类蝴蝶，但我心头萦绕的还是那两个可爱的台湾猕猴。

台湾猕猴

18世纪，作为英国驻高雄副领事的动物学家斯温侯曾叹言："台湾深邈的山林，生息着无数神秘的动物。"的确，台湾因地理位置和环境气候的特殊性，形成岛屿特有生物多样性群落。有台湾最大、同时也是亚洲最小的黑熊亚种台湾黑熊；有原主要栖息于大武山、1972年灭绝的台湾云豹；有1969年灭绝、1986年在绿岛和垦丁实施重引入保育的台湾梅花鹿；当然，保育明星还少不了这珍奇的台湾猕猴。整个台湾岛的动植物类群丰富多彩，动物包括：兽类71种、鸟类500种、爬行类90种、两栖类30种、淡水鱼150种、海域鱼类2 000种，已命名的昆虫2万种，未命名的昆虫估计20万种，其中蝴蝶400种，可谓岛小物种多。在植物园的一个制高点——观海楼，我们放眼四周，海蓝蓝，山碧绿。一块提示板上，一则著名的保护口号映入我的眼帘："除了摄影，啥都别留；除了足迹，啥都莫取"（Take Nothing But Photographs，Leave Nothing But Footprints）。回顾几日在宝岛的考察，耳闻目睹，深为台湾的与国际接轨的自然保护理念和卓越的自然保育行为而欣慰，从台湾纸币面额500元上印的梅花鹿图案和1 000元上印的帝雉图案可见一斑，我由衷地祝福海峡两岸的自然保护——“但使众生皆得保”。

## 十二、高雄：入夜逛爱河，台湾真奇妙

我们北京科普场馆考察团是12月1日结束对位于屏东县的国立海洋生物博物馆的参观，在台湾西南海边小镇林边乡的海鲜馆用过晚餐，便来到了台湾之行的最后一站：高雄市。

高雄是台湾的工业重镇，第二大城市。由于是晚间，华灯初上，向导莫先生便引我们来到高雄引以为自豪的夜景：城市光廊，哪知，我们来自首都北京的这些人，对大城市的夜景并不陌生，甚至，对内地的让城市亮起来的亮丽工程——费电工程，根本不以为然。好在，高雄还有更美的夜景——爱河，何况，这条从前的污水河，经过高雄市政府的治理，今天终于得以复清，爱河，已经成为高雄重视环保的形象。眼下，台湾“北高选举”如火如荼，我在今早的报纸上还看到这样一行文字：爱河不分蓝绿，的确，环保是超越派别的、人人需要的。于是，我们欣然来到爱河。距爱河不远了，见马路上有不少警察，一时心生疑窦，难道爱河的治安有问题？

爱河之畔，灯火倒影，波光潋滟。市民们悠闲地漫步，或谈情说爱，或亲朋聚会，“LOVE RIVER号”游艇上不时传来舒缓的音乐，我们尽情地拍照，未感一丝的人为压力和紧张空气。宽阔的河对岸，一幅巨幅广告进入我们的视线，在台湾这样的汽车高度发达的社会，显得很另类的口号——还给自行车一片天空！联想这些天，在各地见到的一些议员的参选广告上，不少政治家，也是一袭短打装束，一副骑车形象，看来，在台湾，骑自行车已经成为廉洁、环保、公益、健康的化身了。

在台湾的最后一晚，回顾一周走马观花的考察，浮光掠影的记录，我百感交集。从房间20层高的窗口鸟瞰高雄夜景，感叹人类改造自然之“伟力”，也惊讶在这曾经鲜有人烟的宝岛上，竟建设了这么一个如火如荼的、

华人华语的花花世界。50年的对峙，恩怨情仇，如今，都已经变得有些模糊，有些迷离，但无论怎样，人民得过日子，得过好日子，所以，发展才是硬道理。这里我列举一组由向导提供的数字，可供了解之用：台湾有大学163所，59所为公立的；台湾平均寿命男74岁、女80岁（大陆男72、女74）；男女比率为104：100；台湾超过65岁以上的人口占9.94%，老龄人口226万；2002年九年义务教育比率为99.53%；高等教育比率68.1%，居世界第二（第一为澳大利亚70%）；彩色电视占有率99.6%；电话97.9%；空调83.1%；洗衣机96%；汽车58.2%；摩托81%；手机83.6%；电脑56.8%；自有住宅85.4%；台湾的月平均工资为4万新台币（相当于10 000元人民币），最低工资为18 500元新台币，失业者每月有3 000元补助，但只管半年。

半个世纪的隔离，两岸的语言竟产生诸多差异，现列举部分我力所能及搜集到的词语，仅供参考：内陆称领导，台湾称长官；内陆称地铁，台湾称捷运；内陆称立交桥，台湾称交流道；内陆称机场，台湾称航空站；内陆称出租车，台湾称计程车；内陆称垃圾，台湾称乐色；内陆称手机，台湾称行动电话；内地称馄饨，台湾称扁食；内地称二手车，台湾称中古车；内地称盒饭，台湾称便当；内地称保护，台湾称保育；内地称电子游艺厅，台湾称电玩店；内地一斤为500克，台湾一斤为600克；内地称古巴总统卡斯特罗，台湾称其为喀斯楚；内地称可持续发展，台湾称永续发展；内陆称高山族，台湾称原住民；其实，台湾的少数民族不是一些人以为的一个“高山族”，而是洋洋洒洒至少九个民族甚至十二族：雅美族、泰雅族、布农族、邹族、赛夏族、阿美族、俾南族、排湾族、鱼凯族等，可按所处地域分山地型和海岛型，其来源有南来说、西来说、原来说，从DNA分析，比较支持南来说，因为，台湾原住民的基因比较接近马来西亚人。

……想起今天在台湾高雄的一家饭店用餐时，我们旁边的一家饭店名为“无饿不坐”真是话糙理不糙；还有那天，一个卖炸虾的摊位名为“虾吃虾搞”，简直妙语连珠，令人忍俊不禁。个中幽默、个中奇妙，外人岂能理解，本是同根生的大陆与台湾啊，还是那句话：“历尽劫波兄弟在，相逢一笑泯恩仇”！

# 太行观鸟识鵪鶉

有人以为，你工作多好啊，是不是经常进行野外考察？或专程外出观鸟，其实，这些年，由于职业特点，我已不再有野外考察的机会，我的专程观鸟行动是非常有限的，且为AA制的自费行程，作为我的个人爱好，近年倒是利用各种出差、讲课或旅游的机会，随时随地观鸟，可谓随遇而安，走哪看哪。

红嘴蓝鹊

2012年7月中旬，我随麋鹿苑党支部参加了赴河南林州的红色之旅，在进入太行峡谷的旅程中，我们如鱼得水地、捎带手地开展了观鸟、观蛙、拍摄昆虫的活动，一路下来，收获满满，共见到了北红尾鸲、红尾水鸲、绣眼、金翅、鵪鶉、鹡鸰、山麻雀、树麻雀、灰伯劳、白头鹎、大山雀、柳莺、白腰雨燕、黑卷尾、戴胜、蓝翡翠、斑啄木、褐河乌、松鸦、红嘴蓝鹊、喜鹊、灰喜鹊、山斑鸠、珠颈斑鸠、池鹭、红嘴山鸦等几十种鸟类。其中令我印象颇深的，有频频伴我左右、还叼一嘴虫子的北红尾鸲，有略略有别于司空见惯之树麻雀的山麻雀，有偶然精彩亮相的鲜红大嘴的蓝翡翠，有看似黄嘴蓝鹊的亚成年的红嘴蓝鹊，更有辗转啼鸣，昂首翘尾的鵪鶉。

鵪鶉虽只见到一只，还是在太行深处小山村的瓦屋房顶上见到的，观看到的数量不多，质量却极其上乘，这只处于发情期的鵪鶉在我们面前大秀身姿，大展歌喉，我们科普和科研两个部门的爱鸟者，一堆相机一字排开，众星捧月般地围着它拍照，这只鵪鶉不仅毫无惧色，而且愈发亢奋，卖弄着小嗓,变换着小样,直到把我们拍累、拍烦为止,大家感叹,这要是在原先,使用的是胶卷相机,那还不赔到姥姥家了。

鹪鹩,别名山蝈蝈儿巧妇,雀形目(Passeriformes)鹪鹩科(Troglodytidae),59种。是小型、短胖、浅褐色的鸟类。尤其指在极地附近温带区繁殖的鹪鹩(*Troglodytes troglodytes*,北美洲称为冬鹪鹩),是本科的典型种,长约10厘米,褐色,有暗条纹(雌雄相似),嘴短而稍下曲,翅短圆,尾短而翘。鹪鹩类在沼泽、多石的荒原或灌丛捕食昆虫。许多种在洞中营巢,有些在灌丛或岩石突出部筑圆顶巢。终年取食毒蛾、螟蛾、天牛、小蠹、象甲、蝽象等农林害虫,为农林益鸟。

太行山的鹪鹩

鹪鹩在古今中外都曾被写入文学作品,最早见于我国《庄子·逍遥游》“鹪鹩巢于深林,不过一枝”,旨在说明以天地万物之大,鹪鹩不过仅仅巢于一枝。晋代张华曾据此语作《鹪鹩赋》。鹪鹩也曾出现在国外作家的笔下,土耳其著名作家Resat Nuri Güntekin1922年写的成名作品,讲述一对情人的爱情故事,主要讲女主人公失去双亲,听到爱人的背叛最后离去,主要讲述之后一系列的她的遭遇与她的坚强的感人故事。1966年,土耳其的电影工作者以同名小说拍成了电影《鹪鹩》,1986年拍成了电视连续剧。

## 兔年冬晨天坛观鸟

兔年伊始,我便随自然之友参加观鸟活动了,地点是天坛公园。

想欣赏城市野生动物吗?可以,在城市公园里观鸟就可实现,作为三千万人口特大城市的北京，其中天坛公园乃是观鸟的最佳选择之一，毕竟，天坛作为城市中心的公园，是一座可与美国曼哈顿中央公园、英国伦敦海德公园相媲美的城市公园，据说很多老外喜欢到天坛观看北京人的晨练，或拍摄中国北京的百姓百态，不知他们知否，这里也是观鸟胜地。

甚至可以说，天坛观鸟比我所在的麋鹿苑更安逸，因为鸟多且易看，为什么呢？麋鹿苑不是比天坛更偏远、更自然，生境也更丰富吗？应该说，两地各有千秋，麋鹿苑因有麋鹿及其赖以栖息的湿地，动物种类不少，尤其在湿地鸟类方面是天坛所难有的，但天坛的面积更大、植被密度大，乔灌草兼有，难能可贵的参天古柏，大片大片的百年老树，受到严格保护和悉心呵护，所以，才吸引了长耳鸮这样的大型夜行猛禽越冬。据说当年一位美国总统来天坛，有人介绍祈年殿是全木的，堪为建筑奇迹，但总统更看重古树，说古柏更是奇迹，祈年殿我们可以复制仿造，而这些古柏无法复制仿造。更有意思的是，近年来，人们的保护意识普遍加强，不再热衷打鸟捕鸟，尽管天坛晨练者人山人海，但人鸟各行其是，互不干扰，那里的鸟也习惯了来来往往、甚至大呼小叫的人们，所以，我发现在天坛观鸟，距离不必很远，例如，斑鸠、乌鸦一类的鸟，我在麋鹿苑，刚刚举起望远镜或照相机，它们就会警觉地飞走，而在天坛，这些鸟则旁若无人，傲立枝头，任你在树下观瞧，我行我素。

“风后暖，雪后寒”。二月的北京，春寒料峭，一早，我穿好羽绒服，乘公交车来到天坛西门与各位鸟友聚合。一进大门，迎面竟是数以千计的麻雀般大小的鸟飞过，但肯定不是麻雀，用这样超豪华的方式拉开的观鸟序幕，绝无仅有，我们真是受宠若惊，观鸟领队李强迅速做出判断：也许是燕雀。果然，一会儿就在高高的枝头看到个别飞累了的燕雀，还有吱呀做语的黑尾蜡嘴雀，而白头鹎、灰椋鸟、八哥的声音和形态则不时可闻可见。

从西门一路北行，在天坛西北角的地方，忽见天际几只大鸟悠然而现的轮廓，自西向东越来越近，不急不缓地煽动着翅膀，直至飞越我们头顶，大家激动得情不自禁地惊叹起来——大雁，33只大雁，但谁也没有马上说出是什么雁，两个原因，这些观鸟老手即老鸟们不敢贸然判断，说错了就是“诈和”，初学者即新鸟们则全然没有判断能力，李强翻开《观鸟图鉴》与我们拍照的大雁特征对照后才得出，应是鸿雁的判断。能在天坛

看到鸿雁这样的游禽，太难得了，太受宠若惊了，这就是观鸟，可遇而不可求。顺着大嘴乌鸦、金翅雀的声音的引导东行，跨过一片开阔地，灌丛对面的小树上，有几种鹎：赤颈鹎、乌鹎、斑鹎（包括斑鹎的北方亚种和指名亚种），南行折回进入苗圃，各种鹎类就更为集中，甚至在一棵树上高高低低停留着几种鸟。一对“大斑”（简称，全名叫大斑啄木鸟）在一棵枝头枯干的古柏上，爬上爬下、时隐时现，这个苗圃在整个天坛公园里面积很小，却是鸟的种类和数量最集中的地方，因为有栅栏相围，所以形成相对安全、僻静的小环境，一些羞涩的鸟便躲到这里，几种斑鸠就是这里的常客，我想，这也许就是保护小区的雏形。

刚才一进门见到的大群大群从头顶飞过的小型鸣禽，现在亮相了，在几棵大杨树的枝头密密麻麻站满了燕雀，一说燕雀，新参加观鸟的一莲小姐终说了一句话正确的话——“燕雀安知鸿鹄之志”，为什么呢，因为她一路上就错话连篇，什么这个鸟很丑啊，那个鸟很坏啊，被我迎头痛击了一番，说她是口无遮拦。也许那些飞来飞去的群鸟疲惫了，都在集体休息，我们终于可以拍摄到它们清晰的图片了，确为燕雀，但并未都下来休息，天空还有一群群飞来飞去的燕雀，更为惊人的是，高高碧空，一只猛禽冲击着这些纷飞的小鸟群落，这是一只雀鹰，翱翔着，游刃有余地驾驭着双翅，时远时近，不知是在戏弄群鸟，还是真的在捕食，让我们领略到天地间的鹰击长空的豪迈和弱肉强食的自然法则。

西行，在一片林下草地上，一群人摆开了长焦距的相机，我们凑上去，看到它们的数码照片，显示的是一种叫丝光椋鸟的美丽鸣禽，据说丝光椋鸟喜爱洗浴，在一小汪水的地点，就能吸引来这种鸟，而这些持大炮的摄影发烧友，据说是鸟网的摄影者，是另一拨爱鸟人。虽然在鸟的种类识别上，略逊于观鸟者，但片子很考究，拍摄水平远远高于我们，实践着"摄，请不要射"的号召，起码比笼中养鸟强百倍。

天坛公园游人如织，晨练的人群像潮水般地涌动，几乎填满每个空地，再就是名目繁多的圈子和团体：唱戏的、唱歌的、跳舞的、练武的、有动静很大的、有静如处女的，但多数的鸟儿似乎已经见怪不怪了。在一棵古柏下，一位打竹板的，把快板敲得劈啪作响，节奏鲜明，有板有眼，树上却静静伫立着我们此行急切要观看的重要角色：长耳枭，开始，见到的两只是神龙见首不见尾，只能隐约见到体毛的斑驳，令人很不过瘾，终于有一只瘦小些的猫头鹰——长耳枭，被我们完美地看到、我也完整地拍到了，它的亮相，使我们今天的观鸟，无论对老鸟，还是新鸟，都算是一个完美的落幕了。

## 另：天坛观鸟，别样春天

少年时，我曾有一段住在天坛东里的经历，因此常常去天坛公园玩耍或锻炼，记得那时只为发现古柏上的猫头鹰而动容，其他除了麻雀喜鹊乌鸦什么的，关于鸟的印象几乎没有，毕竟没有任何鸟类知识。如今，参加自然之友的鸟学院在天坛开展鸟类本底调查，儿时的天坛，建筑和植物依旧，只是晨练和游览者人流如织，满眼皆人。尽管人气暴涨，但鸟情尚可，我估计不是因为鸟多了，而是我的鸟类知识多了，但目不识丁即目中无鸟的人，更多。

2009年春天，我两次来天坛清晨观鸟，实在感受到天坛观鸟，别有洞天。

由此对那句名言体会更深："如果学会观鸟，你就相当于获得了一张进入自然剧场的免费门票，而且是终生受益。"这张精彩的"门票"，我小时候因无知而未曾获得，天坛晨练的大多数人呢，也没有！原因很简单，目不识鸟。

观鸟是可以随时随地开展的，只要心中有鸟（情感和知识），眼中自然有鸟，所以，没进门，大家就开看：珠颈斑鸠、喜鹊、灰喜鹊、树麻雀、大嘴乌鸦……一一入账，进入天坛大门没几步，大家便耳闻其声，目睹其影，简直左右逢源，鸟情恣意。

清明小长假，尽管花红柳绿，娇蕊粉白，但尚无枝叶的繁茂，好一个"白雪花繁空扑地，绿丝条弱不胜莺"的诗意春情，所以，鸟立枝头，无遮无拦，正是我们看鸟的最好时节。树尖树干、动的静的、天上的、地上的、主动的、被动的、华丽的、朴素的、飞翔的、鸣啭的……一双双、一对对，鸟儿们正在上演一场"鸟界恋曲"。童言无忌，一同观鸟的那位小学生直言不讳道，鸟在搞对象呢，可不，一两只珠颈斑鸠飞临枝头，大大咧咧地映入我们的视线，那胖大的雄鸟点头哈腰"咕咕"鸣叫，显然在示好，婀娜娇小的雌鸟，先是一副矜持状，俄尔便凑将过来，双双旁若无人地亲密起来，接下来，动人的一幕便发生了，雄鸟飞上雌背，短兵相接，交配成功！遗憾这精彩瞬间没能拍摄下来，我们是用望远镜窥探了人家私密生活的全过程，但丝毫没有惊扰之，大家无不为之动容为之喝彩，感叹生态之美好、生灵之自在、生命之灿烂！这样观看自然之鸟自由之鸟，相对于一些人的提笼架鸟的行为，孰爱孰害？一比自知。当即，我为大家道出了一副对联的上联：鸟在笼中，叹关羽不能张飞！

每当"鸟学院院长"李强带大家来到坛北的苗圃，总能将我们观鸟的情绪推向高潮，原地不动便满眼皆鸟，今天，随着乌鸫、灰椋鸟、白头鹎的啼鸣之声，依次进入苗圃，驻足观望，高的乔木、矮的灌木，雀跃翻飞，莺歌燕舞。仅此一地，就记录了：星头啄木、大斑啄木、黑头蜡嘴、黑尾蜡嘴、黑领椋鸟、红耳鹎、戴胜、斑鸫、雀鹰、燕雀、赤颈鸫十余种野生鸟，甚至一只猛禽也来凑数，那是一只翱翔于天际的普通鵟，双翅下的黑斑赫然在目，万里苍穹下，天空任鸟飞，天坛观鸟，别有洞天！

## 铜陵访江豚，保护燃眉急

“灭绝意味着永远，濒危，则还有时间。”这句国际流行的自然保护格言，用在长江的两大物种：白鳍豚和江豚身上，恐怕是再恰当不过的了。

笔者在培训会上

2012年11月2日，我应“中国生物多样性保护和绿色发展基金会”之邀，来到安徽铜陵进行科教培训，不料此行竟然与一种古老的孑遗物种——长江江豚，邂逅。第一天，铜陵江豚保护区的郑局长亲自驾车远达南京，把授课的三位老师：北师大刘定震教授、中国环科院王伟博士和我接至铜陵，路上，郑局长还告诉我们一个好消息：2012年5月份，保护区繁育基地有三只小江豚降生！局长的热情让我们无不感到“受宠若惊”，感谢局长，也感谢喜庆的江豚，从而探访江豚的心情就愈加迫切。

2日上午，完成教师培训，下午我们急忙赶往江豚保护区所在的夹江繁育基地。保护区位于铜陵南郊的大通镇，这是一座兴盛于元朝的古镇，破旧的徽式房屋，斑驳的石板道路，甚至在一个废弃的写有“交通旅社”旁的小楼下，见到一块标有“日军俱乐部旧址”的石碑。肩挑竹筐的村民，老旧昏暗的剃头屋，贩卖农具的摊位——都给人一种穿越时空、置身前朝的感觉。东游西逛的我，一不留神竟错过了保护区的入口，那是一条很狭窄的胡同，没走几步就到达通向保护区的鹊江渡口，那里，有免费的摆渡船在等待大家。村民们淡定地往来乘舟，我们则兴奋地在渡船上东张西望，拍照留影，甚至，我情不自禁地唱起了《过河》“哥哥面前一条弯弯的河，妹妹对岸传来一只甜甜的歌”……

这是长江的一个小分叉，但也舟楫往来，仿佛东吴战船，樯橹列阵。登岸后，见村民的菜筐排成一溜，香菜的味道浓郁扑鼻，几乎能勾起我们儿时的记忆。沿绿树成荫、娇莺啼鸣的小路前行，保护区的道路上，迎面有一座拱门雕塑，竟是吻部修长的白鳍豚的两尊遗像，让我的心突然咯噔一下，逝者如斯，不可复矣！

进入保护区的大门——“铜陵淡水豚国家级自然保护区管理局”的牌子赫然在目，这个迁地保护基地位于长江南岸的铁板洲与悦洲之间封闭的半自然夹江水域，是一段可通长江的长 1 600 米，宽 80～200 米的独立水域，面积 26.4 公顷。这里，共生活着 11 只江豚，用于保种、繁育和研究。事实上，这只是一个小小的迁地保护种群，铜陵真正的就地保护区域是在长达 58 千米（上至安徽枞阳县老洲，下至铜陵县的金牛渡）的长江江段，共有 180 只长江江豚。

讲师们在淡水豚保护区合影

在保护区唐副局长的陪同下，我们走近了江豚生活的水域，饲养员手提两桶小鱼随后，尚未接近，江豚就从远处水域闻讯而来，因为，江豚和白鳍豚可以敏锐地利用回声定位，探知水陆情况，但长江中百舸争流、过于嘈杂的行船声，则会使其失聪，甚至撞到船尾的螺旋桨，粉身碎骨。

随着饲养员将一条条小鱼抛向水面，江豚三三两两、不急不缓、陆续游来，不时地露出头和背脊，就我所知，背部无背鳍乃是长江江豚的重要特征，所以，其英文为 finless porpoise。我们赶忙把相机的镜头对准江面，拍下这一只只珍贵的动物，留下一幅幅珍贵的画面。想当年，2001 年 7 月 14

日，我在武汉水生馆探望唯一一条长期被人工饲养的白鳍豚“琪琪”，记得当时，是额头宽大、又高又白、相貌颇有几分与白鳍豚神似的豚类专家张先锋博士带领我们，可惜我只拍到一张较为清晰的照片，不料，2002 年 7 月 14 日，恰在一年后的同一天，“琪琪”溘然而逝，此照竟成遗照。俗话说“看一眼少一眼”，这次见“琪琪”竟然成了最后一眼，不仅是一个生命的最后一眼，更是一个物种的最后一眼。

2006 年 11 月，中、美、英三国科学家组成“长江淡水豚科考调查组”，历时 26 天，沿着从宜昌到上海的长江 1 700 千米的江段搜索，一无所获，只得无奈地宣称，白鳍豚这一进化了 2 500 万年的古老的物种，已经是功能性灭绝。而 2007 年，铜陵市民曾玉江在铜陵县胥坝乡渡口发现一只白鳍豚，录下了 156 秒的视频，这也许就是人类对白鳍豚的最后目击了。

建国之初，长江中的白鳍豚尚有万余头，算是人们常见的动物，短短半个世纪，就走向了绝迹。1981 年，我国豚类专家周开亚先生首先发表文章，指出白鳍豚的濒危，甚至有可能在半个世纪内灭绝，当时，人们还觉得是危言耸听。不幸的是，白鳍豚的数量减少的速度比他估计的还要快，1986 年 200 头；1991 年 100 头；1999 年 50 头；2006 年几乎找不到了；2012 年完全见不到了……不到 30 年，一个如此古老的物种，就这样轻易地灭绝了。2007 年国际著名的《自然》杂志评出十大人祸，白鳍豚位列其中，白鳍豚竟是被人类灭绝的第一个鲸类物种，前车之鉴啊！

如再不保护，生命消逝的多米诺骨牌将会倒向下一位——江豚，恐怕长江江豚将会是人类灭绝的第一个鲸类亚种，为什么？仅存于长江之中的“长江江豚”在分类上属于鲸目，齿鲸亚目，鼠海豚科，是海豚的唯一淡水亚种（三个亚种为长江江豚、黄海江豚、南海江豚），如今长江江豚只有 1 000 只左右。却正以每年 6.4%的速度减少。逝者已去，生者安否？回答是否定的！长江中高密度的行船，持续增加的建闸、筑坝、挖沙等行为，过度的捕捞作业以及误捕误杀……是长江江豚屡屡遭到撞死、电死、钩死、毒死、炸死、病死、饿死的威胁，可谓步步惊心，处处艰险。何以见得，仅

2012年，在长江中游发现12头死去的江豚，在下游发现11头死去的江豚，这还只是发现的，没发现的实际死亡数，一定会多于这个数字，难道《2012》谶语成真，真的是这个老物种的末日吗？今年当然不会，但如此可悲的现状决然令人高兴不起来，甚至有估计，长江江豚的大限是十五年。还在铜陵的江豚保护区科教馆参观时，我就用手机翻拍并发送了这样一则微博消息，画面是一只江豚特有的面孔——永远带着灿烂的微笑。附带文字是："江豚带给我们的是笑脸，人类强加之的，却是步步绝路以死相逼。"

这个进化了2 000多万年、从远古的偶蹄目中爪兽发展而来，人称"江猪"的古生物，由陆生变换为水生，有着多么奇妙的匪夷所思的自然历程。宋代诗人有对江豚的记述"黑者江豚，白者白鳍，状异名殊，同宅大水……"，如今，大家爱说宅男宅女什么的，可古人说白鳍豚和江豚也是同样地"宅"，宅于长江，这是多么博大的气魄和多么美妙的历史啊！怎么偏偏到了我们这一代人的手里，它们就要走向末路了呢？野生动物的今天预示着我们的明天，毕竟，我们共处一个生物圈，江豚因长江生态状况的恶劣难以为继，难道我们就能独善其身吗？

可如此困局，如何破解呢？无奈之下，保护区郑局长给我一个这样的明示，我认为如能实现，这真是追求人与自然和谐相处的明智之举，善莫大焉！是何良策？他说，长江作为黄金水道，禁航是不可能的，禁污的难度也很大，但全面或分段分时地禁渔，则不是不可行，比较白鳍豚，江豚毕竟还有相当的数量，共约千头，其环境的耐受力也优于白鳍豚，限制捕鱼，至少不会把这些弥足珍贵的淡水豚，活活给饿死。变捕捞业为生的渔民为养殖业为生的渔民，让渔民上岸，转产搞养殖，护生富民，两全其美。无论怎样，都是为了一个目的，拯救家园及其生灵，走可持续发展之路，以免使长江成为一个无鱼之江，无豚之江，死亡之江。拯救江豚，已到燃眉之急，一些有识之士，包括豚类专家周开亚，都提出了不少真知灼见：

1.必须将长江江豚从二级保护提升为一级保护动物；

2.制止对江豚栖息地的进一步破坏并进行重点江段的生态修复；

3.就地保护的同时,增加迁地保护留种繁育的基地;

4.禁渔10年,严禁非法捕鱼;

5.严控工农业污水和生活污水排入长江。

我住长江头,君住长江尾,日日思君不见君,共饮长江水。中华民族的母亲河已经重疴在身,可她还要继续支撑中国半壁江山的人口和经济,保护长江,势在必行!她不仅养育了炎黄子孙、各族人民,更孕育了独特而多样的生物,长江淡水豚不仅是长江生态食物链的顶级动物,中国独有的历尽沧桑的活化石,长江生态系统的旗舰种、关键种和从中新世延存至今的孑遗种,更是江湖湿地环境质量优劣的标志物,生物多样性的延续与丰富,折射着和预兆着人类的未来,豚之不再,人将焉存?

笔者拍摄到一对翠鸟两条鱼

好在,生态文明的绿色之光已是晨曦初露。我曾在麋鹿苑制作了一个“谁是最可怕动物”的提问箱(答案:人类)。今后,我还可以再做一个“谁是迷途知返的动物,改邪归正的动物,悬崖勒马的动物,追求和谐的动物……”的提问,那该就是生态觉醒、厚德载物的人类吧。

## 香港湿地行

2008年春,我有幸作为环保科普讲师,随“大众绿色奥运城市之旅”在历时60天,行程上万里的行程中,顺利完成了北京、天津、秦皇岛、沈阳、上海和青岛6个奥运项目举办城市的绿色奥运巡讲活动后，于“五一”踏上了北京奥运会马术项目举办城市——香港，香港站的活动是本系列活动的收官之旅。几乎每周飞临一个城市，我这辈子都没有这么频繁地外出过，朋友说，我简直成“空中飞人”了。

香港的正式仪式安排在5月1日，由环保部宣教中心焦志延主任、大众汽车集团中国总裁兼CEO范安德博士、大众汽车集团（中国）公关与传播部杨美虹总监、德国环保志愿者范美玲女士、中国第一位女子乒乓球奥运冠军陈静和两届跳马奥运冠军楼云、环保科普专家周又红和我，共同组成的巡讲团，在香港学友社、香港马术协会以及香港中华基督教会支持下，前往位于九龙油塘的基法小学开展环保和奥运互动教育活动，为来自香港4所中小学的上百名学生带去了最新的环保和奥运理念，让同学们在快乐互动中体验了奥运内涵。

笔者与奥运冠军楼云、陈静

4月30日，我利用在港的闲暇时间独自慕名走访了香港湿地公园。以前，我曾两度到达香港的米埔湿地，这是世界自然基金会支持的水禽保护地并作为在香港的一块难能可贵的国际重要湿地，米埔之行为我在麋鹿苑的湿地观鸟台建设提供了不少有益的启示。后来，北京市科委的朋友向我推荐香港湿地公园，我曾有些疑惑，难道这儿能比米埔湿地还好吗？不看不知道，一看吓一跳，可以说，这里是我所见到过的、自然知识与科技手段、湿地生态与人文内涵巧妙结合的、做湿地方面科普最棒的一个去处。

都说高楼林立，车香鬓影的香港是购物天堂，是美食之都，同行的伙伴们大都在疯狂地购物，尽情地饕餮，可我竟没买任何东西，没逛一家商场，即使住在位于闹市区海港城的马可波罗酒店，也是整天地目不斜视，直奔主题：自然。

一早，我带上望远镜，从九龙公园旁的尖沙咀乘地铁，至美孚站换乘西铁，至天水围，又换轻铁到湿地公园，约一个小时的车程，已经来到位于香港新界边缘了，毕竟香港地域很小，1 000多平方千米的面积与北京大兴区相仿。尽管天水围地处偏僻，同样高楼万丈平地起，动辄四五十层，为内地所罕见。湿地公园是许多香港人都没有来过的地方，我来早了一个小时，要等到10点开门，趁等候之机，观察四周，我看到了白头鹎、红耳鹎、鹊鸲、珠颈斑鸠、棕背伯劳等鸟类。

其实，一到香港的机场，我就拿到了香港湿地公园的介绍折页，知道这里有占地60公顷的湿地保护区和10 000平方米的访客中心。出于观鸟目的，我一开门就穿过琳琅满目的访客中心，在几乎尚无任何游人的时候，独自沿着自然游径，直奔湿地，尽管现在不是观鸟的最佳时期。

溪畔漫游径，是一条模拟河溪而设的步道，从湍急的上游到渐缓的中下游，水流经沼泽、鱼塘、稻田等多样性的湿地后，逐步进入开阔水面，各种湿地的动植物及其说明牌随处可见，特别吸引我的一个小设施是固定在说明牌旁的一截钢管，它们能引导你从管中窥见某个奇特现象，或是一株植物一朵花，或是一只动物一只蛙，或是一个鸟巢一块石头，为你带来一次“管中窥豹”的奇妙经历。

演替之路，引导我们目睹开阔水域如何演替成湿地植被的过程，植物群落逐次改变，经沉水植物、浮水植物、挺水植物，最终发展为灌丛和乔木。而一条半沉于水中的木船则令人生发一种“沉舟侧畔千帆过”的社会变迁的感慨和缱绻诗意。

看到罕见的南美天鹅

走在吱呀作响的红树林浮桥上，与热带海岸特有的植物群落红树零距离接触，仿佛成了置身其间的长鼻猴，也许大家不太知道，长鼻猴是分布在印尼的红树林特有的灵长类动物，酷爱进食一种叫海桑的红树，当然，在这里所见的红树多是秋茄树、木榄和水笔仔等植物。有趣的是，红树林浮桥可随潮水的涨退而升降，当然幅度不是很大，从浮桥上俯视，湿地泥沼上有东西在动，原来，是大量的招潮蟹和弹涂鱼。

这里的一切，无论是自然还是科普，都令我振奋，我如鱼得水地在湿地公园中寻觅、探求，沿着原野漫游径漫游，时而通过望远镜观鸟，时而举起照相机拍摄，甚至拍摄到一只自顾自地枝头鸣啭的鹪莺，我还时不时地摆个 POSE 自拍，怡然自得。此情此景，令人想起杜甫的一句诗："流连戏蝶时时舞，自在娇莺恰恰啼。"

湿地是生物多样性丰富之地，漫步鱼塘、泥滩、沼泽、河流、芦苇地、湿农田、红树林，不仅植物、鸟类、水生动物吸引了我，昆虫更是轻而易举地见到，在蝴蝶园，两个大学生模样的志愿者主动上来介绍这里的蝴蝶：金斑蝶，我用微距将其拍摄了下来，实践着"只带走照片，不留下脚印"的出游理念。

为什么说连脚印都未留下呢？因为，在保护地，应严格按照指定步道行走，不得擅离道路涉足荒野，在香港湿地公园，保留大片的自然荒野地带供野生生物栖息，繁衍，路口都设置了严禁进入的警示牌，对此，我认为，我们麋鹿苑特别需要借鉴，否则，很多动物都惶惶不可终日，无处安身。目前就出现了问题，去年飞来的一只白枕鹤可能最终在游人和施工的双重压力下，飞走了；而新产下的几只小麋鹿也许就是因母鹿不敢走到有人靠近的围栏附近哺乳而夭折。

在湿地公园观鸟台

观鸟是探索和欣赏自然的一项大众化活动，在湿地生境观鸟尤其便利，据说香港湿地保护区的生物多样性极其丰富，记录到的鱼 18 种、两栖类 9 种、爬行类 13 种、哺乳类 10 种，蜻蜓 40 种、蝴蝶 130 种，鸟类多达 200 种，我们于 2007 年在北京麋鹿苑设置了一个观鸟屋，这里竟然在不同生境前摆布着三个观鸟屋：河畔观鸟屋、鱼塘观鸟屋、泥滩观鸟屋。

“贝贝之家”是最吸引孩子们的地方了，在用玻璃围筑的一个湿地切面式的巨大水池中，可见到一条与人面面相觑的、张牙舞爪的鳄鱼。

访客中心是一个两层高的厅堂明亮、外观恢弘的建筑，有 5 个专题展廊：湿地世界——湿地知多少？介绍湿地的概念和众多功能。湿地世界包括北地苔原、热带沼泽、香港湿地三个部分。湿地挑战是一个带互动游戏、电脑显示屏等现代设施的展区，将人类对湿地的种种威胁和盘托出，令人触目惊心。放映室则按粤语、英语、汉语分别在不同时间，逐场放映。

最令我触动的展厅就是湿地与文化，不仅在占满一整个墙壁上有巨幅的清明上河图，将北宋汴河两岸人们沿河而居的市井生活生动再现于你的眼前，而且，这个湿地科普展厅不乏人文的深刻性与多样性。这段题为“心灵启迪”的优美文字就留住了我脚步：自人类文明起始之初，湿地已紧扣人的心弦。世界各地的文化都显示出湿地不但是生命之泉，同时亦是诸神寄居之所，鬼魅出没之邦，向来为艺术家、音乐家、骚人墨客所关注，并为当代影视制作人提供重要素材，超越时空阻隔，百代千载，触及人类心灵深处。在湿地文化厅你可以点播与湿地有关的中外乐曲，享受听觉盛宴：从春江花月夜，到渔舟唱晚，从平沙落雁，到平湖秋月；从柴可夫斯基的天鹅湖，到圣桑的动物狂欢节，再到韩德尔的水上音乐 D 大调第二组曲。视觉上的盛宴则包括中外文人撰写的有关湿地的警句名言、传记演义、诗歌辞赋：关注江河，其症结不在江河，而在人心……水泊梁山、嘉兴红船、长征草地、龙王庙、水晶宫……林莺啼到无声处，青草池塘独听蛙……

自然赋予人类灵感、湿地赋予我们灵性。这个湿地文化展览，不仅留住了我的脚步，更启发了我的才思，打开了我的关于湿地的诗兴……从“桃花潭水深千尺”到“门泊东吴万里船”，从“半亩方塘一鉴开”到“野渡无人舟自横”，从“江枫渔火对愁眠”到“巴山夜雨涨秋池”，从“夜泊秦淮近酒家”，到“水村山郭酒旗风”，从“渔翁夜傍西岩宿”到“一道残阳铺水中”，从“住近湓江地低湿”到“杨柳青青江水平”，从“清江一曲抱村流”，到“两岸猿声啼不住”，从“二十四桥明月夜”到“明朝散发弄扁舟”……作为炎黄子孙，感谢我们浪漫的古代先人吧，仅唐诗中留下来的关于湿地的诗句，就浩如烟海，俯拾皆是，我不得不感叹：湿地，诗意之地！

## 舟山演讲兼观鸟

五月的舟山，海风和煦，时雨时晴。我们中科院科普演讲团一行六人，受舟山市科协邀请，来到这座以群岛设市的地级市进行科普演讲。舟山有“海天佛国”之誉，著名的普陀山与同样处于北纬30度的布达拉宫、埃及金字塔遥相呼应，所以，来此之客，必到普陀。舟山有“中国渔都”的美称，沈家门是世界三大渔港之一，其海鲜大排档便是当地人盛情待客的绝佳去处。我圆满完成在舟山定海小学和舟山南海实验学校的题为《生态生命生活》的演讲，该去的地方都去了，该讲的课也都讲了，闲暇时光便完全投入到个人的观鸟爱好上了。

每至一地，鸟情各异，舟山为海上群岛，势必有不少海鸟可以见到吧，于是，才下榻宾馆，我便披挂上阵，带着高倍相机奔向了海的方向，还没出宾馆，白头鹎、珠颈斑鸠就减缓了我急切的步伐，路边，密集树丛中，众鸟的浅唱低吟，更是令我无法奋然前行，我蹑手蹑脚，靠上近前，举起相机，镜头里捕捉到的这些热闹非凡的鸟，主要是乌鸫，它们浑身黑羽，活像个小乌鸦，但嘴部是嫩黄色，叫声抑扬顿挫，煞是好听。一般说，好听的鸟，不好看，好看的鸟，不好听，羽色美丽的鸟如鹦鹉，叫声实在是不敢令人恭维，乌鸫可算完美诠释了这一原理，尽管不能一概而论。

有水有树的地方，必然多鸟，顺着围绕舟山行政中心的“护城河”独步观鸟，树上的雀，天空的燕，水中的白鹭、夜鹭，甚至黑水鸡，被我一一记录在案。很快，到达海边，远瞧，水天一色，波澜不惊，近瞧，堤坝下的泥滩上布满了螃蟹、弹涂鱼一类的小生物，粗看，没有动静，细观，则一派生气，大大小小的螃蟹或在嬉闹、或在打洞，一蹦一蹦的便是弹涂鱼，不知为什么，就是没有什么鸟，比如想象中的海鸥啦、鸬鹚啦，甚至鹈鹕啦，可我连个鸟毛都没见到，事与愿违，只好打道回府。回宾馆的路上，途经一个工地，遥闻隔墙树上“吱啦吱啦”的好似伯劳的声音，借着墙根靠到近前，在举起相机啪啪拍摄，一下拍到好几只，伯劳通常是一只屹立枝头，这怎么三只呀？定睛一看，羽毛略显蓬松，尾羽也不太完整，原来，这几只伯劳竟然是伯劳的雏鸟，我还是第一次见到、拍到伯劳的雏鸟，不虚此行啊！

次日，在普陀寺，拍摄了一些与众不同的卧在寺庙屋脊的鸟，但更为与众不同的，也算我刻意构思的鸟片，乃是在所住宾馆不远的、栖于绿地树端的鸟——舟山之鸟，这是我特别选取的背景——以不远处的舟山宾馆的“舟山”二字为背景，以偶然飞落的鸟为前景，拍摄了一组包括白头鹎、乌鸫、黑尾蜡嘴雀、伯劳，甚至山斑鸠的“舟山之鸟”组图，临行前的那天早晨，高登义先生（中国科学院探险协会主席）和徐文耀先生（原中科院物理地球所的所长）也都冒雨参加到观鸟的行列，高先生身经百战，足迹曾经三极（南极、北极和珠峰），是走过千山万水的大探险家，可还是谦虚地随我观鸟，躬身拍鸟，令人感叹。回京，拜读高先生赠我的新作《穿越雅鲁藏布大峡谷》，套用其中高先生的一句话“与天知己其乐无穷，与地知己其乐无穷”，于是，狗尾续貂地续上这样一句话：“与鸟知己其乐无穷”。